bi

CLAIRE MESSUD

FEMEIA DE LA ETAJ

Descrierea CIP a Bibliotecii Naţionale a României
MESSUD, CLAIRE
Femeia de la etaj / Claire Messud.
- Bucureşti : RAO Distribuţie, 2019
ISBN 978-606-006-272-1

821.111

RAO Distribuţie
Str. Bârgăului nr. 9-11, sector 1, Bucureşti, România
www.raobooks.com
www.rao.ro

CLAIRE MESSUD
The Woman Upstairs

2019

ISBN 978-606-006-272-1

Pentru Georges și Anne Brochardt
și, ca întotdeauna, pentru J.W.

Oricine își poate da seama cine ești, dar puțini pot simți ca tine.

– MACHIAVELLI, *Principele*

Foarte puțini oameni înțeleg natura pur subiectivă a fenomenului pe care îl numim iubire, sau cum creează, să spunem, o a treia persoană nouă, suplimentară, diferită față de persoana pe care lumea o știe după același nume, o persoană ale cărei elemente constituente sunt derivate din eul propriu, iubitul însuși.

– MARCEL PROUST, *În căutarea timpului pierdut*

La dracu' cu ideologiile lăudabile.

– PHILIP ROTH, *Teatrul lui Sabbath*

Partea întâi

1

Cât de furioasă sunt? Nu vrei să știi. Nimeni nu vrea să știe asta.

Sunt o fată bună, sunt o fată drăguță, sunt o fată de nota zece, decent îmbrăcată, o fiică bună, o fată de carieră și nu am furat niciodată iubitul nimănui. Nu am părăsit niciodată o prietenă la greu și am rezistat rahaturilor părinților mei și ale fratelui meu și, oricum, nu sunt o fată, la dracu', am peste patruzeci de ani și sunt bună în ceea ce fac. Sunt grozavă ca profesoară și am ținut-o pe mama de mână când a murit, după ce am ținut-o patruzeci de ani de mână în timp ce murea, și vorbesc la telefon cu tatăl meu în fiecare zi – atenție, în fiecare zi, și ce fel de vreme am pe partea mea a râului, pentru că aici este destul de cenușiu și ceață? Pe piatra mea funerară ar trebui să scrie „Artist de valoare", dar dacă aș muri chiar acum, ar scrie, în schimb, „o profesoară/fiică/prietenă bună" și eu aș vrea să strig și aș vrea să scriu cu litere mari pe mormântul acela: ȘI LA DRACU' CU VOI TOȚI.

Nu toate femeile simt la fel? Singura diferență este cât de mult știm că simțim asta, cât de conectate suntem la furia noastră. Cu toate suntem furii, cu excepția celor care sunt prea naive și acum mă îngrijorează că le spălăm creierii din fașă și, în final, chiar și cele care sunt deștepte vor fi prea al naibii de naive. La ce mă refer? Mă refer la elevele din clasa a doua de la școala primară Appleton, uneori chiar și din clasa întâi și până când ajung în clasa mea, a treia, au dispărut cu totul – sunt pline de Lady Gaga, Katy Perry, manichiură franțuzească, haine drăguțe și le pasă de cum le stă *părul*! În clasa a treia. Le pasă mai mult de părul sau de pantofii lor decât de galaxii, omizi sau hieroglife. Cum de toate acele discursuri revoluționare din anii '70 ne-au adus aici, unde a fi femeie înseamnă a face pe proasta și a arăta bine?

Chiar mai rău, pe piatra ta funerară, în loc de „fiică responsabilă" poate să scrie „arăta bine", toată lumea știa asta. Dar acum suntem pierduți într-o lume a aparențelor.

De aceea sunt atât de furioasă, de fapt, nu din cauza tuturor sarcinilor și a tot ce înseamnă a face frumos și toată datoria de a fi femeie – sau, mai degrabă, de a fi *eu* –, pentru că poate acestea sunt poverile de a fi om. Serios, sunt furioasă pentru că am încercat atât de mult să ieșim din sala oglinzilor, din această lume a aparențelor și a prefăcătoriilor, sau din lumea mea, de pe Coasta de Est a Statelor Unite ale Americii în prima decadă a secolului XXI. Și în spatele fiecărei oglinzi este altă nenorocită de oglindă, și pe fiecare coridor este alt coridor, și Casa Surprizelor nu mai este distractivă și nici măcar nu este amuzantă, dar nu pare să existe nicio ușă marcată cu IEȘIRE.

Când eram copil, la târgul din fiecare vară vizitam Casa Surprizelor, cu fațada ciudată de ghips zâmbitor, de două etaje. Intrai prin gura ei, printre dinții uriași, pe limba roz aprins. Numai după fața aia puteai să îți dai seama. Trebuia să fie o ciocârlie, dar era înspăimântătoare. Podelele erau vălurite sau se clătinau dintr-o parte în alta, iar pereții erau strâmbi și camerele erau pictate pentru a încurca perspectiva. Luminile licăreau, sunau alarmele, în holul îngust, vibrant, căptușit cu oglinzi deformante, care te făceau să pari mai gras și mai înalt sau te arătau cu capul în jos. Uneori, tavanul cădea, sau podeaua se ridica, sau ambele se întâmplau simultan și credeam că o să fiu strivită ca o insectă. Casa Surprizelor era cu mult mai înspăimântătoare decât Casa Bântuită, nu cel puțin pentru că trebuia să îmi placă. Voiam doar să găsesc calea de ieșire. Dar ușile marcate cu IEȘIRE nu făceau decât să ducă în camere cu mult mai nebunești, spre coridoare nesfârșite care se mișcau. Era un singur traseu prin Casa Surprizelor, necruțător până la final.

Am ajuns, în sfârșit, să înțeleg că viața însăși este Casa Surprizelor. Tot ce îți dorești este acea ușă marcată IEȘIRE, evadarea spre un loc unde o să găsești viața adevărată și nu o poți găsi niciodată. Nu: dă-mi voie să corectez asta. În ultimii ani, era o ușă, erau uși și le-am deschis și am crezut în ele și am crezut pentru o perioadă că reușisem să ajung în realitate – și, Dumnezeule, binecuvântarea și teroarea astea, intensitatea asta: era atât de *diferită* – până când mi-am dat seama că tot timpul fusesem blocată în Casa Surprizelor. Am fost păcălită. Ușa marcată cu IEȘIRE nu fusese deloc o ieșire.

Nu sunt nebună. Furioasă – da, nebună – nu. Numele meu este Nora Marie Eldridge și am patruzeci și doi de ani – ceea ce este mai aproape de vârsta mijlocie decât patruzeci sau chiar patruzeci și unu. Nici tânără, nici bătrână, nu sunt nici grasă, nici slabă, nici înaltă, nici scundă, nici blondă sau brunetă, nici drăguță, dar nici banală. În unele momente arăt chiar drăguț, cred că acesta este consensul, mai degrabă ca eroinele poveștilor de dragoste Harlequin, citite în tinerețe în cantități mari. Nu sunt nici căsătorită, nici divorțată, dar sunt singură. Ce se numea înainte o fată bătrână, dar acum nu se mai spune așa, pentru că implică faptul că te-ai uscat de tot și nimeni nu vrea să fie asta. Până vara trecută am predat pentru clasa a treia la școala primară Appleton din Cambridge, Massachusetts, și poate că o să mă întorc să fac asta din nou, nu știu. În schimb, poate, voi da foc lumii. Poate voi face asta.

Fiți avertizați că, în ciuda gurii mele spurcate, nu înjur în fața copiilor – cu o excepție sau două când mai apare câte un „Rahat!" rătăcit, dar încet și în cazuri extreme. Dacă te gândești cum este posibil ca o persoană atât de înfuriată să predea copiilor mici, dă-mi voie să te asigur că fiecare dintre noi este capabil de furie și că unii dintre noi suntem predispuși la asta, dar pentru a fi un profesor bun, trebuie să ai un minimum de autocontrol, ceea ce eu am. Am mai mult decât un minimum. Așa am fost crescută. În al doilea rând, nu sunt o femeie subterană, care îngăduie resentimente împotriva lumii întregi, pentru suferința proprie. Sau, mai degrabă, e vorba despre faptul că nu sunt, *într-un anumit sens,* o femeie subterană – nu suntem noi toate, cele care trebuie să cedăm și să ne dăm la o parte, fără recunoaștere, neadmirate și fără să ni se mulțumească? Numeroase la vârsta de douăzeci și treizeci de ani, suntem legiuni întregi când trecem de patruzeci și cincizeci. Dar lumea ar trebui să înțeleagă, dacă lumii i-ar păsa, că femeile ca noi nu sunt subterane. Pentru noi nu există niciun beci plin cu becuri ca al lui Ralph Emerson, nici un strat metaforic subteran dostoievskian. Noi suntem mereu la etaj. Nu suntem femeile nebune la mansardă – ele au parte de multe jocuri, într-un fel sau altul. Noi reprezentăm femeia liniștită din capătul holului de la etajul trei, ale cărei gunoaie sunt mereu ordonate, care zâmbește radiant în scară cu o întâmpinare veselă și care, din spatele ușilor închise, nu scoate niciodată niciun sunet. În viețile noastre de disperare tăcută, noi suntem femeia de la etaj, cu sau fără o pisică tărcată sau un labrador agitat și niciun suflet nu percepe că suntem furioase. Suntem complet invizibile. Am crezut că nu este adevărat, sau că nu este adevărat pentru mine, dar am învățat că nu sunt deloc diferită. Acum, întrebarea este cum să fac asta să meargă, cum să folosesc acea invizibilitate, să o fac să ardă.

Viața este despre a decide ce contează. Este despre fantezia care determină realitatea. Te-ai întrebat vreodată dacă ai prefera să zbori sau să fii invizibil? Eu am pus întrebarea asta oamenilor ani întregi, mereu crezând că răspunsul lor ar dezvălui cine sunt. Sunt înconjurată de o lume de zburători. Copiii sunt aproape mereu zburătorii.

Și femeia de la mansardă, și ea este o zburătoare. Unii oameni, lacomi, întreabă dacă nu le pot avea pe amândouă; și un anumit număr – mereu am crezut că ei sunt nenorociții ticăloși, cei lacomi de putere, obsedații de control – ar prefera să dispară. Dar majoritatea dintre noi vrem să zburăm.

Mai ții minte acele vise? Nu le mai am, dar au fost o bucurie în tinerețea mea. Să confrunți disperarea – câinii de pe urmele mele sau bărbatul furios cu pumnul ridicat sau o bâtă – și trebuie numai să dau din brațe, să mă ridic încet, direct în sus, ca un elicopter sau o apoteoză și apoi plutesc, liberă. Trec pe deasupra acoperișurilor, înfrunt vântul, călare pe curenții de aer asemenea valurilor, peste câmpuri și garduri, de-a lungul țărmului, în larg peste indigoul zbuciumat al mării. Și când zbori, lumina cerului – mai ții minte asta? Norii ca niște perne iluminate, aproape și umezi atunci cînd te aventurezi în ei și, ah, revelația atunci când ieși pe partea cealaltă. Zborul era totul, odată.

Dar am ajuns la concluzia că este alegerea greșită. Crezi că lumea este a ta, dar, de fapt, mereu zbori departe de ceva, iar câinii de pe urmele tale și bărbatul cu bâta – ei nu dispar pentru că nu îi mai poți vedea. Ei sunt realitatea. În ceea ce privește a fi invizibil, aceasta face ca lucrurile să fie mai reale. Într-o cameră unde nu te afli și auzi ce spun oamenii fără să te ferești. Te uiți cum se mișcă atunci când nu sunt cu tine, îi vezi fără măștile lor – sau cu diversele lor măști, pentru că dintr-odată poți să îi vezi oriunde. Poate să fie dureros să afli ce se întâmplă atunci când ești în spatele perdelei, dar atunci, te rog, Dumnezeule, Doamne, Tu știi.

Vezi tu, în toți anii aceștia, m-am înșelat. La fel sunt și mulți oameni din jurul meu. Și mai ales acum că am aflat că, de fapt, sunt invizibilă. Trebuie să nu îmi mai doresc să zbor. Trebuie să nu mai am nevoie să zbor. Vreau să o iau de la capăt; dar în același timp nu vreau. Vreau să îmi fac nimicul să conteze. Să nu crezi că este imposibil.

2

Totul a început cu băiatul. Cu Reza. Chiar când l-am văzut ultima oară – chiar pentru ultima oară, în vara aceasta, când era și în același timp nu mai era același, fiind aproape un tânăr bărbat cu proporțiile ilogice, nasul lung, coșurile și vocea spartă a maturității incipiente, tot vedeam în el perfecțiunea lui. El strălucește în ochii minții mele, are vârsta de opt ani și e un băiețel canonic, un copil dintr-o poveste.

A venit târziu la mine în clasă, în prima zi de școală, grav și nesigur cu ochii lui cenușii mari, cu genele lui milipedice fluturând în ciuda efortului său vizibil de a le controla, să nu clipească și, mai presus de orice, să nu plângă. Când ușa se deschise și Reza intră, ceilalți copii – dintre care pe cei mai mulți îi știam de anul tecut – au venit devreme și pregătiți, cu ghiozdane și pachețele, și cu câte un părinte făcându-le cu mâna din pragul ușii. Câțiva dintre ei încă aveau rujul mamei pe obraji. Și fiecare și-a găsit banca, am făcut cunoștință între noi și am făcut cunoscut un singur fapt remarcabil al verii noastre (gemenele Chastity și Ebullience au petrecut două luni cu bunica lor în Jamaica; aceasta avea găini – acesta era acel singur fapt remarcabil; Mark T. și-a construit o mașină *go-kart* și a condus-o prin parc; familia Shi-shi a adoptat un beagle de opt ani pe nume Superior de la adăpost, de care spune, mândru fiind, că sunt de aceeași vârstă; și așa mai departe). Și am început să stabilim regulile clasei („Fără pârțuri“, strigă Noah dintre grămada de bănci de lângă fereastră, provocând huiduieli comune și râsete). Știam cine trebuie să fie: toți ceilalți de pe lista mea erau deja acolo. El a ezitat. A pus foarte atent un picior în fața celuilalt, încălțat fiind în sandalele închise, de parcă mergea pe bârnă. Nu arăta ca ceilalți copii – nu din cauza pielii sale măslinii, a sprâncenelor lui mici și furioase, a formei buzei, ci pentru că hainele lui erau atât de ordonate, atât de formale și străine. Purta o cămașă elegantă cu mânecă scurtă, cu dungi albastre și albe, și o pereche de bermude bleumarin din in, călcate de o mână invizibilă. Nu avea ghiozdan.

– Reza Shahid, da?

– De unde știți?

– Toată lumea – l-am apucat de umeri și l-am întors cu fața la clasă –, acesta este cel mai nou elev al nostru. Reza Shahid. Bine ai venit.

Toată lumea a spus cu voce tare „Bine ai venit, Reza" și chiar de la spate vedeam cum el încearcă să nu tresară: scalpul i se retrăgea pe cap și vârfurile urechilor se mișcară. Deja în clipa aceea adoram ceafa, buclele negre atent aranjate care atingeau cu marginea lor inegală promontoriul neted, fragil al gâtului său.

Pentru că, vezi tu, îl știam. Nu știam că el era Reza, nu bănuisem niciodată că el ar fi al meu, un elev în 3E, dar îl văzusem cu o săptămână în urmă, el se uitase la mine și eu la el, chiar schimbasem câteva zâmbete cu el, în supermarket. Mă chinuiam cu bagajele la ieșire – mânerul unei plase se rupsese și încercam să o apuc de dedesubt, în același timp țineam restul cumpărăturilor cu cealaltă mână și reușisem doar să îmi împrăștii merele pe podea. Roșii, se împrăștiaseră pe jos până la zona de cafenea de lângă fereastră. M-am repezit după ele, aplecată, lăsând cele două sacoșe și geanta în mijlocul culoarului spre ușă. Eram în genunchi și luam ultimul măr rătăcit de sub o masă, cu brațul stâng ținând patru mere lovite la piept când un râs iluminator a izbucnit și m-a făcut să ridic privirea. De lângă separeul alăturat se vedea acest copil frumos, cu buclele care îi dansau neglijent, tricoul plin de murdăria unei zile pline de joacă și urmele sângerânde de sos de la ce mâncase.

– Ce este atât de al naibii de amuzant?

N-am putut să mă abţin de la „al naibii".

– Tu eşti, răspunsese el, după un moment de tăcere, cu o gură serioasă, dar cu ochi jucăuşi. Avea un accent puternic. Eşti foarte amuzantă, în merele tale.

Era ceva în chipul său, în moliciunea mată a obrajilor săi cu nuanţa lor uşor roz, părul negru sălbatic, sprâncenele şi genele sale, intensitatea amuzată a acelor ochi cenuşii marmoraţi – am zâmbit în ciuda situaţiei, am privit înapoi la mormanul meu de mâncare de lângă casă, mi-am imaginat dansul meu de Baba Yaga pe podea şi m-am văzut aşa cum trebuie să mă fi văzut el.

– Cred că ai dreptate. M-am ridicat. Vrei unul?

I-am oferit ultimul măr, salvat din praf. El şi-a încreţit nasul şi a schiţat încă o dată un scurt râs.

– Acum nu e bun.

– Nu, am spus eu. Cred că nu e.

Când mă îndreptam spre ieşire, am privit din nou spre el. Nu era cu mama sau tatăl lui. Dădaca lui, tânără, cu sâni enormi, avea un braţ tatuat – modelul era ceva celtic – îndoit pe spatele banchetei. Avea părul roşu şi în buza de jos strălucea ceva ce semăna cu un ac de siguranţă. Ea mânca încet salata, frunză cu frunză, şi se uita la magazin ca şi cum ar fi fost un televizor. Băiatul se opri din agitaţia lui şi se uită la mine, cinic şi lung, dar fără expresie şi când i-am zâmbit, s-a uitat în altă parte. Acesta era atunci Reza.

A devenit destul de repede limpede că engleza lui era foarte săracă, dar nu mă temeam pentru el. În acea primă seară după şcoală m-am uitat în dosarul său şi am văzut că adresa lui de acasă era unul dintre cele mai selecte cartiere universitare în apropiere de râu. Asta însemna că părinţii lui nu erau nici măcar studenţi postuniversitari, ci profesori în vizită sau bursieri importanţi de vreun fel. Ei, dacă cel puţin unul dintre ei ar putea să ştie engleza, ar putea să îl ajute și le-ar păsa de asta, fiind amândoi studioși ei înșiși, ceea ce era jumătate din bătălie. În plus, el însuși voia să învețe. Chiar din prima zi puteam să văd: cu ceilalți copii, când el nu știa un cuvânt, arăta și spunea „Ce este?" și repeta de mai multe ori răspunsurile lor în vocea lui amuzantă și străină, ușor răgușită. Dacă era vorba de o noțiune abstractă, ei încercau să i-o mimeze, ceea ce îi făcea pe ceilalți să râdă, dar el rămânea mereu sobru și netulburat. Mulțumită lui Noah, el învățase până la prânz cuvintele „pârț" și „cur". Am intervenit doar să clarific că erau mai politicoase cuvintele „șezut" și „fund", dar el pronunța cu dificultate „șezut". Ieșea mai degrabă „ezut" și mie chiar și asta mi se părea impresionant, pentru că eforturile lui erau atât de serioase.

Acesta era al treilea motiv pentru care știam că va reuși: farmecul său. Nu am fost singura căreia i-a căzut pradă: le vedeam pe fetițe cum șopteau și se holbau, puteau să depășească teama de băieți întrucât Reza era atât de bine-crescut, bun la jocuri și un competitor vesel, exact genul de copil pe care îl vrei în echipa ta.

Și chiar și profesorii: Estelle Garcia, care predă științe, a comentat despre el la primul consiliu profesoral:

– Uneori, știi, nu este atât de important să știi engleza. Dacă un copil este suficient de pasionat, poți trece dincolo de asta.

Am protestat, amintindu-i de Ilya, băiatul rus, și de Duong din Vietnam, și de alți șase copii pe care îi văzusem îngăimând și aproape eșuând în școala primară pentru că nu știau engleza, doar ca să îi trimiți repede la gimnaziu, cu teama că se vor întoarce bătăuși, sau vor renunța la școală, sau mai rău. Uneori, în mod inevitabil, așa se întâmpla.

– Nu te îngrijorezi de asta în prima săptămână? Băiatul acela absoarbe totul ca un burete.

– Nu îmi fac deloc griji pentru acel băiat, am spus eu. Dar el este o excepție.

Excepțional. Adaptabil. Plin de compasiune. Generos. Atât de inteligent. Atât de rapid. Atât de dulce. Cu atât de mult simț al umorului.

Ce însemnau toate laudele noastre altceva decât că ne îndrăgostiserăm de el puțin și eram fermecați? Avea opt ani, era doar un copil de opt ani la fel ca oricare altul, dar toți voiam să ni-l asumăm. Când nu spuneam aceste lucruri bune despre Eric P. Darren sau Miles, cel cu fața rotundă, ale cărui cercuri întunecate din jurul ochilor emanau jale, ca un fel de tristețe permanentă? Fiecare copil este puternic într-un altfel, le spuneam mereu. Cu toții avem daruri diferite. Cu toții putem face alegeri bune dacă încercăm. Dar Reza a scos la iveală minciuna din asta, legând-o cu farmecul și frumusețea lui ca într-o plasă.

Când în prima săptămână a doborât-o la pământ pe Françoise la locul de joacă, din greșeală, în mișcările exuberante ale unui meci de fotbal spontan, el și-a pus brațul peste umărul ei tremurând și a stat cu ea pe margine până când s-a simțit gata să se joace iar. El avea lacrimi în ochi: le-am văzut. Când a descoperit că Aristide, ai cărui părinți erau din Haiti, vorbea franceză, chipul i s-a luminat de încântare și cei doi au pălăvrăgit la ora de prânz până când Mark T. și Eli s-au plâns că se simțeau excluși; la care el a încuviințat, respectuos, a închis ochii pentru o clipă și s-a întors la engleza stricată, mediul lui imperfect de comunicare. Nu a trebuit să îi spun să facă asta și, de atunci încolo, el și Aristide au vorbit în franceză numai după orele de școală, în drum spre ieșire. Când, tot la început, copiii sufereau într-o după-amiază deosebit de agitată – ploua cu găleata, stătuseră înăuntru toată ziua, afară cerul era atât de întunecat, încât ne scăldaserăm ore întregi într-o fluorescență iritantă – și la ora de arte – presupusă preferata mea, întrucât sunt, sau ar trebui să fiu, o artistă – băieților le-a venit ideea strălucită de a stoarce vopselele tempera din tuburile de plastic, la început pe hârtiile lor, dar apoi, până să observ, pe mobilă, pe podea și pe ei înșiși – când, în ciuda autocontrolului meu considerabil, lăudat, am ridicat tonul și m-am proclamat profund dezamăgită – în acea zi, la finalul orelor, la o oră după aceea, Reza s-a oprit la catedra mea și a pus o mână mică pe antebrațul meu, delicat ca o frunză.

– Îmi pare rău, domnișoară Eldridge, spuse el. Îmi pare rău că am făcut mizerie. Îmi pare rău că sunteți supărată.

Dădaca lui aștepta pe hol, cu buza strălucitoare. Altfel aș fi putut să-l îmbrățișez: părea, pentru o clipă, atât de mult ca propriul meu fiu.

Copiii. Eu și copiii. Copiii și cu mine. Cum de eu, dintre toți oamenii, am devenit profesoara preferată de la școala primară Appleton, din clasa a treia? Aprill Watts, care are cealaltă secțiune, este ca o profesoară dintr-un roman victorian: are părul ca o vată de zahăr maro, într-o formă incertă în jurul capului, și ochelari cu lentile groase prin care privește, vag, ochii ei albaștri fiind măriți și distorsionați de lentile ca peștii într-un acvariu. Deși are puțin peste cincizeci de ani, poartă dresuri speciale pentru venele ei varicoase și nu are, biata de ea, absolut niciun pic de simț al umorului.

Nu sunt preferată datorită părului, a ochelarilor sau a venelor, ci pentru ultima trăsătură. Se știe – și nu spun asta cu mândrie – că râd atât de tare uneori, încât cad de pe scaun, ceea ce pare să compenseze pentru ieșirile mele zgomotoase. Emoțiile mele, să spunem așa, sunt ușor de recunoscut pentru copii, ceea ce mie mi se pare sănătos pedagogic.

A fost un compliment uriaș și o lovitură dură în același timp când un tată mi-a spus, cu câțiva ani în urmă, că reprezint pentru el întruchiparea profesoarei perfecte.

– Sunteți copilul Gerber al profesorilor, a spus el, de fapt. Sunteți exemplară.

– Ce înseamnă asta mai exact, Ross? am întrebat eu cu un zâmbet mare, fals.

Era la picnicul de final de an și trei sau patru părinți s-au adunat în jurul meu în spațiul de joacă bătut de soare, cu sticlele miniaturale de limonadă în mâini, ștergând bărbiile copiilor lor cu șervețele pătate de ketchup. Hotdogii și crenvurștii de tofu fuseseră deja consumați.

– O, eu ştiu la ce se referă, spuse Jackie, mama Briannei. El vrea să spună că toată lumea îşi dorea o profesoară ca tine când eram noi copii. Entuziastă, dar strictă. Plină de idei. O profesoară care *înțelege* copiii.

– La asta te-ai referit, Ross?

– Probabil nu chiar exact, spuse el şi m-a surprins să recunosc că flirta cu mine. Părinții de la Appleton rareori flirtează. Dar destul de aproape. A fost menit drept compliment.

– Ei bine, atunci mulțumesc.

Mereu caut să înțeleg la ce se referă oamenii exact. Când îmi spun că „înțeleg" copiii, mă îngrijorez că, de fapt, vor să spună că nu sunt tocmai un adult. Soțul profesor al unei prietene de-a mea a asemănat copiii cu nebunii. Adesea mă gândesc la asta. El spune că toți copiii trăiesc la marginea nebuniei, că purtarea lor, aparent nemotivată, împărtăşeşte aceeaşi logică de vis cu oamenii nebuni. Înțeleg ce vrea să spună şi pentru că am învățat să am răbdare cu unii copii, să caut logica pe care o găsesc mereu undeva acolo şi odată irefutabil explicată, am ajuns să înțeleg că adulții, nebuni sau sănătoşi, ar trebui să primească acelaşi respect. În acest sens. Nimeni nu este de fapt nebun, ci doar neînțeles. Când mama Briannei a spus că înțeleg copiii, o parte din mine, se umflă ca un păun, dar alta crede că ea mă face nebună. Sau că, cel puțin, mă separă de tribul adulților compleți. Şi atunci asta, la rândul său, explică – dacă nu pentru mine atunci cuiva care este, să spunem, responsabil cu explicațiile – de ce nu am copii.

Dacă m-ai fi întrebat, când am absolvit liceul, unde voi fi la patruzeci de ani... Şi în mod sigur cineva trebuie să fi întrebat. Trebuie să existe o trăsătură pusă bine la păstrare în de mult pierdutul catalog anual unde scrie despre planurile noastre pentru mai târziu în viață – aş fi descris un portret mirific al artistei decorate care lucrează în studioul ei aerisit, copiii, mai mulți, probabil de cinci, șapte și nouă ani, care zburdă în grădina scăldată de soare, fără îndoială cu un câine sau doi, mari. Nu aș fi putut să descriu sursa de venit pentru această viziune, niciun tată care să răspundă pentru copii: în acel moment, bărbații păreau întâmplători pentru crearea vieții. Iar copiii nu aveau nevoie de niciun fel de bonă: ei se jucau miraculos de bine, fără să se certe, fără să aibă măcar dorința de a întrerupe artista, până când nu era gata, iar apoi picnicul obligatoriu și încântător la poalele copacilor. Fără bani, fără bărbat, fără ajutor – dar în imagine erau acele lucruri necesare: lumina, munca, grădina și, în mod crucial, copiii. Dacă mi-ai fi cerut atunci să cercetez cu atenție fantezia, să scot tot ceea ce era dispensabil, aș fi scos picnicul și câinii, grădina și, in extremis, studioul. O masă de bucătărie ar fi suficientă, pentru artă, dacă era nevoie, sau o mansardă, sau un garaj. Dar arta și copiii – acestea nu se negociau.

Nu sunt tocmai o artistă și nu am copii. Am reușit totuși să aranjez lucrurile foarte prost, sau foarte bine, în funcție de cum privești. Las copiii când se termină școala, îmi fac arta – nu trebuie să folosesc o masă de bucătărie, pentru că am un al doilea dormitor întreg chiar cu două ferestre pentru acest scop – serile și weekendurile. Nu este mult, dar este mai bine decât nimic. Și în anul Sirena, când am avut studioul meu aerisit de împărtășit, când de-abia așteptam să ajung acolo, venele îmi fierbeau la acest gând, era perfect.

Mereu am crezut că voi ajunge mai departe. Îmi place să dau vina pe lume pentru ce am eșuat eu să fac, dar eșecul – eșecul care uneori curge peste mine ca supărarea, mă înfurie atât de tare, încât aș putea să scuip – în cele din urmă este tot al meu. Ceea ce a făcut ca obstacolele mele să fie insurmontabile, ce m-a redus la mediocritate, sunt eu, doar eu. Am crezut atâta vreme, dintotdeauna, că sunt suficient de puternică – sau am înțeles greșit ce înseamnă puterea. Am crezut că puteam să ating măreția, măreția mea, mergând mai departe, curățând fiecare mizerie la rândul său, așa cum ești învățat de mic să mănânci mai întâi legumele înainte de desert. Dar asta s-a dovedit a fi o regulă pentru fete și fătălăi, pentru că muntele de legume este de mărimea Everestului și castronul cu înghețată din capul mesei se topește câte puțin cu fiecare secundă care trece. În curând va fi acoperit de furnici. Și ele vor veni și îl vor mânca pe tot. Ce aroganță, să mă gândesc că pot fi o ființă umană decentă și un membru de valoare pentru familie și societate și să și creez în același timp! Absurd. Cât de puternică m-am crezut?

Nu, evident că, tot timpul acesta, puterea nu era decât abilitatea de a spune „du-te dracului“ la tot, să întorci spatele la toată suferința și să îți contempli, nederanjat, propriile dorințe deasupra tuturor. Bărbații au generații întregi de experiență cu asta. Bărbații au înțeles cum să aibă copii și să îi lase altora să îi crească, cum să își consoleze mamele doar cu un telefon de la distanță, cum să insiste, calm, de parcă ar insista că soarele este pe cer, de parcă orice altă posibilitate ar fi o nebunie, că munca lor, dintre toate lucrurile, este ceea ce trebuie făcut – și mai întâi de toate. O astfel de forță nu are, în viziunea sa tânără, grădini, câini sau picnicuri, nu are copii, nu are cer: se concentrează pe un singur lucru, fie banii, puterea sau o pensulă și o pânză. Este un *eșec* al viziunii, de fapt, oricine cu jumătate de creier poate vedea asta. Este o miopie. Dar de asta este nevoie. Trebuie să vezi tot restul – pe toți ceilalți – dispensabili, mai puțini decât tine.

Eu sunt precum copiii: motivațiile mele și motivele mele nu sunt mereu clare. Dar dacă pot doar să explic, întrucât totul va fi elucidat și poate că acea elucidare va dovedi măreția mea, oricât de mică. Să spun ceea ce știu și cum se simte, dacă pot. Dacă fac asta, ai putea vedea și tu.

3

De la început, atunci, dar pe scurt. M-am născut într-o familie obişnuită, într-un oraş la o oră distanţă de Boston, pe coastă, numit Manchester-by-the-Sea. Acolo, anii '60 abia au avut vreo influenţă, la capătul liniei de navetă spre Boston. Iluziile mele de grandoare trebuie să fi fost din cauza plajei noastre perfecte – numită Singing Beach datorită nisipului său fin, palid, muzical, dar poate şi pentru că este atât de mult lăudată. Are sens că, dacă te afli aproape zilnic în mijlocul unui ţărm perfect, cu o perspectivă deschisă asupra eternităţii, să ai o percepţie diferită asupra eternităţii faţă de cineva crescut într-o vale împădurită sau printre canioanele unui oraş mare.

Sau poate, cel mai probabil, acestea au venit de la mama mea, feroce, stranie şi condamnată. Am avut o mamă şi un tată, un frate mai mare – cu opt ani mai mare decât mine, totuşi, aşa că nu prea păream din aceeaşi familie: când eu aveam nouă ani, el a plecat – şi aveam o pisică tortoiseshell, Zipper, şi o potaie râioasă, amărâtă, de la adăpost, numită Sputnik, care arăta ca o perucă din cârpe aşezate pe beţe: avea picioarele atât de slabe, încât ne minunam cum de nu se rup. Tatăl meu lucra în Boston, în asigurări – lua trenul în fiecare dimineaţă, cel de 7.52 –, şi mergea înainte foarte respectabil, dar se pare că nu foarte de succes, pentru că părinţii mei păreau să nu aibă niciodată bani de economisit.

Mama mea stătea acasă, fuma ţigări şi concepea planuri. Pentru o vreme a testat reţete din cartea de bucate pentru un editor. Era plătită pentru asta şi luni bune ne-a servit mese complicate cu trei sau patru feluri care aveau frecvent sosuri cu ou și, frecvent, din câte îmi amintesc, vin marsala. Pentru o scurtă perioadă, umilitoare pentru mine, s-a crezut designer vestimentar și a petrecut mai multe luni la mașina de cusut din camera de oaspeți într-un con de fum de tutun (adesea ținea țigara între buze în timp ce cosea un tiv, mereu mă temeam că scrumul va cădea pe țesătură). Producția ei era în același timp neobișnuită și insuficient de neobișnuită: făcea rochii mini, verzi, pentru fetele de mărimea mea, nu cu mult diferite, la prima vedere, de cele de la raft („Vino aici, dulceață", spunea ea și ținea modele de hârtie pe pieptul meu prepuberal, tăind neatent hârtia în exces cu foarfeca ei enormă, la mică distanță de talia sau de gâtul meu), dar apoi vedeai cum taie găuri în dreptul stomacului și le tivea, astfel încât burta albă a fetei să se vadă prin rochie, sau făcea mânecile astfel încât să nu fie atașate cu cusături, ci cu o multitudine de funde, un cerc de funde multicolorate, care după o singură spălare arătau groaznic. Vesel de nepractic, ea a făcut cel puțin douăzeci și patru de costumații, de diferite modele, în vara când aveam nouă ani și apoi a luat un stand ca să le vândă la târg într-un oraș învecinat.

Am refuzat să stau cu ea acolo, la vedere, într-o dimineață strălucitoare de iulie și în schimb m-am dus cu tatăl meu într-o serie obositoare de comisioane – la curățătorie, la magazinul de spirtoase, la magazinul de scule –, sufocată în mașină, dar incomensurabil ușurată că nu am riscat să fiu văzută de colegii de școală sub semnul oribil făcut de mama. Mama mea era o rușine adorată.

A vândut puține haine, dar a văzut limpede că experimentul nu a avut suficient succes, așa că valiza a fost depozitată, negolită, în pod. După puțină vreme, și mașina de cusut a migrat în pod, iar mama mea a intrat într-una dintre etapele ei mai întunecate, până când a lovit următorul moment evrika.

În mod sigur, mama mea, spre deosebire de tata, mi-a insuflat sentimentul că imprevizibilitatea era esențială – „Să nu fii ca vecinul tău, asta este totul", spunea ea – și din cauza asta, datorită flăcării ei strălucitoare, mi-a luat mult timp să îmi dau seama că și ea era precaută și burgheză, speriată de necunoscut și atât de nesigură de ea însăși, încât de-abia putea suporta să lase o urmă. Cum altfel ar fi putut să rămână ferm căsătorită cu obișnuitul, cu tatăl meu, cu rutinele atent planificate și neschimbătoare din Manchester-by-the-Sea?

Și asta explică multe și despre mine, despre limitele experienței mele, despre faptul că persoana care sunt în capul meu este atât de departe de persoana care sunt în lume. *Nimeni nu m-ar recunoaște după propria mea descriere a mea,* iar de aceea, atunci când mi se cere (rareori, garantez) să ofer o relatare, o croiesc, mă adaptez, încerc să ofer o imagine care poate, într-un fel, să corespundă cu cea pe care oamenii o au despre mine – în acest moment, bănuiesc că am asta cu adevărat. Dar cine sunt eu în capul meu, foarte puțini oameni au ocazia să vadă asta. Aproape nimeni. Este cel mai prețios dar pe care îl pot oferi, să o scot din ascunzătoare. Poate că am învățat că este o greșeală să o dezvălui oricum.

Deci, din familia noastră obișnuită din casa noastră obișnuită, o casă în stil colonial, cu intrare centrală, cu ghivecele cu mușcate de pe veranda de piatră și tufele de tisă fermecător de neglijate care creșteau aproape de ferestre, am ieșit în lumea obișnuită, spre școala primară locală, spre gimnaziul local, spre liceul local. Eram destul de populară, plăcută în mod universal de fete, chiar plăcută, atunci când eram observată, de băieți, deși nu într-un fel romantic. Eram amuzantă – haha, nu în mod deosebit. Eram o valută modestă, ca monedele de penny: neinspirată, întru câtva laborioasă, dar, oricum, o valută. Eram amuzantă, în public, cel mai adesea pe socoteala mea. Pe atunci, educația era altfel și eu eram bună la asta, așa că am sărit peste clasa a noua, am trecut direct din clasa a opta într-a zecea, ceea ce a fost social puțin greu la început și mi-am sigilat soarta drept o elevă dezastruoasă la matematică – nu am învățat niciodată formula mediei și alte trucuri importante din matematica de clasa a noua, la fel cum am ratat încercările timpurii de întâlniri și cursurile despre cum să te descurci într-un dans la școală. În momentul acela, trăiam totuși, fără măcar o hartă a cantinei sau a unor baze despre cum funcționau clicile, sau măcar o listă a numelor noilor mei colegi, care toți se cunoșteau între ei și dintre care unii mă cunoșteau drept prietena surorii lor mai mici. Nu, eram mândră, pentru că știam că părinții mei erau mândri, pentru că era o avansare și o relevare a faptului că eram specială. Bănuisem asta de mult timp și acum știam sigur: eram destinată.

Când ești fată, nu dai niciodată de înțeles că ești mândră, sau că știi că ești mai bună la istorie, la biologie sau la franceză decât fata care stă lângă tine și este cu optsprezece luni mai mare. În schimb, observi cât de bine se pricepe să își aplice oja pe unghii sau să vorbească cu băieții și îți dai ochii peste cap pentru lăudata dificultate a testului de istorie/biologie/franceză și spui:

– O, Dumnezeule, o să fie așa un dezastru! Îmi e atât de *frică*! Și te desconsideri ori de câte ori poți astfel încât oamenii să nu se simtă amenințați de tine, ca să te placă, pentru că nu ai vrea ca ei să știe că în inima ta ești mândră și poate chiar trufașă și ești tulburată de gânduri care, odată dezvăluite, ar arăta tuturor cât de profund de deloc drăguță ești. Înveți o modalitate cu totul diferită de politețe cu care le vorbești oamenilor care nu trebuie să te vadă clar și știi – ți se spune din partea altora – că ei cred că ești foarte dulce și simți un triumf de încântare: „Da, sunt bună la istorie/biologie/franceză și sunt bună *și* la asta". Nici nu îți trece prin minte, pe măsură ce îți făurești masca atât de atent, că ți se va contopi cu pielea și se va lipi acolo, va ajunge să fie de nedesprins.

Când te uiți la un băiat, la Josh, care a sărit clasa odată cu tine și îl vezi cum își șterge nasul de mânecă și observi pricăjirea lui fizică, bărbia plină de acnee, alături de ceilalți băieți de clasa a zecea cu piepturi mai late și fălci netede, pătrățoase, când observi că el încă își ia prânzul cu vechii lui prieteni din clasa a noua – toți băieți cu tricouri negre, cu semne sclipicioase pe piept pe care scrie KISS sau AC/DC, toți cu bărbii pline de coșuri, buze umede și păr despletit ca niște alge marine –, nu poți să vezi deloc vreun triumf în el. E limpede că pare să fi pierdut, să fie pierdut, să fie un ratat pentru că toată lumea știe că, în provocarea pe care ai primit-o când ai sărit peste o clasă, succesul social – succesul social *modest*, desigur, dar oricum –, a fost jumătate din bătălie. Când Frederica Beattie te invită la petrecerea de ziua ei – o excursie pe vasul tatălui ei, cu alte șase fete, dintre care două sunt din setul cel mai popular –, simți milă pentru Josh, care nu va gusta niciodată din acest nectar.

Dar stai: nimeni nu a scos vreodată în evidență că Josh, în ignoranța lui, era extrem de fericit. El deja învățase singur formula mediei geometrice, nu va fi depășit în niciun domeniu al dezvoltării sale academice. De fapt, el se va duce la MIT și, în cele din urmă, va deveni un neurobiolog cu un laborator în mare parte finanțat de NIH și un buget imens la dispoziție. Se va căsători cu o femeie perfect de atrăgătoare, deși cu picioare cam strâmbe, și va face mai mulți tocilari cu picioare strâmbe și ochelari, replici ale sale. Totul va decurge mai mult decât bine pentru el și nu va bănui nici pentru o secundă că lucrurile s-ar fi putut derula altfel. El nu va ști că exista un test social, el nu va ști că l-a picat. Nu, o excursie pe vasul tatălui Fredericăi Beattie era o onoare la care el nu a visat niciodată și dorința lui față de societate, atâta cât era, era perfect satisfăcută de vechiul său clan, acum rămas cu un an în urma lui. El nu ar fi putut să își facă o mască la fel cum nu a zburat spre Lună, așa că a rămas pentru totdeauna el însuși. Feminitatea ca mascaradă, într-adevăr.

Eram în liceu când m-am decis – sau, după cum s-a dovedit, mi-am dat seama – că voi deveni o artistă. Am descoperit un set de prieteni cu aceleași simpatii care au revelat, precis în comportamentul nostru neadult, o mână de fete și băieți cărora le plăceau săriturile în băltoace în timpul ploilor ori întâlnirile pe terenul de joacă la asfințit, la fel precum legănatul în balansoare și momentele în care fumau iarba în spatele cupolei, am descoperit că grupul nostru zăbovea din ce în ce mai mult în sala de arte după școală, cu binecuvântarea tacită a profesorului nostru de arte. Era un tip îndesat, cu cizme de vânătoare înalte până la genunchi și veste din piele, cu plete bogate până la umeri și o barbă ascuțită, roșcată: arăta ca un refugiat dintr-o producție de Shakespeare a unui teatru comunitar și cel mai minunat era că numele lui era Dominic Crace. Deși sala era oficial închisă, el ne lăsa provizii, dulapurile descuiate, vopsele și pensule lângă chiuvetă și uneori chiar pe masa de lucru, cheia de la camera obscură. În acel întuneric roșiatic am avut parte de primul sărut adevărat, boboacă speriată fiind, o ciocnire umedă cu limbă cu un licean în ultimul an pe nume Alf, a cărui jachetă de piele cu multe fermoare era cel mai grozav lucru la el. Îl considerasem de mult tare, dar el s-a dovedit a fi – a fost o surpriză că așa ceva era posibil – la fel de stânjenit ca și mine, avantajul fiind că acel sărut nu a fost repetat și nici menționat vreodată. Prietenia noastră, așa cum era – ceva în genul unei familii extinse – a rămas neschimbată, era, pur și simplu, ca și când sărutul nu se întâmplase niciodată și uneori, după aceea, mă întrebam dacă se întâmplase cu adevărat.

Considerându-ne subversivi, tânjind după deceniile de aventură pe care le ratasem la mustață pentru că ne născusem prea târziu, rămâneam în sală până spre lăsarea nopții și pictam postere și sloganuri pe foi mari de hârtie și le lipeam pe holuri. REVOLTĂ-TE, scria pe ele, în culori primare, stridente, și CONDAMNĂ COMPLEZENȚA, și ȘTII UNDE ESTE SUFLETUL TĂU?, și OPUNE-TE BANILOR! SĂRUTĂ UN ANARHIST!

Dacă Dominic Crace era de partea noastră, în mod ironic, oamenii de serviciu erau, într-o lecție utilă revoluționară, inamicul: cutreierau pe holuri noaptea, cu misiunea de a rupe posterele noastre neautorizate înainte de adunarea de dimineața următoare. Jocul nostru era să le lipim pe cele mai bune în colțurile în care oamenii de serviciu nu le-ar găsi sau, cel puțin, nu până vor fi puternic apreciate. Ne încânta să le vopsim, eram încântați să le atârnăm, încântați, a doua zi, să căutăm supraviețuitorii: IUBEȘTE-ȚI APROAPELE CA PE TINE ÎNSUȚI, pe conturul albastru al unui cuplu care se îmbrățișează, care a supraviețuit trei zile pe interiorul ușii laboratorului de biologie, TE F-----, MAMA ȘI TATĂL TĂU, care era, drept citat, o contribuție din partea mamei mele, care a rezistat o săptămână întreagă într-un dulap din sala de sport unde erau depozitate mingile de baschet. Dar cel mai sincer - TESTELE SAT, ACTIVITĂȚILE ȘCOLARE, LA CE BUN TOATE ASTEA? - a fost ținut la adunare de foarte încruntatul domn Evers, directorul, care a spus că, deși cu toții erau în favoarea libertății de exprimare, sloganurile de acest fel nu erau de mare ajutor pentru comunitatea noastră și subminau moralul. Mai ales, explicase el, lăsau o impresie proastă eventualilor oaspeți. Asta nu este, a spus el, în spiritul liceului Manchester. El a mai adăugat că erau multe alte căi de exprimare și că aceia care aveau nevoie să exprime confuzie sau nemulțumire erau bine-veniți să trimită articole pentru a fi publicate în ziarul școlii. Așa spera el să se termine totul.

Dominic Crace, care știa prea bine cine eram noi, nu ne-a turnat și nici nu a încuiat echipamentele, iar noi, care ne-am strâmbat la discursul pompos al domnului Evers, eram cu toate astea precum muștele în capcană, atrași de deliciile sălii de artă a lui Crace. În anul următor, ultimul pentru mine, toți cei care încă eram la școală – Alf absolvise, alături de câțiva alții, lăsându-i pe șase dintre noi, seniorii, trei boboci și unu în anul doi – ne-am înscris la Artă Plastică.

Prima noastră temă a fost să desenăm o albină într-o vioară într-o pară. Toată lumea l-a luat în serios pe Crace și a desenat reproduceri fidele în creion ale acelor obiecte, chiar mai mici, precum niște cutii chinezești. Nimeni nu era prea bun la perspectivă, dar pentru unii asta funcționa mai bine decât pentru alții. Eu nici măcar nu am încercat să desenez. M-am dus acasă și am construit o pară mare, goală, din hârtie creponată, pe o formă de cuier – în două bucăți, inițial, care în cele din urmă s-au unit – și am căptușit interiorul cu staniol auriu. Am făcut o vioară dintr-o cutie de chibrituri și poza unui instrument tăiată dintr-o revistă glossy și am prins o albină meliferă afară, în lavanda mamei, folosind capcana de insecte din pod. Am asfixiat-o în borcan. Am vopsit-o cu rășină, ca să arate plăcut și să strălucească, am pus albina în cutia de chibrituri pe jumătate deschisă, am lipit-o în pară și apoi, cu ajutorul fratelui meu (el deja trebuie să fi locuit în Tucson și venise acasă în vizită cu Tweety, care avea să devină soția lui), am instalat un mic bec, ca o lumină de veghe, în pară înainte să o sigilez și am scos firul discret în jos. În mod crucial, am făcut o gaură prin învelișul parei, prin pulpa de hârtie creponată, ca să se poată vedea prin ea. Și trebuie să spun chiar și acum, atunci când cablul era băgat în priză și învelișul de folie aurie lumina miezul gol al parei, albina strălucitoare din cutia de chibrituri era ciudat de frumoasă. Am decis că era o pară roșiatică și am pictat exteriorul în tonuri frumoase, stacojii, cu multe straturi de vopsea, așa că era groasă și strălucitoare. Am muncit foarte mult la ea – adoram inutilitatea demersului meu, îmi dădea atât de multă satisfacție, un răspuns la posterele mele timpurii. Asta, domnule Evers, am gândit eu, pentru asta a fost totul – și când l-am dus în clasă și l-am pus lângă toate celelalte desene în creion, am avut plăcerea să îl văd pe domnul Crace cum își face un templu din mâini sub bărbie (atenție, un templu, care trăgea discret de marginea bărbii sale drăcești) și cum chicotește cu voce tare.

– Asta, atenție, *aceasta* este o operă de artă, a anunțat el, privind în jur spre noi, pe rând, cu o licărire de fericire care mi l-a adus brusc în minte pe Willy Wonka mai degrabă decât pe acel Petruchio. El s-a oprit, s-a aplecat și s-a uitat la albina mea din lăcașul ei și apoi s-a îndreptat de spate și s-a întors. A cui e asta? A cui e? E a ta? Știam eu. Bravo, Nora Eldridge, a spus el. Bravo ție.

4

Sirena fusese o artistă – este o artistă. Una adevărată, orice ar însemna asta. Acum este chiar și mai bine cunoscută, în anumite cercuri importante. Chiar dacă locuiește în Paris, Sirena nu este franțuzoaică, este italiancă. Asta nu este evident, pentru că numele ei de familie este Shahid și prenumele soțului ei este Skandar, iar fiul ei are același nume de familie ca ultimul șah din Iran – nu că vreunul dintre ei ar fi persan. Pur și simplu, le-a plăcut numele. Skandar este din Liban, din Beirut. Bine, cineva din familia lui era din Palestina înainte de asta, dar asta a fost de mult deja. Și cel puțin, cred, parțial, din partea tatălui era, de fapt, din Beirut. O parte din el este creștină și altă parte este musulmană, ceea ce în mod sigur explică multe despre toate astea cuiva, deși nu neapărat mie. În plus, nu vorbeam despre Skandar, care nu apare în poveste decât mult mai târziu, ci despre Sirena, cu care era – și este – căsătorit, care este italiancă și este artistă.

Ți se va ierta dacă crezi că Sirena era ea însăși din Orientul Mijlociu, datorită pielii sale, acea piele fină și măslinie, care pe fiul ei arăta de parcă fusese dat cu pudră, aproape verde-albăstruie, dar pe oasele ei elegante părea în același timp bătrână și tânără, tânără pentru că obrajii ei erau atât de netezi și plini, ca fructele. Ea nu avea riduri, în afară de colțurile ochilor și, acolo, niște labe de gâscă spectaculoase de parcă își petrecuse toată viața zâmbind sau privind mijit în soare. Și avea riduri de la marginea nasului până la colțurile gurii, dar acelea nu erau, de fapt, riduri, erau riduri de expresie. Nasul ei era acvilin, puternic, italian, presupun și pielea fină era trasă mult peste el, uneori puțin strălucitor. Acolo, pe podul nasului, erau câțiva pistrui, ca un mic spray de nisip. Avea ochii, ca ai lui Reza și sprâncenele negre, feroce și păr drept, lucios și negru, cu șuvițe argintii.

Nu era tânără – deși când am cunoscut-o, când Reza avea opt ani, trebuie să fi avut cam patruzeci și cinci de ani, dar nu i-ai fi dat atât. Era în ochii ei – viața din ochi – și în labele de gâscă. În mod ironic, o făceau să pară mai tânără.

Ar fi trebuit să o cunosc la seara Back to School de la finalul lunii septembrie – seara în care părinții vin în clasă la ora cinei, scăpând în mod misterios de progeniturile lor, și se înghesuie în băncile mici ale copiilor lor și ascultă cum profesorul povestește cu un entuziasm contagios despre bucuria tablei înmulțirii și importanța misterioasă a învățării scrisului de mână. Această prezentare este urmată de un discurs din partea directoarei, Shauna McPhee, în sala de festivități, și de necesara pizza călâie și gelatinoasă și sucul de după, pe care noi, profesorii, acum epuizați și asediați, trebuie să rămânem să le strângem.

Dacă aș fi cunoscut-o atunci pe Sirena, aș fi făcut efortul de a o aborda, știu asta, dar se face că o întâlnisem înainte, pentru că Reza fusese bătut. Nu e tocmai adevărat: mereu am fost predispusă la exagerări. Dar a fost atacat și a fost rănit.

În a treia săptămână de școală, pe terenul de joacă, după ore, miercuri, prima zi cu adevărat rece și tomnatică din anotimp, trei băieți din clasa a cincea s-au năpustit pe Reza în timp ce se juca singur pe structura de cățărat – sau „de unul singur", cum spun mereu fermecător copiii. La început au aruncat cu mingi în el, nu mingi mici, ci mari, mingi de baschet, și nu în glumă, ci tare, cu o țintă răutăcioasă.

– Am crezut că jucau dodgeball, a spus alt puști care fusese în preajmă, dar, din păcate, nimeni nu i-a propus lui Reza să se joace, care oricum nu ar fi știut ce este – și apoi, cumva, lucrurile au degenerat mai departe și unul dintre ei, Owen, un băiat mare și prost, trebuie să spun, pentru că i-am predat un an întreg și m-am chinuit să îl trec la final, l-a apucat pe Reza de guler, l-a lipit de un stâlp din metal și l-a lovit în ureche. L-a făcut pe Reza „terorist" și i-a spus că terenul de joacă era pentru americani.

A durat o vreme să lămurim lucrurile și a fost implicat și unchiul lui Owen, care suferea de TSPT după o misiune în Irak, dar, sincer, nimic nu putea să scuze sau să explice întregul fiasco.

Treceam prin eseurile copiilor – ei bine, pentru ei acesta este un cuvânt mare, trei paragrafe despre „Ce mi-a plăcut cel mai mult la excursia noastră de cules mere", dar lucram la catedra din clasa mea, când mi l-a adus Bethany, una dintre fetele care de-abia terminase facultatea și care se ocupa de supravegherea copiilor la joacă. Ea a avut inspirația să îi pună un pachet de gheață pe urechea roșie și umflată, dar Reza era alb la față și tremura, cu genele pline de lacrimi. Bethany era prea tânără sau prea timidă să facă ceea ce era evident că trebuia făcut, adică să îl îmbrățișeze și să respire odată cu el, să îl liniștească și apoi, fără să plece de lângă el, să ia telefonul și dosarul lui și să o sune pe mama lui și să îi spună să vină să îl ia.

La început m-a iritat Sirena, pentru că prin vocea ei străină, joasă, a sugerat că Maria, dădaca lui, avea să vină oricum în patruzeci și cinci de minute. Am respirat zgomotos – intenționat – și am spus:

– Doamnă Shahid, în aceste condiții, cred că ar fi o idee bună dacă ați veni dumneavoastră cât de repede posibil.

– Voi fi acolo în zece minute. Cel mult cincisprezece.

– Vă așteptăm aici în clasă, am zis eu. Veniți cât de repede posibil.

Și m-am întors înapoi lângă Reza și am pus o mână pe spătarul scaunului său ca să se simtă în siguranță și am spus:

– Vrei o limonadă? Am una în geantă. Ce zici de un Oreo? Și l-am ținut ocupat cu apă dulce, biscuiți și cu povestea ca să-mi fac o idee despre ce s-a întâmplat în mare înainte să vină Sirena. Reza, în ciuda lacrimilor prinse în genele lui ca niște picături de ploaie în plasa unui păianjen, deşi sughiţa puţin, nu a plâns, iar respiraţia lui era tremurată, ca şi umerii lui mici.

Eram furioasă – pe cei trei bătăuşi, pe Bethany, Margot şi Sarah, care cumva reuşiseră să nu vadă nimic, şi cumva furioasă şi pe mama lui Reza, pe care urma să o întâlnesc, pentru că l-a lăsat neprotejat într-o ţară străină, pentru că l-a încredinţat unui sistem şi unor oameni despre care nu ştia nimic. Dacă ar fi fost al meu, nu aş fi făcut aşa ceva: l-aş fi preţuit, l-aş fi înconjurat, nici măcar ca principiu (deşi era şi asta), dar pentru că era Reza, acest băiat luminos, atât de preţios.

Atunci când s-a ivit în spatele geamului şi a bătut încet şi a deschis uşa, m-am ridicat brusc în picioare, gata pentru cea mai dură interacţiune, dar eram dezarmată. Agonia din ochii ei – până la urmă, erau ochii *lui* – şi cum s-a repezit în cameră să îl îmbrăţişeze – pe scurt, prezenţa ei a fost destul. Nu pot decât să bănuiesc ce şi-au spus. Vorbeau în franceză, ea avea braţele în jurul lui, el şi-a lipit faţa de pieptul ei, de parcă a-i respira mirosul era ca un balsam. Era un băiat mare pentru un asemenea gest – majoritatea elevilor mei de clasa a treia nu ar fi vrut ca profesoara lor să îi vadă cu sentimentele atât de expuse şi îi admiram, mamă şi fiu, pentru indiferenţa lor faţă de mine. A durat un minut sau chiar două până ca ea să îşi ridice privirea, şi-a eliberat o mână şi mi-a întins-o.

– Domnişoară Eldridge, a spus ea, de-abia aşteptam să vă cunosc.

– Îmi pare rău că nu s-a întâmplat în împrejurări mai bune.

Ea ridică uşor din umeri.

– Îmi pare bine că m-aţi sunat.

– A fost un incident pe terenul de joacă.

– Îmi dau seama.

– Nu am fost de faţă, dar din ce spune Reza, nu a fost deloc vina lui.

Ea căpătă o expresie de parcă ar spune, „Cum ar fi posibil?“

– Şcoala noastră are o toleranţă zero pentru bătăuşi, doamnă Shahid…

– Sunt sigură.

– Și vom afla exact ce s-a întâmplat, iar băieții vor fi disciplinați.

– Desigur.

– Îmi pare foarte rău, pentru că se pare că deși băieții au spus... au folosit cuvinte jignitoare și nepotrivite. Vreau să știți că la Appleton nu avem – nu am avut... Toate astea nu se întâmplă de obicei. Și ne vom asigura că nu...

– Înțeleg. Ea se ridică și Reza odată cu ea de parcă ar fi fost, de fapt, uniți la șold.

Ea a zâmbit atunci – oare pentru că era zâmbetul *lui*? Poate, deși în clipa aceea nu m-am gândit la asta. Ceea ce mi-a trecut prin minte, la fel de limpede ca și când aș fi spus-o cu voce tare, a fost asta: „O, *tu* ești. Desigur. Ar fi trebuit să știu". Și mai târziu, când am reflectat la asta, m-am gândit din nou, în cuvinte, „Te recunosc". Era o senzație extrem de ciudată, de ușurare și alarmare în același timp. Ca și când aș fi văzut o fantomă, sau am avut o epifanie – cine este cel care merge mereu lângă tine? –, un sentiment asupra căruia nu ai de ales decât să te încrezi complet în el.

– ...atât de recunoscătoare, spunea ea. Această mutare, atâta schimbare pentru Reza, ar fi putut să fie... dificil. Dar lui îi place să vină la cursul dumitale.

– Ne bucură că vine aici. Am spus asta privindu-l pe Reza cu un zâmbet mare, iar el s-a uitat la mine cu aceeași imposibilitate din acea primă zi de la supermarket. Și chiar sper ca întâmplarea de azi, pe cât de oribilă a fost, nu te va face să nu îți mai placă această școală.

El clătină din cap ușor: greu de spus dacă asta însemna da sau nu.

– Micul meu prinț este foarte puternic, spuse mama lui. O să fie bine. Ea zâmbi din nou, se uită la mine, mă privi cu adevărat – am simțit că mă *vedea* – din nou. Voiam să spun „Mă știți și dumneavoastră, deci?" ca să mă asigur că nu mi se părea. Dar cine ar putea să spună una ca asta?

– Mă bucur că v-am cunoscut, doamnă Shahid – și ne-am dat mâinile din nou, la inițiativa ei, iar mâna ei era mică, dar puternică, și caldă, și uscată – și o să vă anunț imediat ce aflu ceva după ce facem cercetări. Vă sun. Iată numărul meu de telefon dacă aveți nevoie. Și de-abia aștept să vă văd împreună cu soțul dumneavoastră la Seara Back to School de săptămâna viitoare.

– Săptămâna viitoare. Desigur, spuse ea, sfioasă și rezervată în același timp. Desigur. La revedere.

Desigur. Desigur. Părea inevitabilă această întâlnire, ca o șansă, ca o ușă care se deschidea. Încă nu știam că ea era artistă, o artistă de instalații, lipsită de atelierul ei din Paris. După ce au plecat, m-am întors la catedra mea, cu ochii nu pe paragrafele despre culesul merelor, ci spre crengile de afară care se transformau, dincolo de fereastra clasei, arțarul norvegian în straiele lui de bal, stacojii, în contrast cu cerul albastru de 11 septembrie. Cum era posibil ca frunzele sale să iasă atât de distinctiv în evidență? De ce era cerul de un albastru atât de impecabil? Cum putea această după-amiază obișnuită să mă umple nu de indignarea pe care o simțisem mai devreme, ci de bucurie – da, bucurie. Stăteam la catedră cu creionul în mână, în lumina amurgită, în razele lungi ale soarelui de după-amiază, aveam fluturi în stomac, ca un copil. Nimic nu se mișca în cameră în afară de interiorul stomacului meu.

5

În dimineața următoare, Shauna McPhee a stat de vorbă cu cei trei bătăuşi, ca să discute despre împărtăşirea sentimentelor, toleranță şi importanța cuvintelor. Sunt sigură că le-a vorbit despre cum să facă alegeri bune, despre propria lor siguranță şi apoi l-a chemat pe Reza şi i-a pus pe băieți să îşi ceară scuze unul câte unul şi să dea mâna cu el în fața ei şi numai după ce el a plecat din nou ea le-a spus că ei nu vor mai avea voie pe terenul de joacă, nici la pauză şi nici după ore, timp de o săptămână. Părinții lor fuseseră informați despre asta şi Shauna a sunat-o pe Sirena să o asigure că incidentul a fost, după cum a spus ea, „rezolvat".

Nu mă înțelege greşit, o admir pe Shauna, care este cu cinci ani mai mică decât mine, singură şi fără copii şi ea, dar, spre deosebire de mine, un star al sistemului public de şcolarizare. Atunci, ea era deja directoarea şcolii de trei ani – ajunsese să conducă Appleton înainte să împlinească treizeci de ani. Dar cred că singura cale prin care poți să fii un bun administrator este să înțelegi mai bine adulții decât copiii. Faci un spectacol din a înțelege copiii, dar, de fapt, totul este pentru adulți. Dacă Shauna *ar fi avut* copii, ar fi ştiut că cei trei bătăuşi nu erau destul de isteți încât să aprecieze bunul-simț al regulilor despre toleranță şi acceptare, erau suficient de deştepți numai cât să înțeleagă că acestea erau regulile, se pare. Şi toată lumea ştie că rostul regulilor – dacă eşti un băiat prost, obraznic, cu o licărire cât de mică de minte animalică – este să nu li te supui, ci să eviți să fii prins când le încalci. Şi dacă Shauna ar fi înțeles, ea ar fi văzut că acei băieți au considerat acele strângeri de mână din biroul ei drept umilirea lor, ceea ce nu a făcut decât să îl disprețuiască și mai tare pe Reza. „Rezolvând“ aparent problema, Shauna încuraja războiul de gherilă și știam că trebuie să stau de pază.

Sirena nu era naivă și știa și ea asta și m-a sunat acasă în seara aceea. M-a trecut un fior puternic și ciudat când mi-am dat seama cine era.

– Domnișoară Eldridge, mă scuzați...

– Nora, vă rog.

Ea se opri la telefon. Un lucru minunat, misterios, o pauză pe fir. Cine știa ce însemna asta?

– Nora. Da. Mă scuzi că te deranjez acasă, dar am nevoie de părerea ta.

– Despre băieți?

– Da, băieții. Avea obiceiul de a repeta ultimele cuvinte pe care i le spuneai înainte să continue, de parcă o conversație era o cursă în reluare. Nu mi-am dat seama niciodată dacă era ceva cultural – ceva italian – sau avea vreo legătură cu traducerea, se asigura că înțelesese corect sau era doar un manierism sirenian. Voiam să știu dacă tu crezi că băieții vor fi bine acum? – ea spunea „bă-ieți“ într-un fel ușor comic, adorabil, italian.

– Pentru că nu credeți asta?

– Pentru că nu cred asta? Nu știu. Uneori, totul pare bine, dar copiii sunt furioși, nu le place să dea de belele și asta îi face și mai furioși.

– Foarte adevărat, doamnă Shahid.

– Sirena, te rog. Altfel nu pot să îți spun Nora.

– Sirena. Am încercat să pronunț ca ea, dar nu suna la fel. În acest moment, tot ce putem face este să fim vigilenți. Asta dacă nu urmează alt incident, ceea ce sper foarte mult să nu se întâmple...

– Poate putem să bem o cafea împreună?

Fiorul a lovit din nou. Era extraordinar de ce era în stare trupul, fără vreun motiv anume.

Doar dacă și ea m-ar fi recunoscut. Și atunci am simțit că și cealaltă fusese o scuză – nu doar o scuză, dar oricum.

– Cafea? Sigur.

– Să explic. Dacă pot să îți povestesc despre Reza: vine dintr-o lume atât de diferită. Este important pentru mine ca acest an în America să fie unul bun pentru el. Nu a vrut prea tare să vină, așa că...

Deci, nu o scuză. Un motiv adevărat. O ocazie să fiu o profesoară mai bună.

– Desigur. Când ar fi bine pentru tine?

Am fixat întâlnirea noastră la două zile după seara Back to School. Am stabilit să ne întâlnim la cafeneaua Burdick, în Harvard Square, ceea ce este bizar pentru că nu îmi place și nu cred că ea a fost cea care a sugerat-o. Trebuie să o fi propus drept un exponent al vieții locale, dar mereu mi se pare prea închis, ferestrele se aburesc și este greu să obții un loc unde să te așezi, iar prăjiturile lor sunt prea bogate și prea scumpe, dar mereu pare o irosire, dacă te-ai deranjat să mergi la Burdick să nu mănânci una totuși. Prefer Starbucks, unde mâncarea este sincer proastă, dar nu există stânjeneală pentru a-l evita. Este greu totuși să sugerezi Starbucks cuiva din Paris.

M-am întrebat mereu cât de mult din atracția familiei Shahid venea din faptul că erau străini. Mereu am fost atrasă de străinătate. În primul an de liceu, am avut o colegă venită printr-un schimb din Londra, pe nume Hattie, și am decis încă dinainte să vină că mă voi împrieteni cu ea. Eteric de palidă, cu fața rotundă și ochi mari, albaștri, avea o tunsoare bob, blondă, care îi venea luxos peste jumătate de față, și avea un rimel negru, retro, un cap de taur imprimat pe spate. Era solidă, nu grasă, ci puternică și purta cizme negre, cu șireturi, și asculta Joy Division și Clash. Și venea din Londra, Anglia. Nimeni din liceu nu se ridica la nivelul ei, iar eu eram ghidul și secretara ei pentru tot anul. În ochii colegilor mei de clasă eram astfel mult mai tare. La jumătatea perioadei petrecute acolo ea a dezvăluit că era de vârsta mea, sau aproape, și am fost atât uluită, cât și dezamăgită, cea din urmă pentru că atunci mi se părea că singura mea pretenție de a fi specială era brusc nimic, o simplă săgeată din tolba ei mare.

Dar străinătatea: nu era nimic străin la tatăl meu, cu garderoba lui banală Brooks Brothers și faptul că crescuse în Wenham, Massachusetts. Nimic străin la mama mea, cu excepția unei bunici italiene, cu care avea o singură fotografie, strămoașa murind când mama mea avea doi ani, și o soră foarte catolică, ce contempla preluarea comenzilor, ceea ce părea destul de străin pentru noi. Când era copil, Matt, fratele meu, era atât de american, încât detesta legumele și toate felurile de mâncare etnică – indiană, chinezească, thailandeză, le respingea pe toate, pretinzând că au carne de cal dată prin sos maro. Nu sunt sigură cât de diferit este el acum. Nu, dorința era numai a mea.

– Au existat Eldridge aici aproape de la început, spunea tatăl meu adesea, îngâmfat, când deschidea o sticlă cu vin sau punea porții de piure de cartofi. Suntem din generație veche.

Și în Manchester-by-the-Sea, la o scurtă plimbare cu bicicleta de marile case de la țărmul mării ale micii nobilimi, cred că știu cât de relevant era „aproapele" tatălui meu, cum acel „aproape" ducea, trist, până la umila noastră ușă de la intrare.

Mereu am crezut că voi locui în Paris, Roma, Madrid – cel puțin pentru o vreme. Acum mă uimește că nu am visat la Zanzibar, Papeete sau Tașkent: până și fanteziile mele erau precaute, fantezia unei fete bune, o fantezie de migdală înălbită. Azi, chiar și asta este suficient să strâng pumnii și să îmi încordez degetele.

În ultimii câțiva ani m-am gândit adesea la cântecul lui Marianne Faithfull *The Ballad of Lucy Jordan*. „La vârsta de treizeci și șapte de ani și-a dat seama că nu se va plimba niciodată prin Paris într-o mașină sport, cu vântul cald prin plete..." – și am simțit înțepături mici în spatele ochilor. Nu pentru că am crezut că nu voi avea parte de momentul meu parizian cu mașina sport – nebunește și destul de eronat, eram sigură și la treizeci și șapte, și la treizeci și opt, și chiar și la treizeci și nouă că acel moment era iminent –, dar pentru că Marianne are dreptate cu privire la vârsta de treizeci și șapte – primul dintre anii mei cu Reza – este un moment de dat socoteală, vremea la care trebuie să recunoști odată pentru totdeauna că viața ta are o formă și un orizont și că, probabil nu vei fi niciodată președinte sau milionar și că dacă ești o femeie fără copii, cel mai probabil așa vei rămâne. Apoi urmează o perioadă de acomodare înainte să devii în mod formal și oficial bătrână, doar că eu nu am folosit-o pentru acest scop. Am folosit acei ani altfel, sau așa am crezut. Am crezut că îi foloseam să îmi fac viața adevărată – nu așa se spunea în anii '60? Să te „realizezi"? – dar se pare că și în ziua de azi sunt încă în Casa Surprizelor.

6

Când Sirena nu a apărut pentru seara Back to School, m-am întrebat dacă să o sun să îi aduc aminte de întâlnirea noastră de la Burdick, două zile mai târziu. M-am hotărât să aştept şi să văd. Eram conştientă că asta nu era doar atipic pentru o profesoară, dar, pur şi simplu, nu prea matur din partea mea. Puneam la cale un test al prieteniei.

A trecut. A venit, deşi cu aproape cincisprezece minute întârziere, şi părea să care după ea vreo şase pachete şi sacoşe cu care se lovea neîndemânatică de ceilalţi clienţi: a lovit pe cineva peste ceafă, o doamnă bătrână care bea ciocolată caldă.

Reuşisem să prind o masă, pentru că aşteptam de ceva vreme. Mesele şi scaunele de acolo sunt mici şi apropiate unele de altele şi nu sunt comode, dar ne-am înghesuit şi am pus pachetele ei la picioare. Am rămas cu hainele pe noi, deşi era cald, pentru că nu aveam unde să le punem.

– Cumpărături?

– Cumpărături, da. Mâine este ziua soţului meu. Ea a râs drăguţ. Mereu oferim multe cadouri. Nimic mare, dar multe lucruri mici. Este mereu o provocare să le găsesc pe cele potrivite. Este o... idiosincrasie?

– Este idiosincrasie.

– Da, exact.

– Şi sunteţi aici datorită serviciului său?

– Doar pentru un an. Are o bursă de la universitate, ca să își scrie cartea.

– Interesant. Despre ce este?

– Va trebui să îl rogi să îți explice, pentru că eu nu mă descurc la asta. Etică. Este despre etică și istorie. Este interesat de cum nu putem să povestim o istorie cu adevărat – până la urmă, nu există așa ceva –, dar atunci trebuie să încercăm să spunem o istorie în mod etic – și, apoi, ce înseamnă asta?

– De ce nu poate o istorie să fie adevărată?

– Pentru că mereu avem doar o parte a unei istorii. Nu poți să faci o poză la 360 de grade, nu putem face asta, chiar și într-o secundă de viață, să arătăm tot ceea ce ni se întâmplă. Deci cum am putea să facem așa ceva pentru istoria unei persoane, sau a unui popor? Istoria unei națiuni? Nu este posibil, spuse ea, ridicând mâinile într-un gest de disperare veselă.

– Și atunci, ce faci? Și tu ești istoric sau o persoană cu etică sau ceva?

– Nu! N-aș putea să fac așa ceva. Cuvintele nu sunt pentru mine. Ea se uită la mine cu atenție, cu ochii ei aprinși de marmură neagră. Sunt artistă. Fac lucruri. Instalații. Câteodată, videoclipuri.

Ea a spus asta cu calm, de parcă mărturisea că făcea prăjituri sau colecționa timbre și știam că era pe bune.

– Glumești.

– Nu. De ce?

– Și eu sunt artistă.

Pândeam pe ascuns recunoașterea ei – asta! Desigur! Împărtășeam – dar mă temeam, din zâmbetul ei, că primul ei impuls va fi să mă privească de sus. Se gândea că pentru mine a face artă trebuie să fie un hobby. Se gândea că eram o profesoară de școală primară. Dar era prea politicoasă pentru ca să lase să se vadă asta.

– Serios, a spus ea. Trebuie să îmi povestești despre opera ta.

– Nu, nu. Vreau să aud despre a ta. Putem vorbi despre mine altă dată. Mă simțeam îndrăzneață pentru că asta presupunea că o să existe o altă dată. Sunt aici ca să aflu despre viața lui Reza, adică despre a ta.

– Despre viața noastră nu sunt prea multe de spus. Dar Reza este foarte iubit pentru că nu am putut – eu nu am putut – să mai fac alți copii. Ai frați sau surori, Nora?

– Un frate mai mare.

– Atunci știi cum este, atât de important. Noi am fost cinci copii, în familia lui Skandar, trei, deși unul dintre frații lui a murit. Amândoi ne-am dorit mai mulți copii și pentru Reza, să știi.

– Ca profesoară, trebuie să spun că acei copii unici sunt adesea avantajați academic...

– Da, pentru că noi, părinții, îi răsfățăm și petrecem atât de mult timp. Copiii unici, ei devin ca o a treia persoană în cuplu, știi? Ei nu petrec prea mult timp ca și copii, ci ca mici adulți.

– Te îngrijorează asta la Reza?

– Aceasta este îngrijorarea noastră. În Paris i-am oferit o lume plină de copii. Are verișori – nu cei adevărați, ei sunt în Italia –, dar prieteni la fel de apropiați ca verișorii. Numai în blocul nostru are trei prieteni, inclusiv o fată care este cu trei săptămâni mai mare decât el, pe care o știe dintotdeauna. Se văd aproape zilnic.

– Deci este o tranziție grea pentru el, să vină aici.

– Pentru noi toți este, da, desigur.

– Este de ajutor să știu asta. Mulțumesc.

Sperasem la o dezvăluire mai intimă. Nu știu exact ce anume.

– Dar cu *bullying*-ul...

– Da, știu, a fost oribil. Voi urmări de aproape. Erau copii mai mari care nu îl cunoșteau, totuși. În clasa noastră este extrem de popular. Este foarte plăcut. Atât de băieți, cât și de fete. Este un băiat foarte bun.

– Da, bun.

– Și progresează foarte mult cu engleza.

– Da. Acum, la cină, vobim numai în engleză, ca să exersăm. Toți trei facem greșeli. „Te rog, dă-mi“, spunem, iar apoi „chestia aia" dacă nu știm cuvântul. Uneori suntem prea obosiți. Dar acum Reza ne învață cuvinte.

– Sper că nu unele urâte?

– Și pe acelea, zâmbi ea.

Ne-am terminat cafeaua. Momentul recunoașterii, semnul – trebuia să aibă un sens.

– Dar despre arta ta, am spus eu. Urma să îmi povestești despre arta ta.

În acea primă conversație mi-a povestit despre instalațiile ei care erau – așa cum aveam să văd, în cele din urmă, cu ochii mei – grădini luxuriante și jungle făcute din obiecte de uz casnic și gunoaie: primule sculptate atent în săpun, crini și lalele făcute din cârpe vopsite și amidon, tulpini argintii din textile vopsite și lăcuite și staniol, realizate precis și impecabil. Când vorbea despre ele, nu mi le puteam imagina exact, dar ideea avea sens pentru mine: viziuni ale paradisului, ceva din altă lume, frumos, iar apoi, când ești în ele, de aproape, îți dai seama că florile sunt murdare, tulpinile sunt strâmbe și cărăbușii strălucitori care se cațără pe frunzele cerate sunt, de fapt, capace de bere îndoite sau nasturi vechi de piele, cu membre. Instalațiile ei aveau nume din povești și mituri – Pădurea din Arden, Avalon, Oz, Elsinore – dar, în realitate, erau bucătăria, sau spălătoria și, mai devreme sau mai târziu, privitorul își va da seama că în spatele cascadei era o chiuvetă veche sau că bolovanii dintre arbori reprezentau o mașină de spălat cu uscător, toate arse și pline de scame negre.

Ea mi-a mai spus și că în ultima vreme făcuse videoclipuri cu instalațiile, că povestea videoclipurilor era exact această revelație că lumea frumoasă era falsă, era realizată din gunoaie, dar că la început a trebuit să o filmeze în așa fel încât arăta cu adevărat frumos și că uneori asta era greu. Și, în plus, a spus ea, narațiunea era grea: când faci un videoclip, trebuie să existe o poveste și o poveste se desfășura peste timp, într-un fel diferit și nu mereu se desfășura așa cum îți doreai. Ea mi-a spus toate astea și îmi dădeam seama că, pe de o parte, era mândră să vorbească despre asta, chiar pasionată, dar, pe de altă parte, își menținea un aer ușor obosit față de lume. Eram ușor stârnită.

– Pot să văd la ce lucrezi? am întrebat.

Ea a dat din cap, m-a privit prin stratul părului său.

– Trebuie să construiesc Lumea Minunilor – acesta este următorul meu proiect. Dar nu am nimic la mine. Poate că reușesc să îți trimit un videoclip cu lucrurile mai timpurii, deși nu este la fel, de fapt.

– Dar de ce?

– Este despre spațiu și uneltele mele și toată lumea mea de acolo.

– Dar nu poți să petreci un an fără munca ta!

– Nu. M-aș transforma într-un monstru pe care nici Reza, nici Skandar nu ar vrea să-l cunoască. Asta mă împiedică să o iau razna. Prea mult întuneric, altfel.

– Și eu sunt la fel. Trebuie s-o fac, altfel aș înnebuni.

Ea zâmbi, într-un fel real, de parcă voia să audă, chiar acum. Și i-am spus despre cum obișnuiam să pictez tablouri mari și dezordonate, dar cum atunci când mama mea era bolnavă și toți anii în care a fost pe moarte, când ceda treptat, nu am mai putut să pictez, nu am mai putut să fac niciun gest măreț și în schimb am recurs la lucruri mici, la camere de mărimea cutiilor de pantofi, a unei lumi scalate, în stil Joseph Cornell, de parcă acestea, cel puțin, nu puteau fi luate de lângă mine – acestea erau fragmentele pe care le-am sprijinit de ruina mea. Și atunci nu am explicat despre cum am încetat să îmi arăt operele, am încetat să le vând și am renunțat la ideea de a găsi artei un loc în lume – pentru că, în acea lungă, lentă stingere a vieții, simțeam cumva că singura cale prin care puteam să încerc să o țin pe mama în viață era să închid și să mă agăț, să mă țin de ceea ce realizasem, așa cum ea mă făcuse pe mine. Mă temeam că asta nu avea sens și de aceea nu am vorbit despre asta atunci. Dar am explicat despre cutiile mele iluminate, despre a realiza scene și lumi în miniatură și cum mereu, ascunsă undeva, unde de-abia o puteam vedea sau nu o puteam vedea deloc, era o mică figură aurie care era bucuria.

– Este greu pentru mine să cred în asta, am spus, dar este și cel mai important lucru pe care mă fac să îl cred. Așa că o pun acolo orice-ar fi. Chiar și în scenele de moarte, o pun acolo.

– Înțeleg cu adevărat, spuse ea și îmi dădeam seama că înțelegea într-adevăr și brusc după-amiaza meritase, semnul avea expresie și ne puteam ridica și pleca de la masa noastră mică și stânjenitoare de la Burdick, separată în după-amiaza acum întunecată.

În timp ce își aduna pachetele, scotocind din nou, neîndemânarea ei părându-mi-se fermecătoare, ea a spus fără să ridice privirea:

– Mă gândesc să închiriez un spațiu, dar cel care îmi place este prea mare, prea mult pentru mine. Este mai bine să-l împart. Ai fi interesată?

– Da, am spus eu, înainte să înțeleg cu adevărat ce oferea. A fost un „da“ foarte rapid.

Afară, pe trotuar, ea a pus o mână pe brațul meu, în același fel în care fiul ei își pusese mâna lui mică pe brațul meu. Acum știam de unde venea gestul.

– Te sun eu, spuse ea. În weekend poți veni cu mine să vezi studioul. Poate sâmbătă după-amiază? Skandar și Reza pot să facă ceva împreună atunci.

– Da, am spus, fără să mă gândesc că promisesem să îmi vizitez tatăl în ziua aceea, că va trebui să sun și să îl dezamăgesc, un om singur, cărunt, într-un apartament din Brookline, care număra orele până când veneam eu. Și când mi-am dat seama de această greșeală, nici nu am schimbat planul și nu am așteptat ca Sirena să confirme, l-am sunat, mi l-am imaginat acolo în camera de zi, supraîncălzită, galben-lămâie, pe covorul lui ciudat, moale, vechi și roz pe care mama îl alesese când se mutaseră din Manchester, când cărțile erau deja pe masă, dar ea încă făcea astfel de alegeri – pentru mine ciudățenia era că mama mea îl transformase intenționat în apartamentul unei persoane bătrâne, culorile și mobila salvate din casa lor fiind cele mai favorabile unei atmosfere pudrate, de bunici, de parcă, făcând asta, ea ar fi putut să facă trecerea în bătrânețe (atunci, ea nu era bătrână, nu era bătrână când a murit), își putea prelungi viața, pur și simplu, setând scena pentru mai departe – și mereu când vorbeam cu el mi-l imaginam părăsit în această mare de roz și galben, indiferent față de ea după cum părea să fie. I-am spus că intervenise ceva, am pretins că avea ceva de-a face cu școala. El a încercat să pară entuziasmat pentru mine, gândindu-se poate că ar fi vorba de vreo avansare profesională, iar eu încercam să par iritată din cauza obligației, de parcă, de fapt, nu voiam să mă duc. Eram amândoi angajați într-o decepție atât de prietenoasă, atât de îndelungată, încât abia dacă era conștientă, dar în mod sigur știa că nu îmi părea suficient de rău și știam că era dezamăgit și mi-e rușine să recunosc faptul că eram atât de entuziasmată, încât nu îmi păsa cu adevărat.

Vine timpul acela, acel timp Lucy Jordan, când viața ta pare mică și cu totul la fel mereu în jurul tău și nu crezi că ceva se va schimba, crezi că speranța nu este pentru tine – și dacă ești ca mine, atunci, în acea perioadă de început în care îți dai seama de starea ta, nici măcar nu te simți furios. Consternat, poate, șocat, dar asta se pare că este, pur și simplu, viața, o lume în care cel mai mare eveniment al zilei este când vine catalogul Garnet Hill pe care îl vei parcurge în baie și unde un triumf este că faci o plimbare lungă prin cimitirul glorios, acoperit de zăpadă după prima furtună și cumva nu te pierzi printre morți, găsești piatra funerară a mamei tale și o săruți, o săruți pe ea: asta este un triumf. Piatra îți lasă pe buze și pe nas un gust de gheață, iar cerul, cu norii săi zimțați, este vopsit cu mov. Este departe de adunările elegante din galeriile din Meatpacking District din New York pentru care odată te credeai a fi destinat, chiar dacă este frumoasă – și durerea poate fi frumoasă –, acest mic triumf nu are deloc aspectul începutului. Să spunem doar că uşile deschise din cimitire nu sunt neapărat uşile pe care vrei să intri.

Dar se pare - este - ca şi când acolo asta este, moartea sau catalogul Garnet Hill, acea distracție veselă şi trecătoare de la moarte, sau într-un episod din *Lege şi ordine*, pentru că pe un post sau altul, la orice vreme din zi şi din noapte, îl găseşti - detectivul Benson! Detectivul Stabler! Mult visatul - şi atunci nu vei mai fi singur.

Şi apoi, brusc, este altceva. Când te aştepți mai puțin. Brusc, apare o oportunitate, o deschidere, o persoană sau oameni pe care nu ți-ai fi imaginat şi - bucurie! - simți ca şi când ai găsit oala cu aur, când te gândeai că toată poleiala a dispărut de pe lumea asta pentru totdeauna. Este suficient, pentru o vreme - poate chiar pentru o vreme îndelungată –, să te facă să uiți că ai fost vreodată mânios, că ai ştiut vreodată ce înseamnă furia.

7

Când m-am dus la facultate – la Middlebury, o instituție mică de arte liberale cunoscută pentru studiile sale de limbă, din Vermont –, nu m-am specializat în Arte plastice. Nu avea prea mult sens să mă duc la Middlebury pentru asta. A fost o bătălie sau, mai degrabă, o discuție pe care am avut-o cu părinții mei înainte să aleg școala. Aplicasem la RISD, Școala de Artă din Providence, și la Pratt, în New York, cât și la colegiile liberale de artă tradiționale și părinții mei s-au așezat cu mine și mi-au spus că ei erau de părere că ar fi o ocazie ratată dacă aș studia artele. Nu m-a surprins că asta a fost atitudinea tatălui meu, dar aveam încredere în mama mea, așa că am ascultat-o.

– O să îți practici arta orice-ar fi, a spus ea. Arta ta nu depinde de o diplomă. Să fiu sinceră, arta ta trăiește pe un tărâm unde diplomele nu au niciun sens.

– Atunci de ce să mă duc la facultate? De ce să nu fac artă, pur și simplu?

– Uite, Șoricelule – mama mea îmi spunea Șoricel, nimeni altcineva nu îmi spunea așa, nici măcar tatăl meu și când nu a mai putut vorbi simțeam că exprimă cuvântul cu ochii –, ai doar șaisprezece ani. Nu poți vota, nu poți bea alcool, nu poți semna un contract de închiriere pentru un apartament. De-abia poți să conduci. Poți să pleci la facultate sau poți să stai acasă cu noi și să îți faci arta în garaj și să vinzi înghețată pe stradă. Alegerea e a ta, dar știu ce aș alege eu: aș pleca din fundătura asta ponosită! Vezi lumea.

– De ce nu faci asta, atunci?

– De ce nu fac ce?

– Să ieși și să vezi lumea.

– O, Șoricelule – ea mi-a mângâiat părul, care era lung atunci, așa că acea mângâiere însemna și atingerea spatelui meu. Ca o pisică mai degrabă, decât un șoarece. Îmi plăcea asta. Îmi plăcea să fiu copilul ei. Îmi amintesc cum o priveam și mă gândeam că era cea mai frumoasă din lume. Vremea mea a fost, draga mea. Poate va veni alta. Dar acum este nevoie de mine aici.

– De ce?

– Nu știai, fac dintr-o casă un cămin? Asta fac mamele.

– Dar voi pleca și atunci...

– Îl iubesc pe tăticul tău. Și el are nevoie de un cămin.

Și apoi ne-am întors la chestiunea facultății și se părea că școala de artă nu era, de fapt, o alegere, pentru că nu aveam bani – de-abia erau suficienți, chiar și cu împrumuturi, să mă duc la universitate – și pentru mama mea conta să mă pot angaja undeva în final.

– Ești așa un copil, poți să te duci la școala de artă după aceea și tot să ieși pe plus. Faci un masterat în pictură după ce dai licența și vei fi pregătită pentru tot. Vreau să ai tot. Nu este ca atunci când eram eu fată, când îți luai diploma de Doamnă și asta era tot. Nu o să depinzi de banii de buzunar de niciun bărbat, indiferent de cât de mult îl iubești. Nu vei depinde de nimeni altcineva în afară de tine însăți. Ne-am înțeles, da?

Și în vocea ei era un tăiș, pe care atunci l-am crezut a fi întunecare și acum recunosc că era furie, tonul care venea în etapele ei intermitente de disperare. Așa că m-am dus la Middlebury.

Mereu am înțeles că marea dilemă a vieții mamei mele fusese să vadă libertatea prea târziu, la un preț mult prea mare. Făcea parte din generația pentru care regulile s-au schimbat la mijlocul jocului, s-a născut într-o lume de cearșafuri călcate și mese cu trei feluri și coafuri cu fixativ, în care femeile erau educate și apoi lansate pentru scopuri domestice – mai degrabă decât să folosească o față de masă cu o broderie complicată pe care să le servească micul dejun copiilor dezordonați. Diploma ei de la Universitatea din Michigan era numai ornamentală și mereu părea important să stea înrămată sub streașina din pod, festonată de ghemotoace de praf, printre câteva opere de artă minore, renegate, în spatele cutiilor cu jucării aruncate. Primei femei din familia ei care a mers la facultate i-a păsat suficient cât să își înrămeze diploma, doar ca să fie jenată că i-a păsat, jenată pentru că simțea că nu făcuse nimic cu ea, își irosise oportunitatea.

Tranziția de la mândrie la rușine a avut loc undeva curând după nașterea mea, cred: eu am apărut în '67 și până în 1970 cele două prietene ale ei mai apropiate din Manchester au divorțat și s-au mutat, au renăscut în viețile dezordonate și nu neapărat mai fericite ale celor eliberate. Fratele meu s-a născut în '59, când Bella Eldridge era doar o femeie tânără de douăzeci și trei de ani: prețioasa ei educație a fost investită în el.

Din câte îmi puteam da seama, ea nu s-a frământat cu cererile materne consumatoare de prima oară. Pe acele vremuri, toate tinerele femei din jurul ei făceau același lucru, discutau Jane Austen la cafea, timp în care copiii lor cu scutece din pânză șerpuiau pe podea, femeile însele încă aproape studente, bucuroase să fie absolvite de grijile pentru bani și încă să se veselească în credința lor că viața era lungă, că le-ar aduce mai multe decât un covor cât toată camera și o nouă oală cu presiune, cu o cină întâmplătoare la Locke-Ober sau la Copley Plaza în Boston ca o tratație aniversară. Era suficient de tânără cât să aibă speranță.

Sunt multe filme făcute acasă cu copilul Matthew, sunt și poze vechi, cu creștetul lui pătrat, ușor ca de Frankenstein, și ochii lui albaștri, strălucitori – cumva, arată ca un copil din vremea lui, are un aspect universal american pe care copiii par să nu îl mai aibă în ziua de azi –, iar în fundal mama mea zâmbește, cu fața în toate unghiurile, cu țigara în mână. Ea zâmbește la setul de leagăne, zâmbește lângă pomul de Crăciun, zâmbește în spatele mesei de picnic, cu fața de masă albastră cu pătrățele, de 4 Iulie.

În pozele de mai târziu, puținele care rămân din copilăria mea, până și lumina zilei pare mai întunecată. Poate Kodak a schimbat formula, sau poate că lumea a mers mai departe. Eu am fost un copil mai mic, mai sobru, născut cu trei săptămâni mai devreme, cântărind mai puțin de 2,7 kilograme (tata obișnuia să zică „mereu nerăbdătoare, așa e fata mea“) și cu un păr negru, des, care în cele din urmă a căzut și luni întregi am rămas aproape cheală. Arătam ca o broască beată îmbrăcată în rochii drăguțe, cu un picior gras care ieșea de sub tiv, iar fratele meu, un băiat de opt ani, înalt, cu dinți de cal, mă privea din colțurile fotografiilor înrămate. În aceste poze, mama mea de-abia apare, nu se prea vede nicăieri. Trebuie că ea făcea pozele. Este o fotografie de Crăciun cu noi toți, tatăl meu în spatele aparatului: era anul, spusese ea, în care eu și Matthew am făcut gripă și toți aveam fețele foarte colorate, cu obrajii ca niște păpuși vopsite, inclusiv mama mea, al cărei păr lung este o claie ciufulită și al cărei șorț cu picățele îi cade de pe umăr. Poate că din cauza febrei aveam ochii deznădăjduiți, iar gura mamei mele era deschisă și pe jumătate strâmbă, de parcă urma să îi spună tatei să termine odată și să pună deoparte chestia aia.

Nu îmi aduc aminte dacă prima mea copilărie a fost nefericită – din contră, singurul lucru de care mă temeam era fratele meu, care era foarte rău când avea ocazia și mă ciupea –, dar dovezile sugerează că mama mea suferea. Avea doar treizeci și unu de ani când m-am născut eu, dar deja trecuse odată prin toate și știa ce era nevoită să ofere și știa și ea, ca Frumoasa Adormită care se trezise din somnul copilăriei, că anii trecuseră și ea se apropia de patruzeci de ani. Nu e de mirare că mai târziu s-a refugiat în activitățile ei zăpăcite – gătitul, croitoria, scrierea de cărți pentru copii, pe care nu le publica nimeni, pe care nici măcar nu a încercat să le publice, toate menite să o catapulteze în ceva mai mare, într-o lume dincolo de Manchester, spre o fantezie timpurie care încă mai zăbovea la colțurile ochilor săi. Dar când se înscria la cursuri - Devino expert la roata olarului sau Franceză conversațională -, era greu de crezut că ea le lua în serios. Singurul loc de muncă din care a câștigat vreodată bani, când eu eram mică, a fost la librăria locală, în vacanță și când angajau personal în plus - câțiva studenți și pe mama - pentru perioada aglomerată de Crăciun. Ea a făcut asta câțiva ani la rând și s-a deprins să facă pachete drăguțe, cu margini perfecte și funde lucioase, strălucitoare.

Nu era în niciun fel, practic, ambițioasă. Prietenii pe care îi avea care erau ambițioși făceau mișcări strategice, seara făceau cursuri la Facultatea de Drept sau studiau pentru examenul de agent imobiliar și apoi făceau pași departe de cămin, departe în lume. Ea îi admira și îi detesta în același timp, așa cum femeile plinuțe admiră și le detestă pe prietenele lor care țin diete cu succes, încercând, toate numai zâmbet, să le facă să mănânce o felie de tort de ciocolată. Ea nu păstra legătura apropiată cu cele care se întorceau la serviciu sau cu cele care divorțaseră și se mutaseră în oraș: ea le sărbătorea cu prânzuri și le trimitea la plimbare, de parcă erau într-o misiune periculoasă de unde o întoarcere sigură părea - și chiar era - imposibilă.

Mai ții minte prânzurile între doamne din acele vremuri? Masa pusă de la prima oră a dimineții. Somon afumat și salată Waldorf, carafe de ceai cu gheață, sticle reci de vin alb, totul servit pe cele mai bune tacâmuri și doamnele toate acolo într-o ceață albastră de fum de țigară când mă întorceam de la școală, de parcă nu era nimic, nu exista nimic care să le ia de acolo. Și știam încă de pe atunci că, odată ce ele părăseau acel cerc fermecat, dispăreau pentru totdeauna.

Când aveam cam șapte ani, în săptămâna dinainte de Crăciun - înainte, trebuie să fie spus, de anii cu librăria și acum îmi dau seama că aceștia au fost rezultatul direct al acestui incident -, mama a izbucnit în lacrimi la A&P, fața ei era o hartă de pete în lumina sălcie a supermarketului. Cerusem ceva în plus - un borcan de Koogle de ciocolată, poate, ceea ce mamele mai indulgente de pe vremea aceea le permiteau copiilor să ia în sandviciurile de la școală, pe pâine albă cu unt: desertul ca fel principal! Lumea o luase razna! – și trăsăturile ei s-au boțit.

– Îmi pare atât de rău, a spus ea, toată umedă și umilită în public, în timp ce încercam să îi împing căruțul și pe ea odată cu el și mi-am ținut ochii în podea, dar nu e nimic pentru tine și fratele tău. Absolut nimic. Nu am nimic pentru tine de Crăciun. Pur și simplu, nu mai sunt bani. Ea a scos un scâncet mic, eu am tresărit. A trebuit să repar mașina de spălat vase și apoi piatra aia a lovit parbrizul pe autostradă și ca să înlocuiesc sticla – vezi tu, totul este atât de scump, nu mai e nimic. Și nu pot să îi cer tatălui tău. Nu pot să îi cer mai mult. Așa că pentru voi nu mai este nimic. Îmi pare atât de rău. Vezi, mama mea trăia cu o alocație de la tatăl meu – sau un salariu, dacă preferi: el avea un cont bancar și ea avea un cont bancar și în fiecare lună el transfera o sumă fixă de bani din contul lui în contul ei și cu suma aceea ea gestiona gospodăria.

Cheltuise banii de curățenie pe curățenie, așa că nu mai rămăsese nimic pentru cadourile noastre. Chiar dacă eram încă mică, înțelegeam bazele acestui aranjament.

– Nu contează, am spus eu, încercând să o consolez fără să se jeneze și mai tare. Nu-mi pasă de cadouri. Cu toate că îmi păsa și eram dezamăgită, nu pentru că încă trebuia să cred în Moș Crăciun și această izbucnire părea ca Vrăjitorul din Oz care ieșea din spatele cortinei sale, o încălcare de neconceput a proprietății și a ipocriziilor noastre necesare. Serios, am spus eu din nou, nu contează.

Și brusc, atunci – inexplicabil pentru mine așa cum eram, dar într-un fel atât de evident pentru mine acum –, ea a devenit veninoasă, furioasă, o supărare atât de rușinoasă în A&P precum lacrimile ei de mai devreme.

– Să nu te blochezi vreodată așa, a hâsâit ea. Îmi promiți? Îmi promiți acum?

– Promit.

– Trebuie să ai viața ta, să îți câștigi banii tăi, ca să nu umbli peste tot ca o cerșetoare, să încerci să aduni zece dolari pentru cadourile de Crăciun ale copiilor tăi. Să depinzi de salariul tatălui tău – sau al soțului. Niciodată. Niciodată. Îmi promiți? Deja promisesem. Pentru că este important.

– Știu.

Și s-a terminat acolo. S-a uscat și a arborat zâmbetul ei luminos până când am ajuns la casă, singurul semn al supărării sale era o ușoară mânjire a rimelului. Am fost servite de Sadie, fiica vechii mele profesoare din clasa întâi, o fată care vorbea foarte tare și lent, de parcă ea – sau noi – era surdă. Purta părul castaniu într-o coadă, într-o parte, și arăta ca mânerul unei pompe de apă demodate.

– Doamnă Eldridge, strigă ea. Ce bine îmi pare să vă văd! Ca întotdeauna!

– Și tu, Sadie, dragă.

– Așteptați cu nerăbdare sărbătorile?

– Sigur că da! Nu e cea mai frumoasă perioadă din an?

– Cea mai bună. O ador. Nu o adori și tu, Nora?

Eram prea ocupată să mă uit la mama mea ca să răspund. Când punea cumpărăturile pe banda transportoare era o expresie de nostalgie atât de pasională pe chipul ei, încât arăta ca un portret de Norman Rockwell. Îmi dădeam seama că ea credea cu adevărat ce îi spunea lui Sadie, credea că era cea mai frumoasă perioadă din an. Altcineva plânsese și strigase la mine cu minute în urmă, iar Bella Eldridge nu ar fi recunoscut-o niciodată.

Mama mea nu era o plângăcioasă și rareori am văzut-o plângând, dar țin minte că a mai fost o dată când a izbucnit în lacrimi din senin. A fost chiar înainte ca Matt să plece la facultate – vara, pentru că țin minte că înghețam din cauza aerului condiționat de la Hunan Gourmet. Fratele meu era îmbufnat, dorindu-și să fi plecat deja. Tatăl meu, tipic blând, era indiferent față de tensiunea de la masă, la veselia încordată a mamei mele și la obiceiul ei, în timpul mesei, de a da să atingă mâneca lui Matt şi apoi de a se retrage înainte să îl atingă, un fel de tic spectral. Era de parcă numai eu mă uitam, eram singura care putea să ne vadă pe noi patru în scaunele noastre tapiţate cu vinil, aplecându-ne deasupra feţei de masă sintetice, cu pătrăţele (foşnea la fiecare mişcare umană, apoi revenea uleios în poziţia iniţială), tatăl şi fiul vorbeau discontinuu despre următorul sezon de fotbal şi despre cum fratele meu urma să susţină echipa Notre Dame, acum că se ducea acolo, tocmai până în Indiana. Mama mea, care detesta sporturile, tot încerca să schimbe subiectul, agăţându-se de ce putea (campusul? călătoria? Busby, prietenul lui Matt care alesese Bowdoin?) ca o coţofană cu ochi sticloşi: insistentă, rapidă, în zadar. Era o seară în care nu am spus nimic – aşa era în familia mea, pentru că Matthew şi cu mine nu aveam altă relaţie unul cu celălalt dincolo de ocazionalele sale insulte sau când îmi ciufulea ostil părul. Chiar şi când eram toţi patru împreună, părinţii noştri erau fie părinţii lui, fie ai mei, într-un mod sau altul, capabili să ne gestioneze corespunzător doar pe unul din noi, doi copii care se întâmpla să împartă aceiaşi străbuni afurisiţi. Şi acea seară la Hunan Gourmet era noaptea lui Matthew Eldridge.

Prăjitura cu răvaş a fost cea care a doborât-o pe mama. În a mea scria doar „Aleluia!" şi a lui Matt promitea: „Ai nevoie de o vacanţă scurtă". Cea a tatălui meu spunea: „Nu poziţia noastră, ci dispoziţia este ceea ce ne face fericiţi" – şi dacă mama ar fi primit-o pe aceea, lucrurile probabil că ar fi mers bine. Dar pe răvaşul mamei mele scria: „Lucrurile pe care nu le-ai făcut sunt cele care te vor chinui" – şi am ştiut asta doar pentru că l-am ridicat de pe podea la plecare. Când l-a citit, a scos un mic strigăt, de parcă ar fi fost rănită, şi l-a mototolit şi l-a aruncat, apoi a rămas foarte tăcută, iar pentru următoarele zece minute la masă am privit cum lacrimile i se rostogoleau neobservate din colţurile ochilor pe obraji şi observam cum îi tremură buza de jos uitându-mă la fratele şi la tatăl meu cum se aruncă şi mai tare în conversaţia despre fotbal (Matt se înveselise chiar, animat de efortul său) ca să se prefacă, în ansamblu, că totul era bine.

Nimeni nu i-a spus nimic mamei mele, nimeni nu a întrebat măcar ce scria pe răvaşul ei. Doar în drum spre ieşirea din restaurant, tatăl meu a pus o mână pe umărul lui Matt şi a şoptit, pe un ton confidențial, jos, al bărbăției de la acea vreme:

– Fii bun cu mama ta în aceste ultime zile. Este greu pentru ea că pleci. Şi eu, la opt ani, m-am întrebat brusc dacă Notre Dame implica vreun pericol, ca şi când ar pleca în Vietnam (verişorul prietenei mele Sheila fusese ucis acolo cu câțiva ani în urmă şi fratele mai mare al unui băiat din clasa mea se întorsese nu tocmai întreg la minte), dar nu am întrebat.

De-a lungul anilor, am încercat să înțeleg emoțiile mamei mele din acel moment – regretul despre o aventură de dragoste neconsumată? Propriul ei moment Lucy Jordan? Simpla tristețe din cauza plecării fratelui meu și gândurile despre toate lucrurile care vor rămâne acum nespuse? – dar tot ceea ce știu este că nu voi ști niciodată. De mult m-am decis că avea de-a face cu terminarea rolului matern, cu recunoaşterea dureroasă a tot ceea ce sacrificase ca să îl crească, iar acum îşi preda fiul lumii. Dar mai recent m-am gândit că poate până la urmă a fost vorba despre o poveste de dragoste neconsumată, poate despre un schimb flirtant cu un străin într-o gară, sau o scrisoare de la un iubit din facultate la care nu a răspuns, unul dintre acele momente secrete când crezi că acum viața ta va trebui să se schimbe, doar că nu se schimbă. Ceva mic, dar mare pe care l-a regretat și care a chinuit-o în fiecare zi. Alături de copiii mei, am descoperit de-a lungul anilor că aproape mereu cea mai simplă explicație este cea corectă și că foamea de un fel sau altul – dorința, după alt nume – este sursa aproape fiecărei tristeți.

Deşi aş fi putut, nu am întrebat-o niciodată. Se poate ca ea să nici nu fi ținut minte că a plâns la Hunan Gourmet, după cum sunt sigură că nu şi-ar fi amintit că a plâns în A&P. Când a primit diagnosticul – și cu el, promisiunea unui chin infinit al atâtor lucruri pe care nu le va mai face niciodată –, ea nu a vărsat nicio lacrimă. Era o durere fără expresie. Timp de luni întregi avusese un tremur la mâna stângă și crezuse că era din cauza nervilor. Ea îmi arătase la masa din bucătărie când venisem la cină – casa atât de tăcută pe atunci, aproape vastă în liniștea ei, fără Matthew, fără mine, fără Ziggy sau Sputnik, holurile întunecate lângă iazul luminos al bucătăriei, întreruptă numai de strălucirea distantă a lămpii de citit a tatălui meu din întunericul sufrageriei – cum putea un organism să petreacă atât de mult timp citind *The New York Times*? – și spusese, cu râsul ei vesel:

– Ia uită-te la asta! Vine și pleacă. Mâna mea are o minte proprie. Crede că este mai deșteaptă decât mine. E nasol să îmbătrânești.

– Ar trebui să îl întrebi pe doctorul Shelby despre asta, am spus eu, dar într-un fel nonșalant, pentru că, deși văzusem zvâcnirea, încordarea mușchilor degetelor ei, mi se părea că pentru că era parte din trupul ei, din trupul mamei mele și pentru că puteam să vedem asta trebuia să fie o versiune a normalului. În afară de asta, eram ocupată să îmi torn un al doilea pahar de Pinot Grigio, pentru că, dacă nu făceam asta, întunericul casei mi se strecura în oase ca o umezeală și mă înfrigura pentru zile întregi după aceea. Atunci aveam cam treizeci de ani și mama mea avea șaizeci și unu, tatăl meu tocmai trecuse de șaizeci și cinci, pensionat de câteva luni, și acum că vârstele lor nu mai păreau atât de diferite, mă minunez cum de păreau să fi renunțat deja. Dar m-a afectat izolarea, plictiseala încremenită. Pinot Grigio ajuta și la fel și Pinot Noir. Chiar și o bere, dacă asta era tot ce ofereau. Așa că nu eram foarte atentă. Ea trebuie să îi fi arătat și tatălui meu și probabil că el a ridicat privirea din ziar și a spus cam la fel ce am spus și eu, în același fel, distras, și din cauza asta ea nu a făcut nimic în privința asta, nu a vorbit și nici nu s-a dus la doctorul Shelby pe marea durată a acelui an după aceea, iar apoi fasciculația musculară, așa cum se cheamă de fapt, s-a întins și la picioare, deși încă nu la mâna dreaptă, cu care scria, pentru că asta ar fi trimis-o imediat la medic. Și până când au început testele – electrodiagnoza, puncția spinală și biopsia musculară și toate cele –, ea se temea, nu doar pentru că vedea că doctorul

Shelby se temea. Cu toată ipocrizia ei zâmbitoare, ea era foarte sinceră, și mi-a spus:

– Am vrut ca el să mă consoleze și când am văzut că nu avea de gând s-o facă, m-am gândit: acum am dat de dracu'.

Când au pus, în sfârșit, diagnosticul – a durat ceva vreme, ca să elimine celelalte posibilități –, poate că ea deja știa. Și diagnosticul – ALS, adică boala Lou Gehrig, adică boala lui Stephen Hawking – era simpla confirmare a faptului că era pe moarte, ceea ce e sigur că suntem cu toții, doar că de atunci încolo ea murea mai repede și mai eficient, mai oribil decât majoritatea, deși din fericire fără durere, trupul ei nu mai era un templu, ci o închisoare, ușile se închideau una după cealaltă, până când a rămas izolată în mintea ei – o cameră, este adevărat, fără pereți, dar în cele din urmă fără nicio ușă.

Ceea ce era fascinant pentru mine și instructiv, pentru că încă învățam, după cum învăț și acum cum să trăiesc, a fost că, după diagnostic, ea nu a sărit în sus și a strigat: „Hai să vizităm Burma! Taj Mahal! Piramidele! Pampas!" – toate locurile la care visase mereu. Nici nu a început să facă un turneu de adio pe lacurile din Maine, plaja de iarnă de la Wellfleet unde părinților mei le plăcea să își marcheze aniversarea mergând în alb și în ceață, camera de la Pierre din New York unde și-au petrecut aniversarea ei de cincizeci de ani și savuraseră – ce lux păcătos! – un mic dejun la pat. Nici nu a întors spatele la tot, nu lăsa vasele nespălate în bucătărie, hainele să se adune în coș, peluza netunsă. Nu, ea a continuat să trăiască de parcă nu s-ar fi schimbat nimic. Nu, ea doar a continuat să trăiască. Știa că totul se schimbase: a supravegheat curățenia, împachetările și vânzarea casei din Manchester, o sarcină la care tatăl meu se dovedise a fi inutil (el nu a fost niciodată bun la afaceri, nu-i așa?) și ea l-a presat până când au găsit apartamentul din Brookline și ea l-a decorat, după cum am spus, de parcă avea să își petreacă cea de-a nouăzeci și șasea aniversare acolo. A continuat să citească povești misterioase și a continuat să cumpere aceleași prăjituri daneze de la brutăria elvețiană atât de mult cât a putut și a primit fiecare lovitură – bastonul, scaunul cu rotile, rundele obscene de medicație, aparatul de respirat Darth Vader – de parcă erau doar alte muște de strivit, iar apoi de ignorat.

Din toate astea, nu puteam decât să înțeleg că își iubea viața. O iubea așa cum era. Ca un maestru Zen, ea a redus-o la esențele sale: nu trebuie să mă plimb prin Muzeul de Artă, nu am nevoie să fiu împinsă prin MFA într-un căruț, nu am nevoie de MFA deloc pentru că toate comorile sale, pe care le iubesc, sunt imprimate în memoria mea și dacă sunt memorate greșit – un crin acolo unde sunt lalele, pălăria băiatului într-un unghi greșit –, atunci asta nu face decât ca imaginile să fie și mai mult ale mele. Ele pot oferi cu împrumut portretul antic egiptean al unei tinere femei, ochii ei negri, migdalați, o minune, dar pentru mine ea va sta mereu în galerie în spatele mumiilor, înconjurată de cioburi de veselă și bijuterii antice, un secret pentru inima mea.

Dar pot să spun, acum că ea este moartă, moartă de mult, că am crezut în ea doar pe jumătate? Am vrut – aveam nevoie – ca ea să se revolte. Știu, revoluțiile necesită multă energie, ca erupțiile vulcanice, știu. Și cei bolnavi trebuie să își adune resursele (chiar dacă au resurse pentru soții lor). Dar nu mă puteam abține să nu vreau pentru ea, nu-mi puteam reține sentimentul că ea cedase, că măsurase (cu linguri de cafea?) ce ar putea să ceară de la viață și că a descoperit că îi lipsește – tragic, imens –, cu toate astea s-a decis să își accepte felia modestă. O voiam să fie rușinos, iresponsabil, meschin, hrăpăreț de lacomă pentru tot, să tragă și să se agațe și să strângă fiecare gram de viață. Și nu am iubit-o niciodată mai mult decât în ziua în care am venit să o văd și era la pat, palidă, grandioasă numai în respirațiile șuierate, eu cu aroma de toamnă și strălucirea – pe care o simțeam – căpătată după ce alergasem kilometri de la apartamentul meu la al lor într-o după-amiază răcoroasă de octombrie – și ea m-a fixat cu privirea, și-a încleștat fălcile și a spus:

– Ieși afară. Nu pot. Ieși afară. Nici pentru o secundă să nu crezi că nu îmi amintesc cum este. Să nu crezi nici că nu mă pot abține să nu te urăsc pentru asta. Chiar acum.

Și am plecat – eram încinsă de la alergat și transpirația aproape mi se prelingea pe spate – și am alergat până acasă la mine, din nou, la apus, prea rece, prea obosită, picioarele mi se izbeau dureros de trotuar, ochii și nasul îmi curgeau din cauza vântului și a răutății sale – cum putea să fie atât de rea cu mine, dintre toți oamenii –, dar până când am ajuns acasă, am început să mă bucur, chiar și în autocompătimirea mea: pentru că măcar o dată ea a amenințat să nu cedeze blând. Măcar o dată a amenințat.

În aceeași seară, a sunat să își ceară scuze. Tatăl meu trebuie să fi format numărul, ea nu mai putea atunci. Eu aveam de gând să o pedepsesc, să las să intre mesageria vocală, dar vocea ei era atât de măruntă, încât la jumătatea apelului am ridicat receptorul.

– Să nu lași niciodată să apună soarele după o ceartă, a spus ea.

– Pentru că în noaptea aceea una dintre noi ar putea să moară, am spus eu, așa cum răspundeam încă de când eram mică. Dar de data asta ea a râs, un râs sec, trist.

– Șoricelule, una din noi chiar s-ar putea.

8

Mama mea a murit după mulţi ani. Este o artă greu de stăpânit. Când ea era pe moarte, eu încercam să îmi dau seama cum să trăiesc. Cum să îmi trăiesc viaţa mea proprie, adică. Ştiam că nu era corect că, atunci când eram întrebată cum eram, vorbeam invariabil despre mama mea. Sau despre tata. Trebuia să încerc şi am încercat să depăşesc asta, să îmi fac o viaţă, sau două, sau trei. Deja mă întorsesem la Boston de la New York pentru cursul de la Museum School, deja încercasem şi aproape că renunţasem la noţiunea de a fi un artist autosusţinut. Când am împlinit treizeci de ani, s-a întâmplat ceva insuportabil. Întâi, colegul meu de apartament din Jamaica Plain, care era mereu transpirat din cauza comisioanelor făcute pe bicicletă. Avea un echipament care mereu bloca holul şi se împrietenise cu fostul iubit al unui prieten. Apoi mai erau şi slujbele intermitente ca dădacă... Am început studiile în educaţie înainte ca mama să îşi primească diagnosticul. Mă aflam deja - din mila părinţilor, îmi dădeam seama - pe drum, înapoi, spre un loc de muncă plătit.

Chiar când aveam grijă de părinţii mei, am devenit foarte bună la lucrurile practice în acei câţiva ani, ca majoritatea secretarelor competente.

Duceam vieţi multiple: păstram aparenţele unei tinere femei modest realizate, puţin trecută de treizeci de ani, capabilă, dacă nu chiar interesantă, agreabilă, promptă, eficientă, cu haine banale şi o coafură practică şi o voce puţin înaltă, poate puţin mai şoptită, mi se spunea, decât era de așteptat de la statura mea. O femeie fără surprize notabile.

Dar prima mea viață era o mascaradă, viața mea de Clark Kent, deși în a doua nu eram deloc o eroină. Uneori speram că poate, cineva acolo, undeva, își imagina pentru mine o a doua viață de lux și dramă, ca amanta unui star rock, sau un agent FBI. Dar eu nu eram genul de persoană despre care cineva s-ar deranja să își imagineze că ducea o viață secretă și în acea a doua viață nu eram nici iubită, nici vânătoare sau martiră, ci o fiică, doar o fiică responsabilă.

Apoi mai era a treia mea viață, mică și secretă: viața dioramelor mele, vestigiile sinelui meu de artist.

S-ar putea spune că mama și tatăl meu, pe cât de recunoscători erau, nu mi-au cerut să renunț la viața mea. Și dacă alegeam asta, deși nu pot vedea logica propriei mele alegeri, vreau să cred că a fost o alegere intenționată, și nu doar un exemplu de proastă gestionare a timpului. Mulți dintre elevii mei nu se descurcă să își gestioneze timpul. Se vede des asta. Dar nu poți reuși în viață dacă nu devii bun la asta: nu are rost să scrii cel mai bun răspuns din lume la prima întrebare a testului dacă nu îți aloci suficient timp să scrii răspunsurile la celelalte întrebări. Tot pici testul. Și în orele mele mai sumbre, mă tem că asta am făcut. Am răspuns foarte bine la întrebarea cu fiica cea bună, eram conștientă că pe frontul carierei de adult făceam o treabă așa-și-așa, dar nu îmi păsa prea tare, pentru că erau cele două mari întrebări de la examen la care voiam să mă asigur că răspundeam complet: întrebarea artei și întrebarea iubirii.

Acesta a fost miracolul primului meu an Shahid. Niciodată în toată viața mea nu mă gândisem ca atunci, *Acesta este răspunsul.* Nu o dată, dar din nou și din nou în configurații diferite, răspunsul nu la una, ci la fiecare întrebare părea să apară în acel an, ca muzica. „Pe mine cade vocea ta, așa cum se spune că e dragostea – ca un mare *da*". Philip Larkin despre Sidney Bechet: un poem de dragoste care nu este un poem de dragoste. Și viața mea amoroasă care nu era o viață amoroasă, dar ceva la fel de consumator, de formidabil, de întreg.

Mama mea murise doar de doi ani, în toamna aceea. Atunci mi se părea o distanță enormă, dar acum, în pliurile de acordeon ale timpului, cele două evenimente - mama mea, care nici măcar nu putea să își miște capul, șuierând în mașina ei elefantină de respirat, mișcându-și ochii spre lumină, apoi închizându-i pentru o ultimă oară, Reza la supermarket, aplecându-se peste banchetă să râdă de merele mele vărsate (cine a supărat căruța cu mere? Eu! Eu!) - păreau aproape învecinate. După cum prietena mea înțeleaptă Didi a observat de mai multe ori despre pasajele vieții, fiecare plecare înseamnă o sosire în altă parte, fiecare sosire înseamnă o plecare de la distanță. Mama mea a plecat de aici spre un acolo necunoscut, iar apoi Reza, Sirena și Skandar au venit la mine.

9

Studioul pe care îl găsise Sirena era adânc în Somerville, într-un fost depozit, doar din cărămidă și ferestre, lângă o cale ferată în mare parte nefolosită și separată de aceasta de o platformă neagră plină cu gunoaie și un gard înalt de sârmă, în care fluturau rămășițele zdrențuite ale pungilor de plastic, ca niște steaguri ale Apocalipsei. Alături era o fabrică funcțională care producea milioane de mici mărgele de polistiren, un demers destul de poluant care părea destinat să provoace cancere oribile celor care lucrau acolo. Coșurile ei scoteau nori de fum chimic în aerul cartierului, iar din cauza asta interioarele studiourilor aveau un iz persistent de plastic topit.

Clădirea se întindea pe patru etaje și era plină de asemenea studiouri, unele mici, făcute din placaje și cuie, și unele vaste, nelocuite. În capul scărilor fiecărui etaj era o ușă uriașă, pestriță, pe roți, ca o ușă de uriaș, care se închidea cu un mare drug de metal. Aceste uși mă băgau în sperieți: ele, podelele care scârțâiau, cabinele cu lacăt, încăperile care ascundeau cine știe ce – poate vopsele sau fierăstraie mecanice, sau mașini de cusut, dar la fel de posibil, și băi de acid sau ucigași cu topoare. Cine știe ce violențe puteau avea loc pe alee lângă șinele de tren într-o noapte de duminică? Chiar și ziua, clădirea arăta abandonată.

I-am urmat pe Sirena și pe agentul imobiliar fără dinți la etajul al treilea – nu mai văzusem niciodată un agent imobiliar atât de bătut de soartă ca Eddie Roy, un bărbat deșirat, cu păr unsuros, aproape de șaptezeci de ani, la doar doi pași de adăpostul pentru vagabonzi –, nu simţeam nimic altceva decât presimţiri rele: mirosul de plastic ars cu o notă de şoarece sau şobolan, adânciturile din trepte după decenii de paşi, becurile înalte şi slabe care proiectau o lumină ca un praf în coridoare, zgomotul ploii pe ferestre şi ferestrele în tocurile lor antice, asemănător cu zgomotul dinţilor agentului înainte să cadă – totul era de o tristeţe de neimaginat. Mă miram că Sirena nu părea să observe şi, mai mult decât atât, ea părea chiar entuziasmată, ochii îi licăreau.

– Am sperat să îţi placă şi ţie, s-a confesat ea, cu mâna din nou pe braţul meu, aparent inconştientă faţă de disconfortul meu. Este perfect.

Şi odată ce Eddie Roy descuie lacătul din capătul holului rece, am văzut imediat că avea dreptate – chiar şi pentru doi oameni, mai ales pentru doi, era perfect. Spaţiul era vast, în formă de L, tavanul avea o înălţime de patru metri lejer. Avea ferestre, uriaşe, panoramice, mânjite, ferestre ude, de ambele părţi, ferestre cu pervazuri adânci şi perdele largi – dar cumva, în camera asta plină de lumină albă, chiar şi în acea sâmbătă întunecată de toamnă, spre deosebire de scara înspăimântătoare, sunetele de huruială păreau vii, incitante, ca şi când clădirea respira. Podelele din lemn, bătătorite şi zgâriate, erau frumoase, suficient de întinse cât să patinezi pe ele. În colţul L-ului era o chiuvetă utilitară murdară, iar lângă ea, o masă de metal, plină de vopsea. În afară de asta, camera era goală, ca un incubator enorm, perfect.

– Da, a fost tot ce am putut să spun, iar Eddie Roy a zâmbit, dezvelindu-şi gingiile întunecate.

Chiria era destul de mare, dar atunci nu m-am oprit să îmi fac griji despre asta. Nu m-am oprit să mă întreb de ce mă voia Sirena acolo – că invitaţia ei putea să fie una mercantilă, o chestiune destinată numai pentru înjumătăţirea costului, că ar fi putut chiar să îşi imagineze că drumurile nu se vor intersecta prea mult. Am văzut lumina şi spaţiul şi am simţit cum semnele se adunau pentru mine, să mă readucă la viaţă, înapoi la arta mea. Nu m-am întrebat dacă aveam nevoie de studio, dacă îl voi folosi, am blocat din mintea mea aleea murdară, scara cu ecou, mirosul. Nu mă puteam gândi decât la „Da, da, da".

Am semnat contractul de închiriere până la ora cinci, în biroul lui Eddie Roy din blocul de ciment de lângă magazinul de pui de pe Highland Avenue. Era din nou întuneric și încă picura, dar am stat puțin pe trotuar, fără pălărie, fiecare ținând în mână cheile noi, iar Sirena m-a îmbrățișat brusc, timp în care cred că am înghițit niște păr de-al ei și a trebuit să mă desprind, stânjenită.

– Pentru mine, știu că asta va schimba totul, spuse ea. Cine știe? Poate că aici voi face o nouă Țară a Minunilor.

– De ce nu?

– Este următorul meu proiect. Înainte să știm că vom veni aici. Am plănuit de luni întregi. Alice călătorie prin oglindă, știi?

– Călătorie prin oglindă – ca atunci când ești în Casa Surprizelor. Știu, am spus.

– Ce vei face?

– Încă nu știu. Dar voi face.

În seara aceea m-am dus la cină acasă la Didi și Esther în Jamaica Plain. Didi și cu mine fuseserăm colege la cursul de artă în facultate, dar ne-am împrietenit cu adevărat ani mai târziu, când m-am mutat înapoi în Boston. Ea avea – are – aproape 1,82 m, un aer amazonian, dar blând. Pielea ei este netedă și părul, ca un nor de ambră. Poartă ruj purpuriu. Când eram la Museum School, ne plimbam împreună în jurul iazului și jucam biliard până târziu la Milky Way și ne plângeam despre viețile noastre. Recent despărțită de prietenul ei din facultate, ea lucra la postul de radio de la BU, dar a renunțat la el când a împlinit treizeci și unu de ani ca să deschidă un magazin de haine vintage pe Centre Street, nu departe de spitalul veterinar. Ea a cunoscut-o pe Esther – care este foarte scundă și sensibilă, cu păr negru și cârlionțat și ochi ca de mops – când Esther proba rochii de petrecere din anii '50 pentru nunta fratelui ei din Colorado. Când Didi a vorbit despre ea pentru prima oară, a spus că Esther arăta ca Betty Boop. Esther este oncolog la MGH, specialistă în cancerul la sân, și mereu mă surprinde cât de fericite sunt împreună, pentru că sunt atât de diferite. Didi este confortabilă în propria ei piele, mai mult decât oricine altcineva și mereu am simțit că a fi prietenă cu ea mă face mai apropiată de varianta pe care mi-o imaginez despre mine: cineva căreia nu îi pasă de toate lucrurile greșite, precum banii, moda sau statutul, dar care caută lucrurile autentic interesante. Și deși am ajuns să țin mult la Esther, care este țepoasă și supărăcioasă într-un fel tonic, cred că ei îi pasă despre lucrurile astea, chiar îi pasă mult, dar mă întreb dacă Didi este conștientă cu adevărat de asta.

Când locuia singură, apartamentul lui Didi era decorat cu postere din filmele lui Godard și luminițe de Crăciun în formă de ardei iute în jurul șemineului și toată mobila fusese recuperată și restaurată de mâna ei. Măsuța ei de cafea era un ghem uriaș de lemn pentru cabluri telefonice pe care le luase de la gunoi și le vopsise portocaliu strident. Dar odată ce ea și Esther s-au mutat împreună, toate astea au dispărut. Era numai Saarinen aici și Eames acolo, oțel inoxidabil și granit, iar apartamentul lor era frumos, dar arăta ca un hotel, ca și când nimeni nu locuia acolo, de fapt.

Cel puțin odată ce au avut-o pe Lili, ea l-a făcut să fie dezordonat. Lili este fiica lor adoptată din China. Este măruntă, ca Esther, și cu fața rotundă, cu membre slăbuțe, maronii, tăcută, dar poznașă, într-un fel plăcut. Atunci, Lili avea cam patru ani și era încă suficient de mică încât să îi iubească pe prietenii mamelor ei ca și când ar fi fost ai ei și când intram pe ușă ea mă lua de mână și spunea:

– Nora, vino să vezi lumea mea! Am făcut o lume!

Mi-am petrecut primele douăzeci de minute ale serii cu picioarele încrucișate sub o masă, pe veranda lor de vară închisă, ajutând-o pe Lili să servească unui ansamblu de animale de pluș turtă dulce și ceai rece, servite în cești din porțelan minuscule și perfecte. Un elefant într-un costum de Batman, un iepure, o rață, chiar și un tatu stilizat. Cu ajutorul lui Didi, ea atârnase o pătură verde peste masă ca să facă un cort și lumina filtrată era mov și cu pete. Luase pernele și cuverturile de pe canapele și paturi ca să facă un culcuș și pusese câteva fotografii înrămate – Didi și Esther la o petrecere, Esther împingând un leagăn cu Lili iarna – pe picioarele mesei. Își îmbrăcase animalele cu eșarfe colorate și își poziționase păpușile ca și când erau surprinse într-o conversație animată.

Mi s-a părut, nu pentru prima oară, că lumea lui Lili nu era atât de diferită de dioramele mele, sau chiar de instalațiile Sirenei: luai o mică porțiune din pământ și o făceai a ta, dar, de fapt, voiai ca altcineva – în mod ideal, un adult, pentru că un adult contează, are autoritate, dar nu este la fel ca tine – să vină să vadă, să înțeleagă și astfel, cumva, să te înțeleagă *pe tine*. Și toate astea, în mod sigur, ca în cele din urmă să te simți mai puțin singură pe planetă. Și ceea ce mai era adevărat era că eram fericită să fiu în vizuina ascunsă a lui Lili – mai mult decât fericită, eram onorată –, dar după câteva minute voiam să plec. Voiam să ridic pătura și să mă întorc în cameră ca să îmi întind membrele și să las în urmă păpușile, firimiturile lor și cănuțele cât un degetar cu ceai rece (și cu lapte, dacă-ți închipui) și să mă întorc înapoi la prietenii mei adulți și la conversația lor. Îi făceam pe plac pentru cincisprezece sau douăzeci de minute cât stăteam acolo înăuntru.

Și de aceea, mi-am spus eu, nu vreau să îmi arăt arta nimănui, chiar dacă, încă de la început, a o arăta era mare parte din sens: nu voiam să o arăt pentru că nu voiam să mi se facă hatârul. Nu voiam ca nimeni să simtă ca și când trebuia să spună lucruri drăguțe, sau să spună orice, pentru că îmi dădeam seama când erau falși, mereu îmi dădeam seama și detestam asta. Nu voiam să îmi spună cineva că nu eram bună de nimic – la fel cum și Lili ar fi fost șocată dacă i-aș fi spus așa ceva: aceia nu erau deloc termenii lumii ei – și eu nu voiam neapărat ca o persoană să îmi spună că *eram* bună. Voiam doar să fiu *înțeleasă* și nu aveam încredere că voi fi.

Doar acum – și îmi pipăiam noua cheie în buzunarul pantalonilor –, acum mă pregăteam să fiu înțeleasă ori nu, indiferent. Uneori, Sirena era în studio când eu nu eram acolo. Putea să se uite, să atingă dioramele mele, să caute și să cotrobăie. Și ar fi fost mai bine dacă ar fi ales să nu facă asta? Era ca și când îmi lăsam trupul – sau poate spiritul? – pe o masă, într-o cameră, să fie judecat de oricine, ca și când ar fi doar un obiect.

– Haide, Nora. Esther ridică pătura cu ciucuri și în lumină nu vedeam decât ochii ei de mops. E timpul să te alături tărâmului viilor. E gata cina. Lili prostestă. E valabil și pentru tine, domnișoară. E timpul să ieși de acolo. Număr până la trei ca să te speli pe mâini.

Lili se ridică în picioare. Era ușor pentru ea, pentru că era mică. Esther mi-a dat o mână să mă ridic și m-a bătut pe spate când m-am ridicat, de parcă realizasem ceva.

– Pari foarte veselă. Didi punea tocana de pește în castroane. Pentru Lili erau macaroane cu brânză și morcovi, iar ea își legăna picioarele pe scaun și mesteca cu gura deschisă înainte ca adulții să fie serviți măcar. Mi-am abținut impulsul profesoral de a o corecta.

– Sunt veselă, am spus. Am închiriat un studio.

– Uau. Didi lăsă jos polonicul și se lăsă pe spătarul scaunului. Ce veste.

– Dar pentru ce îți trebuie? Esther își dădu seama imediat ce rosti asta că aș putea să interpretez greșit, ceea ce am și făcut. Adică, nu ai un atelier acasă?

– Am un al doilea dormitor, am spus eu. Acesta este un studio.

– Asta e fantastic. Didi se aplecă din nou și distribui castroanele. Cred că e fantastic. Ea mă privi amănunțit. Și spune-ne cum ai ajuns să faci asta. Pare... rapid? Poate de aceea se miră E.

Așa că le-am povestit despre Sirena – la început despre Reza, iar apoi despre Sirena. Nu am spus nimic despre fluturii în stomac pe care mi-i dădea ea, despre faptul că întâlnirea noastră păruse plină de sens, cât de incitant fusese să descopăr că și ea făcea artă – nu am spus nimic din toate astea, dar în timp ce povesteam, am avut experiența bizară de a-mi auzi propria voce vorbind și eram conștientă că nu o puteam modula cum trebuie, că volumul și intonația mea erau anapoda – prea zgomotos, prea dornică, prea multe informații. Era ca acel moment după câteva pahare de vin când auzi cum vorbești nedeslușit și te întrebi dacă și altcineva e suficient de atent cât să fi observat.

Totuși, de data asta nu a trebuit să mă întreb. Când Esther a dus-o pe Lili la culcare, Didi m-a chemat afară pe balcon și a aprins un joint. Ploaia se oprise în sfârșit, dar streașina tot picura. Arborii din curte străluceau în întuneric.

– Spune-mi, spuse ea, ținând fumul în plămâni și dându-mi jointul. Despre ce este vorba, de fapt, pentru tine?

– Ce vrei să spui?

Ea respiră.

– Toată chestia asta, nu este numai despre studio. Vreau să spun, este fabulos, e delicios atelierul. Este cea mai bună decizie pe care ai luat-o în ani buni. Dar te-ai hotărât să faci asta înainte să mergi acolo, nu-i așa?

M-am gândit un moment.

– Cred că așa e.

– Deci nu este despre studio, de fapt.

– Atunci despre ce e vorba?

– Asta te întreb și eu.

Am ridicat din umeri și am râs. Nu puteam să spun. Nu aveam cuvinte să descriu asta și în niciun caz, dacă aș fi avut cuvintele, n-aș fi putut să dezvălui prea multe. Chiar şi cu Didi, nu voiam să dezvălui prea multe.

– Sunt entuziasmată. Contează?

Ea mai trase un fum şi miji ochii.

– Cred că va trebui să aşteptăm şi să vedem.

10

Țin minte acest anotimp. Această cină, această zi, semnarea contractului, care a avut loc în sâmbăta dinaintea alegerilor prezidențiale: John Kerry versus Dubya, în runda a doua a lui Dubya. Asta era în toamna lui 2004. Lumea largă era profund nenorocită și la fel și acasă. Două războaie americane în desfășurare – ambele niște băi de sânge, o baie de sânge mai mare și o baie de sânge mai mică, războaie clandestine, pline de ură, marcate de trădare, incompetență și corupție. Nu mă întreba.

Am primit o tânără femeie, o fată, de fapt, de doar douăzeci și cinci de ani, care a venit la școală cu un an înainte ca să vorbească despre ONG-ul ei – l-a fondat singură, această făptură firavă cu fusta ei mini de denim și fardul de pleoape albastru-argintiu a făcut lobby la Congres și a primit milioane să facă asta, Dumnezeu știe cum, de-abia terminase facultatea și scopul fiind să numere victimele civile părea un lucru atât de sănătos și bun de făcut. Ea le vorbise copiilor despre asta foarte blând, cu vocea ei ascuțită și plină, despre cum voia să îi ajute pe toți răniții, atât irakieni, cât și americani, și că, dacă nu țineai socoteala, unii oameni ar putea fi uitați. Am chemat doar elevi de clasa a cincea și a șasea ca să o asculte, chiar și așa, pentru că munca ei era să numere cadavre, practic, și oricât de mult luciu pui peste asta, nu poți să îi sperii pe copii și să le provoci coșmaruri. Mi s-a părut curajos din partea Shaunei să o primească de la bun început, dar cred că era nepoata cuiva din consiliul director al școlii și ea vizitase, de fapt, trei școli în toamna aceea înainte să plece.

Nu îmi dădeam seama cum puștoaica asta putea să facă mare lucru, dar apoi, după câteva luni, a apărut la știrile de seară, pe CNN, cu o eșarfă și o mapă și fără niciun fel de machiaj și era pe bune, trează și impresionantă și nici măcar o dată nu a spus „Păi" și povestea lucruri teribile despre numerele irakienilor – copii, familii, femei bătrâne – ale căror răni și decese nu erau raportate oficial, iar ea mergea din ușă în ușă cu mapa ei și cu încă vreo doisprezece oameni recrutați de ea și făceau o treabă al naibii de bună.

Iar după numai patru luni a apărut din nou la știri, de data asta în *The New York Times*, un titlu în dreapta pe prima pagină și o poză în pagină a cincea, dar din nou fardată, o fotografie făcută evident înainte să plece. Și era acolo pentru că ea și traducătorul ei fuseseră într-o mașină care urma un convoi armat pe drumul infam spre aeroport și un nenorocit i-a aruncat în aer cu o rachetă. Și în articol spunea (mereu voi ține minte asta) că ultimul lucru pe care l-a spus atunci când soldații au venit să îi ajute trupul ars și supurând împrăștiat în praf pe marginea drumului lângă Bagdad, ultimul lucru pe care l-a spus înainte să moară a fost „Sunt în viață". Avea 26 de ani.

Dar ea fusese mai vie în acel scurt interval de timp mai mult decât mulți sunt într-o viață întreagă; și apoi a murit.

Am luat articolul să i-l arăt Shaunei, care primește numai *The Boston Globe*, dar vestea era și în *The Globe*. Nu le-am spus copiilor, așa că unul sau doi dintre ei probabil că încă se gândesc la ea acolo undeva, numărând morții și răniții, dintre care sunt încă mulți pe care, dacă i-ar număra, ar fi încă în viață numai ca să numere.

Așa era pe atunci. Și cu toate astea, în noiembrie întâmpinam fiecare dimineață de parcă ar fi fost primăvară, de parcă în locul unei întunecări zilnice, atât sezoniere, cât și societale, ne îmbarcam într-o nouă și genială aventură în fiecare nouă zi, mai bună și iluminată decât cea din urmă. Ceea ce și făceam.

Era ca și când ai avea 11 ani și ai tânji după compania celui mai bun prieten. Dacă mă trezeam în fiecare dimineață cu un astfel de zel, fiecare frunză sau fiecare mână de copil se contura meticulos pentru mine ca o minune a naturii, îmbăiată într-o lumină superioară, asta era pentru că în inima mea purtam în fiecare zi posibilitatea unei conversații, a unei aventuri cu Sirena. Această posibilitate - adesea o probabilitate - era complicat combinată cu entuziasmul atelierului, al spațiului pur, luminos, aerisit, dezordonat în care ne întâlneam.

Ea petrecea acolo zile întregi, în timp ce eu veneam aproape de asfințit, la trei și jumătate sau așa ceva, când unghiul luminii soarelui și aerul erau pudrat deja și pătate de noapte, o lumină slabă și glorioasă de iarnă. Beam cafea: alături de întinderile de mătase indiană de culoarea bijuteriilor pe care le lipise de pereții capătului ei al studioului, un covor murdar, trei pufuri mici cu smocuri și o masă mică marocană de alamă, Sirena instalase un arzător pe masa lungă și o colecție de cești de ceai ciobite din magazinul Goodwill. Ea avea darul de a face obiectele frumoase, dar și confortabile, într-un fel ușor, un dar pe care îl asemuiam mamei în copilărie. Adoram că atelierul, deși spartan, aducea prin cele câteva obiecte ale sale cu un bazar oriental. Îmi plăcea chiar și când mă duceam și îl găseam gol, că ea lăsase ceștile murdare împrăștiate, cu urme de zaț de cafea și mânjite de rujul ei stacojiu și adesea o eșarfă sau un pulover uitat pe podea, de parcă îmi spunea: „Nu-ți face griji, mă întorc imediat".

Mă ocupam să aduc gustări - biscuiți de la Hi-Rise, sau brioșe de la atunci noul magazin din Davis Square, oprire rapidă pe bulevardul Highland în drumul meu spre atelier –, iar ea făcea o pauză de la muncă să fiarbă cafeaua și stăteam de vorbă cam trei sferturi de oră până când ea se ridica destul de brusc, scuturând niște firimituri inexistente și spunea „au travail", ceea ce chiar și cu franceza mea jalnică puteam să înțeleg și ajunsesem să anticipez. Apoi spălam cănile de cafea, iar ea mătura podeaua cu trei mișcări rapide, se întorcea cu spatele la mine, se întorcea în colțul ei din L. Și eu mă duceam în colțul meu și mă simțeam puțin ca un câine trimis înapoi la coșul său și aprindeam luminile puternice deasupra mesei pe care o instalasem și, hrănită cu prăjituri și conversație, lucram în timp ce noaptea cădea în jurul nostru, până când rămânea numai iazul meu de lumină și iazul ei de lumină, iar muzica de la CD player care plutea încet în spațiul vast și întunecat dintre noi.

Cam pe la cinci și jumătate sau șase fără un sfert, ea își împacheta echipamentele și se ducea acasă la Maria, dădaca, și la Reza și, normal, la Skandar, deși timp de luni întregi el a rămas o enigmă pentru mine, auzit numai ca murmurul la telefonul mobil când ea vorbea încet și repede și în franceză, după cum îmi imaginam mereu, cu o ușoară iritare.

Îmi plăcea să lucrez cu cineva în apropiere. Era ca și când mă întorsesem din nou în sala de artă a domnului Crace. Ce detestam – deși niciodată imediat – era timpul după ce pleca Sirena.

Pentru o perioadă am fost atât de ocupată cu scena la care lucram, încât nu am observat. În toamna aceea realizam o mică replică a dormitorului lui Emily Dickinson din Amherst, cam de mărimea unei cutii de pantofi, cu fiecare bucată de dușumea la locul ei, reproducerea mobilei sale la scară exactă. Odată ce am realizat camera ei și am creat-o pe ea cât am putut de bine, pentru o cămașă de noapte de in alb cu volane, scopul meu era să instalez un circuit, astfel încât Emily Dickinson a mea să poată fi vizitată cum stătea în patul ei cu instalații luminoase plutitoare – muza angelică, adorata ei moarte și, desigur, mica mea mascotă lăcuită, bucuria în sine.

Aceasta era, îmi imaginam eu, prima dintr-o serie: voiam să fac una cu Virginia Woolf la Rodmell, când și-a pus pietre în buzunare și a scris ultimul ei bilet: ideea mea era să fie cu valuri de râu, învolburate și efecte sonore și o copie exactă a biletului scris care să se proiecteze nu peste peretele dioramei și pe fereastra din dormitorul Virginiei, ci spre pereții noștri de afară, astfel încât, în loc să fie mici, cuvintele să fie uriaşe. În ochii minţii mele, ele aveau să clipească, pentru mine clipitul era foarte important.

Apoi urma una a pictoriţei Alice Neel, în sanatoriul în care a fost trimisă după căderea ei nervoasă în jurul vârstei de treizeci de ani. Voiam ca acolo să fie un ecou, înţelegi, între camera albă a lui Emily Dickinson şi camera albă a lui Alice Neel, monasticul şi azilul: ambele refugii, dar de tipuri atât de diferite. Şi amândouă sferele femeilor. M-am gândit până şi la titlul seriei mele nonexistente: „O cameră doar a ei?" Mă gândeam că semnul întrebării era cheia.

Adoram povestea lui Alice Neel, în parte pentru că viaţa ei a fost atât de dură şi amară, dar în final a fost totul bine, şi în parte pentru că arta ei, ca şi a mea, nu a fost deloc la modă pe durata a mare parte din viaţa ei şi din cauza asta a trebuit să ştie de ce o făcea şi de ce a continuat să facă asta până la sfârşit. Ea era ACS: Anti-Casa-Surprizelor. O iubeam pentru asta.

Ultima dioramă pe care plănuiam să o fac era opusul celorlalte. Urma să fie camera Edie Sedgwick din Fabrica lui Warhol. În loc să încerce să fugă de lume, Edie s-a sacrificat pentru ea. Ea a existat numai în privirea publicului. Imaginează-ţi: o suprafaţă atât de frumoasă de pe care a fost ştearsă orice adâncime. Dar atunci fotografiile, intensitatea lor, vitalitatea ei – în mod sigur arată de parcă în spatele acelor ochi era captiv un suflet.

Edie era esenţială. Mi-am petrecut o parte din adolescenţă, în pantaloni negri, fermecată de Edie Sedgwick, îndrăgostită de insecte, de ochii uriaşi şi de priviri, chiar dacă pe vremea mea ea era deja de mult moartă. Ea era Marilyn Monroe a oamenilor la modă – mai mică, mai rapidă, mai deşteaptă, mai apropiat vie şi mai eficient moartă, o felie anorexică de viaţă, cu nu mai multă interioritate decât un teckel. Totuşi, dacă atunci când aveam 16 ani şi mă îndreptam spre facultate, m-ai fi întrebat dacă voiam să fiu Georgia O'Keeffe sau Edie Sedgwick, clar aş fi ezitat. Şi poate aş fi spus Sedgwick. Ea a definit ceva, spuneam noi pe atunci.

Dar ideea era că eram consumată - într-un fel discursiv, distrugător - de seria mea ipotetică și în primă instanță de diorama mea cu Emily Dickinson, de amănuntele sale practice. Aveam pensule cu un singur fir și o lupă ca de ceasornicar atașată de frunte și petreceam trei zile la replica în miniatură a peisajului de pădure, alterna între ferestrele din dormitorul lui Emily, iar când a fost gata, am decis că asemănarea era slabă și că trebuia să o iau de la capăt.

Ore, și ore, și ore de muncă la casa de păpuși, și eu o adoram, eram pierdută în ea ca unul dintre copiii mei. Dar când Sirena pleca, mai devreme sau mai târziu, ridicam privirea de la masa mea și îmi dădeam seama că eram singură într-un mic iaz de lumină, într-o cameră mare și întunecată, de parcă eu însămi eram figura din diorama altcuiva, manipulată pe propria mea scenă de un uriaș pe care nu îl puteam vedea. Odată conștientă de izolarea mea, nu mă temeam de ea, ci de întreruperea ei. Mergeam spre ferestre și mă uitam în noapte, încercând să mă asigur că nu eram privită. Stăteam lângă ușa atelierului și ascultam pentru o clipă în hol sau din camerele alăturate. Dacă se auzeau pași sau zgomote, eram consolată dacă erau zgomotoase, de parcă aceia fără fețe își anunțau prezența. Eram și mai fericită când se auzeau voci, sau cum se întâmpla uneori, un radio distant, dar dacă sunetele erau înăbușite, oprite, intermitente, mi se oprea inima și mă temeam că tâlharul anonim al coșmarurilor mele pândea undeva pe scară, așteptând să plec.

Uneori, puteam să trec peste asta, mă forțam să mă întorc la masa mea, la lumea mea de Liliput și mă pierdeam din nou, dar în alte seri - mai ales dacă vremea era tăcută, fără păcănit de ploaie, fără sunete deloc în afara celor din jurul meu - mă lăsam pradă spaimelor mele, împachetam în grabă și plecam zgomotos din clădire, pe hol, pe scări și afară, mereu surprinsă de blândețea luminilor stradale, calmul sec al drumului din afara depozitului.

11

Am descoperit că doream să lucrez, mult mai mult decât îmi dădusem seama vreodată, dar nu voiam să lucrez singură. Paradoxul era perfect: nu voiam să lucrez singură și cu toate astea nu puteam să îmi fac munca decât singură. Ce alt răspuns posibil putea exista la dilema mea? Sirena. Sirena era răspunsul meu.

Am încercat, atunci, marțea, când copiii aveau ora de științe cu Estelle la finalul zilei și joia când aveau educație fizică la ultima oră, să ajung la atelier cu 40 de minute mai devreme. Odată am uitat de o ședință și am primit o replică mirată de la Shauna:

– Este totul în ordine? a întrebat ea. Pentru că nu îți stă în fire.

– Nu-i așa? am spus eu. Încep să mă întreb.

– Nu mă face să îmi fac griji despre tine, Nora, a spus Shauna și, deși părea îngrijorată, îmi dădeam seama din tonul ei că vorbea serios. Oamenii nu vor să își facă griji despre Femeia de la Etaj. Ea este de încredere, organizată și nu dă bătăi de cap.

– Nu mi-a fost niciodată mai bine, am spus eu, și am vorbit serios. În acele zile de marți și joi aveam aproape o oră în plus de companie în timp ce lucram, iar Sirena se bucura și ea de prezența mea, îmi dădeam seama după felul în care își aduna eșarfele în jurul ei și venea spre mine chiar dacă eu nu făceam decât să o salut. Mă întreba despre Reza, sau despre ceilalți copii, pe care ajunsese să îi cunoască din poveștile mele, sau despre un pantofar local bun, sau despre orice altceva – și atunci vorbeam, lucram sau ne pregăteam să lucrăm și ne beam cafeaua cu întreaga după-amiază înaintea noastră – era doar două și jumătate în acele zile, iar eu zâmbeam aproape încontinuu. Cui îi păsa de Shauna McPhee?

Din când în când, Sirena venea spre capătul meu de atelier și se apleca deasupra camerei lui Emily Dickinson. Ea mereu se comporta ca și când era o noutate pentru ea, era ceva ce nu făcea niciodată când eu nu eram acolo.

„A avansat mult", spunea ea dintr-o suflare, trecând un deget atent peste marginea de sus a unui zid. Sau arăta prin fotografiile și vederile cu camera adevărată împrăștiate pe masa mea și spunea: „Uau, este exact la fel" sau „Cum vei face piesa aceea?"

Mă temeam că ea mă judeca, deși nu mă simțisem niciodată așa. Ea arăta de parcă era pur și simplu, curioasă în privința mea. Pentru că mă plăcea. Într-o după-amiază când îmi dădea cafeaua, ea și-a pus mâna nu pe brațul meu, ci pe mâna mea.

– Dumnezeule, știi, e grozav că ești aici, a spus ea. Fără tine aș putea înnebuni.

– Pentru prietenie, am spus și mi-am cana ciobită.

– Da, pentru prietenie.

– Suntem amândouă norocoase, să știi, am spus eu. Este așa un mare dar pentru mine. Chiar dacă dau de belele.

– Ce vrei să spui?

Am povestit despre cum am lipsit de la ședință și cum s-a enervat Shauna.

– Dar nu contează, am spus eu, pentru că sunt aici cu tine.

Și atunci mi s-a părut că ar putea să sune prea dornic, prea nevoiaș. Simțeam cum mă înroșeam.

– A, dar pentru tine e altfel. Asta e bine pentru tine, dar este doar ceva în plus față de viața ta adevărată, care se întâmplă în fiecare zi, a spus Sirena, fără să se uite la mine, privind afară pe fereastră, ținând cana sub bărbie, de parcă îi era frig. Dar pentru mine, eu aici, în Boston, nu am o viață adevărată, așa că asta este. Asta este totul. În afară de Reza și Skandar, desigur. Și de aceea mă bucur atât de mult că ești aici.

Aş fi putut să spun multe lucruri. Voiam să spun că viaţa mea adevărată avea mai puţine în ea decât viaţa ei temporară, prefăcută, că misterul vieţii mele putea să se asemene atât de mult cu o autostradă prin Marile Câmpii, kilometri şi kilometri de teren drept şi plat, aproape fără niciun copac. Şi acum nu era doar un copac, ci o oază. Evident, nu am spus asta.

În schimb, am încuviinţat, uitându-mă la profilul ei conturat pe fundalul luminii ochilor ei negri şi trişti şi voiam să înaintez şi să o ating, aşa cum ea mă atinsese pe mine, dar nu mă puteam gândi la cum să fac asta, aşa încât să nu pară ciudat. Bănuiesc că sunt reprimată sau crispată, dar mă temeam, pentru că nu ştiam exact ceea ce simţeam - un fel de intensitate a emoţiilor pe care nu o puteam exprima - şi nu ştiam cum se simţea ea şi nu voiam să se înţeleagă prost sau să creez o situaţie stânjenitoare. Aşa că, deşi voiam să îi ating braţul, nu am făcut asta: am încuviinţat, am zâmbit, am terminat şi restul de cafea şi când am pus cana în chiuvetă, am spus:

–Ei bine, *au travail*! folosind cuvintele ei, dacă nu gesturile ei, pentru prima oară.

Ştiu la ce te gândeşti. Te gândeşti că eram îndrăgostită de ea – ceea ce eram –, dar încă un fel romantic, ceea ce nu eram. Te gândeşti de unde aş putea să ştiu dacă eram îndrăgostită romantic, eu a cărei viaţă amoroasă aparent nonexistentă ar sugera o carenţă pudică, un uter stafidit ca o coajă de porumb şi sâni ca nişte ugere smochinite? Te gândeşti că orice altceva face Femeia de la Etaj cu pisicile ei, ibricele ei de ceai, reluările *Sex and the City* şi nenorocitul ei de catalog Garnet Hill, femeia cu clasa ei de elevi de a treia şi zâmbetul ei alb ca perlele - ea face orice altceva, dar nu are deloc o viaţă amoroasă.

Doar pentru că acel ceva este invizibil nu înseamnă că nu este acolo. În orice moment, printre noi plutesc multe lucruri invizibile.

Clarvăzătorii văd fantomele, dar cine vede emoțiile invizibile, evenimentele neînregistrate? Cine vede iubirea mai efemeră decât orice fantomă, dar să o prindă? Cine ești tu să îmi spui mie că nu știu ce înseamnă iubirea?

Probabil că nu a fost un început bun indiferența mea față de prima alipire băloasă cu Alf în camera obscură de la liceul din Manchester și inabilitatea mea de a vedea rostul unui soț când aveam 16 ani. Dar, cititorule, la vremea mea, aproape că m-am căsătorit. Când privesc în urmă, aproape că nici mie nu îmi vine să cred.

În facultate am avut prieteni, da, în felul în care fetele care sunt extrem de populare cu alte fete cu prieteni. Perioade îndelungate tânjeam religios, aproape monastic după cineva nerealist și nepotrivit. Apoi în rândurile celor care nu iubeau și rândurile celor care nu erau iubiți se strecurau hoinarii și rătăcitori față de care nu mă puteam apăra. Erau primii mei iubiți cei care veneau și plecau: englezul care venise pentru un semestru, cu graiul lui de Wittgenstein și claia de păr negru, prietenul fratelui colegului meu de cameră Nate, venit de la Harvard pentru un weekend prelungit, clipind din spatele ochelarilor și bând din sticluța lui de coniac, sau Avi, prietenul din Israel al lui Jonanne Goldstein, venit din armată, cu pielea neagră, păros și musculos, care timp de un semestru a venit pe la Middlebury, a luat multe droguri și a făcut sex cu cine a vrut, în timp ce Joanne era la cursuri, sau la sala de gimnastică, sau unde era și aparent nu observa.

În vara după ultimul an, când credeam că nu mă voi îndrăgosti vreodată, l-am cunoscut pe Ben. Era august, și era cald. Ne-am cunoscut pe Martha's Vineyard, unde stăteam cu prietena mea Susie, la casa părinților ei, la un picnic pe plaja Aquinnah, jucând volei, nisipul prăjindu-ne tălpile, unde el a sărit în evidență nu doar pentru că era înalt și slab, ci pentru că avea din prima aerul unei dulceți răbdătoare pe care nu a pierdut-o niciodată, ceva aproape inocent. M-a invitat la cină în Edgartown și a venit să mă ia pe o motoretă împrumutată, iar când ne-am întors la Susie, pe South Road, după cină, cu luna răsărită și arborii întortocheați de pe marginea drumului, m-am simțit cu el atât în siguranță, cât și capabilă de aventură. Când am ieșit spre câmpul deschis dincolo de care vezi marea pentru prima oară, luminată de lumina lunii și de sutele de licurici ca niște lanterne fermecate punctate, a oprit motoreta și am suit către peretele de piatră, privind în zare în tăcere – era într-adevăr uluitor – și apoi ne-am sărutat. Îmi aduc aminte că am oftat, atât de plăcere, cât și cu un fel de resemnare, și m-am gândit „Ei bine, atunci asta e".

Și Ben de-abia terminase facultatea, originar din Northern California, dar s-a mutat la New York, așa că am sărit în tren și m-am mutat și eu la New York, unde am închiriat un apartament cu Susie și altă fată de la facultate pe nume Lola, într-o clădire soioasă de la 102nd și Amsterdam, care atunci nu era în mod deosebit un loc plăcut în care să locuiești.

Ben stătea în Alphabet City, iar serile cânta într-o formație. În primul an, ziua lucra în mutări și a devenit foarte puternic, iar eu lucram ca și chelneriță și pentru o vreme a fost foarte distractiv, așa cum viața este distractivă când este provizorie. Doar ceea ce pare distractiv la început se poate învăța repede, însă curând începu să mă doară capul și aveam picioarele obosite, iar clienții mi se păreau nepoliticoși și autoritari, așa că am cumpărat un costum cu banii trimiși de părinții mei și am început să merg la interviuri pentru posturi de afaceri. Spre surpriza mea, am primit o ofertă de la o firmă de consultanță în management și, odată ce așa ceva mi se oferise, cum puteam să refuz?

Și apoi trebuie să mă fi schimbat. În mod sigur nu mai pictam nimic. În acele vremuri, la începutul anilor '90, părea inutil și era entuziasmant să am bani pentru prima oară... Nu pot să explic în totalitate – este ca și cum s-a întâmplat unei alte persoane și când mă uit înapoi și văd cine eram atunci, ea nu arăta ca o persoană cunoscută. Dar pentru că am devenit această persoană și pentru că Ben era foarte conciliabil și pentru că mă iubea, și el a simțit nevoia de schimbare. Eu spuneam lucruri precum „Nu mai suntem copii – e vremea să fim serioşi" şi în timp s-a înscris la Facultatea de Drept la NYU, ceea ce este exact genul de lucru pe care îl faci când ai senzaţia că a venit timpul să devii serios, dar nu ai idee de ce presupune asta. Nu e nevoie să mai spun că a renunţat şi la formaţie, de care într-un fel nu mai avea nevoie pentru că în timpul lui liber mă avea pe mine. Atunci deja locuiam împreună într-o cutie mică, fadă, respectabilă, cu tavan jos, postbelică, la est de parcul Gramercy, o ţară a nimănui în ceea ce priveşte moda, la câteva cvartale distanţă de Arts Club, dar la un milion de km distanţă de orice fel de artă. Nici nu mă mai uitam la artă, credeam că planul meu de a deveni artistă era o fantezie a neputinţei şi că cu banii mei – cu putere! – nu aveam nevoie de ea.

Biroul meu era la etajul 34, mergeam peste tot cu taxiul, zburam cu avioane, aşteptam în aeroporturi şi stăteam trează tastând la computer noaptea târziu în hoteluri. Aveam doar 25 de ani şi aveam patru perechi de pantofi Christian Louboutin. Aveam o canapea albă, modernă, supradimensionată, şi cea mai scumpă plapumă de pe piaţă din Suedia (un obiect de care încă mă bucur). Şi când Ben m-a cerut în căsătorie, la o cină bogată, într-un restaurant atât de îngrijit, încât eram clienţii cu 20 de ani mai tineri decât toţi ceilalţi şi probabil singurii fără gută – mi-am dat seama – nu imediat, dar în săptămânile care au urmat, diamantul greu care îmi strălucea pe deget (la ce îmi trebuie un diamant?) – că Ben, avocatul apărării pentru infractorii cu guler alb, mă plictisea, deşi era dulce şi că nu îmi păsa de canapea sau de pantofi sau chiar de plapumă şi că nici măcar nu îmi *plăcea* mâncarea complicată, care fie mă constipa, fie îmi provoca diaree.

Nu te aşteptai la asta din partea Femeii de la Etaj. Aveam o iubire şi o aventură amoroasă cu o viaţă lumească şi am părăsit-o. Dacă m-aş fi căsătorit cu Ben şi m-aş fi mutat în Westchester (ştii, nu-i aşa, că ne-am fi mutat în Westchester?), atunci ani mai târziu, când mama s-a îmbolnăvit, nu m-aş fi predat ei aşa cum am făcut-o, pentru că atunci ar fi existat deja copii (știi, nu-i așa, că ar fi existat copii? La fel cum, în cele din urmă, inevitabil, ar fi existat un divorț) și cel puțin una dintre întrebările de la examenul vieții mele ar fi primit un răspuns pe măsură. Dar atunci nu ar fi existat artă, nu ar fi existat oxigen și ar fi fost acele slujbe și toate lucrurile care veneau cu ele și ar fi existat Ben, pe care, inocent până la capăt, am ajuns să îl disprețuiesc pentru maleabilitatea lui, pentru cât de mult semăna cu mine și pe care să îl privesc aproape – destul de greșit înțeleg acum – cu dispreț.

Nu știu unde este acum, mai mult de un deceniu după, Ben Souter („Pețitorul meu Souter“, glumeam eu la început), dar sper de dragul lui că este fericit, căsătorit și are copii frumoși, o casă mare și sper că a câștigat milioane și a rămas la fel de dulce.

Cu toți acei ani în urmă, el nu a fost nici pe departe ultimul. Nu trebuie să ți-i enumăr – bărbatul căsătorit, pentru scurtă vreme, absolventul temător pentru mult mai multă vreme, băiatul cu zece ani mai mic decât mine care mi-a spus – cred că singura persoană din viața mea care mi-a spus asta – că eram sexy. Poate că asta mă face să par defensivă. Ceea ce bănuiesc că și sunt. Pentru că înainte de familia Shahid am crezut că am înțeles iubirea și ce era și ce simțeam față de ea, iar apoi totul s-a răsturnat cu susul în jos.

Simplul fapt că pot să îți spun fără să clipesc că aș putea să îi ucid – și că mai presus de toate aș putea s-o ucid pe ea – spune tot ce este de spus. O, nu te teme. Nu o voi face. Sunt inofensivă. Noi, Femeile de la Etaj, suntem și asta. Dar aș putea.

12

Două lucruri s-au întâmplat în cele două săptămâni înainte de Crăciun. Primul a fost că mă temeam în singurătatea din atelierul meu pe întuneric. Încercasem să mă lupt cu groaza mea, să stau calmă prin spasmele ei și să continui să lucrez serile la diorama lui Emily. Lucram la patul lui Emily și nu se auzea niciun sunet în afară de radiatoare și vuietul distant și intermitent al furnalului care se aprindea, sufla și adormea din nou. Lăsam CD playerul să se scufunde în tăcere pentru că voiam să mă asigur că pot să aud orice sunet uman și mă temeam că muzica le-ar putea astupa.

Și apoi, în timp ce șlefuiam și ciopleam în oaza mea de lumină, am auzit într-adevăr sunete. Tropăituri distante pe scară, vagi și aproape goale și apoi pași care începeau, se opreau, pași gingași care deveneau mai zgomotoși, oprindu-se pe coridor – oare prindeam zdrăngănitul unui lacăt, scârțâitul unei balamale neunse? – și nu, mergătorul îi dădea înainte, avansa mai aproape. Pașii, așa cum dicta coșmarul meu, s-au oprit la ușa mea. Capătul holului: nu mai aveau unde să se ducă.

Am lăsat jos hârtia și bețele mele cu șmirghel. Mâinile mele pluteau deasupra mesei, eram conștientă din ecoul tăcerii din cameră, că îmi țineam respirația. Nu voiam să zgârii podeaua cu scaunul. Îmi auzeam inima, se vedea lumina pe sub buiandrug? Poate – dar stai: o bătaie la ușă. Nu o bătaie întâmplătoare, una înceată, ritmică la fel ca un secret sau un mesaj dum-da-da-dum-dum și din nou.

Să deschid? Știa că eram acolo? Știa cine eram? Oare ritmul era un semn sau un fapt fără sens? Era cineva care bătea la ușa greșită sau ceva mult mai întunecat?

În agitația mea, m-am mișcat. Scaunul a scos un scârțâit furios, aprig.

Din nou o bătaie. De data asta mai tare. Din nou același ritm, din nou de două ori. Un anunț. Și apoi zgâlțâirea clanței.

Și acum? Și acum? Vocea mea profesorală, autoritară, atât de importantă, mi-a spus să nu mă ghemuiesc ca un copil, ci mi-am luat cuțitul X-Acto și am verificat ca lama să fie întinsă.

– Cine e? am târșâit scaunul cât de tare am putut, o strategie inversă, și am bătut din picioare, într-un fel masculin, speram eu, spre intrus. Cine este?

Vocea de pe cealaltă parte – una de bărbat – a spus ceva ce nu am înțeles. M-am apropiat atât de mult de ușă, încât îmi imaginam că îl pot auzi respirând de partea cealaltă. El a emis o tuse, o tuse de fumător, în care am încercat să citesc o întreagă personalitate!

– Cine este? Vorbiți clar, vă rog! În sfârșit, profesoara triumfătoare. Și apoi am auzit numele pronunțat nu cum îl pronunțam, așa cum îl pronunța ea. *Sii-ree-na*. Ca un italian.

Am pus cuțitul X-Acto în buzunarul de la spate – cu o notă mentală să îl scot înainte să mă așez – și am tras de zăvor, am deschis larg ușa, aproape cu furie, ca să încerc să îmi iau vizitatorul prin surprindere.

Într-adevăr, pentru o clipă a părut surprins, ca în filmele mute atunci când se mima surprinderea, cu sprâncenele ridicate și gura deschisă involuntar, iar apoi și-a recompus trăsăturile pentru un zâmbet plăcut, aproape mieros și a întins o mână.

– Iar tu trebuie să fii Nora Eldridge, nu-i așa?

Am ezitat.

– Nu, doar prietena și colega soției mele. El a pus un accent puternic pe a doua silabă – *co-legă* –, îl făcea să pară atât străin, cât și important. Dar și profesoara fiului meu. Ce mai faceți?

Acesta era tatăl lui Reza și soțul Sirenei.

– Dumneavoastră trebuie să fiţi...

– Skandar. Skandar Shahid. Ce mai faceţi? El a întins o mână pătrată, păroasă chiar când a intrat, iar eu am păşit în atelier. Sirena nu este aici?

– A plecat acum o oră.

El a privit sceptic spre întunericul ordonat în capătul ei al camerei (deci mai fusese aici înainte) şi apoi înapoi spre cercul meu de lumină rotundă.

– Iar dumneata ai atelierul spiriduşilor, a spus el, zâmbind.

– Pardon?

– Sunteţi – vreau să spun doar că sunteţi precum spiriduşii cizmarilor, muncitori noaptea ca să faceţi ceva perfect. El a zâmbit, dar nu şi-a dezvelit dinţii: Un gentleman. Şi, în plus, ceea ce faceţi este foarte mic.

Ceea ce înseamnă că se uitase şi la diorama mea şi probabil şi la schiţele mele. Ceea ce însemna că ei se uitaseră la masa mea împreună sau cel puţin îmi căutaseră prin obiecte într-un fel atent, static, în timp ce Sirena îşi punea haina. Sau punea ibricul la fiert. Cumva nu mă gândisem niciodată că el ar fi putut să fie acolo.

– Da, am spus eu. Este mică. Recunosc asta.

– Vedeţi asta?

El a râs şi se văzu strălucirea unui dinte. Mă bucur atât de mult. El se opri. Ca şi soţia lui, vorbea cu accent, dar, spre deosebire de al Sirenei, al lui era scurt, ordonat.

– Să fac nişte ceai?

El înaintă spre chiuvetă, cu haina încheiată la nasturi încă pe el. Pantofii lui de piele uzi şi distruşi sau întunecaţi, pe podea. Acest gest al lui de proprietar mi s-a părut destul de nefiresc.

– Ceai?

– Preferaţi cafea? Sirena mereu vrea cafea, dar mie îmi place ceaiul.

– Dar Sirena nu este aici, s-a dus acasă. Trebuie să fi părut nepoliticoasă pentru că el se opri şi se întoarse să mă privească de parcă îl luasem din nou prin surprindere.

Am spus oare că, din ce vedeam eu, comportamentul lui era de necitit, dar Skandar Shahid s-a dovedit a fi în mod superficial bărbatul meu ideal. Era genul de bărbat pe care l-aş fi privit la metrou sau într-un aeroport, care m-ar fi făcut curioasă, genul de bărbat în fața căruia, dacă aş fi stat lângă el la o petrecere la cină, m-aş fi simțit amuțită, timidă. Genul de bărbat – un adult – despre care am crezut mereu că nu voi cunoaşte.

Nici înalt, nici scund, nici gras, nici slab, avea un păr negru ondulat, bogat, lung şi acum grizonant de parcă ar fi stat pentru o vreme într-o furtună de zăpadă. Ochii lui – dar eu crezusem că ochii lui Reza erau ai mamei sale? – erau bizantini, ovali, cu gene grele şi negri. Erau măriți de ochelari, dar ochelarii erau cumva discreți, astfel încât nu vedeai decât ochii lui enormi. Avea obrajii plăcut rotunjiți, nas nici osos, nici borcănat, un nas ca o lecție de desen şi buze întunecate, uşor pline. Voiam în acelaşi timp să îi ating bărbia şi să simt şmirghelul ei de seară. Am zâmbit şi am spus:

– Scuze. Ceaiul e perfect.

El a umplut ibricul la chiuvetă şi a pornit arzătorul, foarte comod cu spatele la mine.

– Ştiți dacă sunt biscuiți? întrebă el căutând printre cutia de cafea şi cutiile de ceai. Doriți un biscuit?

– Mă tem că tocmai i-am terminat.

– Tocmai nu mai sunt? se întoarse amuzat. Tocmai sunt, tocmai nu sunt. Dacă aş fi venit mai devreme, am fi avut.

– Bănuiesc că da.

– Deci asta faceți împreună cu Sirena, mâncați „prăjituri" – el rosti cuvântul de parcă ar fi fost unul străin, între semne de ghilimele – şi pălăvrăgiți ca şcolărițele?

– Bănuiesc că da. Toată chestia asta cu atelierul este doar o scuză ca să bârfim.

El îşi întoarse capul ca o pasăre, privindu-mă din coada ochiului şi zâmbi.

– Asta e bine. E foarte bine. El păru să găsească un rest de biscuit de vreun fel și îl ronțăi. Sunteți serioasă totuși.

– Serioasă?

– Sirena spune că sunteți serioasă. Asta contează. Nu dacă vindeți arta pe mirare sau cunoașteți oameni extravaganți. Este important să fii serios.

– Desigur.

– Păreți serioasă. El se uită la mine amuzat în timp ce îmi dădu ceaiul. Lapte?

– Nu, mulțumesc. M-am gândit pentru o clipă. Atunci ea vinde de mii? Ea cunoaște oamenii extravaganți?

– Extravaganți? Ce înseamnă asta? Ceva diferit pentru cineva diferit. Dar da, așa este, orice ar însemna asta. A început. El afișă încă un zâmbet mare și criptic. În Paris, desigur.

Am simțit cum un fel de lift interior se prăbușește în puțul său, ceea ce se numește de obicei o senzație de scufundare. Cumva reușisem să nu mă gândesc la viața artistică a Sirenei în afara vieții noastre private la stadiul său de înainte și de după.

– Acesta este unul dintre motivele pentru care i-a fost greu să vină anul acesta – pentru cariera ei, în ultimul an sau doi, lucrurile au început să „decoleze" acasă? Expoziții, cea mai bună galerie, recenzii, știți. Aici nu sunt aceleași oportunități... dar i-am spus, găsește un atelier, lucrează, ca un refugiu, fără distracții. Va fi bine.

– Și este?

El își termină ceaiul și își lăsă cana zgomotos în chiuvetă.

– Este bine. A găsit un loc și te are pe dumneata.

– Mă are pe mine?

– Pentru prăjituri și stat de vorbă, o *co-legă*, care este și serioasă.

– Da.

– Sirena, ca mulți artiști, când este tristă, poate să devină extrem de tristă. El părea trist, dar era ciudat, întrucât asta nu avea nicio legătură cu el. Așa că mereu suntem fericiți pentru ea ca să fie fericită. El se uită la ceas. A întârziat. Odată am venit și eu la timp și ea întârzie.

– Nu a menționat că se va întoarce.

– Mergem la un film și am căzut de acord... el se întrerupse și făcu un gest amplu plesnindu-se peste frunte. Am schimbat planul. Din nou ceasul. Apoi, mormăi el gutural de exasperare, ea trebuie deja să fie la cinema. Poți să îmi spui care este cea mai rapidă cale spre Kendall Square?

Am încercat să îi dau cele mai simple instrucțiuni posibile, dar aveam impresia că nu le înțelegea. Stresul lui părea suficient de autentic, dar în timp ce el se grăbea pe coridor rostind politețuri la plecare, nu credeam că va ajunge la cinema deloc.

În timp ce îmi aranjam lucrurile și spălăm cănile, am construit o poveste în care el venise intenționat cu speranța de a mă cunoaște. Nu pentru că voia să mă cunoască pentru el însuși, ci pentru că voia să vadă cu cine își petrecea soția lui atât de mult timp, să mă măsoare. Poate – nu era posibil? – ea vorbea despre mine cu același entuziasm debordant, fără răsuflare, cu care eu vorbeam despre ea.

Este cel mai ciudat lucru la a fi om: să știi atât de multe, să comunici atât de multe și cu toate astea mereu să nu ai o imagine clară, în final să fii atât de izolat și nepotrivit. Chiar când oamenii încearcă să spună lucruri, le spun prost, sau strâmb, sau mint de-a dreptul, uneori pentru că te mint, dar adesea pentru că se mint pe ei înșiși.

Sirena, până la urmă, îmi vorbea foarte rar despre Skandar. Îmi imaginam că, pentru că nu vorbea despre el, nu îi ocupa gândurile. Îl înțelegeam ca fiind un dat, poate chiar un dat ambivalent. Ea vorbea atât de deschis despre munca ei, anxietățile și fanteziile sale despre aceasta, despre maleabilitatea diferitelor materiale și despre sentimentele ei complicate despre video. Se temea că moda pentru video îi afecta interesul în el, atât atracția ei, cât și repulsia ei, ceea ce înțelegeam. Ea a spus că unul dintre lucrurile pe care le admiră la mine era că nu aveam nicio reținere față de modă, că îmi urmam instinctele cu atâta calm. Nu i-am spus că nu puteam să fac altfel, dar am fost foarte satisfăcută de lauda ei.

Sau ea vorbea despre Reza – adora să vorbească despre el, escapadele sale, comentariile lui amuzante, când folosea cuvintele greșit în engleză („*Maman*, ce este o vreme de câini?“), povești din copilăria lui mică. Ea vorbea chiar și despre propria ei copilărie, familia mare de frați și mama ei tiranică, surdă la o ureche încă din copilărie și astfel volubilă, de parcă ar compensa pentru sunetele care nu ajungeau la ea, exprimând unele abundent în lume și tatăl ei, la fel de moale spunea ea, ca un Camembert vara. Vorbea despre cât de apropiată era de fratele ei cel mai mic – atât de asemănător cu Reza în temperament, spunea ea – și cât de furtunoase erau relațiile ei cu sora ei mai mare, cu optsprezece luni înaintea ei, care tânjea după o familie, dar nu se căsătorise niciodată și care își critica opresiv nepotul ori de câte ori avea ocazia. Spunea povești din tinerețea ei, de când a făcut drumeții prin Asia de Sud-Est și cum fusese atât de drogată în nordul Thailandei, încât își petrecuse aproape o săptămână într-o stare de amorțeală într-o colibă dintr-un sat aproape de Chiang Mai, cu prietenul ei de atunci, care o forța, din când în când, să mănânce sau să bea astfel încât să își țină trupul și sufletul împreună.

Ea vorbea despre toate lucrurile astea, dar aproape niciodată despre soțul ei. Ce ar fi trebuit să cred?

Când vorbea despre el, era legat de Reza, cum ei trei făceau lucruri împreună, precum a vorbi engleză la masa de seară sau cum priveau pisicile-de-mare la acvariu, sau despre logistică, la care el stătea evident foarte prost. Skandar a venit cu două ore întârziere, Skandar a uitat cu totul, Skandar nu a plătit factura, Skandar a pierdut chitanțele/cheile de la mașină/numărul de telefon. Când menționa aceste greșeli, o făcea cu un fel de plictiseală, cu un fel anume sardonic al gurii ei frumoase.

– Înseamnă că îți place foarte mult, am spus eu odată când ea explicase că motivul pentru care niciun Shahid nu participase la seara Back to School era că el primise această misiune și, uitând sau pretinzând că uitase, se dusese în schimb să asculte o prelegere la școala Kennedy. Nu și de aceea te-ai căsătorit cu el?

– Îmi plăcea *atunci*, a spus ea. Părea atât de liber. Dar te saturi de asta, știi. Și tu l-ai fi considerat un dat ambivalent.

Când am ajuns acasă în acea seară de vineri, i-am căutat pe amândoi pe Google. În retrospectivă, pare ciudat că nu am făcut asta mai devreme, dar acum îmi dau seama că nu voiam să știu ce credea lumea despre ei, despre ea. Voiam ca ea să fie a mea, așa cum diorama cu Emily Dickinson era a mea, fără o lume înainte, după sau afară. Așa voiam să fie toată viața, fără agitație sau zgomot alb, fără oglinzi deformante. Și fără îndoială a fost o greșeală să îi caut pe computer.

Acolo erau împreună fotografiați la o petrecere de cocktail lângă un tip cu păr lung și nas mare, cu o jachetă de catifea demodată, dincolo era Skandar la un eveniment despre Raymond Aron și filosofia istoriei, cu numele lui, pe un semn de pe o masă lungă, în fața sa, prins în mijlocul discursului cu ochii închiși și mâinile ridicate asemenea păsărilor în zbor, o ceață. Era o fotografie umbrită cu Sirena la inaugurarea instalației ținând un pahar de șampanie și privind la fotograf gravă și indispusă, cu pantaloni mulați și tocuri înalte, cu părul prins pe cap cu bețișoare. Erau linkuri către eseurile lui în franceză neinteligibile pentru mine și listarea sa ca profesor la École Normale Supérieure și articole din ziare despre expozițiile Sirenei – două dintre ele în mare parte, Elsinore și încă una cu doi ani înaintea ei, din nou totul în franceză. Când am apăsat pe „tradu această pagină“, o supă comică de erori de sintaxă și gramatică împreună cu un urlet pe partea de dicție – o lecție sigur de iresponsabilitate fundamentală de schimb intercultural –, dar vedeam că termenii în care era apreciată munca Sirenei erau extravaganți, aproape incomozi. O recenzie anume lăuda nu atât construcțiile extraordinare, cât și seria de videoclipuri care le acompania. Aceasta, se spune acolo, era geniul adevărat al Sirenei, abilitatea de a ne încânta, amuza, șoca și a surprinde cu setul ei de șase clipuri scurte de trei minute, fiecare descriind relația unei creaturi - inclusiv un observator uman, filmat din spate, un melc viu și un Hamlet din plastilină, pe care recenzentul îl aprecia foarte mult.

Nu la mult timp după aceea am avut un vis despre Skandar, acel tip de vis real, limpede, care îți rămâne în minte toată ziua și schimbă parcă oarece - cum? - s-a întâmplat cu adevărat. Este atât de visceral, încât nu poate fi șters din memorie, de parcă ar fi scris pe trup. Eram goi împreună în pat într-un apartament care nu era al meu, dar știam că nu era nici al lui și cumva știam după lumina înaltă, albă, opacă a ferestrelor că eram în Europa - Amsterdam poate, așa am crezut, unde nu am fost niciodată. M-am ridicat din pat să pun ibricul la fiert și am spus:

– Să știi că ea o să sosească în curând, iar el a zis:

– Nu o deranjează. Îi place.

Ce îi place? m-am întrebat și am revenit în pat cu el, iar apoi el avea degetele în mine și am avut orgasm. Apoi se vedea ibricul fierbând și a sunat soneria (ceasul meu deșteptător, evident, era timpul să mă trezesc) și m-am trezit, gândindu-mă la toate aceste lucruri, dar nu mă temeam, el spusese că ei îi plăcea, iar când m-am întors să îl privesc, tot trupul îmi furnica încă, el stătea sprijinit de tăblia patului și adulmeca, precum un parfumier, degetele care tocmai ieșiseră din mine, cu un zâmbet visător și o ușoară sclipire a dintelui.

13

Al doilea lucru s-a întâmplat la doar trei zile după primul, la începutul ultimei săptămâni de școală înainte de vacanță. Anticipasem atât de mult timp până când uitasem să continui să îmi fac griji, așa că eram chiar șocată, înspăimântată. Asta demonstrează cât de mult poate să trăiască ura, dorința de răzbunare, are o înjumătățire a duratei de viață nucleară și învață oamenii la răbdare într-un fel absolut sinistru.

Reza a fost atacat din nou. De data asta mai clandestin, mai brutal. Sub privirea mieroasă a fetelor de la after-school, Bethany, Margot și Sarah – slabe la scris texte și experte în a-și planifica întâlniri pe telefoanele mobile –, a izbucnit o bătaie masivă cu bulgări printre copii. La after-school erau cam 12 copii și numai cei timizi nu au fost implicați: au format echipele și au construit un fort, iar eu eram ținută la distanță de atelierul meu de o întâlnire cu Chastity și mama lui Ebullience și Lisa, specialista în citire, să discutăm strategii pentru a gestiona atacurile lui Ebullience cu privire la dislexia lui Chastity, sau mai degrabă despre lipsa ei debordantă. Oricum, mi-am derulat întâlnirea cu strigăte și râs și o zarvă veselă care venea pe fereastră și totul suna așa cum trebuie să sune copilăria.

Dar printre ei pândea, ca un spor malefic, Owen, băiatul de clasa a cincea care îl atacase pe Reza și în trecut și care a fost suficient de inteligent și suficient de prost încât să îi vină ideea să bage pietre în bulgării de zăpadă și ghinionul că alesese una ascuțită. Marea rușine era că era bun la țintă (era greu să nu fie: s-a stabilit mai târziu că se afla doar la câțiva metri de ținta lui), iar rușinea și mai mare era că Reza nu a văzut atacul.

O fată a spus că Reza a căzut în genunchi și ea a văzut sânge printre degetele lui – avea pumnii la ochi – înainte să își dea seama ce era. Și a spus că l-a văzut pe băiatul gras mormăind „Of, rahat“ înainte să se întoarcă și să fugă.

Înăuntru, am primit lovitura ca și când căzuse o tăcere, de parcă lumea de afară a respirat în cor, de parcă s-a lăsat cortina peste scenă. Atunci, Bethany a început să sune fluierul, trei sunete ascuțite, fluieratul de urgență de copii-aliniați-vă-acum și a trebuit să spun „mă scuzați“ mamei gemenelor și să mă îndrept spre fereastră.

Îmi aduc aminte cerul care strălucea în acel fel tern, cenușiu, care lumina zăpada incipientă, iar când am pus degetele pe geam era rece. Am privit în jos și vedeam panica inițială a lui Bethany și gesturile ei pseudomilitare, fluturând brațele în timp ce îi trimitea pe toți spre ușile duble mari. Doar atunci am văzut-o pe Margot venind cu cineva spre intrarea dublă, cu cineva aplecat care picura sânge lăsând o urmă magică pe zăpada bătătorită – chiar și în lumina cenușie, poate că mai mult din cauza ei, sângele strălucea stacojiu – și a trebuit doar să mă uit și să nu mă gândesc că știam că știu acea haină. Știam acea pălărie – negru cu alb cu un ciucure în creștet –, o știam.

– Mă scuzați, un accident! am strigat eu mai tare decât era necesar și am ieșit din clasă, spre uimirea mamei și a colegei mele Lisa.

Am ajuns la biroul Shaunei în același timp cu Margot și Reza. Velma Snively, secretara Shaunei (și o veterană de 37 de ani la Appleton), ieșise din spatele biroului ei și cerea comprese:

– Nu sta acolo, se răsti ea la Margot, care plângea, chiar când îl ținea pe Reza la pieptul ei mare. Ia fețe din dulapul de prim ajutor. Ia apa sterilă. Acolo! Acolo!

– Sunt doamna Eldridge, Reza, am anunțat în caz că el nu mă vedea. O să fii bine. Am încercat să ajung la el, dar brațul Velmei m-a împiedicat. A fost în ochi? Este în ochi? Am încercat să trec de ea, dar nu aveam cum să „ocolesc". Bluza ei înflorată făcea un sunet șerpos când era atinsă.

– Nu crezi că ar trebui să ne uităm mai bine, Velma?

– Asta fac, Nora, dacă nu îl mai înghesui pe bietul băiat. Ea luă bucata de fașă pe care Margot o găsise și o flutură prin aer. Apă rece sterilă! Apă rece aici! Trebuie să îl curățăm pe băiatul ăsta.

Fașa a fost scoasă, umezită, întoarsă în palma ei. Ea nu ezită deloc și în acest timp îl țineam spre ea cu celălalt braț. Era nemișcat, cu excepția tremuratul lui de la plâns ca un animal năucit.

Când Velma șterse sângele – și era destul de mult, începuse deja să se coaguleze în jurul marginii rănii –, era limpede că ochiul lui Reza fusese cruțat, dar tăietura era lungă de doi centimetri și jumătate. Era atât de aproape de colțul ochiului, încât arăta ca și când era un fruct pârguit, ar putea să spargă pielea acolo și să deschidă cavitatea ochiului.

– Un plasture nu o să fie suficient, spuse Velma sumbru. Băiatul are nevoie de copci.

În acest moment, Reza scânci încet, primul lui sunet, și se uită la mine îngrozit.

– Nu te teme dragul meu. Te duc eu.

– *Maman*, spuse el.

– Știu. O sun imediat. Poate să se întâlnească cu noi la spital. Mi-o imaginam mulțumită în studioul nostru, în neștiința sa, sculptând atent flori cu aspirină, cu părul căzându-i ca o plasă deasupra operei sale și mi-o imaginam căutând telefonul mobil în buzunarul hainei cu acel mic nod din gât pe care știam că îl avea atunci când credea că s-ar putea să fie Skandar.

– Ți-ai luat lucrurile? am întrebat prostește. Margot, îi iei tu ghiozdanul? Plecăm acum cu mașina mea.

Velma se dădu înapoi, dându-i drumul și își drese glasul.

– Trebuie să verific formularul medical, Nora. Nu poți să îl duci, pur și simplu, oriunde.

– La spitalul de copii. Îl duc la spitalul de copii: este cel mai bun, dacă trebuie să îi pună copci. Să punem o compresă pentru drum. Crezi că poți s-o ții, dragă? S-o ții acolo cu mâna?

Velma oftă și dădu din cap.

– Ar trebui să o chemăm aici pe mamă, spuse ea. Asta este regula, cu excepția unei urgențe.

– Nu crezi că asta este o urgență? Mama lui este o prietenă de-a mea, am spus eu (și știi, chiar în acel moment nebun, eram mândră să spun asta, ca și când dezvăluiam un atu și eram mândră să cred că asta era, într-adevăr, adevărat). Și știu că nu ar vrea ca noi să pierdem timpul. Pot să o sun pe drum și putem să ne întâlnim la camera de gardă. Haide, Velma, știi că asta trebuie făcut.

Velma clătină din cap din nou, ușor.

– Știu ce o să se întâmple, Nora, dar trebuie să o suni pe mama băiatului acum, înainte să pleci. Nu poți să îl duci nicăieri fără acceptul ei.

Așa că am sunat-o pe Sirena din biroul Velmei. Nu pot să exprim cât de ciudat a fost. Eram stânjenită fără limite: să fiu eu cea care îi dă vestea Sirenei, de parcă Reza fusese atacat sub supravegherea mea (Margot era încă în încăpere, cu fața încremenită de anxietate), să mă audă toți cum îi vorbesc, de vreme ce nu știam cum să îmi modulez vocea când îi vorbeam, la fel cum nu puteam nici când vorbeam despre ea, mă temeam să par fie prea apropiată, fie prea formală, prea tare sau prea încet și în fața lui Reza, care sigur nu își dădea seama în ce măsură viețile sale de la școală și de acasă erau legate, aproape la spatele lui, interconectate. El știa că mama lui și cu mine făceam artă în același atelier, dar el nu știa ce însemna asta practic și în mod sigur nu înțelegea că, atunci când el era la after-school sau predat în grija Mariei, mama lui, cel mai adesea, ronțăia biscuiți cu mine, pălăvrăgind, așa cum spusese tatăl lui, ca o școlăriță. Sau mai degrabă ca o artistă fără copii, și nu putea exista o trădare mai mare ca asta.

Însă am sunat. Sirena nu mai auzise de mult vocea mea de profesoară: rigidă, aspră și falsă. Eram încă sigură că Velma se uita la mine ciudat. I-am spus Sirenei ce se întâmplase și că ochiul lui era în ordine, dar va avea nevoie de copci - moment în care am auzit un sunet înăbușit de partea cealaltă a receptorului și am spus, pe un ton complet nepotrivit pentru biroul Veronei, dar nu m-am putut abține:

– Nu plânge, Sirena, nu plânge, e în regulă, iar ea a zis:

– Nu plâng, îmi pun haina pe mine – și i-am spus că ne duceam la urgențe la spitalul de copii și că ne vedem acolo.

– Nu știu să ajung.

– Ia un taxi, sună unul. Te duc eu acasă după aceea.

Ceea ce, în cele din urmă, am făcut. Dar nu înainte să petrecem șapte ore la camera de gardă. („Mereu fac asta la spitalul de copii", a explicat Esther mai târziu. Este cea mai bună îngrijire, dar asta înseamnă că trebuie să mențină o reputație. Nu își permit să facă greșeli.) El a fost văzut de o asistentă, apoi de un rezident și apoi de medicul de gardă, care a chemat un oftalmolog ca să fie sigur și, în cele din urmă, de chirurgul plastician, care, din fericire, s-a întâmplat să viziteze un pacient în altă parte și care i-a făcut cusături mici și elegante. Între vizitele din cabina noastră înghesuită, cu draperii – care semăna vag cu un cort al unei ghicitori de la târg, dar plină cu postere medicale și luminată de o lumină cenușie, teribilă –, unde de la o oră la alta ni se făcea din ce în ce mai foame și eram din ce în ce mai obosiți, fire vaste de timp, întinse la maximum, inutil.

La început m-am oferit să îi citesc lui Reza și apoi am sugerat să mă duc să iau ceva de mâncare pentru toți, dar îmi dădeam seama că Sirena, încă speriată, nu voia ca eu să plec. Skandar nu era în oraș și ea nu voia să fie singură dacă s-ar fi întâmplat ceva cu adevărat grav, mai grav decât părea. Așa că am rămas până când medicul s-a pronunțat și atunci era aproape finalul, deoarece cusăturile, patru la număr, atât de apropiate de ochiul său, au fost gata în câteva minute, operă elegantă de ac și ață, așa cum mama îmi repara tivul fustei între micul dejun și școală, cu excepția faptului că medicul cu păr nisipiu nu a mușcat firul de cusut cu dinții când a terminat, ci l-a tăiat repede cu o forfecuță strălucitoare și i-a ciufulit părul lui Reza – el era atât de obosit, încât aproape că adormise – și a spus:

– Nu te teme. Nu s-a schimbat nimic. Încă o să frângi inimi cu ochii aceștia, și ea știa și noi știam că asta era adevărat, apoi a spus că el putea să meargă acasă.

I-am dus cu mașina pe aleea de lângă malul râului, spre casă. Reza adormise în mașină.

– Vrei să te ajut? Pot să îl duc înăuntru.

Ochii Sirenei erau ca niște găuri scufundate în întuneric.

– Nora, a spus ea, ești așa de amabilă.

– Nu este amabilitate, am spus eu.

L-am luat în brațe în timp ce ea căuta cheia pentru ușa de la intrare și eu am urmat-o în casa întunecată, purtând povara mea caldă (respirația lui îmi gâdila gâtul) și am urcat scările în urma ei și l-am pus în patul lui. Pantofii jos, haina jos, pantalonii desfăcuți și scoși, învelit cu plapuma și în tot acest timp el de-abia se mișca, atât de profundă era epuizarea lui. Am stat și m-am uitat la el în timp ce ea se duse să pună ibricul la fiert și să aprindă luminile. El stătea pe spate, cu brațele peste plapumă, capul așezat în pernă, obrajii roz și când respira își țuguia buzele, ușor, într-un mic „o". Dumnezeule, era frumos, ca o promisiune a perfecțiunii. Și înainte să îl las, i-am mângâiat părul și m-am aplecat să îl sărut pe sprânceană. Mirosea a spital. Tremura puțin în somn.

Skandar nu era acolo, dar în unele feluri era și simțeam o vagă urmă de vinovăție, o rămășiță a visului meu, de parcă făcusem ceva greșit, încercasem să fur copilul Sirenei și soțul, de parcă ea și-ar fi dat seama dacă s-ar fi uitat la mine.

Așa că m-am trezit aproape de miezul nopții, la masa din sufragerie a Sirenei, bând ceai de mentă și mâncând pâine prăjită cu unt și gem de prune. Casa părea aproape fără suflet, în mod bizar – renovată în anii '80, închiriată mobilată, cu fotolii urâte, solide, instituționale, cu un glob pătat de sticlă care atârna de tavan. Pereții aveau stuc, iar podelele erau complet bej. Dulapurile din bucătărie – vizibile în spatele intrării din zona de luat masa – îmi aminteau de Cadillacul unui bătrân: vechi, dar atent păstrate, în același timp impresionante și hidoase. Nu ar fi trebuit să mă surprindă faptul că familia Shahid locuia într-un astfel de loc – erau în trecere, până la urmă –, dar așa era. Erau atât de speciali, iar acest loc era atât de lipsit de personalitate.

Sirena și cu mine nu am vorbit timp de multă vreme. Auzeam cum amândouă mestecam pâinea prăjită. Părea epuizată.

– O să fie bine, să știi, am spus în cele din urmă. Chirurgul nu glumea. Nu s-a schimbat nimic.

Sirena avea ochii umezi.

– Nimic nu s-a schimbat. Spui asta, dar știm că nu este adevărat. Nu e vorba despre fața lui – fața i se va vindeca. Dar ce am făcut ca să îl aducem în momentul acesta? Ce a făcut Skandar? Nimeni nu voia să vină, doar el – dar cine poate să fie soția care spune: „Nu, nu putem să mergem?“

Nu mă gândisem până atunci că ei nu îi plăcea aici, nu îi plăcea ideea acestui loc.

– Am crezut că lui Reza îi place – la școală și tot restul? Ce rost are dacă nu îi place? Seara la culcare îi spun povești despre prietenii lui de acasă. Știe că se va întoarce, așa că e bine. Dar acum, asta?

– Băiatul care l-a lovit va fi pedepsit cum trebuie de data asta. S-ar putea chiar să fie exmatriculat.

– Și pentru Reza, ce diferență este? Niciuna? Acum, Reza știe că locuiește într-o lume în care oamenii pot să arunce cu pietre în tine doar pentru că ești cine ești, doar pentru că nu le place numele sau pielea ta.

– Știi că asta nu este normal, nu? E un singur copil dezaxat, care are probleme adevărate. Nu are nicio legătură cu Reza personal, cred că înțelege asta.

– Când ești arab sau ai un nume din Orientul Mijlociu, nu este niciodată personal, dar este mereu *acolo*. M-am temut despre America, dar apoi m-am gândit, în Cambridge, Massachusetts, dintre toate locurile... Ea se opri și apoi începu din nou. Știi cum este? O lacrimă i se scurse din ochi, pe obraz. Mare parte din timp nu te gândești la asta, nu conștient. Dar, mai devreme sau mai târziu, cineva o să comenteze ceva ce va trebui explicat. Știi, Skandar a avut verișori în tabere de refugiați. Fratele lui a fost ucis într-un bombardament în Beirut – la douăzeci și trei de ani. A fost spulberat. Skandar a crescut norocos, dar știe mult prea bine cum este. Știu că este important pentru Reza să înțeleagă toate astea, să afle despre asta – dar mai târziu. Vreau – am vrut – ca Reza să aibă o copilărie cum am avut eu, unde nu trebuie să știi decât cum e să fii copil. Fără furie, fără ură, fără dorința de răzbunare. Fără aruncat cu pietre. Este suficient timp pentru asta – pentru istorie – mai târziu. Și am crezut că dacă avem suficient noroc și destul timp, îl putem face întreg, rotund, fără să fie influențat de această moștenire. Dintre toate îngrijorările mele de a veni aici – nu asta. Și acum, asta. Vezi? Totul s-a schimbat pentru că el nu se mai poate elibera de asta. Pentru asta, acum, este începutul. Ea nu plângea cu adevărat, dar își lăsă capul în palme și părul îi căzu peste față. Când ridică din nou privirea, zâmbea. Probabil că nici nu știi despre ce vorbesc.

– Cred că știu.

– Las-o baltă. Este în regulă. După cum ai spus, ochiul nu a pățit nimic – asta este cel mai important. Ea s-a ridicat și a strâns farfuriile. E târziu acum. Nu e timp pentru melodrame. Nu cred că Reza se va duce mâine la școală, dar tu trebuie să mergi, așa că trebuie să dormi.

La ușă, la fel ca mama mea, pe față îi apăru un zâmbet nou și genial.

– Nora, draga mea, nu îți pot mulțumi suficient pentru seara asta. Ce m-aş fi făcut fără tine? Eşti o prietenă adevărată. Ea întinse brațele şi văzui că îmi oferea o îmbrățişare. Nu mă dau în vânt după îmbrățişări – mă fac să mă simt incomod –, dar am înaintat și am îmbrățişat-o la rândul meu. Nu a încercat să mă sărute pe obraz, ci m-a strâns tare de ea, suficient de mult pentru ca eu să mă relaxez și să o îmbrățişez cum trebuie. Simțeam conturul denivelat al sutienului său prin pulover. Mirosea a parfum și a transpirație de teamă. Nu știam de unde venea asta, dar îmi venea să plâng. Fusese o zi atât de lungă.

– Nu știu dacă mâine o să fiu la atelier, am zis eu, desprinzându-mă, în sfârșit.

– Nici eu nu cred că mă duc, spuse ea.

– Când se întoarce Skandar?

– Poate mai devreme, acum. Vom vedea. Nu crede cu adevărat într-o criză – a văzut prea multe și spune că aproape niciodată nu sunt reale.

– E uşor să spui din afară.

– Întotdeauna. Noapte bună.

– Mă suni dacă ai nevoie de ceva?

După încuviințarea ei zâmbitoare, mi-am dat seama că nu o să mă sune. Și am avut dreptate.

Apoi a urmat aşteptarea. Reza nu a venit la școală în ziua următoare și nici în următoarea după aceea. Sau următoarea, joi, când am înțeles că nu îl vom mai vedea înainte de sărbători. Miercuri și din nou în joia după școală, m-am întors la atelier și l-am găsit abandonat – cana de cafea din care băuse când sunasem de la școală stătea pe jumătate plină pe bufet. Vineri, sâmbătă, duminică, nu puteam suporta să fiu din nou singură.

Se întorceau în Franța pentru două săptămâni, dar nu știam exact când urmau să plece. Tot aşteptam ca Sirena să sune – ca să îmi spună cum se recupera Reza, să îmi povestească despre dispoziția lui, pentru numele lui Dumnezeu, să întrebe dacă avea teme de făcut. Până joi m-am gândit să îi sun – mă gândeam la toate lucrurile care s-ar fi putut întâmpla: ochiul lui Reza s-ar fi putut infecta, sau ar fi putut deveni isteric sau trist, sau Sirena și Skandar s-ar fi putut certa groaznic din cauza asta – despre faptul că Skandar plecase, sau pentru că era în Cambridge de la bun început, sau chiar despre faptul că *eu* fusesem cea care dusese băiatul la spital – oricare dintre aceste lucruri s-ar fi putut întâmpla. S-ar fi putut decide să plece mai repede în Franța. S-ar fi putut decide să se întoarcă acasă de tot. Singurul lucru pe care nu voiam să îl cred era că își continuau zilele în acea casă ponosită și se consolau fără probleme și, pur și simplu, nu se gândeau la mine deloc.

Să nu crezi că în tot timpul acesta nu eram conștientă de superficialitatea pretenției mele: poate că mi-a spus că eram o prietenă adevărată, dar nu eram totuși doar o profesoară obișnuită și uneori o colegă de atelier? În viața mea erau oameni pe care îi tratam cu dispreț: eram mereu conștientă de ierarhie, oricât de mult încercam să mă prefac că eram indiferentă față de asta.

Și da, în toată această gândire, în tăcerea asurzitoare, am început să fiu puțin furioasă. Cine erau ei să mă ignore? Ce fel de maniere erau acestea, nu doar în sensul mai larg, uman, ci chiar profesional, chiar dacă nu exista o conexiune mai intimă – poate cu atât mai mult în acest caz –, nu ești datoare față de profesoara copilului tău cu un telefon, când ea l-a dus la spital și a stat acolo cu tine ore întregi, doar ca să îi spui dacă și când o să se întoarcă, sau că nu se va întoarce, dar asta era în regulă sau, Iisuse, că nu era tocmai bine, dar chiar și atunci, să mai spună o dată „mulțumesc", pentru că, știi, în viață, când oamenii se dau peste cap pentru tine, se așteaptă din partea ta să îți exprimi recunoștința.

Mai presus de orice, în furia mea, eram tristă. Nu așa e mereu, că în inima focului este un miez înghețat de tristețe pe care focul încearcă – curajos, inutil – să îl înlăture. Și eram conștientă, cu toată emoția, că, imediat ce ar suna – dacă ar suna –, totul ar fi iertat. De fiecare dată când îmi suna telefonul, inima mi se strângea cu o speranță în van. Era un reflex, nu îl puteam controla.

Marți înainte de prânz, Shauna l-a exmatriculat pe Owen, eficient, neceremonios. Școala vuia de bârfe, de la cele mai mici la cele mai mari, iar căderea la pământ a lui Reza, picurând sânge stacojiu în zăpadă, a devenit mitică, aproape homerică.

Se șoptea că avea leziuni la creier, că orbise, că familia Shahid urma să ne dea în judecată – tot felul de mizerii, de la terenul de joacă la cancelarie și colegii mă opreau în mod repetat pe hol sau în baie ca să verifice veridicitatea unui zvon sau a altuia. Cumva, această agitație a trecut pe lângă mine ca un vis: în capul meu auzeam numai vântul.

Vineri dimineață, am avut adunarea generală de vacanță, în cadrul căreia clasa mea a evoluat cu *Bradul* din povestea lui Hans Christian Andersen – Dumnezeule, mi se părea potrivit în săptămâna aceea. Din fericire, rolul lui Reza ca tăietor de lemne avea doar trei replici, pe care tânărul Noah le-a preluat fericit și le-a spus cu entuziasm. Apoi toată lumea a dansat pe *I Have a Little Dreidel*, după care o fată nigeriană pe nume Ethel, în clasa a cincea, a cântat un formidabil *Silent Night*: vocea ei remarcabilă emana din pieptul ei firav și vuia în jurul nostru, bogată și clară, ca un fel de hrană divină extraordinară. Apoi Shauna a rostit câteva cuvinte vesele și în mare parte stupide despre festivalurile luminii de sezon și noul început pe care îl așteptam cu toții – fără să menționeze deloc incidentul de la începutul săptămânii – și apoi, brusc, se făcu prânzul și era vacanță.

Copiii s-au împrăștiat, unii repede, alții încet, pălăvrăgeala lor adorabil de dizarmonică acaparând aerul până la tavan, în timp ce își făceau bagajul, își luau echipamentele, se îmbrățișau și se băteau unii pe alții pe spate, punând felicitări și pachete pe catedra mea ca nişte ofrande religioase, unii dintre ei discret, ca să nu observ, alții cu mândrie, unele dintre fete strângându-mă în brațe, îmbrățișându-mi șoldurile, burta, brațul, băieții erau mai puțin afectuoşi, aproape timizi în unele cazuri și fiecare dintre ei striga, în drum spre ieşire:

– La revedere, doamnă E! Sărbători fericite, doamnă E! Crăciun fericit! Ne vedem la anul – v-ați prins? Pa! La revedere!

Și iată-mă atunci, singură în clasa cu luminile fluorescente, viața mea brusc goală s-a dus. Am pus la loc cărțile, am șters tablele, mi-am ordonat pixurile în sertare. În cancelarie era un prânz pentru profesori, dar nu am vrut să mă duc – amabilitățile pe care le schimbam erau mereu aceleaşi, doar că de data asta, în mod sigur, ar fi urmat și bârfele despre Reza, despre Owen, despre decizia Shaunei de a nu îi menționa la adunare. Mi-am pus haina, am căutat o pungă de cumpărături în care să îmi car prada. (Cât de multe felicitări acumulasem de-a lungul anilor mei de predat? Dar în grămada aceea nu era una de la Reza, deci nu o doream pe niciuna.)

Ar fi fost o zi perfectă de mers la atelier, unde dormitorul solitar al lui Emily D îmi aştepta atențiile solitare. În schimb, am ieşit din Appleton fără să îmi iau la revedere, am lăsat lucrurile acasă și m-am dus să văd *Closer* la matineu, un film cu Jude Law, Natalie Portman și Clive Owen, care m-a făcut să mă simt de o sută de ani și complet singură în univers.

Tatăl meu nu se simțea bine, iar asta m-a ajutat. Este în acelaşi timp stoic și ipohondru tatăl meu: își suflă nasul ostentativ în batista de in și în acelaşi timp insistă că nu s-a întâmplat nimic – are vocea răgușită, ochii roșii și uscați – și, brusc, flutură cu furculița spre tine și se confesează, alături de cârnăciorul înfipt sau frunza de salată, că a citit în newsletterul de la Clinica Mayo despre o bronșită virală devastatoare, dar neraportată la timp, iar el pare să aibă toate simptomele, sau despre semnele incipiente ale cancerului de prostată care l-au făcut să se îngrijoreze cu privire la cât de des urinează (nu folosește niciodată alt termen), sau despre diabetul declanșat la vârsta adultă care ar putea explica de ce pare să tragă un pui de somn atât de des. Nu vrea să te simți îngrijorată cu privire la simptomele lui, dar vrea să fii conștientă, la fel cum el este conștient că este tot timpul, sau poate fi, din ce în ce mai aproape de moarte.

Imediat după ce s-a terminat școala, m-am dus cu el la vechiul muzeu Isabella Stewart Gardner. Trebuia să mergem la un concert în sala lor cavernoasă de muzică, un cvartet de coarde pe un podium din lemn în fața a două sute de pensionari și tocilari pasionați de muzică în haine foșnitoare în întuneric, în mijlocul zilei, dar s-a decis în ultima clipă că simptomele lui de răceală – îi curgea nasul abundent și din cauza asta își dregea glasul constant, un flux de guturai care necesita să își sufle des nasul – ar strica experiența, atât pentru el, cât și pentru restul publicului. Așa că, în schimb, ne-am plimbat prin galeriile al căror conținut era familiar, mergând pe vârfuri printre capodoperele care păreau să poarte încă amprentele dominante ale Isabellei, tocmai până la camera de sus unde ea însăși, imortalizată de Sargent, mândră și mioapă, stătea de pază peste domeniul ei. După aceea ne-am îndreptat spre ceainărie să prindem o masă înaintea celor care mergeau la concert.

Tatăl meu, care la bătrânețe căpătase un apetit pentru dulciuri, comandă o ciocolată caldă și o prăjitură.

– Mamei tale îi plăcea locul acesta, observă el, cum făcea mereu, de parcă acesta era un motiv suficient să vină.

– Te referi la ceainărie?

– La tot. Curtea aceea. Toate ferigile. Adora asta. Ori de câte ori veneam, așa spunea.

– Și ție îți place?

– E puțin cam întunecat pentru mine. Arată drăguț, dar totul este zăpăcit. Arată de parcă are nevoie de o curățenie bună de primăvară.

– Nu trebuia să venim aici, să știi.

El clătină din cap, chiar când își sufla nasul. Am văzut o mică crustă pe chelia lui: alt cancer de piele ce va trebui cauterizat.

– Îmi face bine. Știu asta.

– Ce, cultura?

– Mama ta era cea căreia îi plăceau lucrurile astea. Dar este important să le faci uneori, chiar dacă nu îți plac. Și e plăcut să petrec timp cu tine.

– Nu înțeleg. De ce este important? Dacă nu îți face plăcere, atunci de ce, mai ales la vârsta aceasta...

– În punctul acela, de ce orice, Nora? Nu fi naivă. Te îmbraci pentru că te îmbraci. Nu întrebi dacă îți face *plăcere*. Mănânci pentru că un organism are nevoie de hrană. Și este la fel cu muzeele: din când în când, trebuie s-o faci.

– Standarde? Vrei să spui că este despre menținerea standardelor? Mi se pare ciudat.

– Este asta interesant, Nora?

– Pentru mine, este. Vrei să spui că ar trebui să faci lucruri *ca și când* îți pasă de ele, chiar atunci când nu e adevărat?

– Uneori ai putea învăța ceva. El dibuia o bucățică de prăjitură care îi căzuse din furculiță. Viața nu este despre a face lucrurile care îți fac plăcere, să știi.

– Dumnezeu știe că știu asta. Dar muzeul nu este ca, nu știu, taxele pe proprietate, sau ceva. Ar trebui să fie o plăcere.

– Nu am spus că nu e plăcut.

– Ba da, așa ai spus. S-a subînțeles. Vreau să spun că am putea să mergem la film, în schimb, sau în altă parte.

– Nora, de ce faci asta? Nu putem să ne bem cacaoa și să vorbim despre lucruri frumoase? Cum a fost adunarea copiilor de Crăciun?

– Adunarea de sărbătoare. Nimeni nu mai spune „Crăciun“, tată. A fost în regulă. O să o las la o parte acum, dar vreau să spun că pare important, știi...

El ridică mâinile.

– Nora. Te rog. Să spunem că am venit aici pentru mama ta. Mă face să îmi amintesc de cât de mult îi plăcea. E suficient?

– Desigur, tată. Am oftat. Am sorbit din ceai. Deci, de data asta, piesa celor de clasa a treia a fost *Bradul.* O știi? Din povestea de Hans Christian Andersen...

Atunci am încercat să urmez sfatul WASP, să trăiesc *ca și când.* Ca și când Casa Surprizelor era viața adevărată. Ca și când lucrurile care nu îmi fac plăcere îmi făceau plăcere. Ca și când aș fi fericită și ca și când nu fusesem abandonată de oamenii pe care îi iubeam.

Didi nu credea asta. Cu trei zile înainte de Crăciun, în cea mai aglomerată perioadă a anului, ea a lăsat magazinul pe mâinile lui Jamie, angajatul ei, timp de două ore și m-a dus prin zăpadă în jurul Jamaica Pond, să fumăm iarbă și să sorbim vin fiert, fierbinte, din termos.

– Ce te roade, furnicuțo?

Avea obrajii roșii de la frig, părul ei viu colorat i se ivea de sub căciulă. Are picioare mari și făcea pași largi, plantându-se cu fiecare pas.

– Despre ce vorbești?

– Vegas, Vegas. Ce se întâmplă aici, aici rămâne. Nu voi discuta nici măcar cu Esther, promit. Ea mereu spunea asta și nu știam niciodată dacă să o cred pe cuvânt sau nu. Te întristează *ceva.*

– Cum îți dai seama?

– Porți machiaj. E un semn sigur. Spune tot.

– Nu e nimic de spus.

– Flirturi pe coridoare? Un profesor de științe nou și arătos? Un pompier care îți face cu mâna când treci pe lângă secție în fiecare dimineață?

– Ridicol.

– Ți-a greșit cineva? Politica școlii din nou? Cățeaua aia de Shauna?

– Nu e o cățea. Ea și cu mine nu cădem mereu de acord, dar nu este o cățea.

– Crezi că FBI ne-a pus microfoane? Ce se întâmplă?

– Nu se întâmplă nimic.

– Deci asta e problema. Ea se opri din mers și privi direct, fix prin mine. Este atelierul, nu-i așa?

– Ce e cu el?

– E femeia aceea, atelierul. Este opera ta. Este despre arta ta. Îmi dau seama.

– Ce îți dai seama?

Pentru o perioadă, am mers în tăcere. Știa când să aștepte.

Era ca pescuitul de scoici: o abilitate.

– Nu lucrez, am spus eu. Deloc.

– Dar asta e o nebunie – este săptămâna de vacanță. Nu ai mucoșii pe cap, nu trebuie să călătorești. Ce se întâmplă?

– Nu pot să mă duc acolo.

– Este o problemă de proces? Te-ai blocat?

– Nu.

– Este o problemă personală. E Sirena. Dă-mi voie să ghicesc: ocupă prea mult spațiu? Nu se oprește din vorbit? Miroase urât? Didi chicoti puțin amețită, apoi s-a adunat. Plângi?

– Nu, am spus eu, dar în spatele ochilor erau lacrimi și când clipeam am văzut că ea le vedea. Nu e nimic.

Și apoi am încercat să explic. Am explicat despre săptămânile de muncă și conversație, toamna în care ajunsesem cumva să cred că Sirena și Reza erau ai mei, erau aproape familia mea, secretul meu, iar apoi ciudățenia de a-l întâlni pe Skandar și ciudățenia și mai mare a visului meu, care mă stânjenea numai când mi-l aminteam și am spus povestea atacului, spitalul, când m-am dus la ei acasă și apoi tăcerea de după.

Continuam să cred, în timp ce îi povesteam lui Didi, că, într-un fel, ceea ce era în capul meu – în memoria mea, în gândurile mele – nu se traducea complet în lume. Simțeam de parcă oameni tridimensionali și evenimente deveneau bidimensionali în poveste și, deși erau mai mici și mai plați, erau, pur și simplu, *mai puțini* pentru că se vorbea despre ei. Ceea ce lipsea era emoția intensă pe care o simțeam, care, asemenea apei sau a tinereții înseși, amplifica aceste mici întâlniri nesemnificative în tot ceea ce însemnau pentru mine. Erau acolo, se micșorau în fața ochilor mei, se micșorau în cuvintele mele. Orice poate fi spus poate fi spus cu claritate. Orice nu poate fi spus cu claritate nu poate fi spus.

Până când am terminat de povestit, am rămas dezolată. Frigul, vântul și zăpada de pe potecă, gheața de pe marginea iazului, totul era în mine și inima mea, mică și sfrijită, era sărăcită.

– Nu te simți mai bine pentru că ai vorbit despre asta? întrebă Didi, cu capul ei uriaș pe umărul meu.

– Nu chiar, am spus eu. Cred că mă simt mai rău.

– Deci ești îndrăgostită de Sirena și vrei să i-o tragi soțului ei și să le furi copilul. Am înțeles bine?

– Deloc.

– Atunci fă-mi un rezumat, în douăzeci de cuvinte sau mai puțin. Cum ai explica totul?

– Este ca o trezire, știi? La școală, în fiecare an, scot această carte de măsuță de cafea despre minunile lumii, atât naturale, cât și făcute de mâna omului, și este plină de fotografii incredibile – de stânca Ayers, Marele Zid Chinezesc, Angkor Wat, Petra, Turnul Eiffel, Piramidele...

– Am priceput.

– Și ideea este că ori de câte ori îmi pierd credința în viață, mă uit la acele imagini și mă gândesc „Nu ai fost aici" și „Nu ai văzut asta" și brusc mă umplu de minune, ca și când s-ar deschide cerul, știi, să mă gândesc că toate astea există și sper ca într-o zi să experimentez o parte din asta – mirosurile, sunetele, cum este lumina.

– Așa, și?

– Și în toamna asta, cu ei, a fost puțin cam la fel: s-a deschis cerul, speranța. Un sentiment de posibilitate. Da, speranță. Ca și când poate încă nu s-a terminat totul.

– De ce s-ar fi terminat totul?

– Pentru că am treizeci și șapte de ani, sunt singură, predau la școala primară și în fiecare zi port saboți.

– Eu luna viitoare fac treizeci și nouă. Aproape patruzeci. Îmi place să mă gândesc că începe un deceniu cu totul nou. O să fie grozav. Știu asta – Esther are patruzeci și doi, până la urmă, și, cu fiecare minut care trece, devine tot mai sexy.

– Cu fiecare minut?

– Pentru mine, da. Dar nu asta e ideea. Atunci ce te-a întristat atât de mult? Ți-au dat speranță și acum au plecat de sărbători. Nu înțeleg care e partea proastă. Nu te-ar fi invitat la cina de Crăciun chiar dacă ar fi fost aici, nu? Sau i-ai fi invitat tu să vină cu tine și tatăl tău acasă la mătușa Baby în Rockport?

Râdeam, deși nu-mi venea. Ocolisem iazul și aproape ne întorsesem de unde începusem, aproape de Jamaicaway și de zgomotul traficului. Pe poteca dinspre noi, o doamnă bătrână își plimba câinele bătrân, un labrador negru cu bot gri, care mergea prin zăpadă de parcă îl dureau labele, dar ea, bătrâna, vorbea singură, clătinând din capul acoperit de căciula de lână și râzând, ca mine.

– Haide, trebuie să fie hormonal. Nu ai niciun motiv adevărat pentru ca să îți plângi de milă.

– L-am dus pe Reza la spital. Am stat cu el jumătate de noapte. Și apoi nici măcar nu mă sună să îmi spună că e bine?

– Sunt porci, și ce dacă. Crescuți de lupi. Nu e mare lucru. Probabil că asta descrie jumătate din America și probabil mai mult de jumătate din lume în general. O notă scrisă de mână pe o foaie personalizată ar fi fost ideal, dar, hei, nu poți să ai totul.

– Dar s-ar putea să nu se mai întoarcă niciodată.

– De ce nu s-ar mai întoarce?

– Ea mi-a spus că nu îi place deloc aici și acum că Reza a fost atacat de două ori... pare posibil să rămână în Paris.

– Atunci o să ai tot atelierul pentru tine. Haide, Nora, ești ridicolă.

– Dacă ți se pare ridicol, este pentru că nu ți-am explicat cum trebuie ce simt.

Didi aruncă un băț pe gheață, unde alunecă și derapă și îl făcu pe labradorul negru, acum departe, să latre.

– Mi-ai explicat totul. Am înțeles. Dar trebuie să nu te mai gândești că nu este sub controlul tău ceea ce simți.

– Nu este. Nu poți să controlezi ce simți.

– Cine zice?

Am ridicat din umeri.

– E frig. Putem să ne întoarcem acum?

– Bine. Dar să știi că nici nu trebuie să simți frigul dacă nu alegi asta.

– Da. Serios.

– Inventezi povești în capul tău. Nu este nimic real în ele. Nu ai nici cea mai vagă idee ce fac oamenii aceia, sau ce gândesc, sau de ce Sirena ta nu te-a sunat. Doar inventezi lucruri.

– Nu sunt proastă, să știi.

Didi își puse un braț pe umărul meu. Ea emana căldură, chiar și în aerul rece.

– Nimeni nu te face proastă. Doar pesimistă. Dacă tot ce știi este că nu știi, nu poți să te desprinzi puțin? Sau cel puțin să inventezi o poveste bună?

– Tulburarea mea obsesiv-compulsivă îmi stă în cale.

– Deci pune-ți tulburarea obsesiv-compulsivă să lucreze în favoarea ta. Întoarce-te în studioul acela și pune-te pe treabă și termină camera lui Emily. Astfel încât orice s-ar întâmpla când se vor întoarce, sau chiar dacă nu se întorc – ceea ce mă îndoiesc –, vei avea satisfacția de a fi folosit timpul. Mama mea mereu spunea că nu are rost să îți faci griji despre lucruri pe care nu le poți influența cu nimic.

– Un clișeu pentru fiecare ocazie.

– Așa e mama mea. Dar să știi că nici ea nu e proastă.

Așa că am încercat să urmez sfatul lui Didi. Crăciunul propriu-zis l-am petrecut în apartamentul mătușii Baby lângă mare, în Rockport, cu ea – sora mamei mele – și tatăl meu, doi septuagenari singuri și lejeri, care nici măcar nu au cedat amintirilor sentimentale, erau complet blocați în prezent, în micile lor afecțiuni, vreme, știrile de la televizor, știri pline de nimic - deși numai cu o zi mai târziu, când un tsunami a lovit în Asia, aveau să fie pline de moarte. Ne luptam cu o masă enormă - curcanul uscat pe care l-am gătit prea mult, tava imensă de cartofi dulci glasați, umplutura cu pâine și cartofii copți și fasolea verde moale - totul acompaniat de colindele de Crăciun și de băieți care cântau în cerc -, chestiuni pe care mătușa le adora.

Mătușa Baby era foarte diferită fizic de sora ei firavă, avea fălcile mari și pudrate, avea artrită și șchiopăta într-un asemenea fel încât fiecare pas îmi amintea de oasele ei nelubrifiate care se măcinau în lăcașurile lor. Chiar și cu sau poate din cauza gurii ei stacojii atent conturate, semăna cu bunicul meu mort în travesti, avea un păr alb, rar, înfoiat voluminos ca să îi mascheze scalpul și o voce profundă, aspră. Mirosea puternic a lavandă englezească Yardley, dificil de procurat pe piața liberă în secolul XXI.

Nu se căsătorise niciodată, era o catolică devotată și devenise ceea ce mă temeam cel mai tare: hotărâtă, autosuficientă și complet fără probleme. M-am așezat pe canapeaua ei bleu-ciel, perfectă, și am încercat să nu văd pe fiecare suprafață plată rândurile de fotografii de familie înrămate cu fratele meu și cu mine în copilărie, părinții și bunicii mei, verii mei din Atlanta, cei trei copii ai verișoarei ei June, la fel imortalizați din fașă până la absolvire, la nuntă și chiar cele mai noi elemente, nepoata mea, copiii verișorilor mei, în rame la fel de șterse de praf și aparent la fel de vechi ca restul. Mereu mi se păruse puțin jignitor felul în care mătușa Baby pretindea că viețile familiei noastre erau ale ei, de parcă Matt și cu mine eram copiii ei, și nu ai surorii sale. „Fă-ți viața ta, nu o poți avea pe a mea!" voiam să spun. Dar cum ar fi putut să își facă viața ei când și-o dedicase îngrijirii celorlalți - părinții ei, rudele ei, enoriașii. Mereu fusese ajutorul. Chiar și în moarte, mama mea a avut parte de rolul principal.

Acum aş vrea să o întreb unde își ține furia și cum a reușit mereu să pară atât de calmă, atât de umil încântată de cele mai mici atenții (de Crăciun i-am dăruit un aparat de Espresso și, deși mai târziu am descoperit că nu îl folosise niciodată, a devenit emoționată și uimită când a deschis pachetul: că mă gândisem atât de mult la ea! Că era atât de apreciată!), dar ea este victima ultimilor cinci ani, binecuvântată, așa cum ar fi considerat ea, să sufere un anevrism în biroul parohiei și să nu își mai recapete niciodată cunoștința, o moarte dulce drept răsplată pentru viața ei plină cu devotament și, din fericire, o povară pentru nimeni.

Acum îmi pot imagina ce a costat-o să fie mătușa noastră Baby, un copil bătrân până la capăt, în loc de adultul Cecily Mallon, care ar fi putut deveni. Știindu-mi viața și cât de puține lucruri care contează în ea se văd la exterior. Cât de departe seamănă propriul meu profil cu propria mea reflexie, îmi pare rău să mă gândesc că acum mătușa Baby este pierdută pentru totdeauna. Eu, care mă temeam atât de tare să semăn cu ea, nu puteam cere și știam că nimeni altcineva nu se gândise la asta, mătușa Baby a trăit atât de curajos „ca și când" până la final. Deși, de fapt, poate că ea urmase percepțiile tatălui meu atât de asiduu, încât sufletul ei și sinele ei în lume se uniseră.

Cel puțin Crăciunul în Rockport a fost rapid. Ne-am dus acolo înainte de prânz, am ajutat la gătit, am mers cu mașina pe țărm să privim valurile care loveau stâncile cu spumă albă în ritmul lor etern, am mâncat, am făcut curat, am plecat. În seara de Crăciun, până la ora nouă și jumătate, eram înapoi în apartamentul meu, lăsându-l pe tatăl meu în Brookline în drum spre casă. Am spălat toate vasele pentru Baby înainte să plecăm, lăsând-o să stea în sufrageria supraîncălzită cu picioarele ei umflate pe taburet, bârfind apatică cu tatăl meu despre bolile generației lor.

– Ai auzit despre Ruby Howard? Soția lui Bernie? Nu are Alzheimer, are Parkinson – cea mai gravă dintre toate bolile. Demență cu corpi Lewy? Știi ce e asta? Groaznic. O tăcere lungă, timp în care probabil amândoi adormiseră, iar apoi mătușa Baby din nou: Și după asta Pete Runyon – îl mai ții minte de la biserica ta? Când el s-a pensionat, s-au mutat aici, iar soția lui, Beth, a făcut emfizem – este acasă, acum, în mare parte, cu rezervorul de oxigen pe roți. Am fost să o văd de câteva ori în ultima vreme, să o înveselesc. Dar acum Pete are un cancer diagnosticat. La vezică, cred. Sau poate la prostată – dar nu este genul simplu, dacă este. Beth este foarte discretă și e limpede ceva cu instalația lui, ceva privat. Ea nu a vrut să spună exact. Arată rău, oricum. Ea oftă. Nu crezi că este cel mai rău când ambii oameni dintr-un cuplu sunt bolnavi? Eu mereu cred asta. E altfel când ești singur – ești mai mult sau mai puțin o povară. Vreau să spun, trebuie să te internezi la un cămin, fără îndoială, și asta e tot. Fără zone neutre. De exemplu, Alice și Robin Meynell – ai văzut cine sunt? Ei bine, ea a avut un atac cerebral primăvara trecută și...

Și așa mai departe. Eu curățam oale, Baby curăța dulapurile medicale ale tuturor cunoștințelor sale, iar tatăl meu, flegmatic, digera. La ușă, între cald și rece, am sărutat-o pe obrazul moale și grunjos, i-am ținut mâna ca o gheară în mâna mea, l-am luat pe tata de braț și l-am mânat peste resturile de gheață – câte un ghețuș negru ici și colo pe poteca mătușii Baby – și l-am așezat pe scaunul său. În capătul celălalt, am tras mașina sub portic – clădirea lui avea portar, care pusese multă sare pe jos – și l-am însoțit până la ușa apartamentului, ducând pentru el plasa de cumpărături de la Trader Joe's, modest plină de cadouri (o lamă nouă electrică, o biografie de-a lui Hamilton, o pereche de mănuși cu căptușeală de cașmir), cu o caserolă de cartofi dulci și moi pe deasupra.

Până atunci, ardeam, nu dormeam. Cine va face la fel pentru mine când o să mă ramolesc? Cine o să fie fata mea bună?

Va fi oare preţioasa Charlotte a lui Matt şi Tweety? Nu vedeam asta. Nu: simţeam un anume entuziasm amar când mă gândeam că mă voi descurca singură până la sfârşit, un entuziasm de negare şi austeritate, un entuziasm nu diferit de plăcerea cuiva la dietă căruia îi chiorăie stomacul. Voi fi continentă. Voi continua, nu mă voi vărsa în vieţile altora, să sug cu lăcomie şi să vreau şi să am nevoie. Nu. Nu voi cere nimic, de la nimeni, voi arde doar, din interior spre afară, mă voi jertfi precum acei călugări îmbibaţi în benzină. Combustie spontană, aproape. Aproape. Crăciun al dracului de fericit şi ţie.

În furia mea, am făcut cel mai ciudat lucru, complet atipic mie: la ora zece, în noaptea de Crăciun, am mers cu maşina pe străzile umede şi goale, festonate de lumini păgâne, spre Somerville, spre tăcerea mortală a depozitului, unde am urcat agil treptele deformate, cu cheile între degete ca o armă (chiar şi în furia mea, aveam loc pe margine să mă tem) şi am intrat în atelier, încuind uşa după mine.

Era foarte frig – căldura fusese evident oprită de zile întregi – şi la asta am ezitat, întrebându-mă dacă nu făcusem o greşeală. Dar am făcut nişte cafea, am dat drumul la muzică şi am căutat printre lucrurile Sirenei şi am găsit o pereche de mănuşi fără degete făcute din lână neagră, moale. Când mi le-am pus, mă simţeam ca un personaj din Producţia Masterpiece Theatre („Vă rog, domnule, pot să mai primesc?“), dar şi-au făcut treaba. Puteam să îmi mişc toate degetele fără să simt înţepeneala. M-am aşezat la masa mea de lucru, nu în iazul de lumină, cu toate luminile aprinse, lampadarul şi masa de pe birou şi tot studioul aprins, toată lumina pe care o puteam primi, un ocean de lumină în stil Ralph Ellison, şi m-am apucat, în sfârşit, să lucrez cu Emily D.

De fiecare dată când credeam că aud un sunet, ascultam muzica mai tare, sau cântam odată cu ea, sau băteam puternic din picioare. Era seara de Crăciun: nu era nimeni în clădire. Nu era nimeni pe stradă. Eram de una singură, aşa cum spun copiii şi aşa aveam să rămân până la final. La dracu' cu toţi şi dacă o persoană încerca să spargă ușa, să mă sperie sau să mă violeze, le-aș fi dat o porție din furia mea.

Am lucrat ore întregi fără să mă mișc, iar apoi, fiindu-mi prea frică să mă duc la baia de pe hol, am urinat într-o găleată din colțul camerei și am golit-o în chiuvetă și m-am așezat din nou la lucru pentru încă două ore, doar că am obosit foarte tare, un fel de oboseală oarbă, genul de oboseală când ochii nu mai pot vedea și totul se încețoșează de parcă urmează să ai un atac cerebral, până la momentul în care nu mai aveam încredere în ce făceam și trebuia să mă opresc pentru o vreme. Așa că am lăsat jos uneltele și m-am înfășurat în toate eșarfele și șalurile ei – miroseau a parfumul ei, de lămâi – și am pus câteva dintre pernele ei pe covorul mic și pe cea mai puțin prăfuită porțiune a podelei, aproape de scaune, și m-am întins cu haina pe picioare, chiar acolo în lumina puternică, cu muzica ce continua să cânte (era un aparat cu cinci discuri, cu un cerc: Annie Lennox, Joan Armatrading, Joni Mitchell, chestii vechi, de fete, amicele mele muzicale însoțindu-mă în somn) și știam că aveam să trăiesc cu Emily în noul an și că voi termina camera lui Emily înainte să mă întorc la școală - poate chiar și partea electrică ce i-ar permite viziunile –, știind, altfel spus, că eram pornită și că eram unde voiam să fiu și suficient de furioasă, odată, să fiu propriul meu sine, am închis ochii, mi-am trecut limba peste dinții încărcați și am adormit imediat.

PARTEA A DOUA

1

Până când a început școala, camera lui Emily era gata. Lipseau numai proiecțiile, propria ei lanternă magică pentru a-i ilumina cuvintele, moartea însăși, muza, bucuria. Petrecusem săptămâna dintre Crăciun și Anul Nou aproape complet izolată cu Emily. Luasem cina o dată cu tatăl meu și mă întâlnisem cu un grup de patru prietene să bem ceva – intime de ani buni, mi se păreau zgomotoase și prostuțe în seara aceea, un milion de kilometri depărtare de lumea mea –, dar, în afară de aceste ieșiri, fuseseră zile lungi, seri lungi, în spațiul meu privat, cu lumină albă, șlefuind și, lipind și cioplind, mâncând sandviciuri cu brânză râncedă împachetate în hârtie cerată pe care mi le făceam dimineața, pe jumătate adormită, și sferturi de măr maroniu și batoane de ciocolată scumpă, italiană, aproape fragedă, foarte neagră, împachetată în folie de aluminiu, care era recompensa mea pentru când lucrurile mergeau bine. Nu am mai dormit acolo pentru că în dimineața de după Crăciun mi-am simțit vârsta, mă dureau oasele, încheieturile îmi erau înțepenite, dar cucerisem un fel de demon și nu mă mai temeam de întuneric. Nu: asta nu e tocmai adevărat. Încă mă temeam de întuneric – când am ieșit din clădire aproape de miezul nopții, am fugit ca Cenușăreasa pe scări, coborând câte două, înainte să bată de miezul nopții și am intrat repede în Volkswagenul meu Golf ponosit de parcă m-aș fi suit în caleașca mea strălucitoare care se putea transforma dintr-o clipă în alta în dovleac – dar eram mai îndrăgostită de Emily, în săptămâna aceea, decât mă temeam de orice altceva. Mă simțeam pură, liniștită, mândră și singură cu toate astea, la fel ca Emily.

Cât despre ceilalți – familia Shahid –, mă cauterizasem, sau așa credeam. Dacă îi spuneam lui Didi că era o rană, ea ar fi pufnit, dar era, și la îndemnul ei, o forțasem să prindă coajă. Ceea ce a fost foarte bine până când s-au întors.

În prima zi de școală, când l-am văzut tropăind în cizmele sale de iarnă în clasă, cu ghiozdanul și căciula alb-negru cu moț în vârf, o privire dură pe chipul său fraged care, atunci când m-a văzut, m-a văzut zâmbind, s-a înduioșat, reciproc, într-un zâmbet de o afecțiune atât de directă și reală, un zâmbet al genelor stufoase – ochiul său drag, cu cicatrice! –, la fel ca și buzele sale și când am văzut acel zâmbet, zâmbetul meu, pentru mine, măruntaiele mi-au făcut tumbe de parcă aș fi fost o adolescentă căreia un star pop i-a suflat o bezea.

Nu știusem sigur, nu-i așa, că el se va întoarce. Niciun telefon, niciun e-mail, niciun bilet – mă întrebasem chiar, pipăind eșarfele Sirenei în studioul meu, prinzându-i urma de miros – nu studioul nostru, în acele zile, ci al meu –, dacă îi visasem, dacă toate discuțiile mele cu ea nu fuseseră mai reale decât fantezia mea sexuală cu soțul ei.

Este o poveste de Cehov ca aceasta care m-a fascinat încă din facultate. Iarna neagră din al doilea an, când fusesem atacată de îndoiala de a nu mă fi dus la școala de artă, o citeam din nou și din nou. *Călugărul negru*: despre un bărbat care își imaginează că este vizitat de un călugăr fantomatic, cu care are conversațiile vitale ale vieții, despre creativitate, măreție și sensul existenței. Călugărul îl asigură de importanța lui, de talentele sale excepționale. Apoi el și-a dat seama că, de fapt, călugărul nu era real, că el trebuie să fie nebun. Dar era mult mai bine să fie nebun în compania călugărului decât să fie sănătos și constrâns în aspirațiile sale și singur. Și mediocru. Că este cel mai rău ceea ce trebuie să recunoască, atunci când familia îl forțează în claritate: că, până la urmă, el nu are nimic special. Sirena fusese Călugărul meu Negru și poate că ea fusese doar o iluzie.

Dar iată-l pe Reza, brusc, în clasa noastră de la Appleton, întinzându-mi, aproape roșu în obraji, un breloc banal cu Turnul Eiffel, un cadou întârziat de Crăciun. Deci și el – ei chiar – se gândise la mine. Le fusese dor de mine. Primul meu gând a fost că în acel moment ea trebuia să fie la studio și am avut inspirația să trec peste ore, să le las pe toate în urmă și să mă duc să o găsesc. Lasă la o parte că realizasem în cele zece zile solitare cât în toate săptămânile de discuții care le precedaseră – ea era Muza mea, whisky-ul cu gheață pentru alcoolicul din mine: irezistibilă.

Ochiul lui Reza nu arăta prea rău. Își scosese firele, cicatricea era elegantă – văzusem chirurgul la cusut, tivindu-i pielea roșie, încă, și arăta crudă, dar nu a provocat agitație printre copii. De fapt, îi dădea lui Reza un aer zvelt, de parcă era un bandit mic și frumos. El a parat toate întrebările despre incident, cu zâmbete știutoare și bătăi pe umăr: un inițiat, nu a dezvăluit nimic.

A povestit totuși mai multe despre Paris, despre mașinuțele de la Bastille și despre brutăria lui preferată, unde o femeie bătrână pe nume Léonie îi dădea un *palmier* în fiecare dimineață pentru că se bucura foarte mult să îl vadă. El a povestit despre pomul alb de Crăciun care se întindea pe holul clădirii lor și despre câinii rezidenți care ridicau piciorul când treceau pe lângă trunchiul lui sintetic, astfel încât intrarea a început să miroasă nu a ace de brad și zăpadă, ci a urină stătută. Pentru un copil și pentru faptul că avea lacune în engleză, Reza era un povestitor bun și a reușit să îi facă pe toți să râdă, ceea ce ne-a făcut pe toți să ne simțim, după întreruperea pauzei, din nou ca o familie.

În după-amiaza aceea nu m-am dus la atelier pentru că nu am vrut să par patetică în propriii mei ochi. Îmi impuneam să nu îmi doresc atât de mult să o văd. Era alegerea mea de austeritate, demonstrația independenței mele. Nici măcar nu știam dacă ea ar fi acolo. În schimb, m-am dus să mă aprovizionez și am cumpărat păstrăv proaspăt de la pescărie și m-am dus acasă.

Nu sunt o bucătăreasă. Am cumpărat peștele, dar nu am vrut să îl prepar. L-am scos din frigider și l-am băgat la loc și ocheam conservele de supă din dulap când mi-a sunat soneria, la parter. Aproape că nu am coborât: era rece pe scară și mă așteptam să fie copii care vindeau abonamente la reviste sau tipul MASSPIRG care caută de cerșit. Când m-am apropiat de ușă, am aprins lumina de afară deja încruntată.

Și iat-o acolo, cu o haină lungă și pufoasă, purtând o geantă mare: mai scurtă, cu un ochi mai leneș, părul mai ciufulit decât în ochii minții mele, dar zâmbind, cu brațele deschise, buza ei elegantă întinsă peste dinții din față proeminenți, labele ei de gâscă pliate.

– *Carissima!* a exclamat ea. Draga mea, dragă Nora! Ce mai faci? Ea m-a luat de braț strâns, m-a condus înăuntru și a închis ușa în urma noastră. Ai muncit din greu – ai muncit atât de mult! Am fost acolo în după-amiaza asta, la atelier. Este o perfecțiune, această cameră mică pe care ai făcut-o... Ea aproape că mă mâna pe scări, dar s-a oprit, m-a ținut la distanță de un braț și s-a uitat la mine: Ce muncă extraordinară ai făcut, Nora. Camera lui Emily realizată de tine este unică.

– O, nicidecum. Eram încântată, dar timidă. Ce faci aici?

– Ți-am adus ceva. De mâncare. L-am adus pentru tine din Paris și m-am gândit, poate asta îi va fi pe plac Norei pentru cina din seara asta și îmi va da ocazia să o salut și să îi mulțumesc.

– Mulțumesc?

– A, Nora! Știi de ce. M-am simțit groaznic că nu ne-am luat la revedere cum trebuie, că nu ți-am mulțumit. Ce ne-am fi făcut fără tine? Detest e-mailul și telefonul – mai ales în engleză, devin confuză –, dar cel puțin iată-mă aici, cu un foie gras, o sticlă de Sancerre și un panettone foarte special, ca să îți urez un An Nou fericit.

– Foie gras?

– Nu îți place? M-am temut de asta. Să nu te simți obligată să îl mănânci. Îți aduc altceva – o tartă quiche? O tocană? Ar fi bine?

– Ador foie gras. Serios. Mulțumesc.

Era foarte agitată. Era fericită să mă vadă. Se simțea vinovată că trebuise să plece fără să își ia la revedere. Îmi adusese foie gras. Aș fi putut să fiu mai fericită? I-am turnat un pahar de Sancerre, deși nu era destul de rece. M-am gândit să mă ofer să pun cuburi de gheață, dar m-am decis să nu fac asta.

Iat-o, deci: Sirena în bucătăria mea. Nu mai fusese acolo până atunci. A spus lucruri amabile despre apartamentul meu. A admirat arta. Și-a pus haina pufoasă pe canapea și s-a așezat la masa din bucătărie de parcă s-ar fi pregătit pentru un tête-à-tête lung. Eu, asemenea grăsimii galbene de pe foie gras când l-am scos din borcan, eram extrem de încântată.

– Cum a fost acasă?

– Acasă? O, Nora. Așa îmi doresc să fie acasă, așa cum Cambridge este acasă pentru tine – acest apartament frumos, care miroase a tine și vorbește despre tine, locul pe care îl cunoști atât de bine și care te cunoaște. Dar mereu uit și apoi redescopăr când mă întorc că locul meu nu este la Paris, nu tocmai – sunt o străină și acolo. Pentru cine este Paris acasă, de fapt, cu excepția portarilor care bârfesc în colțurile lor?

– Dar trebuie să fi fost încântată...

– Da, știu la ce te referi. Reza își iubește micii săi prieteni. Și Skandar pe ai lui cei mari. A fost o ușurare în multe feluri – să nu mă simt atât de responsabilă pentru ei.

– Dar pentru tine?

– Am o istorie acolo, și prieteni, și colegi, și acasă este unde sunt băieții mei, desigur. Dar știi ideea asta a unei patrii imaginare?

Odată ce ai părăsit țărmul în barca ta micuță, odată ce te îmbarci, nu vei mai fi niciodată cu adevărat acasă. Ceea ce ai lăsat în urmă există numai în amintirea ta și locul tău ideal devine un fel de amestec imaginar ciudat a tot ceea ce ai lăsat în urmă la fiecare oprire.

– Deci nu te-ai simțit bine?

– Ba da și, în același timp, nu. Mi-a fost dor de tine și de atelier, de munca mea – vezi tu, eu nu am fost ca tine –, nu am creat, doar am avut parte de multe mese la restaurant și de agitația de sărbători.

Nu știam dacă să o cred cu adevărat: îmi părea falsă, de parcă ar fi fost pe scenă.

– Când te-ai întors?

– Acum o zi sau două. Skandar trebuia să fie în New York până aseară – altă conferință. Întâlniri. Știi cum e.

Un zâmbet trist. M-am gândit la cât de des a fost singură – dar cu Reza. Nu ca mine. Nu complet singură.

– Dar vreau să aud despre tine, spuse ea. Un an nou, un nou început. Ce ai făcut cât timp am fost plecați?

– A fost destul de liniște, de fapt. Lucrurile s-au derulat ca de obicei.

– Crăciunul?

– Cu tatăl și mătușa mea.

– Nu cu fratele dificil?

– Matt? El nu vine în perioada asta din an. Când ai propria familie, ești absolvit, nu?

– Absolvit? De unde sunt eu, nu e așa. Mama mea a venit să stea cu noi și sora mea mai mare. A fost foarte gălăgie acasă la noi. Reza a fost extrem de răsfățat.

– Se pare că așa ar trebui să fie Crăciunul.

– Da, presupun. Dar vezi tu, toată lumea are un rol de jucat. În acest teatru, eu sunt o fiică, și o soție, și o mamă – niciodată o artistă. Aș putea fi, nu știu, Luc Tuymans și pentru ei nu ar însemna nimic. Ei nu îmi lasă loc pentru altceva în afară de datoria mea.

– Mie-mi spui.

– Tu? Dar ești atât de liberă! Te invidiez pentru asta. De câte ori m-am gândit la studio și la tine în el, lucrând. Sau la tine gândindu-te, calmă, aici în apartamentul tău frumos – nu este exact cum mi l-am imaginat, dar nu este departe. Timp în care eu făceam paturile și pregăteam tocanele, cadourile și conversațiile mărunte...

– Iarba este mereu mai verde... M-a încântat să mă gândesc că ea se gândise la mine – că se gândise cu invidie la mine. Mi-am făcut griji în privința lui Reza.

– S-a descurcat atât de bine. I-ai văzut ochiul, nu? Cicatricea va fi destul de discretă... Ai fost atât de bună cu el și cu mine, în seara aceea groaznică.

– Te temeai despre partea emoțională.

– Partea emoțională. A, da. Băieții care aruncă cu pietre. Dar copiii sunt rezistenți. E bine că am plecat – a avut ocazia să uite. A avut câteva coșmaruri, dar nu a putut să îmi spună despre ce au fost. Nu știu dacă au vreo legătură. Cine poate spune? Shauna McPhee mi-a spus că băiatul a fost exmatriculat.

– Imediat.

– Deci: acum, un an nou, un nou început. Am jurat să nu mă plâng. Sunt prea bună la asta și trebuie să exersez alte abilități. Am jurat și să lucrez foarte mult – nu e timp deloc de acum până în mai. Lunile vor trece înainte să ne dăm seama și am promis galeriei mele că mă voi întoarce acasă gata pentru expoziție. Așa că: *au travail!* Ea s-a ridicat când a spus asta: e timpul să plec. Și apoi: Ce ți-ai promis pentru noul an? Am ezitat. Nu am făcut nicio rezoluție de anul nou. Noaptea aceea o petrecusem în studio, indiferentă față de timp, conștientă doar prea târziu că Anul Nou venise în Times Square, îi urasem lui Emily D un An Nou fericit: am ridicat-o, în cămașa ei de noapte de dantelă, din patul ei înalt și îngust și i-am mângâiat capul strălucitor. Iar apoi am pus-o la loc, cu grijă înapoi în viața ei de casă de păpuși. Un An Nou fericit să ai.

– Mi-am propus să fiu mai independentă, am spus.

– Tu? Dar ești mai independentă decât oricine!

– Mai singură, poate. Și pentru un motiv oarecare, m-am gândit la mama mea, în fiecare zi mai captivă, până când a fost îngropată în singurătatea ei. Să știi că nu este același lucru.

2

Pentru că mă plânsesem de singurătatea mea, mă temeam că invitația Sirenei la cină din săptămâna următoare a fost un apel din milă. Am fost invitată la 19.30. Am ajuns la 19.40, mă temeam că am întârziat, am adus o sticlă cu vin roșu italian scump – Barolo, cred – recomandat de fata de la ghișeul cu brânzeturi de la Fromaggio. Când Skandar mi-a deschis ușa, am avut senzația că era surprins să mă vadă.

– A! Ești aici. Sirena, a venit Nora. Intră.

Intrarea era foarte îngustă, scările duceau direct în sus, iar Skandar a trebuit să urce pe ele ca să mă lase să intru pe ușă. Nu era limpede ce salut fizic se impunea, dacă era cazul, așa că nu am făcut decât să dăm din cap și să zâmbim stânjeniți.

– Nu am greșit ziua, nu?

El a dat clătinat cap, râzând, și a dat să îmi ia haina, urcând pe scări în timpul acesta.

Ora greșită?

Sirena apăru în capul scărilor, cu Reza lângă ea, deja în pijamaua sa cu carouri.

– Bine ai venit! E mult mai bine decât ultima ta vizită acasă la noi. De data asta îți oferim o mâncare mai bună decât pâine prăjită și ceai.

Au pregătit masa cu flori și lumânări, așa încât lampa vopsită, oribilă, era stinsă și aprinzând lămpi strategic în spațiu, reușiseră să îl facă să arate chiar bine.

– Haideți, doamnă E, veniți să vă arăt camera mea. Reza m-a luat imediat de mână și a tras, iar tatăl lui a turnat vinul, iar mama lui s-a întors la aragaz.

L-am urmat acolo și am descoperit că și camera lui fusese transformată de o lanternă magică ce se învârtea încet și care proiecta la pereți umbrele colorate ale muzicienilor de jazz care cântau – un toboșar verde la stația lui, un saxofonist roz, conturul amplu al unei chitare bas. Un poster mare cu un jucător de fotbal alergând – francez, am presupus – ocupa mare parte din peretele de lângă patul său și strălucea în lumină de parcă era aproape viu.

– Acesta este Zidane, a explicat Reza. E cel mai bun. A jucat pentru Juventus – îl știi?

– Nu.

– Hai să-ți explic...

El m-a tras în jos, să mă așez lângă el pe pat și a început să povestească cu mai mult entuziasm poate decât claritate, traiectoria carierei lui Zidane, atât în echipa națională franceză, cât și în echipele de ligă.

– Reza – tatăl lui zâmbea în cadrul ușii, ținând un pahar cu vin roșu și un coniac cu gheață –, timpul tău cu domnișoara Nora este ziua, la școală. Seara asta este pentru adulți.

– Un minut? Te rog?

Skandar spuse ceva în franceză. Mi-a întins paharul cu vin și s-a retras.

Reza zâmbi conspirativ.

– Am trei minute, șopti el. Dar n-o să știe nimeni dacă stăm patru.

Reza mâncase deja și, deși a stat pentru o vreme cu noi, legănându-și picioarele și luând din când în când dintr-un castron cu struguri, el nu a fost prea prezent, nici măcar nu părea să asculte în mod deosebit și, înainte să terminăm aperitivul de imam bayaldi şi crostini, el a cerut să fie scuzat şi a plecat în camera lui să citească *Astérix.*

Era păcat, de fapt, în ciuda prisosinţei sale ciudate, pentru că în acelaşi fel în care trei oameni de-abia constituiau o familie, un fel de familie spartană şi costelivă, la fel trei oameni de-abia constituiau o petrecere la cină. Asta este valabil mai ales când doi sunt intimi şi al treilea este un extraterestru, o Femeie de la Etaj cu maniere şi temeritate insuficiente. Un astfel de scenariu are o aură de muncă grea – cel puţin la început. Eram cu toţii foarte politicoşi, avansând la porţia noastră excelentă de vinete cu pâine prăjită. Am vorbit despre şcoală, de cât de mult timp eram acolo, întrebase Skandar, şi cum se compara cu alte şcoli? Şi apoi mai în general, cum se comparau sistemele de educaţie american şi francez şi, da, te rog, pentru că asta chiar ajută – încă un pahar cu vin este bine-venit... Iar apoi, puţin câte puţin, a devenit mai puţin ţeapăn. Sirena a vorbit despre anii ei de educaţie la Milano, iar apoi Skandar a povestit despre educaţia lui din Beirut, la o facultate în limba franceză, şi cum părinţii lui l-au trimis la un internat în Paris pentru ultimii doi ani (a fost, a spus el, ca ceva desprins dintr-un film franţuzesc, brutal, competitiv şi auster, cu studenţi care o luau razna în toate părţile din cauza presiunii şi la cină aveau carne de cal. „Pisicile vagaboande căutau prin gunoi şi urlau pe alee lângă bucătării şi glumeam că *ele* erau în porţii") şi cum asta îi schimbase pentru totdeauna cursul vieţii fără ca el să îşi dea seama la vremea aceea.

– Cei mai mulţi dintre prietenii mei de acasă – poate mai mult de jumătate – s-au dus în schimb la universitatea americană de acolo, în Beirut, iar apoi au ajuns să vină aici, în State, pentru studii postuniversitare, sau ceva. Ceea ce înseamnă că vieţile lor sunt în engleză sau sunt americani, cel puţin – până la capăt, în unele cazuri. El se opri puţin. Vreo doi sunt în Canada. În Montreal, poţi să mănânci prăjitura, dar şi să o păstrezi – să vorbeşti şi franceză, şi engleză, şi arabă, pentru că sunt atât de mulţi libanezi acolo acum.

– Și cum este diferit pentru tine? Acum ești în America – ești la Harvard. Nu te poți apropia mai mult de stabilimentul american.

El deschise ochii mari în spatele ochelarilor într-un gest ironic care îi făcu sprâncenele să i se ridice pe frunte.

– Da, presupun, spuse el. Dar nu asta vreau să spun, de fapt. Este un fel de a fi în exil pentru cei educați din orice țară noneuropeană, care poate fi foarte confortabilă în lumescul său…

– Tărâmul accentelor ciudate, am spus eu cu voce tare, deși nu voiam, de fapt.

– La ce te referi? întrebă Sirena încruntându-se.

– E ceva ce a spus o prietenă odată. Ea lucra la radio, dar cumva a fost invitată la o cină academică, cu profesorii bătrâni de la Princeton, iar ea a spus că jumătate din ei câștigaseră Premiul Nobel și că niciunul nu vorbea engleză fără un accent ciudat. A spus că s-a simțit ca și când luase avionul spre tărâmul geniilor cu accente ciudate.

Skandar zâmbi vag.

– Nu vreau să spun că voi aveți accente ciudate.

– Dar așa este, prietena ta are mare dreptate. În țara asta sunt buzunare ca acesta, aproape ca norii joși. Suntem într-unul chiar aici. Ei sunt în America, sau pe ea, dar au puțin de-a face cu ea și noi – cei mulatri, negri, galbeni, evrei și arabi de peste tot – suntem împreună, fiecare în diaspora sa și facem o lume a noastră de conversații familiare, o mică viață în turnurile noastre de fildeș. Și lătrăm unii la alții în accentele noastre amuzante, în ceea ce este pentru majoritatea din noi o limbă străină. Mereu mă minunez că reușim să comunicăm oricum. Dar poate că reușim să spunem mai multe decât credem – sau poate mai puține. Nu sunt sigur.

– Engleza este tirania, spuse Sirena, părând supărată, de parcă s-ar fi putut arunca vina pe limba însăși.

– Dar nu este asemănător în Franța? Spuneai alaltăieri că nu te simți acasă nici acolo.

– În Franța, spuse ea sec, oamenii vorbesc mai mult franceză decât engleză.

– Dar acum și mai multă engleză. Skandar era foarte amuzat. Și uneori chiar germană. Nu este ceva neobișnuit să întâlnesc colegi cu care pot să vorbesc toate cele trei limbi, la momente diferite. Acolo ești în *Europa*, nu plutești deasupra ca un corp străin.

– Nu sunt sigură că înțeleg.

El s-a oprit, a băut. Din ochii lui îmi dădeam seama că era în același timp ironic și serios.

– În Europa, de bine, de rău, istoria este mereu acolo, contextul este mereu prezent. Când spun că sunt libanez de origine palestiniană, din Beirut, că sunt predominant creștin din moștenire și apoi că m-am dus la o universitate din Paris, că predau la École Normale, imediat se știu multe despre mine – despre ce sunt și ce nu sunt. Se mai poate percepe mult după hainele mele, după comportament – și voi fi plasat după aceste lucruri. Nu doar după profesorii mei colegi cu „accente amuzante", ci și de zarzavagiu, și de șoferul de taxi.

– Și ce este grozav la asta? Mai ales dacă se înșală?

– Nu spun că este bine sau rău. Explic doar cum este diferit.

– Nu trebuie să fii defensivă la adresa țării tale, dojeni Sirena.

Iritarea ei fusese exprimată în felul principal. Ea turna cu polonicul castroane de tocană de miel peste orez, grasă, condimentată și aromată.

– În America, rosti Skandar, sunt locuri precum Harvard, unde intru pe ușă și se întâmplă o versiune a acestui fapt și nu mă gândesc la asta. Aici, nu atât despre originile mele sociale, mai mult despre ideile mele filosofice, despre afilierile mele academice. Sunt cunoscut într-un anumit fel. Dar în mare parte... Acel zâmbet trist din nou. În ceața mea de Barolo, am considerat că acela era un zâmbet sexy, cumva confidențial. În mare parte, în America sunt o enigmă. Dacă spun unei persoane de pe stradă că sunt din Beirut, el ar putea să mă întrebe unde este asta. Dacă spun că am rude palestiniene și că am fost crescut creștin, el se poate întreba „Cum este posibil așa ceva?“ Și dacă explic că am frecventat o universitate din Paris, el s-ar putea întreba de ce am făcut un lucru atât de lipsit de logică. În America, Europa și Orientul Mijlociu par într-adevăr foarte îndepărtate. Dacă ești un libanez care vine aici pentru universitate, să studieze, atunci devii imediat american. Ești acceptat, ceea ce este minunat, dar primești un set complet nou de haine, un nou contur, care nu are niciun context și trebuie să ajungi să i te potrivești, sau ca el să ți se potrivească, sau oricum. Nu vii cu niciun bagaj.

– „Dați-mi oamenii voștri obosiți, înfometați...“ *Pentru asta* este țara asta.

– Desigur. Spun doar că, dacă aș fi venit în țara asta la optsprezece ani, în loc să mă duc la Paris, forma mea, cât și forma vieții mele, ar fi fost diferită în nenumătate feluri.

– Dar suntem cine suntem, spuse Sirena, pe un ton ușor de avertizare, tonul unei soții care a mai auzit asta înainte, sau care simte că soțul ei e prea guraliv. Și acum, fiind cine suntem, trebuie să mâncăm. Nora, mănâncă!

Am băgat în gură o furculiță din tocana ei extraordinară și m-am gândit: „Din tot ce s-a întâmplat în seara asta, asta ar trebui să țin minte: explozia de arome, muguri de pin, miel, chimion, stafide“ – dar eram doar pe jumătate atentă la mâncarea mea. Mă uitam la Skandar, care se plimba cu furculița prin porția lui în timp ce vorbea și mă uitam cum vorbește doar cu mine, de parcă Sirena nu era în cameră. Trei este un număr dificil, m-am gândit din nou.

– Dar nu crezi că e valabil și invers? am întrebat eu, în cele din urmă. Adică, dacă mă duc să locuiesc în Europa sau în Beirut, nu par brusc dezgolită? Aici am contextul meu, dar acolo sunt doar un american.

În clipa asta, ochii lui Skandar erau evaluatori. De parcă îmi evalua americanismul drept un atribut.

– *Doar* un american? Niciodată. O femeie frumoasă ca tine, în Franța sau în Liban, ar fi văzută mai presus de orice drept o femeie frumoasă. Nu-i așa, Sirena?

Sirena încuviință slab.

– Mă duc să îi spun noapte bună lui Reza. E timpul să stingă lumina.

Peste câteva clipe, ea reapăru și își întrerupse soțul:

– Nora, strigă ea din hol. Vrei să vii o clipă? Te deranjează?

– Sigur că nu.

Reza se ridică în pat și întinse ambele brațe să mă îmbrățișeze – din nou, eram îmbrățișată, de parcă afecțiunea era la ordinea zilei.

– Noapte bună, doamnă E, îmi șopti el încet în ureche. Sunteți cea mai bună.

Și apoi se dădu înapoi și îmi oferi un zâmbet luminos și iubitor. Știu că sună prostește, dar era ca și când era propriul meu fiu. De parcă el chiar mă iubea. Mă scăldam în asta, dar mă simțeam și furioasă, la tot ce Sirena părea să considere ca un dat, stând liniștită în cadrul ușii cu brațele încrucișate și o privire visătoare, îndepărtată.

– *Bonne nuit, chéri,* îi spuse ea și încă ceva în franceză, când ne-am retras și l-a lăsat în întuneric și cu muzicienii lui de jazz strălucitori care se învârteau la perete.

Pentru că nu era departe – sau pentru că... Îmi imaginam motivele care mă flatau și altele care nu aveau nicio legătură cu mine – Skandar se oferise să mă conducă până acasă. Erau doar vreo șase cvartale, pe panta celei mai prospere porțiuni din Cambridge, dincolo de întuneric, cu grădini tăcute, cu arborii lor cu vârfurile acoperite de zăpadă, dincolo de case cavernoase în care era luminată doar o singură fereastră de la etaj, iluminând un petic mic de peluză înghețată, sau dincolo de altele, învăluite în întregime în întuneric, ca niște căpcăuni adormiți. Skandar fuma în timp ce mergeam, adăpostindu-și țigara în mână ca un pescar într-o furtună.

Eram stânjenită din cauza lui, din cauza tăcerii, deși el nu părea să observe și nu mă puteam gândi la nimic altceva mai bun de spus decât că străzile erau foarte tăcute, observație inutilă pe care o ignoră.

– O fată drăguță ca tine, spuse el, fără să mă privească, nu ai soț, nu ai copii?

– Nu acum.

– Ai avut un soț, deci?

– Aproape, cu mult timp în urmă.

– Un iubit?

– Skandar, te rog...

– Nu vreau să te stânjenesc. Dar când Sirena mi-a spus că ești singură, m-am gândit că sigur trebuie să fie o greșeală, poate că ești doar foarte reținută.

– Nu, nimeni special acum. Și după o clipă: Și nu sunt homosexuală.

– Știu că nu ești homosexuală.

El credea că flirtasem cu el?

– Ce părere ai despre Reza?

– Ce anume despre Reza?

– Despre ce s-a întâmplat la școală, înainte de vacanță.

El ridică din umeri și suflă un fum înghețat.

– Trebuie să simt ceva despre asta? În cele din urmă, cred că nu. Îmi doresc să nu se fi întâmplat, dar la ce bun? Pot să îmi doresc să nu se mai întâmple – dar și aici, dacă îmi doresc ceva imposibil, nu va folosi la nimic.

– Deci ești un cinic.

El, de obicei lent în mișcări, se întoarse repede să mă privească, iar căutătura lui era aproape furioasă.

– Cinic? Absolut deloc. Sunt un realist. Sunt pragmatic. Dar sunt şi un optimist. Altfel nu aş putea să fac ce fac.

– Adică ce anume?

– În ce scop vorbeşte cineva despre etica istoriei, despre chestiunile morale inerente în istoria istoriei, dacă nu pentru a privi spre viitor și a spera – nu, nu a spera, a munci pentru mai bine?

– Bănuiesc...

– Nu, e serios. Sunt un om care studiază și reflectează dar sunt dedicat continuării conversaţiilor, oriunde ar avea loc acestea, între oricare părți. Și acestea contează.

Îmi imaginam un halo strălucitor în jurul lui, dar era lumina roz a unui felinar. Asta era problema cu locurile precum Cambridge, Massachusetts: oamenii aceştia – bărbaţii aceştia – care credeau că erau darul lui Dumnezeu și cu toate astea care își păstrau un fel de aură și posibilitatea, slabă, ca ei chiar *să fie* darul lui Dumnezeu –, nu putea fi contrazisă.

Dacă ar fi fost o masă, aş fi mâncat toate felurile cu aceeași încântare: fiecare atât de distinct și cu o aromă atât de unică. Nu aveam cum să îi concep împreună – trebuie să mă exprim foarte limpede, pentru că altfel ai putea crede că îndrăgeam *o familie*, că familiaritatea lor era o plăcere pentru mine şi ai putea concluziona din asta că exista încredere între noi (o realitate valabilă numai despre Reza), o mutualitate de a cărei existență mereu mă îndoiam. Eram îndrăgostită de Reza. Eram îndrăgostită de Sirena. Eram îndrăgostită de Skandar. Toate aceste lucruri erau adevărate, nu se excludeau reciproc, dar, cel mai important, nici nu aparţineau unul altuia.

Teoria lui Didi – că eram îndrăgostită de Sirena, dar voiam să i-o trag soţului ei şi să îi fur copilul – nu era corectă. Voiam un angajament complet și independent cu fiecare dintre ei, fără legătură cu ceilalți. Aveam nevoie de sentimentul lor de familie – cum altfel ar fi venit fiecare la mine? – și cu toate astea îl dispreţuiam. Nu voiam să fiu cu ei împreună (deși era preferabil a nu fi cu niciunul dintre ei) și detestam să mă gândesc la ei împreună, serile și în weekenduri fără mine și fără să se gândească la mine.

Cât despre încredere, aveam atât de puţină:

– De ce ar vrea măcar să vorbească cu mine? am întrebat-o pe Didi următoarea dată când ne-am văzut. De ce ar alege el să mă conducă până acasă, în frig, pe întuneric? Nu puteam să recunosc faţă de mine însămi ce îmi doream să spună ea, ce consolare căutam, dar eram fizic conștientă de nesinceritatea mea, o strânsoare în mijlocul pieptului – poţi să îţi strângi esofagul?

– Trebuie să întrebi? Bărbaţii vor fi bărbaţi întotdeauna.

Am clătinat din cap atât de tare, încât m-a durut.

– Nu este așa. Nu este atât de simplu. Nu se poate.

– El poate să caute aprobarea ta fără să își dorească mai mult.

– Bănuiesc...

– Vreau să mă vrei, cântă ea, am nevoie să ai nevoie de mine...

– În direct la Budokan. Știu. Dar de ce are nevoie de aprobarea mea?

– Poate că așa e felul lui.

– Nu pare a fi un „fel" – mi se pare specific. Este un fel de a vorbi – de a privi –, el se uită *la mine,* știi ce spun?

– Vrei să spui că are ochii unui seducător.

– Nu – este mult mai transparent decât seducţia. Nu încearcă să mă impresioneze, el chiar încearcă să vorbească cu mine, este...

Didi și-a pus braţele pe umerii mei și m-a privit direct în ochi.

– Dacă este bun la ceea ce face, spuse ea, nu ai crede că își face treaba. Asta înseamnă să fii un seducător. Ea îmi dădu drumul. Pentru asemenea oameni, toată lumea este excepţia. Știi asta. Fiecare este un individ care trebuie cucerit și ești la fel de bun ca ultima ta cucerire. Ceea ce nu este neapărat despre sex, deși poate să fie. Este ceea ce spun oamenii despre Bill Clinton – mereu te face să te simţi de parcă ești singura persoană din încăpere.

– Deci vrei să spui că ăsta este secretul lui? Şi că nu vrea decât o felaţie scurtă pe sub masă?

Ea ridică din umeri.

– Nu spun nimic din toate astea. Nu l-am văzut niciodată. Vreau să spun că lumea conţine astfel de oameni. Dacă are formă de frunză de arţar, culoarea şi textura unei frunze de arţar şi te afli sub un arbore de arţar... asta e tot ce zic.

Dar ştiam mai bine de-atât, chiar dacă mă temeam de ceva mai rău. Atât cu Sirena, cât şi cu Skandar, fluctuam între fantezii intime şi respingere sumbră. Îndoiala, acel fluture fatal, îmi plutea mereu în piept. Ce le aduceam eu lor? Cine eram eu pentru ei, nici celebră, nici evident genială, nici importantă în lume? Şi cu toate astea, toţi trei căutau ceva la mine, chiar dacă niciunul dintre noi nu îşi dădea seama ce anume. Fiecare dintre ei voia ceva şi dorinţa lor mă făcea să cred că eram capabilă. Nu că eram o femeie extraordinară, tocmai, dar nu *tocmai asta*. Ceva de genul acesta. Ceea ce îmi doream să cred în secret încă din copilărie – nu: dacă aş fi crezut în sinele meu cel mai secret, ştiind că însăşi credinţa era o precondiţie necesară pentru orice fapt –, dar nu îmi permisesem niciodată să merg mai departe. Nu este corect să spun că ei mă făceau să mă privesc cu mai multă apreciere, poate mai precis, că îmi permiteau asta, în dorinţa lor. Siguranţa mea secretă de-o viaţă, preţioasa, ascunsa mea trăsătură specială, era trezită şi alimentată de ei, devenea nesăturată pentru ei şi se şi temea de ei, se temea de puterea pe care ar putea-o avea asupra mea şi, pur şi simplu, pe baza acelei frici, ar fi reuşit cu siguranţă.

3

În mod ironic, așa a început anotimpul meu de dădacă. Nu așa își petrece în mod evident timpul liber o Femeie Nu Tocmai Extraordinară, deși, în retrospectivă, văd că a fost traiectoria perfectă – inevitabilă – pentru Femeia de la Etaj. Chiar și atunci eram conștientă de cum arăta. Multe dintre profesoarele de la școala primară Appleton, mai ales cele tinere, munceau ca dădace pentru bani în plus. Mereu detestasem asta, mi se părea o cale sigură de a submina autoritatea profesorală a cuiva. Atât de mult, încât atunci când Sirena a sugerat asta pentru prima oară, am simțit un frison pedepsitor, de parcă fusesem lovită.

Stăteam pe nișe în studio și eu râdeam când ea îmi povestea despre o cină formală în școala Kennedy, cină la care participase, când barosanul cu păr alb de lângă ea ținuse un discurs de douăzeci de minute despre caracterul ineligibil al Partidului Democratic (el însuși un democrat, fără de care predica ar fi putut fi considerată agresivă) cu o picătură de supă roșie care îi strălucea pe bărbie. Ea spunea că părea aproape să clipească spre ea, după cum capta lumina.

– Crezi că a avut o operație dentară greșită și nu poate să simtă nimic pe bărbie, așa că mâncarea se adună acolo de obicei, în adâncitura aceea mică? Sau crezi că dacă ajungi suficient de mare în politică, în acel fel în spatele scenei, este brusc în regulă să tragi vânturi în public sau să ai bucăți de mâncare pe față? Sau poate că este din spațiu, sau o persoană cu autism?

– În engleză aveam un cuvânt pentru asta, am spus eu. Este „gaură de cur".

– Nu, spuse ea, pentru că un asemenea lichid care se prelinge este cu mult mai tulburător.

Și am râs atât de tare, încât stropi din cafeaua călâie au stropit din cană în poală și apoi cumva chiar și asta părea să aibă legătură cu stropul de supă și am râs din nou. Și numai când ne-am recăpătat suflul de la râs, amândouă respirând ciudat și aproape plângând cum pățești de la râs prea mult, ea a spus, foarte serioasă dintr-odată:

– Știi, am tot vrut să te rog să mă ajuți cu ceva. Are legătură cu Reza.

– Ce s-a întâmplat? E ceva la școală despre care nu știu?

– Nu, nu – nu trebuie să îți faci prea multe griji. Are legătură mai mult cu acasă. Cu angajamentele lui Skandar, mai ales semestrul acesta, vom fi plecați atât de mult, știi. Când Skandar nu călătorește, atunci de trei, uneori patru ori pe săptămână – este groaznic. Detest asta. Ea oftă. Și cel mai mult Reza urăște asta. Adesea plânge. Se prinde de mine – ne certăm –, îți vine să crezi? Sau mai rău, stă îmbufnat. Se duce în camera lui și închide ușa și nu iese să spună noapte bună și nici nu îmi permite să intru.

– Asta nu pare să îi stea în fire. Am auzit cum vocea profesoarei mele îmi iese pe gură. Ai încercat să vorbești cu el despre asta? Este suficient de mare, să știi, are opt ani.

– Și șapte, se spune, este vârsta rațiunii. Știu. Deci, da, am vorbit despre asta cu el și acum îți cer ajutorul.

– Mie?

– Pentru că el spune că în acele seri este suportabil doar dacă vii *tu*.

– Dacă vin eu? Să vin cu voi la evenimente?

– Să vii la el, desigur! Nu de fiecare dată – asta ar fi ridicol...

Ea râse și nu era același gen de râs ca înainte și eu îmi dădeam seama că ea știa că tot ceea ce îmi cerea nu era tocmai în regulă. Chiar și când a fost prezentată drept cerința lui Reza mai degrabă decât a ei, era ciudat. Ne schimba relația, o plasa pe o traiectorie diferită. Trebuie să fi arătat rănită.

– Prietena mea, nu este o propunere de afaceri. Ea își puse mâna pe brațul meu și chiar părea să îl mângâie, de parcă eram o pisică. Este o propunere de familie... O, dragă, avem de-a face cu o diferență culturală? Multe mișcări ale ochiului. În Italia, numai oamenilor celor mai apropiați le putem cere așa ceva, ca și când ai fi *zia* lui, mătușa. Ți-l imaginezi, nu? Așa de solemn și furios, iar eu am spus: „Cum ți-ar fi mai bine când mami și tati pleacă și te lasă? Oare ce te-ar alina?“ Și chipul său s-a luminat cu bucuria de a cere un vis imposibil, el a spus: „Ar fi în regulă dacă doamna E ar veni“. Apoi a spus că ar fi mult mai mult decât bine – ar fi mai bine decât dacă *tu* ai fi acasă. Și eu am părut tristă, iar el a spus: „Ei bine, atunci ar fi la fel de bine“. Știi fața lui într-un asemenea moment – cine îl poate refuza? I-am promis că te voi întreba, pentru că asta l-ar face fericit... și tu nu trebuie să te simți obligată să spui da – dar ideea că ești supărată când te întreb, asta nu pot suporta –, prietena mea?

Și de parcă atingerea brațului ei ar fi fost doar un tentacul introductiv, ea se ridică și mă îmbrățișă, una dintre îmbrățișările ei absolute, cuprinzătoare, care mi se părea atât de deconcertantă.

– Desigur, continuă ea în timp ce îmi dădu drumul, te vom plăti. Asta este de la sine înțeles.

Asta înrăutățea lucrurile și mai tare.

– Nu fi ridicolă, am spus eu. Îl iubesc pe Reza. Te iubesc pe tine. Nici să nu aud.

Dar, Nora – insist –, gândește-te la asta, cât timp...

– Glumești? Fie sunt parte din familie sau nu sunt parte din familie. N-ai plăti-o pe mătușa lui!

– A, Nora. Sirena clătină din cap. Ești o femeie extraordinară. Și, da, desigur că faci parte din familie. Mai dă-mi o îmbrățișare.

Moment în care m-am simțit ca o proastă, o proastă înțepată, din cauza limitelor și regulilor mele. Ea m-a făcut să mă simt sincer ca și când eram cea aleasă, că în acest rol eram de neînlocuit.

În acele următoare câteva luni, s-a întâmplat totul şi nimic. Din afară ai putea spune că doamna Eldridge, o profesoară de clasa a treia de aproape patruzeci de ani, şi-a încălcat una dintre regulile ei cardinale şi a făcut pe dădaca, nu o dată, ci de multe ori, pentru unul dintre elevii ei. Și ce dacă? Ai putea spune că ea a progresat neaşteptat de mult cu arta ei, lansând nu una, ci două camere-cutii în acelaşi timp, într-un spirit general de expansiune şi ai putea adăuga, precis, că a devenit activ implicată şi în crearea instalaţiei prietenei sale Sirena – în tot felul de modalităţi mici, practice, de la asistenţă la cusut, la sudură, la instalarea micilor lumini şi plasarea de camere video. Şi ai putea menţiona că, în această perioadă de desfăşurare maniacală – dezinhibiţie desfrânată –, această aceeaşi doamnă Eldridge a experimentat, într-o conversaţie cu Skandar, soţul prietenei sale – sau poate, mai precis, de-a lungul timpului, cu propriul ei prieten Skandar –, un fel de trezire, un fel de entuziasm despre lumea largă despre care credea că nu mai este posibil la mijlocul vieţii.

Ştii acele momente, la şcoală sau la facultate, când brusc cosmosul pare până la urmă un singur plan vast, cu un şablon asemănător cu romanul pe care îl citeşti la culcare şi care se conectează cu lecţia ta de astronomie, te conectează cu ce ai auzit la NPR, se conectează cu ceea ce discută prietena ta în cantină la prânz – şi apoi, pentru scurt timp, este ca şi când s-a luat capacul de pe lume, de parcă lumea ar fi o casă de păpuşi şi poţi să vezi cum ar fi să o vezi pe toată, de deasupra – ceva magnific şi vertiginos. Şi apoi, capacul cade şi tu te prăbuşeşti şi se reia domnia ordinarului.

Şi dacă asta ţi se întâmplă în tinereţe, uşor mai des decât trecerea unei comete, atunci când eşti mai bătrân pare să nu se mai întâmple deloc, sau deloc pentru oameni obişnuiţi ca mine. Aşa că, dacă îţi spun că de-a lungul lunilor din februarie până în mai acel an, 2005, era ca şi cum o serie de mici explozii erau detonate în creierul meu – dacă îți spun că am avut această experiență de ridicare a capacului lumii nu o dată, ci de mai multe ori decât pot număra, precum un fel de orgasm multiplu cranial prelungit, o deschidere nesfârșită și o gâdilare a sufletului –, atunci poate ai înțelege de ce, timp de ani după aceea, am crezut că fără îndoială a fost un lucru bun că am acceptat să fiu dădacă.

A devenit un ritual. Și din nou, întrucât timpul meu cu Sirena era ținut aproape secret de Reza (adică nu i se spunea aproape niciodată că eram împreună), în acele după-amiezi când plecam repede de la Appleton la Somerville la atelier, iarna, albit și cu ferestrele aburite pe fundalul luminii slabe de afară, o senzație de nou-născut în lumina sa strălucitoare – la fel erau și serile mele cu Reza un secret și o parte din minunea lor era secretul lor, ca un fel de aventură ciudată, dacă se poate imagina această analogie fără să fie coruptă de carne. Vreau să spun că în acele zile când eu mă duceam seara la casa lor de lângă râu, Reza știa, și știa și de la părinții lui că nu ar trebui să vorbească în public despre asta. Jucam un dans al privirilor, al zâmbetelor cu înțeles clandestin, care ar fi putut tulbura pe oricine le vedea, întrucât schimbul avea loc între un băiat de opt ani și o femeie care i-ar fi putut fi, dar nu era, mama lui. Poate în medie de două ori pe săptămână, mă duceam de la școală spre atelier și de la atelier acasă ca să îmi las mașina și apoi mergeam pe jos – uneori aproape alergam – direct acasă la familia Shahid. Astfel, în decursul unei singure zi, ne bucuram unii de aromele după care tânjeam: timp cu Sirena, timp cu Reza și apoi – pentru că mereu mă conducea până acasă – timp cu Skandar.

Munca mea, care vreme de niște ani buni păruse atât de importantă în viața mea, în mintea mea s-a micșorat la nivelul unei umbre ale sale, pe măsură ce aceste celelalte angajamente i-au luat locul. Te-ai fi putut gândi, vorbind cu mine, că nu prea mai predam deloc, o dimineață sau două pe săptămână – dar adevărul era că elevii mei mereu făceau loc nevoii mele de a mă desprinde: în acea iarnă și primăvară nu au făcut deloc probleme, sau aproape deloc. Copiii care erau în urmă s-au luptat cu mult curaj și nu au chiulit. Familiile, asemenea unor vulcani adormiți, nu au aruncat cu roci topite peste copiii lor: fără despărțiri, fără violență, fără părinți care să dispară, fără boli catastrofice. Băiatul din clasa a doua – nu exact din sfera mea, dar oricum – care a fost diagnosticat cu o tumoare la creier a avut norocul infinit să fie benignă. Zeii zâmbeau.

Te gândești: „Dar această biată femeie, această fată bătrână de vârstă mijlocie, de unde i-ar fi putut veni ideea că avea *o familie*, sau mai degrabă că avea altă familie în afară de tatăl ei care lâncezea în apartamentul lui de culoarea unui unguent roz și mătușa ei Baby, incrustată în apartamentul ei din Rockport, printre amintiri și, ca o galaxie îndepărtată, Matt și Tweety și copilul lor din Arizona?“

Dar familiile au fost mereu entități ciudate și elastice. Didi este mult mai mult familia mea decât ar putea să fie Matt vreodată. Și știam asta cu fiecare dintre membrii familiei Shahid, intuitiv. Aveam nevoie de ei, sigur, și putem să dezbatem care a fost momentul în care balanța s-a înclinat și aveam nevoie de ei atât de mult, încât *aș fi rănită*. Dar nu te poți preface că nici ei nu aveau nevoie de mine, fiecare în felul lui sau al ei. Ei nu ar fi recunoscut asta neapărat – cu excepția lui Reza –, dar nu poți să îmi spui că nu mă iubeau. Inima știe. Trupul știe. Când eram cu Sirena, sau Reza, sau Skandar, aerul se mișca altfel între noi, timpul trecea diferit, cuvintele sau gesturile însemnau mai mult decât ele însele. Dacă nu ai avut niciodată această experiență – dar cine nu a fost vizitat de iubire, râzând? –, atunci nu poți înțelege. Și dacă da, atunci nu mai trebuie să spun niciun cuvânt.

4

La finalul lui ianuarie, sau poate chiar la începutul lui februarie, Sirena a început să își construiască adevărata ei lume: Țara Minunilor. Ea și-a petrecut toamna realizând părțile mai mici – florile de săpun și aspirină în toate dimensiunile și într-un curcubeu de culori, o furtună de ploaie de cioburi argintii de oglindă care aveau să atârne de tavan cu fire aproape invizibile, depozitate în pungi și cutii din capătul L-ului ei.

Acum, ceea ce părea să fie o aparentă mâzgăleală de artist se dovedise a fi cu sens: într-o seară, când am stat amândouă până târziu, ea a despăturit pentru mine schița ei. Era ca și când priveam în mintea ei, făcea acele mici impulsuri de curent, acele zgâlțâieli care îmi dădeau fiori reci. Aceasta era în mod sigur o dovadă de intimitate mai mare decât orice goliciune: să văd această pagină întinsă pe masa de lucru, cu urmele de ștersături și, dat fiind că era a Sirenei, o urmă sau două de cafea, toate însoțite de notițele ei pentru ea însăși, un scris mic, mic ca de insectă, posibil numai cu cel mai ascuțit creion și lizibil numai pentru ea, altfel posibil doar cu o lupă.

Ea construia o Țară a Minunilor pentru toată lumea. Fiecare dintre noi ar fi Alice. Și deși era, în parte, despre misterele imaginației, era și despre o descoperire spirituală a lumii existente: Sirena amesteca viziunea lui Lewis Carroll și a unui musulman din secolul al XII-lea pe nume Ibn Tufail, care a scris o poveste despre un băiat care a crescut singur pe o insulă pustie, descoperind totul – inclusiv pe el și pe Dumnezeu – pentru prima oară. Sirena nu era ca mine, constrânsă de realitate, de ceea ce *exista* de fapt sau *existase*. Ea lua lumile din povești, prădând imaginațiile altor oameni, dar nu și istoriile lor. Poate că asta o făcea – o face – o artistă adevărată în ochii lumii, în timp ce eu sunt considerată o fată bătrână cu un hobby, genul de persoană care este descrisă cu cuvintele consternante precum „caraghioasă". Dar nu e nimic caraghios în asta. Camera lui Emily Dickinson făcută de mine este exact asta: camera lui Emily Dickinson, construită să reproducă mai exact camera așa cum au determinat istoricii că era, dar în miniatură. Mereu, am un angajament cu moartea – pentru că arta mea nu este, până la urmă, despre ce este sau ce ar putea fi, ci despre ceea ce *a fost*. Ai putea spune că fiecare dintre cutiile mele era un altar.

Sirena, pe de altă parte, este implicată cu forța vieții. De fapt, cu toții vrem asta. Asta ne atrage: cineva care deschide ușa posibilității, a ceea ce este la limita imaginației. Cineva care îmbrățișează culorile și texturile, gusturile și transformările – cineva care îmbrățișează, punct. Toți căutăm ceea ce este suculent, ceea ce respiră. Dacă ești cu adevărat isteț, ca Sirena, atunci creezi o persoană – sau poate, mai tulburător, devii o persoană – care, în timp ce pare impresionantă, convingătoare până la limita falsității, de fapt, dăruiește oamenilor, foarte conștient, exact ceea ce își doresc. Nu ai numi o persoană care creează o Țară a Minunilor – o Țară a Minunilor pe care o poți vedea, și atinge, și mirosi, care este și nu este Țara Minunilor lui Alice și care este și un fel de Țară a Minunilor de secol XII a unui Robinson Crusoe islamic, este atât est, cât și vest, atunci și acum, imaginar și real și, cumva, datorită libertății sale, de a *nu* fi obositor de fidel, devine mai presus de orice Țara Minunilor *a ta*, sau a ta și a Sirenei în același timp, de parcă ai fi intimă cu ea într-un anume fel, nu ai numi o astfel de persoană un Furnizor de Vise? Ba da, și în consecință, un critic francez chiar a făcut asta și, dacă te întrebi ce ar putea fi greșit la a fi un Furnizor de Vise – adică, ai putea spune, nu pentru asta există Arta? –, ar trebui să reții că dorința de a fi asta, de a face asta – de a fi cel mai bun supraviețuitor artistic – necesită neînduplecare. Poate că asta este, de fapt, o definiție la fel de bună ca oricare alta a unui artist în lume: *o persoană neînduplecată*. Ceea ce ar explica de ce nu par să mă număr printre ei.

În seara aceea, când am stat deasupra schiței sale și m-am minunat, ea mi-a cerut din nou ajutorul. Era la doar câteva săptămâni după solicitarea de a fi dădacă, pentru că îmi aduc aminte că fusesem să am grijă de Reza numai de două ori, atunci, și iată, în inima mea, era un fel anume de recunoștință față de Sirena: asta pe lângă cealaltă pasiune complicată a mea, pentru că m-am gândit că într-un fel ea îmi va fi dat în cele din urmă un fiu, fiul meu. Am gătit cina pentru el, i-am citit, l-am certat în privința temelor, nu ca profesoară, ci într-un fel părintesc. Și după ce l-am sărutat pe frunte și i-am netezit pătura, m-am așezat pe scaunul tare din camera lui, în penumbră, în timp ce pereții reflectau imaginile strălucitoare ale muzicienilor de jazz, privind cum pieptul lui mic se ridica și cobora, cuibărit, până adormea.

Era nouă, atunci, această chestie cu Reza și mă făcea să o iubesc pe Sirena și mai mult pentru că părea un dar aproape biblic. Chiar simțeam de parcă Sirena îmi dăduse carne din carnea ei, iar eu o savuram din abundență, încă nouă, când dintr-odată venise, spontană, alta: schița, despăturită.

– Ce crezi? mă întrebă ea. Ea își puse mâna pe mine, desigur. Ridică privirea spre mine cu ochii mari, celebri, migdalați. Arată ca... ce părere ai? Este un tărâm al rațiunii și un tărâm al minunilor în același timp?

Cum să răspund, când în mare parte simțeam mâna? Și mă întrebam, ca întotdeauna, ce părere aveam despre mână.

– Este o hartă.

Ea plesni din limbă.

– Nu trebuie să mă tachinezi. Este o hartă, sunt echipamente pentru lumea mea – ea arătă spre pungi și cutii –, dar acum sunt alte lucruri de construit, mai mari. Insula în sine, dacă vrei. Ea oftă.

Nu are sens complet, pentru că în Paris forma spațiului este alta, nu este lungă și îngustă, ci mai degrabă un dreptunghi bizar împărțit. O voi face ca un traseu, o călătorie. Dar mai întâi trebuie s-o construiesc aici, ca să văd, evident la scară, dar să încep să lucrez și la videoclip.

Asta era marea ei idee. Voia să construiască o versiune a Țării Minunilor în atelier, a spus ea, astfel încât copiii de la Appleton – copiii *mei* de la Appleton, clasa a treia – să vină să o descopere. Ea avea să le filmeze descoperirea. Acesta era planul ei. După aceea, ea spera să poată face și alte videoclipuri, dar cel la care ținea era acela în care erau și copiii.

– Și asta e chestia, vezi tu, Nora, draga mea: nu pot construi Țara Minunilor și nu pot face videoclipul fără tine. Ochii și gura ei alcătuiră cel mai drag zâmbet. Știi asta, nu-i așa? După toate conversațiile noastre. Ea oftă. Nu am mai lucrat până acum cu ajutorul cuiva. Dar tu... cu ajutorul tău vom face ceva minunat – o minunată Țară a Minunilor!

– Da, sigur...

Simțeam atât de multe lucruri în același timp. În primul rând eram entuziasmată, dar îmi era și teamă. Cu toate astea, erau încălcate niște limite. Aveam să permit asta, pentru că voiam, dar ce însemna asta, să îmi aduc copiii – să îi aduc copilul, copilul nostru – aici?

Ea deja își imagina asta:

– *Jabberwocky*, în engleză?

– *Snicker-snack.*

– Da, Jabberwocky, ochii lui, ochii de lumină în întuneric – sugestia monstruozității este mai bine.

– Bănuiesc.

– Pentru că atunci este monstruozitatea fiecărei persoane, da? Vezi? Nu îți spun ce este monstruos, la fel cum nu îți spun ce să iubești. Îți permit doar să îți imaginezi. Ea își luase sinele public înapoi în ea însăși, brațele încrucișate peste piept, șalul înfășurat strâns, dar totuși zâmbetul. Pentru că fiecare dintre noi are propriile sale fantezii, propriile coșmaruri.

– Adevărat.

– Ceea ce pentru mine este perfecțiunea, tu nici nu observi.

– Nu știi niciodată...

– Nu știi niciodată. Exact. Așa că trebuie să ținem ușile cât de deschise posibil, să lăsăm cât de multe fantezii în Țara Minunilor putem. Astfel încât toată lumea să se vadă pe ei înșiși acolo.

– Când eram copil, Țara Minunilor mi se părea mereu un loc destul de înfricoșător.

– Da! Înfricoșător, dar vrem să fim speriați.

– Bănuiesc.

– Cu oglinzi și lumini – asemenea copiilor, vrem toată emoția, bună, rea și apoi puf, vrem ca emoția să dispară iar. Vom face asta pentru copii, pentru clasa lui Reza, când îi vei aduce aici...

– Sigur că depinde...

– Pentru că, în final, mai presus de orice ne dorim cu toții să fim în siguranță, nu? Aproape toată lumea vrea asta în cele din urmă.

Am stat deasupra hărții Țării Minunilor și ea mi-a spus că nu o putea construi fără ajutorul meu. Voia să aduc împreună două idei diferite cu privire la minune, una imaginară și una spirituală. Pe de o parte, ea avea povestea ei despre un băiat, apoi un bărbat, crescut singur pe o insulă și despre descoperirea lui solitară a științei și a spiritualului, care culminează cu el, care venerează un Dumnezeu în care a ajuns să creadă absolut – o venerație care a preluat forma unei transe învârtite. Ea avea să amestece acest misticism antic, estic, cu o minune diferită o minune vestică, modernă, care era Alice în Țara Minunilor: un loc în care rațiunea și pământul nu rămâneau stabile, unde imaginația confunda bunul și răul, prietenul și dușmanul. O Țară a Minunilor era despre a încerca să vezi lucrurile aşa cum sunt, spusese ea, despre a crede că era posibilă o astfel de claritate, iar cealaltă era despre relativism, despre a vedea lucrurile din perspective diferite şi despre a fi văzut şi despre cum a fi văzut altfel te schimbă. Ambele posibilităţi erau uimitoare şi înspăimântătoare în acelaşi timp, dar numai una dintre ele, spunea ea, putea duce la înţelepciune. Ea spunea că voia ca arta să le ofere cel puţin posibilitatea înţelepciunii. Pentru asta spunea ea că are nevoie de mine.

Eram prea demnă să îmi arăt entuziasmul prea debordant sau să mă gudur pe lângă ea. Aveam suficientă mascaradă în mine pentru asta. I-am spus - sincer - că nu mai lucrasem cu altcineva la un proiect artistic din liceu - acele după-amiezi pline din bârlogul lui Dominic Crace. Am menţionat că speram, acum că Emily era terminată în toate sensurile, să continui cu ciclul, deşi poate nu în ordine cronologică - şi că, până la urmă, nu prea mai era deloc timp, numai câteva ore după-amiaza. Dar ochii ei îmi zâmbeau de parcă spuneam, de fapt, „Da, da, desigur, DA!“ şi ştiam că ea ştia asta şi că eram amândouă entuziasmate în privinţa asta.

Asta se întâmpla în mijlocul unei săptămâni, la începutul lui februarie, şi până în weekend îmi anulasem altă vizită la bietul meu tată în Brookline, ca să o duc pe Sirena într-un depozit de haine mare şi folosit din sudul oraşului, recomandat de Didi. Îi promisesem că îl duc la un furnizor medical din Belmont să caut un scaun de toaletă ridicat care să îi ajute şoldurile dureroase şi m-am gândit, cu vinovăţie, că încă o săptămână sau două cu scaunul vechi nu va fi aşa de rău. Sirena şi cu mine urma să alegem un munte de rochii bleu şi şorţuri - hainele lui Alice - din care să coasem bolta noului ei cer.

În asta era un element din departamentul de costume din facultate, un fel de încurajare „ce dracului“, complet antitezică cu reconstrucţiile mele pioase şi extrem de precise şi era - cum de putusem să uit asta? - *distractiv*. Era, pur şi simplu, distractiv să deschid radioul şi să dau drumul la căldură în maşină la maximum și să cântăm, fals, pe melodia lui Macy Gray - *Try to walk away and I stumble...* - și apoi să trecem la hitul lui Avril Lavigne de la vremea aceea, care plăcea elevilor de clasa a treia, fără să știe despre emoțiile pe care le exprima. Se numea *My Happy Ending: „You were everything, everything that I wanted... All this time you were pretending / So much for my happy ending...“* - strigam versurile ca niște adolescente, iar nuanța italiană amuzantă a Sirenei la finalul cuvintelor („my happy-e ending-e“) ne făcea să râdem și mai tare.

Cerul adevărat era vast, albastru, impecabil și american, pânza posibilității, autostrada cenușie care se întindea în fața noastră, sărată, albă ca nisipul și golful în stânga noastră, în timp ce ne îndreptam spre sud, care strălucea în soarele de iarnă. Eram atât de fericită că era ca o mâncare, ca și când fusesem îndopată cu asta, un foie gras de gâscă a fericirii, fericită suficient de mult încât să știu *complet* că eram fericită și, prostește, pentru o secundă, să îndrăznesc să mă gândesc: „Imaginează-ți imaginează-ți că fiecare sâmbătă dimineața ar putea fi așa“ și în mijlocul cântecului am roșit, fără să mă uit la ea măcar, pentru că fie și numai acest gând știam că era ceva în neregulă cu asta. Altă încălcare a limitei - o recunoaștere față de mine însămi, atât de trecătoare, dar atât de periculoasă, de cât de înfometată eram.

Am o veche prietenă din facultate, cu care am pierdut de mult legătura, care spunea că nu ar trebui să îți permiți să te gândești la o călătorie ca fiind lungă, pentru că atunci vei avea indiferent senzația că este lungă. După același principiu, este important, atunci când ești Femeia de la Etaj, să nu te gândești la tine însăți - dar *niciodată*, ai înțeles - drept singură sau deznădăjduită sau Doamne ferește, deficientă. Nu va fi bine. Nu are cum. Este sfârșitul.

La depozit am căutat prin rafturi și cutii de toate felurile – rochii de nailon, mari, fără formă, de bunică, micșorate, rochii de lână cu fetru, pantaloni mulați de poliester, cearșafuri și pături, plase cu paiete, organza irizată, jachete din pluș cu modele de blană de animale, stofe din catifea în nuanțe extraordinare de prună, roșu-brun și pară. Sirena pipăia totul cu ochii închiși, de parcă țesăturile aveau scrise pe ele mesaje în braille.

– Este ca să îmi dau seama dacă pot lucra cu asta, explică ea, când am tachinat-o. Unele stofe, cele sintetice, cele false, ca oamenii, sunt așa – iar ea mimă cum ar zgâria o tablă de scris cu unghiile.

– Și atunci sunt oameni care nu îți plac? am întrebat. Nu mă gândisem la asta până atunci.

– Nora! Ea clătină din cap neîncrezătoare. Nu sunt oameni care *ție* nu-ți plac?

– Atât de mulți.

– Nu pot să lucrez cu oamenii pe care nu îi aleg, nu așa. Pentru mine, viața este prea scurtă. Da? *Viața e prea scurtă.* Când ei... ea mimă unghiile... atunci trebuie să plece. Ca și țesătura, nu o iau acasă, la fel și cu oamenii, sunt la fel. Nu sunt pentru mine!

– Trebuie să existe un cuvânt pentru asta, am spus. Care este cuvântul în italiană?

– *Respingere*, poate – a rejecta, a da ceva înapoi.

– Re-spinge? Ador asta: „Spinge-o!“ Alungă prostul și spinge sponciul! Spinge-l din nou – re-spinge-l!

Eram suficient de stârnite cât să râdem până și la asta și de atunci a devenit parte din vocabularul nostru, o parte a lexiconului dintre noi, astfel încât atunci când eram enervată pe cineva, spuneam „spinge-o“, sau Sirena se plângea, chicotind, că ar trebui să „re-spingem sponciul“. Acum nu mai pare foarte amuzant, dar după aceea a devenit ceva numai al nostru.

În drum spre casă ne-am dat seama că ne era foame, că era târziu. Soarele de după-amiază, încă strălucitor, atârna acum rece și jos pe cer și căldura din mașină avea acel efect furnicător, ca atunci când afară este într-adevăr ger. Am decis să mergem să mâncăm ceva.

Nu știu de ce m-am gândit la barul italian din spatele Davis Square. În mare parte, era genul de loc unde te duci să bei ceva, când e prea târziu pentru orice alt loc și nu era un loc în care să vrei prea mult să mănânci. Dar cu ani în urmă, înainte încă de a se îmbolnăvi mama mea, cu aproape o viață în urmă, în etapa mea de artist, atunci când mă gândeam că aș putea încă să ajung acea persoană care mi-aș fi dorit să devin – fără de altfel a mai avea vreo importanță – petrecusem o după-amiază lungă acolo, alături de doi prieteni: un tip homosexual, extrem de amuzant și de frumos, Louis – care tundea fantastic de bine și care pentru o vreme m-a tuns și pe mine, apoi a fost ucis doi ani mai târziu, pe podul Mass Ave în timp ce mergea pe bicicletă noaptea - și o femeie pe nume Erica – pe care o cunoscusem în New York, fusese la Facultatea de Drept cu prietenul meu Ben, dar a renunțat ca să lucreze cu persoanele fără adăpost, ceea ce o face să pară vrednică, dar, de fapt, era la fel de amuzantă ca și Louis și poate că, de aceea m-am gândit la bar, pentru că am râs atât de mult în acea după-amiază de șapte ore, stând în fața unei strachini mari de supă italiană făcută, țin minte, de mama siciliană a barmanului și care, la final, s-a terminat cu patru sticle de Nebbiolo delicios, puțin mai mult decât una de fiecare, ceea ce, băute de-a lungul a șapte ore, reprezenta cantitatea perfectă. Barul nu avea ferestre și funcționa într-un întuneric etern, în afara timpului, astfel încât intram într-o eră și ieșeam în alta, asemenea unor călători în timp. Adoram acea perioadă – se întâmplase numai o dată, când eram la o vârstă la care credeam că asta era, sau asta trebuia să fie ceea ce *făceau* artiștii – și poate că din acel motiv, sau poate pentru supă am sugerat acel bar și ne-am dus acolo. Proprietarul era încă la tejghea, acum mai gras, și mai chel, dar el era și gras și chel cu toți acei ani în urmă. Sirena și cu el, cu un fel de telepatie etnică, păreau să își dea seama privindu-se unul pe altul că ar trebui să vorbească italiană și, în câteva clipe erau profund animați în conversație, iar el ne-a promis să ne gătească cu mâinile lui pastele speciale ale mamei lui cu broccoli și anșoa – se părea că, în intervalul de ani care se scurseseră, ea trecuse la cele veșnice. El ne-a instalat într-un separeu în colț, cu spătare roșii, din piele, mai înalte, deasupra capetelor noastre, și pe pereți erau fotografii celebre cu Sophia Loren și Anna Magnani și trei lumânări întregi pentru noi. În afară de un tip mai în vârstă care bea un scotch la bar, eram singurii clienți. Când am intrat, la boxe se auzea Sinatra, dar proprietarul i-a spus ceva Sirenei și ea a râs, iar el a pus ceva mai vechi și mai de club de noapte, o femeie care cânta în italiană, iar Sirenei îi plăcea – a închis ochii și s-a unduit și a fredonat puțin.

Sirena și cu mine aveam castroanele de paste, și vinul nostru roșu, și lumânările, și separeul nostru. Eram obosite de la drumul lung și aveam acea senzație de dezmorțire pe sub piele care vine după frig, în același timp înviorător. Totul era ca un vis și în mijlocul acestui vis am avut o revelație. Sirena spunea ceva și eu nu auzeam exact, sau nu urmăream, din cauza a ceea ce simțeam, așa că doar mă uitam la ea, o priveam cum vorbește, cu mâna ei mică și neelegantă care se odihnea elegant pe paharul de vin, ridurile de la colțurile ochilor, sprâncenele ei incredibil de negre și genele ei groase, strălucirea luminii de la lumânare în irisurile ei negre și pe firele ei de păr. Și brusc m-am gândit: „Vreau să stau cu tine. De fapt, pentru totdeauna. Vreau“.

Și ea m-a văzut privind-o, într-un fel prostesc și afectuos, iar ea ridică o sprânceană – să spună ce? „Te văd?“ „Înțeleg?“ „Suntem aici împreună?“ – și mi-a luat mâna într-a ei și o ținu acolo, pe masă.

– Azi am avut o zi grozavă, nu? Dacă fiecare zi ar putea să fie ca asta, *cara mia!* Și de-abia am auzit-o, pentru că am simțit mâna ei pe a mea, peste tot corpul. I-am simțit pielea. Chiar am simțit-o.

Nu ceri să ai un asemenea gând. Nici nu poți să îl faci să dispară, odată ce îl ai. Nu am avut niciodată un asemenea gând despre Sirena, nu în tot timpul în care am fost îndrăgostită de ea. Dar am avut acest gând, neinvitat, pur și simplu, în barul Amedeo și în prima clipă în care am avut acest gând, am vrut să râd și am vrut să-i spun. Singura persoană la care mă gândeam că ar putea să înțeleagă cu adevărat era Sirena însăși. Și apoi, în același timp, am avut presentimentul groaznic al aversiunii sale. Dacă nu simțea la fel? Și dacă simțea la fel? Și cum era posibil ca tot acel val de emoții pe care le simțeam în compania ei să fie brusc cumva redus la asta?

5

Cu distanța pe care o am acum, îmi dau seama că a fost un mic gând printre toate celelalte gânduri care plutesc ca firele de praf printr-o minte ocupată. Dar a fost un gând pe care l-am transformat într-un obiect și pe care l-am ținut și pe care l-am tot răsucit în mână, de parcă ar fi fost o amuletă, de parcă ar oferi un sens a ceea ce fusese înainte și, pentru că l-am reținut, totul s-a schimbat din nou.

Dacă ai fi fost în locul meu și ai fi avut această revelație – dar, hei, eu nu doar iubesc, eu *vreau*! – și ai fi vrut să îi spui Sirenei, dar nu ai putea, ce ai face? I-ai spune lui Didi. După cum se pare, dacă ai fi în locul meu, te-ai trezi spunându-i și lui Didi, și lui Esther în același timp, o mișcare neinspirată, în separeul lipicios din barul lor preferat din Jamaica Plain, chiar în seara următoare, chiar dacă știai că nu voiai părerea lui Esther. Dar revelația ta era atât de arzătoare în mâna ta, încât nu o mai poți ține nicio secundă mai mult.

Dacă ai fi în locul meu, te-ar surprinde reacția lor unificată și apoi te-ar surprinde mirarea ta.

Ei nu au râs exact, dar Didi a făcut un sunet, cu berea, în spatele nasului, care era enervant de aproape de râs.

– Îți bați joc de mine? Eu îți spun chestia asta uriașă – uriașă pentru mine – și voi sunteți cam cele mai apropiate prietene și *râdeți* de mine? O iau razna aici?

– Hei, Nora Adora…

– Nu. Serios. Aș putea fi nevoită să…

– Respiră adânc. Nu râdeam. Nici Esther nu râdea. Nu, draga mea? Te iubim. Calmează-te.

– Cumva știam ce urma să spui, zise Esther. Râdeam de preștiința ta dumnezeiască.

– Ei, la naiba cu voi, am spus eu. Râdeai de fata hetero proastă care, în sfârșit, s-a trezit, târziu, creatura tristă care este ea.

– Ei, haide, ne știi mai bine de-atât. Așa e. Sincer?

Esther făcea ochi de cățeluș trist la mine și Didi mă ținea de mâini, destul de transpirat, de parcă amândouă se temeau că voi fugi.

– Pentru că am anticipat asta – ceea ce nu a fost prea greu –, adică ai spus că ai avut o revelație ieri și știam că nu ai ieșit în oraș cu tatăl tău – am vorbit despre asta. Am discutat asta.

Didi mi-a strâns mâna stângă și mai tare. Purta un inel mare care mă tăia la deget și am tresărit, lucru pe care ea l-a observat.

– Am discutat asta și ne-am decis că te-ai înșelat.

– Ce vrea să însemne asta? Cum pot să mă înșel în privința a ceea ce am simțit? În privința a ceea ce *simt*? Dacă nu îmi dau seama, atunci aș vrea să știu cine ar putea.

– Ai încredere în noi, spuse Esther. Suntem experte. Ne dăm seama. Ea glumea, dar doar pe jumătate, și o uram în clipa aceea, o flacără fierbinte de ură.

– Știu că sună bizar, spuse Didi, încă strângând. Nu vreau să zic asta ca un fel de, știi tu, a pune la îndoială judecata ta...

– Nu este nicio judecată la adresa experienței tale, întrerupse Esther. Vreau să spun că *experiența* ta este evident complet validă.

– Vai, mersi. E mărinimos din partea voastră.

Calmează-te dragă.

– Dă-mi drumul la mână. Nu sunt draga ta.

– Ascultă aici, spuse Didi, pe tonul ei acut, fără aiureli, pe vocea ei de radio, dându-mi drumul la mână și stând la înălțimea ei completă, care, chiar și când stătea jos, era mult mai înaltă ca mine. Neonul roșu al unui semn de Bud îi lumina părul din spate. Ea devenise un duh uriaș ca din poveste. Ascultă aici, domnișoară Eldridge.

Nu mai răspunde. Ascultă ce avem noi de spus și apoi putem să discutăm. Bine?

Ea făcu o greșeală în folosirea cuvântului „noi", incluzând-o pe Esther, dar am încuviințat și mi-am retras mâinile în siguranță în poală.

– Nimeni nu neagă infatuarea ta de fată.

– Infatuare?

– Termen contestabil, dar un diagnostic precis.

– Infatuare?

– Ți-am spus să asculți, în liniște. Ascultă-mă. Bine? Am făcut ochii mici. Deci, ai știut de mult ce sentimente ai pentru această femeie – te inspiră ca artistă, te face să râzi, te face să te simți vie. Toate aceste lucruri sunt adevărate, și minunate, și rare, dar este adevărat și că adesea ele sunt legate de dorința sexuală. Până acum nu ai făcut această legătură – pentru că...

– Pentru că mi-a fost frică.

– Nu urma să spun asta, de fapt. Pentru că nu îți folosea la nimic. Pentru că nu avea să te ducă nicăieri. Pentru că nu aveai nevoie. Pentru că ți se părea că emoțiile tale se exprimau oricum destul de bine, nevoia ta de intimitate era îndeplinită și că – toată chestia fizică – nu era necesară. Nu acesta era scopul.

– Bun, și acum asta s-a schimbat.

– Așteaptă. Ceea ce spun este că totul se schimbă mereu, de la un minut la altul, și că poate această dorință bruscă de a o săruta este mai mult ca o supratensiune decât o schimbare permanentă a voltajului – înțelegi ce vreau să spun?

– Cred că Didi vrea să spună că... începu Esther, dar Didi mă știa destul de bine încât să ridice o mână de avertizare.

– Ceea ce vreau să spun este că, da, a existat un moment în care afecțiunea și încântarea ta debordau și căutau un mijloc de exprimare și voiai ceva mai mult. Pac. În acel moment chiar așa ai făcut. Nu neg asta. Dar chiar mă întreb dacă asta este o schimbare safică adevărată în tine. Știi că eu dintre toți oamenii aș aproba asta dacă ar fi cazul – nu îmi place nimic mai mult decât femeile care iubesc femei. Dar în cazul acesta, cred că Esther și cu mine suntem de acord aici, chiar ne-am întrebat despre asta. Se pare că asta poate să facă parte dintr-o altă poveste, știi? O piesă dintr-un alt puzzle.

– Ce avantaj ai tu să îmi negi revelația? am spus eu, acum mai mult bosumflată decât furioasă. De ce vrei să nu fiu îndrăgostită de Sirena? De ce?

– Singura persoană de care ne pasă aici ești tu, Nora. Știu că o iubești, dar mie nu îmi pasă deloc de tipa asta italiană. Și nu vreau să te văd cum te arunci singură și inutil în calea răului. Nu îți neg sentimentele, doar pun o întrebare despre povestea pe care alegi să o spui despre aceste sentimente, atâta tot.

Am dat ochii peste cap. Suprapunerea dintre teatrul meu de enervare și enervarea mea reală era aproape stânjenitoare.

– Cine te-a făcut pe tine terapeuta mea? am spus eu, cu brațul gata întins să îi fac semn chelneriței că aveam nevoie de încă un rând. Nu plătesc pentru aceste servicii. Și am reușit să râd, deși a ieșit mai mult ca un hohot, iar apoi le-am întrebat despre echipa locală obscură de fotbal de femei pe care o îndrăgeau și pe care adesea mergeau s-o vadă jucând și cum mergea – nu bine, s-a dovedit. Am închis conversația.

Doar pentru că altcineva îți spune într-un fel rezonabil că nu simți, de fapt, ceea ce simți, asta nu face ca sentimentele să dispară. În acest caz, am devenit mai convinsă de adevărul cu privire la ceea ce am simțit la Amedeo, sigură că am avut o revelație, ceva ca un fel de convertire. Dar și acum, sigur, din cauza reacției lui Didi și a lui Esther, încerc să țin cunoașterea mea un secret *față de toată lumea.* Te-ai putea întreba cum era asta diferit de tot ceea ce fusese înainte, din luni în care am fost mai general, mai puțin specific îndrăgostită. Ai crede că era esențial la fel. Dar simțeam că, în sfârșit, mă trezisem, că lumea îmi era limpede și că formele sale aveau sens. Nu doar că aveam speranță într-un fel general, aveam ceva specific la care să sper. Eram sigură că *înțelegeam* și sigură că dacă încercam să explic ceea ce înțelegeam, aș fi – așa cum fusesem, cu Didi și Esther – prost înțeleasă.

Când tatăl meu m-a întrebat într-o doară dacă mă vedeam cu cineva – în mod clar, în felul lui incoerent, preocupându-se cu privire la singurătatea mea calcifiantă, incapabil să vadă, cum putea mama mea, că aproape îi îndeplinisem visul ei de independență –, m-am răstit la el că eram prea bătrână pentru prostiile astea, cu o amărăciune falsă care îi făcu vocea tăcută și tristă, când protestă.

Dar revelația mea deschisese o ușă în capul meu, într-o cameră suplimentară unde toată viața era dintr-odată potențial stimulantă, unde totul era în secret parte din secretul meu. Ori de câte ori vedeam un articol, o carte sau un film despre iubirea enigmatică sau neîmpărtășită, am crezut că fusesem orientată cu un scop pe această cale, ca să nu mă simt singură. Când conduceam undeva, sau rătăceam pe culoarele supermarketului, sau stăteam în pat noaptea încălzindu-mi degetele de la picioare pe sticla de apă caldă îmbrăcată în blană artificială pe care o cumpărasem la ofertă în ianuarie, acum mă gândeam mereu la Sirena.

Nu, să fiu exactă: de fapt, nu era așa. Asta ar sugera lucruri reale. Într-un fel care nu mai fusese adevărat până atunci, mă gândeam la gândurile mele despre Sirena. Îmi imaginam cum îi povesteam despre sentimentele mele sau îmi imaginam cum ea mi se confesează, în felul ei specific, vioi, că mă consideră frumoasă ori mă consideră o artistă grozavă, sau o dată mi-o imaginasem spunându-mi că acum nu-și putea imagina viața ei fără mine. Ce conversații aveam, în mintea mea! Ce sinceritate, ce transparență pură, ce întâlnire perfectă între minți.

Cât de mult apărea Reza în aceste viziuni? Ei bine, uneori îmi imaginam că eram noi trei, instalați într-o casă la o fermă din Vermont, sau în Toscana, sau într-un bungalow acoperit cu paie pe o insulă din Caraibi, ca să trăim suficient de ieftin încât să putem face artă și să creștem o grădină bogată din care să ne hrănim. Știam dispunerea acestor diferite case, cum arătau camerele lor. Le construisem în mintea mea și în perioade diferite locuiam în fiecare dintre ele. Știam cum razele soarelui de dimineață cădeau pe plăcile de teracotă ale podelei din Italia și sunetele găinilor care se plimbau prin grădina de afară, pe care le puteam auzi imediat ce deschideam ferastra. Știam cum zăpada de pe câmpul din spatele casei reflecta albul în oglinda din baie în Vermont, unde apa aburindă din cadă mirosea a salvie, iar Sirena, intrând în cadă, își dădea jos papucii marocani, unul câte unul pe covorul roz cu mov, rotund din mijlocul podelei albe, de lemn. Știam sărutul vântului din Caraibi, cald pe firele de păr de pe brațe, dacă stăteam în cadrul umbrit al ușii și priveam spre copiii de școală care erau în trecere, îmbrăcați cu uniformele lor bleumarin și alb, ridicând nori de praf în urma lor, și scanam grupul lor în căutarea lui Reza, a feței lui măslinii, zâmbitoare printre fețele de ciocolată și cafea ale colegilor săi.

În aceste fantezii, Reza mereu îmi spunea mami, punând o mână mică și fierbinte pe umărul meu în timp ce lucram la un proiect artistic la o masă în lumina soarelui sau spălam salată într-o chiuvetă de porțelan, de țară, și chiar dacă păreau complet suprarealiste – bulele ale căror contururi erau dure, neconectate la trafic, sau rândurile de cutii de cereale, sau cuvertura aproape transpirată care mă înconjura în realitate –, aceste imaginări erau mai colorate și mai vii pentru mine decât tot ceea ce puteam vedea, și mirosi, și atinge. În ceea ce privește visul meu de mai de mult despre Skandar, a trebuit să îmi amintesc, pentru o secundă, că scenele nu avueseră loc – sau, după cum vedeam eu, că *încă* nu avuseseră loc.

Iar despre Skandar, pe care l-am visat? Ei bine, în acea vrajă a iernii târzii, el încă nu apăruse în viața mea fantastică. El va trebui să aștepte, literalmente, până în primăvară.

Să explic asta, în ciuda mea, pentru câteva luni – și într-un fel mai puțin presant, timp de câțiva ani – această stare de fantezie era, în urma „weekendului de pânză“, care ar fi mai bine denumit „weekendul fabricat“, țara în care veneam adesea și în care preferam să rămân.

Știam că era mai mult potențial decât actual, dar nu înțelegeam atunci că nu era real. Nu vedeam că inventasem asta. Când Sirena mi-a luat mâna în mâinile ei și a spus „Ce m-aș face fără tine? Ești îngerul meu, iubirea inimii mele“, am crezut-o. Când Reza a spus „Nu vreau să pleci niciodată“, l-am crezut. Am construit case și vieți întregi, pe baza acestor credințe. Dacă mi-ai spune povestea ca fiind despre altcineva, te-aș fi asigurat că această persoană e complet dezaxată. Sau un copil. Așa este mereu.

6

Eram fericită. Eram fericită, într-adevăr. Eram îndrăgostită de dragoste și fiecare loc de parcare norocos, sau pepene extrem de gustos, sau o ședință care se termina neașteptat de repede totul mi se părea nu o întâmplare, ci o manifestare inevitabilă a frumuseții din viața mea, o frumusețe pe care nu o putusem vedea până atunci, din cauza lipsei mele de autocunoaștere.

Eram nebună. Eram nebună așa cum un copil este nebun, în felul în care este cineva care crede, cu o fervoare nesăbuită, că viața poate fi – că va fi și în mod sigur – așa cum îți dorești să fie. Cum am putut să fiu atât de proastă? Mama mea, dintre toți oamenii, mă învățase prin puterea exemplului, prin amânarea panicată, bizară, a copilăriei mele și atunci, mai brutal, de sigilarea involuntară a organismului ei, că acesta era un vis oribil, că soarta era un temnicier. Dar atunci am ales să nu iau aminte la lecțiile ei. Nu am fi copii adevărați dacă nu am nesocoti instrucțiunile cele mai vitale ale părinților noștri.

Spre final, mama mea mi-a spus, dar cu un zâmbet dulce: „Viața este ciudată. Trebuie să găsești o cale de a continua, să continui să râzi, chiar după ce îți dai seama că niciunul dintre visurile tale nu se va îndeplini. Când îți dai seama de asta, mai ai încă atât de multă viață de trăit". Și fusesem jignită, pentru că voiam să cred, ca și copilul ei, că fusesem un vis devenit realitate, dar mai presus de orice, îmi era milă de ea. Cumva încă speram că voi fi diferită de ea.

Încă nu avusesem momentul meu Lucy Jordan, moment din care familia Shahid mi-a oferit un răgaz lung, dar finit.

Fericită, nebună – denumirea pentru asta nu contează. Era ca și când lumea se umpluse de lumină. Asta este problema cu clișeele: descriu ceva adevărat și de aceea le folosim din nou și din nou, până când substanța lor este erodată complet. Dar lucrurile acestea sunt adevărate: mă trezeam mai devreme, mai împrospătată. Aveam mai multă energie, mintea mea se mișca mai clar, mai repede. Nu răceam, nu aveam dureri, eram mai norocoasă, mă înțelegeam mai bine cu oamenii, râdeam mai mult, lucram mai mult, dormeam mai bine. Eram trează în viața mea într-un fel complet nou pentru mine și știam că orice – ah! arta mea! – orice! – era posibil.

Este adevărat și că dezvoltasem o poftă constantă, imposibil de ignorat, efectul secundar al drogului iubirii. Pofta ceda numai când eram cu un membru al familiei Shahid, sau când lucram. Imediat ce suna ultimul clopoțel de la școală, pofta mea era acolo, așteptând. Puteam să mă plimb pe lângă rezervor cu Maggie, care preda la clasa a șasea, sau să îl duc pe tata cu mașina la chirurgul ortoped cu privire la durerea lui de șold și aparent ascultam și chiar participam lucid în conversație („Da, ar fi grozav dacă tatăl lui Ling ar putea să predea mandarină la after-school până toamna viitoare – cred că mulți copii și părinți ar fi interesați." Sau „Ei bine, cred că părerea doctorului Fuchs despre operația de înlocuire este că durerea merită și că te poți recupera. El nu ar fi sugerat asta dacă nu ar crede că te poți recupera"), dar, de fapt, în capul meu mă ocupam de pofta mea de nediscutat, retrăiam și reinterpretam conversații („Nu ajungi până la șase?" – ea părea dezamăgită. Încercase să facă să pară ca și când nu îi păsa, dar îmi dădeam seama că fusese dezamăgită!), mă întrebam ce făcea ea în clipa aceea, mă întrebam cât timp va mai trece până voi putea suna ca să întreb, mă întrebam când puteam să merg din nou în atelier și cât de mult voi putea sta acolo. Mă întrebam, cum făceam adesea, dacă ea sau altcineva putea să își dea seama de diferență la mine, dacă revelația mea, trezirea mea, lăsase o urmă exterioară.

Am spus ceva? Cuiva? Am riscat să mă trezesc din trezirea mea uimitoare? Ce crezi? Toate avantajele incitante ale condiției mele, dar și dezavantajele m-au determinat să vreau să fiu la atelier cât de mult timp posibil. În februarie, în martie și în aprilie, în fiecare sâmbătă și aproape în fiecare duminică, ședeam sau stăteam în picioare, sau căram toată dimineața, construiam Țara Minunilor, Țara Minunilor Sirenei, râzând și prostindu-mă, uneori doar privind, putând să ignor pofta de nemenționat pentru că Nu Mai Era. Și apoi mâncam ceva. După primele două săptămâni, făceam cu rândul aducând prânzul și zăboveam asupra opțiunilor mele în magazine în serile de vineri: grisine aromate sau biscuiți suedezi mari, ca niște enorme ostii de comuniune împachetate în hârtie albă, măsline, brânzeturi, cărnuri afumate, sarmale, burek, ardei grași umpluți cu brânză dulce. Tăvi cu ratatouille, piperade, anchoïade. Frunze de andive, fâșii de fenicul. Tulpini de broccoli mov. Roșii de grădină, care costă o avere primăvara devreme. Și dulciuri: aduceam astfel de dulciuri – celebrele brioșe de pe Highland Avenue, sau chiflele cu susan înmuiate în miere, sau biscuiți de ovăz cu ciocolată cu sare, sau *loukoum*, sau tablete de ciocolată extravagante de la magazinul de lângă casa mea – mereu aduceam suficient pentru Reza, chiar și pentru Skandar, porții substanțiale de dulciuri pentru ceilalți, care să aline vinovăția fericirii mele.

În acele luni, era o nouă latură a Sirenei, obsesivă și imperioasă, una pe care nu o văzusem toamna și consideram că mi s-ar fi putut părea egoistă. Dar eram încântată de concentrarea ei pasionată, nu în ultimul rând pentru că, drept asistenta ei, eram inclusă în ea. Ca o nebunie, Țara ei a Minunilor era totul pentru ea și, deși nu voia să vorbească despre asta în general, vorbea despre ea cu mine. Ca și când „Cred că avem nevoie de mai multe cearșafuri de ploaie, mai multe, da? Încerc să mă hotărăsc dacă, poate cioburile ar trebui să fie într-adevăr periculos de ascuţite – ce crezi, Nora? Nu vrem să iasă sânge, dar nu ar trebui să doară la atingere?"

În săptămâna de vacanţă din februarie, ea l-a înscris pe Reza într-o tabără de robotică la Muzeul de Ştiinţe şi am petrecut timp în fiecare zi la atelier. Ea începuse să devină o parte organică a ei, ca chiuveta sau mirosul chimic de pe hol. Până la mijlocul lui martie de-abia îşi mai schimba hainele sau îşi spăla părul, vârfurile degetelor erau crăpate şi decolorate de la vopsea şi lipici, blugii ei, ca şi părul, erau mai ţepeni şi plini de stropi la finalul fiecărei zile. Ea şterpelea ţigările soţului său şi le fuma la cafea, o mână murdară ţinând o cană ciobită, cealaltă scuturând cenuşă pe podea. Studioul începea să miroasă urât şi era extrem de frig – ea deschidea două ferestre ca să iasă fumul, însă cu un succes moderat.

În faţa ochilor mei, Sirena se transforma în idealul meu de artistă – de parcă mi-o imaginasem şi, imaginându-mi-o, o conjurasem în fiinţă. Şi asta este chestia ciudată: existenţa ei ca femeie-artist ideală nu era de parcă mă contracara sau mă controla, nu mă uitam la ea şi mă gândeam: „De ce eşti aproape celebră, iar eu sunt doar ajutorul tău?" Nu îmi amintesc să mă fi gândit nici măcar o dată asta. În schimb, m-am uitat la ea şi mă vedeam *pe mine însămi*, vedeam *ceea ce brusc părea posibil şi pentru mie, pentru că era posibil pentru ea.*

Şi cel mai ciudat lucru este că, pe vremea aia, pe lângă faptul de a coase rochii şi a planta flori pe gazon artificial, şi de a înşira bucăţi din oglinzi sparte pe sârmă, pe lângă înregistrarea audio de casete cu sunete de greieri şi animale din tufişuri şi, pe lângă realizarea de colţi de Jabberwock care urmau să fie, la un moment dat, cel mai probabil daţi uitării, apoi, era şi amplasarea micilor becuri care aveau să reprezinte ochii de Jabberwock, mai era şi faptul de a lucra la instalaţia pentru Sirena a setărilor de cameră pentru videoclipul copiilor – planul Appleton, aşa cum îi spuneam noi –, la care se adăugau orele de predare în şcoală şi agitaţia clasei pentru trimestrul de primăvară! Mormoloci! O excursie cu autobuzul şcolii la MFA! – şi cu visele mele nocturne drept mătuşa iubită a lui Reza – pe lângă (ce făcusem cu timpul meu până acum, trebuia să mă întreb și acum trebuia să mă întreb din nou: a fi fericită creează, pur și simplu, mai mult timp, în felul în care a fi tristă, după cum știm cu toții, încetinește timpul și îl îngroașă, ca amidonul dintr-un sos?) oricum, pe lângă toate aceste lucruri, *îmi fac propria artă.*

Pare greu să îi acord merit, dar așa am făcut.

Am lucrat simultan nu la una, ci la două camere din seria mea. Chiar dacă ar fi trebuit, tehnic, cronologic, să încep să construiesc camera de lucru a Virginiei Woolf din Rodmell, cu caietul ei deschis, cu șalul ei drapat pe scaun și ultimul ei bilet pus pe marginea șemineului, cumva nu puteam suporta asta – nu era un anotimp pentru sinucidere, nu în viața mea, oricum –, așa că m-am apucat să fac camerele lui Alice Neel și Edie Sedgwick, când nu erau tocmai vesele, dar a descoperit, cumva, o bucurie în ele.

Camera lui Alice Neel urma să fie rezerva de suicid din sanatoriul din micul oraș din Pennsylvania unde a fost închisă după ce a cedat psihic. Își pierduse cele două fetițe, una din cauza difteriei și cealaltă din cauza soțului ei cubanez nestatornic, care promisese să trimită după ea, dar nu a făcut-o niciodată, lăsând-o pe fiica lor cu părinții lui și plecând singur la Paris. Am vrut să introduc în camera searbădă amintirea fetițelor ei, dar am vrut să introduc în colțuri fantomele viitorilor săi fii, cei doi băieți devotați și adorați care au rămas lângă ea la bine și la greu – la prea mult greu. Și cu un cost atât de mare pentru ei – pe măsură ce ea devenea bătrână, grasă și modestă și era în același timp săracă, atât de mult timp nerecunoscută, obsedată de munca ei, îngrămădind pânzele ei nevândute care se tot adunau pe holul îngust al apartamentului său mic și modest –, dar până la urmă ea avea acei băieți, ambii urmau să evadeze din viața boemă pentru profesiile solide și burgheze și agresiv de banale ale vremurilor lor, purtând în ei toate durerile vieții ei, ale tinereții ei pierdute și ale fraților pierduți și necunoscuți, dar fără să o abandoneze niciodată și cumva ar fi fost greșit în lumina nouă, aurie a iubirii cu care vedeam iluminată lumea, ca să fac camera lui Alice să reflecte numai nadirul, cea mai întunecată izolare, când se simțea părăsită de viață, și de artă, și de iubire.

Încă îmi doream rândurile mele de paturi de fier drapate în alb, ferestrele ei albe, înalte, nedecorate, podeaua de linoleum alb, voiam o cămașă de noapte albă, ruptă la umăr, cu mâinile la urechi într-un țipăt ca de Munch. Dar voiam culorile Cubei, ale maternității, ale viitorului, în interstiții, în afara ferestrelor, deasupra pereților, ca niște muguri care ies din pământ, promisiunea primăverii. Pentru Edie, frumoasa Edie, ciudățenia era că bucuria era deja în cameră, chiar în timp ce o ucidea. Când, ca femeie, te faci pe tine *însăți* operă de artă și când toată lumea se uită la tine, atunci ești orice altceva, dar nu singură. Edie nu a fost niciodată, pe dinafară, singură. Emily, Virginia, Alice – femeia-artistă este atât de fundamental izolată. Iar apoi Edie: niciodată singură. Niciodată invizibilă. Argumentabil și niciodată văzută și, în acel sens, mai mult decât singură: anihilată.

Dar era în mod bizar plăcut să îmi imaginez camera ei. Cât de liberă mă simțeam să fac asta, pentru că a ei era singura cameră complet *imaginară*, singura care nu se baza pe o fotografie, o pictură sau o descriere a locului în sine. Puteam să îl inventez: o cameră plină cu fotografii cu ea și, între fotografii, ferestre, iar în afara ferestrelor, oamenii se adunau, privind-o pe ea, spectacolul ei. De parcă era afișată în vitrina de Crăciun de la Bloomingdale's.

Am rezervat pentru mine realizarea camerelor. Ceea ce nu înseamnă că erau ascunse de Sirena. Vreau să spun doar că lucram la ele numai când Sirena nu era acolo. Am așteptat. M-am abținut. Știam totul despre proiectul ei, vezi tu, în timp ce ea nu știa decât puțin despre al meu și am ales să văd asta drept triumful meu, un fel de mic avantaj. Demnitatea mea, dacă vrei, în servitudine.

Și desigur că nu mă mai temeam în studio. Am avut un mit al propriei mele invincibilități. Nu îți poți imagina dacă nu ai fost niciodată temător astfel, ce eliberator este să te desprinzi de asta. Poți spune că a fost o prostie, că m-am torturat ani întregi cu o frică artificială și nu pot nega asta, dar, cumva, Sirena, Reza, sau poate chiar Skandar m-au eliberat de asta. Am încetat să mă tem. Ea mi-a dat și acest dar.

Eram liberă și nu mă temeam să îmi pun muzica tare – Fats Waller, sau Chubby Jackson, sau Joe Marsala și His Delta Four pentru Alice Neel, Velvet Underground când lucram la Edie – sau fumam o țigară sau chiar o jumătate de țigară pe care Sirena o lăsase în urmă.

A urmat o săptămână în care eram inspirată – ridicol, știu – să încerc să fiu Edie și am adus mult machiaj și mi-am făcut fața într-o oglindă argintie salvată din depozitele Sirenei – luciul său argintiu, ca un fel de relicvă din fabrică –, mi-am pudrat pielea cu alb și mi-am înnegrit ochii, ca niște găuri întunecate, strălucitoare. Nu mi-am tăiat părul, dar l-am dat pe spate și într-un tricou alb și colanți negri, blestemându-mă pentru că aveam sâni, pentru că mă apropiam de patruzeci de ani, pentru că nu eram minionă, cu toate astea am dansat ca un derviș și mi-am făcut poze în timpul ăsta, cu vechea cameră Polaroid a mamei mele. Imaginile erau neclare și parțiale – un ochi și un nas, o lucire a liniei părului, un braț în mișcare care bloca pe jumătate cadrul – dar cumva asta părea să se încadreze în spirit în ansamblu. Mi-am dat jos bluza și am făcut poze și la asta, impresionată de calitatea retro a toracelui meu neclar, sânii mei în sutienul simplu, alb, înalți și distincți înregistrați de aparatul foto.

În acele nopți solitare la atelier, rătăceam prin micile alei ale Țării Minunilor semiasamblate a Sirenei. Am ridicat privirea spre locul în care avea să atârne cerul din rochia Aliciei mai târziu. Am mirosit florile de aspirină, am ținut conversații cu mine însămi, sau cu Sirena, pe un ton înalt, aproape abraziv. Am vorbit în accente prostești și într-o spaniolă cubaneză stricată, ca și când aș fi fost soacra Aliciei Neel care îi spune că nu își poate primi fata înapoi. Am construit paturile de sanatoriu ale Alicei din cablu lat de electricitate, cu înveliş alb şi le-am cusut saltelele mici cu puf din flanelă irlandeză cu dungi, umplută cu spumă, colorată ca spiriduşii din poveşti, înjurând cu voce tare primele semne ale vederii mele diminuate de vârsta mijlocie şi înţepându-mi în mod repetat degetul mare. Am pus un parchet atent lipit de beţe de îngheţată cusute pe podeaua camerei lui Edie şi le-am dat strat după strat de vopsea şi lac ca să îi perfectez nuanţa rumenită. Am înrămat ferestrele de sticlă ale spaţiului său hexagonal – totul numai ferestre, fără uşi – şi le-am sigilat atent cu plastilină, în stil clasic. Am pus traversa de parchet în spaţiul din jurul camerei ei, camera-de-vizionare a lui Edie, pe care mai târziu plănuiam să o populez cu spectatori. Dar nu am ajuns niciodată la spectatorii înşişi, ceea ce acum mi se pare că are mai mult sens.

Era grozav. Ca un elev de clasa a treia, eram *în viaţa mea, în viaţă*. Eram vie. Credeam că mă trezisem, ca Frumoasa Adormită, dintr-un lung somn. De fapt, nu păream să am nevoie de prea mult somn, de parcă toţi anii în care mă luptasem în somn cel puţin mă pregătiseră să mă dispensez acum de odihnă. Uneori, plecam de la atelier la unu, sau chiar la două şi până la şase şi jumătate eram la duş, într-o zi de şcoală şi pregătită complet în clasă până la opt fără cinci, când îi făceam clandestin cu ochiul lui Reza, care adesea întârzia puţin şi se simţea puţin anxios din cauza asta. Atâta vreme îmi mâncasem cuminte legumele şi acum – în sfârşit! – îmi primeam desertul de îngheţată.

7

În această tapiserie mai exista un fir. Ce înseamnă dacă detest să vă spun, dacă zic încet? Vreau să spun că era separat, că era în alt cont. Dar asta, ar fi o minciună conștientă și a nu spune devine, așa cum zice pioasa mătușă Baby, un păcat prin omisiune.

Aproape de fiecare dată când stăteam cu Reza, Skandar mă conducea spre casă. Când ningea, el își punea o pălărie, un fel de pălărie demodată, cu bor îngust și, în ciuda ochelarilor săi, arăta ca un gangster. Contabilul gangsterilor, poate. Când ploua, purta o umbrelă mare, genul care se dă la hoteluri și cluburi de golf, iar el o ținea galant deasupra mea de parcă era valetul meu. Nu părea să dețină mănuși, dar nu se plângea de frig și fuma țigări într-o manieră golănească, cupate în mâna lui, în timp ce mergeam. Dura mai puțin de cincisprezece minute de la casa lor de lângă râu până la apartamentul meu de la etajul trei din partea rău famată a Huron Avenue. Nu era departe. Și la început, în lunile reci, mergeam direct. În februarie, când era multă zăpadă, el mergea în urma mea pe potecile înguste, ghețoase și nu vorbeam prea mult.

Era greu de auzit, mergând în șir indian așa și, până când ajungeam la ușa mea, îmi simțeam nasul roșu și vedeam că nasul lui era roșu, cu mâinile adânc băgate în buzunare și îmi zâmbea în același timp stângaci și vag, de parcă nu era tocmai sigur de cine eram și ar spune: „Ei bine, mulțumesc din nou și noapte bună“, cu un gest general, amplu, al întregului trup, care era ca și cum ar fi dat din călcâie. Aștepta ca un tată până când aveam cheia în broască și apoi pleca înapoi pe drum, pășind cu atenție datorită acelor pantofi eleganți cu talpă de piele.

Ziua de după Ziua Îndrăgostiților – eram ușurată că nu mă rugaseră să stau cu Reza în ziua aceea – se duceau la altă cină simandicoasă, acasă la decanul de la Kennedy School și înainte de asta, la atelier, Sirena mi-a spus că Skandar voia să anuleze.

– Nu se simte bine? am întrebat eu.

Coseam ceva, știu asta pentru că aveam o amintire fizică, distinctă a faptului că mă aplecam și mijeam ochii și când am ridicat privirea spre Sirena, ochii mei au avut nevoie de un timp să focalizeze.

– Nu citești ziarele? întrebă ea. Sau nu asculți la radio?

– Despre ce vorbești?

– Vorbesc despre Hariri. Am ridicat puțin din umeri. Rafic Hariri? Nu ai auzit.

– Nu am văzut ziarele azi.

– Prim-ministrul Libanului – a fost asasinat ieri, împreună cu alți douăzeci și doi de oameni – gărzile lui de corp, colegii. I-au aruncat în aer coloana oficială de lângă hotelul St. Georges – a făcut un crater în drum de mărimea unei mici case.

Am privit podeaua și am clătinat din cap.

– Uau, am spus.

– Asta e problema cu faptul că suntem aici. Totul pare atât de îndepărtat, încât nimeni nu este atent la nimic.

– Cine a făcut asta?

– Cine știe? Israel, Siria, Hezbollah – sunt mulți oameni care îl voiau mort pe Hariri.

– Skandar îl cunoștea?

– S-a întâlnit cu el, de mai multe ori. Skandar este foarte supărat – poți înțelege. Țara lui este în doliu și în tumult. Iar aici, la universitate, chiar și la o cină privată, ei vor ca el să vorbească despre asta de parcă ar fi o idee, nu un om, nu atât de mulți oameni.

– Era în favoarea lui, atunci?

Ea pufni.

– Americanii văd lucrurile prea simplu – un tip bun, un tip rău, poartă o pălărie albă sau una neagră? Dar este întrebarea greșită. Ar trebui să îl întrebi pe Skandar dacă vrei un răspuns. Dacă îl lași, o să-ți țină un curs întreg.

Așa că în seara aceea, când m-a condus spre casă după cina decanului, la care, am aflat mai târziu, Skandar vorbise companiei prezente timp de jumătate de oră, explicând contextul și apoi potențialele urmări ale asasinării lui Hariri – când Skandar mergea în urma mea, încă pe trotuar în anumite locuri, dar nu peste tot, l-am întrebat despre atac. El nu m-a auzit de prima oară și a trebuit să mă întorc să întreb din nou și aproape că s-a lovit de mine și ne-am simțit amândoi stânjeniți.

– A, a spus el când a înțeles ce întrebam. Este o întrebare complicată.

– Dar ești supărat.

– Violența este foarte supărătoare, oriunde are loc, pe oricine rănește. Dar bietul meu Liban este un caz special, o poveste foarte specifică. Încă se reface după groaznicul nostru război, încă încearcă să își repare pielea, să reîntregească trupul – și apoi, asta. La un moment dat, voi încerca să explic. Dar de unde să încep? Începutul meu? Începutul războiului? Începutul noului secol? Aici, cu Hariri? În funcție de unde începi, vei spune o poveste diferită. Vom avea timp pentru ele. Și în seara aceea, el a lăsat-o acolo.

Eu, la rândul meu, m-am dus acasă și am pornit computerul și am căutat pe Google „Războiul din Liban“. Nu că nu știam despre războiul civil – când eram copil, toată lumea știa că era război în Liban și dacă, de exemplu, mi-ai spune „Sabra și Shatila“, creierul meu ar adăuga în mod automat cuvântul „masacru“ – până la urmă, absorbisem totul prin osmoză. Dar nu aș fi putut explica ce presupunea masacrul sau chiar cine fusese masacrat și în mod sigur nu ți-aș fi putut spune că războiul civil durase cincisprezece ani. Pe măsură ce citeam despre asta, mi se părea că ar fi trebuit să știu – eram profesoară, pentru Dumnezeu, iar Reza era un copil din clasa mea! Sirena menționase o dată despre cum Skandar își pierduse un frate în război - oare ea nu spusese bombardamente? -, dar, de fapt, nu știam toate informațiile despre oamenii bărcilor vietnamezi (unii dintre copiii noștri erau copiii sau nepoții oamenilor bărcilor) și avusesem un băiat din Oman și acum era o fată în clasa a patra din Liberia și ar fi trebuit să caut pe Google asta ca să știu mai mult decât unde se afla pe hartă și, în tot anul în care ea fusese în clasa mea, nu făcusem niciodată asta. Atunci am crezut că poate Sirena avea dreptate despre viața mea americană ferită, că fusesem protejată și separată de lume. Aceasta era o Casă a Surprizelor în sine, acest loc bizar al siguranței în care 11 septembrie avea să apară ca de nicăieri, de parcă nu ar fi avut nicio logică, spre marea noastră mirare.

Deja eliberată în ceea ce părea o realitate a emoțiilor din anti-Casa Surprizelor - o cunoaștere a iubirii - și apoi pe marginea libertății mele artistice, acum tânjeam și la extinderea intelectului meu. Deja voiam să fi știut despre astfel de lucruri, precum asasinarea lui Hariri, să pot să înțeleg ceva din asta. Era ca o Carte Mondială a Minunilor, doar că mai bună și mai rea: complexitatea și enormitatea lumii mi se dezvăluiau brusc, un obiect uriaș care apare la periferia câmpului meu vizual. Aproape prea mare, dar nu chiar. Era acolo și voiam să-l cunosc.

Plimbările mele cu Skandar s-au extins odată cu primăvara. După vacanța din februarie, mergeam unul lângă altul și plimbarea de seară devenise un mic eveniment social, un timp natural pentru conversație. Distanța dintre casa lor și casa mea a devenit prea scurtă pentru discuțiile noastre, așa că ne-am extins plimbările. Prima oară când s-a întâmplat asta am stat timp de zece minute pe treptele casei mele și deși mi s-a părut ciudat să îl invit în casă, ne era amândurora frig și amorțeam. În cele din urmă, a spus:

– Să ne mai plimbăm puțin, să ne terminăm discuția, dar să ne și încălzim?

Iar apoi ne-am plimbat de patru ori în jurul cvartalului, iar apoi s-a decis că mai bine se duce acasă. Acela a fost doar începutul. Data următoare am mers până la brutăria Hi-Rise și înapoi. Și de fiecare dată, din ce în ce mai departe. Până în Harvard Square și înapoi în buclă, încât, practic, treceam din nou prin fața ușii lor. Plimbarea care ne-a făcut să credem că încălcăm o regulă nerostită nu a avut loc până la finele lui aprilie – o perioadă a încălcării regulilor, în aceeași săptămână când am imitat-o pe Edie Sedgwick. Primăvara era în aer, acel sentiment moale pe obraz și mugurii frunzelor proaspete pe crengi, care foșnesc. Am mers până în Watertown și până sus la marginea Belmontului și înapoi. Am mers timp de peste o oră și jumătate, pe străzile sale goale – era o seară în mijlocul săptămânii, aproape de miezul nopții –, pe sub luminile stradale roz și crengile care respirau, discuția noastră era punctată de trecerea câte unei mașini. În mintea mea, părea semnificativ că nu trecusem niciodată râul. El nu m-a luat niciodată de braț. Nu ne atingeam deloc.

Din câte știu, el nu îi spunea Sirenei că se plimba singur. Din câte știu eu, ea știa că ne plimbam împreună. Nu a menționat niciodată asta. O dată când am făcut referire la ceva ce spusese Skandar, ea a dat din mâini, de parcă l-ar alunga și spusese:

– Atâta vorbăraie! Îl iubesc, dar vorbește mereu – tranca-fleanca. Te pricepi așa bine să asculți. Uneori îi spun: „Skandar, păcat că nu există niciun serviciu unde nu trebuie decât să *vorbești*. Asta ar fi o slujbă bună pentru tine".

– Ar putea să fie gazdă de talk-show.

– Crezi că este amuzant, dar nu ar putea s-o facă. O gazdă de talk-show *ascultă*, nu? O gazdă de talk-show ascultă, dar Skandar nu face decât să vorbească. Nu, pentru un serviciu ar trebui să fie *invitat* la talk-show. Ea chicoti. Dar asta nu e o slujbă.

– Numai vorbe, fără fapte, am spus eu, ca să zic ceva.

Atunci a fost când ne-am apropiat cel mai mult cu discuția despre cutreierările mele de seară cu soțul ei.

Avea dreptate, totuși: el era vorbărețul. I-am spus că atunci când mă conducea spre casă era ca și când o ascultam pe Șeherezada, dar el a râs și a spus că înțelesese invers, atunci, că eu ar fi trebuit să fiu cea care îi spune poveștile.

– De unde sunt eu, spuse el, femeia este povestitoarea. Bărbatul este prizonierul ei.

În dorința mea de a citi runele fiecărui moment, să găsesc un sens ascuns în orice, am considerat această replică una de flirt, că el se oferea să fie prizonierul meu. Am interpretat că era atras de mine. Ei, haide, am considerat că toate acele plimbări însemnau că mă plăcea. Nu direct, nu în mod special, dar de-a lungul timpului – cantitatea de timp pe care mi-o acorda, atenția – și cine eram eu? – și că o dăruia în timp ce soția și fiul său erau acasă și patul lui îl chema. Am considerat că toate acestea aveau sens.

Despre ce vorbeam? Sirena avea dreptate: adora să vorbească și ar fi putut părea plictisitor, dar era un vorbitor minunat. Chiar și când îmi spunea o poveste de două sau de trei ori, eram captivată.

În prima noapte de mers cu adevărat, când am dat ocol cvartalului meu de patru ori, mi-a povestit despre casa de la țară a bunicii lui materne din munți și cum a stat acolo când era mic, un băiat de cinci sau șase ani, și cum era destul de sigur că văzuse un jaguar sau o panteră în grădină, noaptea chiar dacă ea insistase la micul dejun și din nou la prânz că nu existau astfel de animale în Liban. Frații lui mai mari au pufnit și au spus că el fie a visat, fie a văzut pisica vecinului, mărită în mintea lui mică, dar în următoarele zile au fost ucise două oi pe timp de noapte, mai sus pe munte, și toată lumea din familia sa și-a schimbat placa.

Skandar, ca fiecare bun povestitor, a permis posibilitatea existenței fantomelor și a vrăjitoriei.

– Mereu am presupus, spuse el, că a fost spiritul întunecat al cuiva, avatarul său.

Și apoi a continuat să explice despre fiul beiului, un băiat de aproape douăzeci de ani la vremea aceea, frumos ca un zeu, dar blestemat de furie, care bătuse un măgar bătrân atât de tare, încât a trebuit să fie împușcat, în aceeași vară. A fost un incident faimos în sat, pentru care băiatul nu a fost pedepsit, iar Skandar a spus că mereu se întrebase dacă felina neagră care s-a furișat prin curte nu a fost sufletul negru al acestui băiat, sau diavolul care l-a revendicat. Și atunci, cu un zâmbet și aprinzându-și altă țigară – ultima din acea primă, lungă plimbare –, a spus:

– Desigur, acel suflet negru va avea momentul său și răsplata sa zece ani mai târziu, după ce va fi început războiul.

– Cum așa? Eram ca un copil, așteptam cu nerăbdare următorul capitol.

– Ahmad Akil Abbas, spuse el. Până în 1975, era ca noi toți, cu atât mai mare, sufletul său cu atât mai întunecat. Multă băutură, droguri, mult așa-zis curaj. Și în '77, poate '78, a organizat o miliție locală – o bandă de bandiți – care a ucis vecinii creștini în paturile lor. Slavă Domnului că bunica mea era deja moartă până atunci – ea a avut o căsătorie cu adevărat amestecată, o adevărată potrivire din dragoste, iar războiul lui sectar ar fi distrus-o. Familia Khourys de lângă. Cei trei copii ai lor plecaseră în Buffalo, New York, și erau prea înspăimântați să se întoarcă să îi îngroape măcar, așa că alte familii creștine din sat i-au îngropat. Atunci, deja nu mai erau multe. Cei care au putut să plece au plecat. Dar pentru Ahmad Abbas, când trăiești așa, la fel și mori, chiar dacă ești fumos ca un zeu și nu la multă vreme după familia Khoury, Ahmad a fost și el ucis și lăsat în aleea din spatele casei tatălui său, alături de motocicleta lui prețioasă. I s-au dat să mănânce propriile testicule. Și poate că și asta a fost opera unei pisici negre. Poate că a fost însuși spiritul lui Leyla Khoury. Era îndesată și calmă, cu un râs energic care ieșea din ea ca apa dintr-o pompă, încet și apoi mai repede și era o bucătăreasă fantastică. Poate că i-a venit ideea ca pentru ultima masă îi va servi propriile testicule. Poate că ea a râs mai bine la urmă.

Era imposibil să nu ascult. Aş fi mers până în Provincetown şi înapoi. Experienţele din tinereţea lui Skandar erau atât de diferite de Manchester-by-the-Sea. Când aveam cincisprezece ani, vopseam sloganuri fals anarhiste după şcoală în sala de artă şi încercam să le atârn pe holuri. Pentru mine, o excursie la Faneuil Hall era extraordinar, ceva ultra. Când el avea cincisprezece ani, a văzut cum vecini şi colegi de clasă dispar, fie se înrolau în armată, fie plecau din ţară şi, în cele din urmă, şi el s-a îmbarcat într-un avion spre Paris şi a terminat şcoala acolo. Când de-abia trecuse de douăzeci de ani, încă studia în Paris, iar fratele lui mai mare a fost ucis într-un bombardament: îşi vizita un prieten, stătuse peste noapte şi blocul a fost distrus. Alt prieten de familie, care lucra la Crucea Roşie, a fost cel care i-a scos trupul dintre dărâmături.

– Când eşti tânăr – dar chiar şi acum –, cum înţelegi asta? spuse el când mi-a vorbit pentru prima oară de asta, plimbându-ne pe străzi în noapte. Nu poţi înţelege. Nu are sens. Îţi poţi permite să fii înghiţit de furia ta, dar asta te va ucide. Şi cu toate astea, cum poţi să te uiţi la panteră, cum o poţi privi în ochi, când nu stă locului? Când este nicăieri şi peste tot, când aparţine nimănui şi tuturor? Aşa că, dacă eşti în locul meu, te confrunţi cu asta spunând, mă uit la cum vorbim despre panteră. Studiez istoria istoriei, felurile în care spunem poveştile şi nu spunem alte poveşti şi încerc să înţeleg ce spune asta despre noi, să spui o poveste în loc de alta, să o spui aşa, şi nu altfel. Pun întrebările despre ceea ce este etic, despre cine decide ce este etic, întreb dacă este posibil, cu adevărat să ai etică în chestiunea istoriei.

– Nu prea înţeleg ce înseamnă asta, am spus eu.

Nu voiam să par proastă, dar era mai important pentru mine să încerc să urmăresc. El avea nişte mâini pătrăţoase, foarte frumoase, şi le unduia în aerul rece, alungând fumul, sau respiraţia, sau pe ambele.

– De ce am început cu pantera? Pentru că încerc să te fac să vezi şi să simţi compasiune pentru băiatul mic de şase ani care eram? Acum, acesta va fi primul tău gând despre Liban datorită mie. Ei bine, poate Hariri mai întâi – aş fi evitat asta dacă aş fi putut. Deci, mai întâi violenţa, dar în al doilea rând, băieţelul plin de visuri. Dar aş fi putut să încep spunându-ţi despre raidurile PLO în Israel de la vremea aceea, la mijlocul anilor '60, sau despre război mult mai târziu, sau despre rolul Israelului în Sabra şi Shatila, sau aş fi putut să încep spunându-ţi despre cum este Beirut, azi, tot frumos reconstruit ca oraşul copilăriei mele şi cu toate astea diferit de el. Aş fi putut să îţi spun povestea lui Hariri, ceea ce încă nu am făcut...

Vezi tu, ce înseamnă că primul lucru pe care îl află un copil american despre Germania este Hitler? Dacă primul lucru pe care l-ai afla ar fi altul? Şi poate că unii oameni ar spune că asta este important, după al Doilea Război Mondial, este etic şi vital ca Hitler să fie primul lucru pe care îl află un copil. Dar altcineva poate susţine opusul. Şi ce ar face, cu ce ar schimba lucrurile, dacă nimănui nu i-ar fi permis să ştie *nimic* despre Hitler, despre război, despre tot, ci *mai întâi* ar învăţa despre Brahms, Beethoven şi Bach, despre Hegel, şi Lessing, şi Fichte, despre Schopenhauer, despre Rilke – dar toate *astea* ar trebui să le afli primele. Sau singurul lucru, *Cvintetul pentru pian în Fa minor de Brahms*, sau *Variaţiunile Goldberg*, sau *Laocoön* – unul dintre acele lucruri pe care trebuia să le ştii şi să le apreciezi înainte să afli despre nazişti.

– Dar lumea nu funcţionează aşa.

– Nu, aşa este. El zâmbi în acel fel vag, de parcă era amuzat de o glumă pe care numai el o auzise. Dar ce înseamnă că nu funcţionează? Şi ce ar însemna dacă ar funcţiona aşa?

Skandar nu spunea mereu – nici măcar des – poveşti din tinereţea lui, deşi în mod sigur, după cum insista el, era semnificativ că povestea una oricum. El vorbea despre timpul petrecut de ei în America şi politica gobală şi despre Paris, puţin, dar adesea despre Liban, istoria sa – bucăţele de istorie de-a lungul secolelor, mileniilor, istoria feniciană, istoria romană, istoria otomană. El mi-a spus despre capitala Romei din Orientul Mijlociu, Heliopolis, că putea încă să fie vizitată, la o sută de kilometri peste munți din Beirut, și el a descris scala sa enormă, coloanele care urcă spre cer în mijlocul unei câmpii arabile și munții acoperiți de zăpadă la orizont. El descria blocurile de piatră căzute, mai înalte decât orice om, împrăștiate ca pietrișul în sit și despre templul frumos, eclipsant al lui Dionisios, aproape intact, cu mozaicurile sale și frizele elaborate - rezultatul a sute de ani de muncă din partea romanilor în perioada lor imediat după Hristos. El te făcea să crezi că Ponțiu Pilat s-ar fi putut plimba pe acolo, sau nepotul lui, în orice caz. El mi-a povestit despre comunitatea pescarilor din Tyre, care se considerau cei mai timpurii creștini pentru că se convertiseră atunci când Hristos a venit să le predice, cu mult timp înainte să fie crucificat - așa că pretindeau că erau, tehnic, creștini înainte ca însuși Hristos să fie creștin. El mi-a spus despre cum s-a dus recent la nunta unui tânăr prieten palestinian de-al lui, la un club de pe plajă, la mare, la sud de Beirut, unde mai mult de patru sute de oameni de toate felurile s-au adunat, cu marea fremătând în spatele lor, stelele deasupra, dansând, cântând și bând Fanta de portocale (fără alcool la o nuntă musulmană - eram șocată de asta: patru sute de oameni treji la un festin), în timp ce mireasa, în rochia ei fină și strălucitoare, a venit la sărbătoare plutind pe lungimea unei piscine uriașe, pe o plută gonflabilă, drapată în satin alb, împinsă din spate de înotători invizibili, în timp ce artificii rotative îi luminau calea de fiecare parte și înghițitori de flăcări și de săbii evoluau la capătul piscinei în onoarea ei.

– Este tipic, spuse el. Prietenul meu este scriitor, nu are prea mulți bani. Mireasa lui este profesoară. Dar dacă sărbătorești ceva, în Liban trebuie s-o faci cum trebuie. Așa că Sirena și cu mine, care am venit de la Paris pentru petrecere, ne-am așezat la o masă și lângă noi se afla un cuplu bătrân din campus, îmbrăcat tradițional, cu paiete, iar fiica lor, foarte drăguță, în hijab. Ne-am salutat, dar altfel nu am vorbit, iar fiica lor stătea și își fuma narghileaua, iar mama stătea și fuma Gauloises, țigară de la țigară, umplându-și farfuria cu mucuri strivite de țigară, ca niște viermi, iar tatăl, care avea foarte puțini dinți, bea toate sticlele de Fanta de pe masă, înghițitură după înghițitură. Ei nu zâmbeau, nu se ridicau să danseze, de-abia dacă mâncau ceva. Este greu de înțeles cum și s-a părut. El se opri. Am fost în tabere, îmi imaginez genul de loc în care locuiesc – becuri fluorescente, vopsea scorojită, scaune desperecheate. Strălucirea din hijabul fiicei lor – ea trebuie să fi economisit luni bune să cumpere acea țesătură. Și tatăl fără dinți și riduri în piele ca niște canioane, el nu era cu mult mai bătrân decât mine, deși îl consideram bunic. Și stăteau lângă noi, iar atunci mi-a venit întrebarea în minte, cine a trebuit să vină de la o distanță mai mare, ei sau noi? În viețile noastre, traversăm multe lumi și multe secole, uneori fără să facem un pas.

El spunea astea în timp ce mergeam, iar eu râdeam și arătam spre străzile din Cambridge din jurul nostru și am răspuns:

– Și uneori faci mulți pași și rămâi într-o singură lume.

– Da, spuse el. Și asta este posibil.

Deși nu asta era experiența mea cu plimbările noastre. Dacă, în atelier, mă simțeam liberă să călătoresc pe tărâmuri imaginare și să călătoresc în lumea imaginară a altcuiva – o aventură cu totul neprevăzută –, atunci în timp ce mergeam pe străzile orașului noaptea, eram transportată într-o lume reală, o lume de minuni a cărei existență mă făcea să mă minunez și să visez. Brusc, la vârsta de treizeci și șapte de ani, eram opusul lui Lucy Jordan: nu puteam fi sigură decât de faptul că mă înșelasem să fiu sigură de orice. Cine putea să îmi spună, cu orice plauzabilitate, că nu voi merge niciodată prin Paris într-o mașină sport, cu vântul cald printre plete? Mergeam prin Heliopolis, zăboveam în Tyre, *construisem* nenorocita de Țară a Minunilor! Mă simțeam ca unul dintre elevii mei de clasa a treia, ca Chastity și Ebullience cu găinile lor de companie, sau ca José când și-a construit vulcanul exploziv la Târgul de Științe. Lili, cu lumea ei ascunsă sub Esther și masa de pe verandă a lui Didi nu mă puteau controla. Nici măcar Reza, cu micul lui dormitor de vise, cu Zidane care lovea mingea de perete și muzicienii de jazz plutind prin întuneric – chiar și lumile lui imaginare erau doar sate, pe lângă călătoriile în care se aventura sufletul meu în primăvara aceea.

Nu era de mirare că am ajuns să mă îmbrac ca Edie, să dansez prin atelier pe jumătate beată în lenjerie. Devenisem brusc conștientă, aproape panicată – o panică bucuroasă –, de bogăția de posibilități din lume, dar și din mine însămi. Viața mea de zi cu zi de la Appleton, telefoanele către tatăl meu, berile ocazionale cu prietenii mei, ieșirile la alergat de sâmbătă dimineața în jurul rezervorului – ce erau toate acestea dacă nu un înveliș anesteziat al unei vieți, banda de alergat a obișnuitului, o cușcă realizată din convenții, consumerism, obligații și teamă, în care mă agitam timp de decenii, oarbă, ca un mâncător de lotus, pe măsură ce trupul meu îmbătrânea și timpul trecea? Simțeam toate astea cu zelul cuiva proaspăt trezit – Dumnezeule, *am simțit*, și *am simțit*, și *am simțit.*

În acele săptămâni năvalnice mi-a devenit clar că îmi datoram nu numai mie, dar și mamei mele – că frica mea (teama care mă împiedicase să îmi urmez arta mai serios, care mă ținuse în Boston, care mă ținuse angajată și în mod sigur și cea care mă menținea singură) era, de fapt, doar teama *ei*, că purtam pe umerii mei toate anxietățile și dezamăgirile ei, împreună cu trăsăturile ei de fată bună, catolică, în mod ironic, o inabilitate de a avea credință – să cred cu adevărat în valoarea eforturilor mele, în unicitatea propriului meu suflet. O, măreață aventură! Viața acolo, în fața mea, banchetul infinit care stătea și aștepta.

8

Cele două săptămâni înainte să moară mama mea sunt cauterizate în mine, fiecare oră a fiecărei zile a ultimei sale spitalizări. Îmi amintesc unde era camera ei în aripa de spital, cum era și ce era în ea, imprimeul pe care îl avea peretele și, oricând, unde mă aflam în cameră și cum era lumina și când tatăl meu era acolo și în ce moment a sosit Matt – fără Tweety și plod, care a venit doar la înmormântare și care a considerat asta o ocazie de mers la cumpărături pentru haine negre. Sunt timpuri în viață ca acestea când știi intuitiv că totul atârnă de acest moment și nimic nu va mai fi la fel din nou când, drept consecință, creierul tău își amintește, observă lucrurile mici – asistentul cu picioare late care fredona valsuri de Chopin în timp ce spăla pe jos, sau tânărul terapeut respirator cu sprâncene groase care nu se putea uita la tine când îți spunea că plămânii mamei tale, chiar și cu ajutorul lui, acum cedau –, el se uita la cam trei centimetri la dreapta ta, de parcă erai o umbră al unui alt sine care stătea acolo, exact lângă tine, ceea ce în acea perioadă ciudată, părea aproape posibil. Mintea ta reținea toate aceste lucruri singură, de parcă ar fi necesare de știut – pur și simplu pentru că erau importante. Mintea face asta.

Și uneori – la fel ca la moartea mamei – ai un fel de idee despre ce urmează să se desfășoare și un fel de bănuială, oricât de inadecvată a ceea ce va însemna asta. În timp ce alte dăți – ca în ultimele săptămâni din aprilie și început de mai 2005, când s-a făcut mai cald și apoi iar frig, când a plouat mult, a plouat de parcă zeii erau de neconsolat, de parcă primăvara era numai jale, deși eu eram plină cu atâta bucurie – simți importanța, dar numai atât. Ceea ce este și ceea ce înseamnă nu vei înțelege pe deplin, nu peste luni, ci peste ani.

Pot să spun că era o marți seară când am mers cu Skandar până în Belmont și înapoi și era o seară în care plouase mai devreme, dar ploaia se oprise și cerul întunecat era dungat de nori bătuți de vânt. Se simțea miros de pământ, de sol, bogat și negru, în timp ce treceam pe lângă cimitirul unde era îngropată mama mea și din nou când am ajuns într-un cartier de case, de grădini mici, pătrățoase, care erau dispuse ca niște cutii de bomboane de ciocolată deschise, pe strada modestă. Frunzele noi foșneau în briză deasupra noastră și uneori picături de apă ne cădeau pe capete.

În seara aceea, țin minte, jucasem șah cu Reza după cină, el mă lăsase să câștig – era unul dintre lucrurile lui preferate, copil mărinimos, să își vadă propria lui superioritate și apoi să renunțe la ea. După aceea, la ora de culcare, i-am citit versiunea scurtă a *Cei trei muschetari* și i-a plăcut, iar apoi când am stins lumina, el a întrebat dacă, în loc să stau pe scaunul tare ca de obicei, aș putea să stau întinsă lângă el, cum ar face mama lui dacă ar fi acolo. Am ezitat numai pentru o clipă înainte să mă întind pe lungimea patului său îngust, cu brațul sub cap ca să îl pot privi mai bine, iar el și-a lăsat mâna frumoasă pe celălalt braț al meu, doar ca să fie sigur că sunt acolo, la fel ca mama lui, și a închis ochii lui frumoși și a adormit aproape imediat.

Deci îmi amintesc acea noapte, acea marți, pentru că atunci am făcut noi pași în apropierea de fiu și de tată: în aceeași noapte, deși ei nu știau, nici unul, nici celălalt.

Și în plimbarea mea lungă alături de Skandar, după ce el și Sirena au venit acasă de la cină, era ceva nou, pentru că am vorbit și eu. Treceam pe lângă cimitir și am întrebat dacă a intrat vreodată acolo, pentru că era foarte frumos, dar nu intrase și i-am spus despre vizitarea mormântului mamei mele și apoi i-am povestit despre ea, Bella Eldridge, și anii ei de boală și combinația ei admirabilă, adultă, de competență și resemnare și de cât de furioasă mă făcuse, cum atunci când mă gândeam la viața ei mă simțeam ca un lup flămând, voiam ca ea să fi avut șansa de a devora lumea, să fie lacomă, să se sature. El a râs și a spus:

– De ce nu vrei, în schimb, aceste lucruri pentru tine, care ești aici pe pământ să te bucuri de ele? Nu crezi că ea ar vrea să le vrei pentru tine?

– Dar le vreau, am spus cu atâta emfază, încât aproape am dat să îl ating. Le *vreau* pentru mine. Enorm de mult.

– Nu aș fi știut asta niciodată, spuse el. Dacă nu mi-ai fi spus. Pari minunat de calmă în viața ta, de parcă este într-o ordine de invidiat – față de școala ta, față de Reza, Sirena – chiar și față de mine. Nu pari un lup flămând.

– Ei bine, sunt, am spus. Sunt înfometată.

În momentul acela, treceam pe lângă un magazin cu înghețată, iar el făcu o glumă despre cum, dacă ar fi deschis, aș putea fi satisfăcută.

– Aș putea să mănânc până la ultima linguriță de înghețată din locul acela și nu mi-ar trece foamea nici pe sfert, am spus eu.

– Atunci trebuie să găsești o cale de a te hrăni. Acum era destul de sincer. Trebuie să ceri ce ai nevoie.

– Nevoie? Am râs. Este un cuvânt complicat, nu crezi? Cine are nevoie de ceva, cu adevărat, în afară de mâncare și apă? Deja am cu mult mai mult decât am *nevoie*.

– Dar dacă ești un lup flămând... El privi în depărtare, zâmbind ca întotdeauna. Vezi tu, nu mă pot gândi la tine astfel. Pentru mine nu are sens. Ce vrei?

– Viață, am spus eu. Toată. Totul. Nu vreau să o ratez. Nu vreau să se închidă ușile închisorii.

– Ușile închisorii? Dar, de fapt...

– Știu. Pentru tine nu are sens, pentru că ai crescut cu război și mizerie peste tot în jur și știu că în familia ta s-au întâmplat lucruri groaznice – fratele tău –, știu. Dar crede-mă.

Și i-am spus – ceea ce este ciudat să mă gândesc, chiar și acum, pentru că desigur că nu îi povestisem cu adevărat Sirenei, fragmente, poate, dar nu toată povestea – despre cum crescusem cu aleanul mamei mele și cum nu găsisem niciodată o cale de a-l stinge, cum mereu am crezut că sunt reguli despre ce era posibil și permis, chiar dacă nu știam, de fapt, cine făcuse acele reguli. Cum în liceu, arta părea calea de a încălca regulile, de a le ocoli, dar cum după aceea, când m-am maturizat, a părut să nu poată face asta.

– Cine spune că trebuie să fii matur? întrebă el.

– Spune-i asta unei profesoare de școală primară! Nu știu. Mi s-a părut ca și cum, cine mă credeam eu, să pretind că pot fi o artistă, știi? Și nu părea că pot să mă întrețin...

– Ai încercat?

– Nu puteam suporta să fiu un eșec. Mi se părea mai rău să încerc și să eșuez decât să nu încerc. Și apoi, mama mea, vezi tu...

– Da, spuse el. Văd.

Și apoi, pentru o vreme am mers în tăcere.

– Serviciul, spuse el, este una dintre marile bucurii ale vieții. Este un privilegiu să te afli în serviciul altcuiva.

– Glumești, nu? Ce înseamnă asta? Mereu am considerat serviciul meu o sclavie.

– Este o mare ușurare, un dar, să ai o muncă despre care știi că trebuie să o faci, absolut spre beneficiul altcuiva. Din orice motiv: din dragoste, sau datorie, sau altceva. Atâta vreme cât te dăruiești acesteia. Nu trebuie să îți faci alte griji despre nimic altceva, decât să faci acea muncă bine și atunci când o faci, satisfacția este foarte frumoasă.

– Nu la asta m-am referit.

– Știu, spuse el, dar asta nu înseamnă că este mai puțin adevărat.

Vezi, atunci mi-a venit în minte certitudinea că trebuia să îi spun ceva Sirenei. Era o perioadă în care totul era important și se lega de alte lucruri și când Skandar a spus asta despre bucuria serviciului și când a spus că trebuie să găsesc o cale de a hrăni lupul, am înțeles că aceste lucruri aparțin de Sirena, sau mai degrabă de Sirena și de mine.

La școală, toată ziua aceea de miercuri, mâinile îmi tremurau când stăteau locului, de parcă băusem prea multă cafea. Era o zi neobișnuit de caldă, o zi de vară ca un bufeu și eu mai și transpiram. Măruntaiele mi se învârteau și se răsuceau ca înainte să mă sui într-un avion. Nu puteam să mănânc salata pe care o adusesem pentru prânz. Nu puteam să stau locului. M-am gândit să îi spun ceva și nu îmi puteam imagina cum ar putea să reacționeze.

Toată viața mea evitasem lucrurile pe care nu mi le puteam imagina. Senzația mea de bază era că, dacă nu mi-o puteam imagina, nu era o idee bună. Era la fel cu boala mamei mele: imaginează-ți cel mai rău lucru și te poți proteja de el. Dacă nu ți-l poți imagina, atunci nu există protecție. Nu e bine, nu e bine.

Această convingere era în spatele renunțării mele la viața de artist înainte să fi început să o trăiesc. Nu îmi puteam imagina cum să fiu o artistă *în această lume*. Mă uitam în jur la colegii mei de la școala de artă, la cei despre care știam cu toții că vor reuși, nu îmi puteam imagina că puteam să îi impresionez pe mai-marii din galerii și muzee, creatorii de modă care organizau bienale. Nu mă vedeam bârfind cu clasă așa cum făceau starurile clasei, flatând alți artiști și foști critici ca să încerc să prind o ocazie de avansare. Îi vedeam făcând asta și nu mă puteam vedea făcând la fel. Aș fi putut să pălăvrăgesc prostii despre fragmentare, identitate și figurile de stil ale genului, orice ar însemna asta, și despre Roland Barthes, Judith Butler și Mieke Bal – puteam să fac asta, ne învățau cum să facem asta, se pare că *acesta* era în mare parte scopul școlii de artă, dar nu puteam să fac asta în mod sincer și de aceea mi-am luat masteratul în educație și față de lume am părut că mi-am părăsit singurul vis. Dar, vezi tu, visul din capul meu de a fi artistă și visul din lume de a fi artistă, nu puteam – până la Sirena, nu puteam să fac legătura între ele. Și am renunțat la lume pentru visul din capul meu, pentru că acolo și în al doilea dormitor al meu din Huron Avenue, și apoi, în cele din urmă, în acel an minunat din Somerville, puteam să am visul că eram artistă, putea să fie real, fără porcăriile care, în prima parte a secolului XXI din lumea vestică, trec drept a fi artistă. Puteam să fiu o artistă gen Emily Dickinson.

Și încă un lucru pentru care mă frământam în timp ce parcurgeam distanța mică dintre cofetărie și atelier, trotuar și ușa atelierului – credeam că Sirena era o artistă minunată pentru că eram îndrăgostită de ea, sau eram îndrăgostită de ea pentru că era o artistă minunată, sau eram îndrăgostită de o idee despre ea care era departe de adevăr, caz în care ar fi trebuit să mă întreb ce credeam cu adevărat, în inima mea, despre arta ei – ce *credeam* despre arta ei? Poate că nu știu. Dar în clipa în care am devenit conștientă de întrebare, mi-am dat seama că *pentru mine* conta foarte mult. Conta mai mult decât aproape orice: răspunsul meu la acea întrebare avea să determine cu siguranță dacă, în sfârșit, trăiam în realitate sau dacă încă visam, captivă în infinita mea sală a oglinzilor.

După toate aceste învârtiri obsesive pe roata mea de hamster mentală, după toate grijile și reconfigurările mele – știi, nu-i așa, că atunci când am ajuns la atelier și am deschis ușa și am strigat numele ei pe un ton melodios, nu a existat un răspuns. Niciun sunet. Luminile erau stinse, totul era încremenit. Am lăsat jos cafeaua mea aproape rece, punga cu prăjitura, geanta și plasa care conținea dosarul cu toate fotografiile la rezoluție mare cu Edie Sedgwick și am mers dintr-un capăt al celălalt al L-ului, mișcându-mă din ce în ce mai încet, pentru că nu puteam să înțeleg faptul că ea nu era acolo. În acele câteva minute, analizând locul (și lumina de după-amiază de primăvară care pătrundea, îmi aduc aminte exact, raze luminoase, pline de praf și studioul mirosea ușor a lipici și a mere vechi, dar și a țigările Sirenei), mă întrebam dacă nu cumva o luam razna, dacă pierdusem contactul cu realitatea. Pentru că fusesem atât de *sigură* că ea fusese acolo, aplecată asupra unui mic detaliu, sau fumând lângă fereastra deschisă, sau chiar așezată pe niște perne, învelită cu eșarfele ei, ca într-un port-bebe – fusesem atât de sigură de realitatea mea, încât faptele mi se păreau la început imposibil de acceptat.

În ziua următoare, la început nu știam dacă să mă duc acolo sau nu. Încălcasem una dintre regulile mele și îl întrebasem pe Reza dacă mama lui era bine.

– La ce te referi?

Am fost uimită de cât de mult i se îmbunătățise engleza: intonația lui era la nivel nativ acum.

– Ieri nu a fost la atelier și m-am gândit că poate…

El a râs, un mic lătrat. Mi-l aminteam în urmă cu atâtea luni, la Whole Foods, cu merele.

– Mama mea nu se îmbolnăvește niciodată, spuse el. Tata zice că ea e ca un supererou. Nu, a plecat.

– A plecat?

Era dornic să iasă afară pe ușă. Îi auzeam pe prietenii săi cum se agită pe hol.

– Dar s-a întors acum. S-a întors noaptea, a spus el peste umăr și a plecat.

Când m-am dus la studio în după-amiaza aceea, eram umilită: povestea din capul meu, dorința mea de confesiune, de a activa o dramă dintre noi, să pretind la toată atenția ei se confrunta cu o realitate mai puternică, a ei. Orice a luat-o așa, atât de brusc, avea să aibă întâietate față de mine. Așa cum se întâmpla atât de des – noi Femeile de la Etaj! –, viața ei se va fi dovedit a fi mai importantă decât viața mea.

Ea era acolo, cu părul într-un coc dezordonat, cu o dungă de cerneală albastră pe frunte. Stătea aplecată peste o carte mare cu poze când am intrat, strângând la piept unul dintre șalurile ei și când s-a întors, a deschis larg mâinile, scăpând șalul și fața ei s-a deschis cu un zâmbet enorm, natural, cu dinți strâmbi, față de care nu aveam nicio apărare.

– Nora! Ea traversă repede camera, cu pași ușori. Am niște vești!

– Totul este bine, deci?

– Totul este bine? Totul este *grozav* – doar că ea a spus „grozav-ă", în felul ei anume. Se juca cu părul, lăsându-l în jos, în jurul feței. Hai să fac niște cafea – îți voi povesti...

Ea îmi zări punga.

– Nu am adus nimic azi, am spus eu, fără să îi spun că mâncasem o brioșă întreagă cu o zi în urmă pentru că ea nu era aici și că mi se făcuse atât de rău, încât a trebuit să mă duc acasă.

– E mai bine, spuse ea, agitându-se cu cafeaua, ibricul, apa. Mă bazez prea mult pe lucrurile tale dulci.

M-am lăsat pe una dintre perne.

– Deci, ce e nou?

– Știi, ieri am fost în New York.

– Nu mi-ai spus.

– A, în agitația mea trebuie să fi uitat. Sau poate pentru că aveam emoții nu am vrut să îmi stric norocul.

Am așteptat o clipă și apoi am întrebat:

– Și ai avut noroc?

Ea ridică din umeri, zâmbind din nou.

– Vom vedea, spuse ea. Dar arată bine. Săptămâna asta, un lucru, săptămâna cealaltă, alt lucru, vom vedea.

– Haide, Sirena. Spune-mi odată. Care e vestea?

Ea s-a așezat lângă mine și s-a apropiat conspirativ:

– Ieri am luat prânzul cu un prieten de-al meu care este artist, un artist foarte bun, un om pe la șaizeci de ani – face sculpturi –, e și sexy, cu o voce profundă, și a vrut ca eu să fac cunoștință cu un critic important. O femeie de la universitate. Este mai în vârstă, celebră și începând de acum, timp de doi ani, va fi curatorul unei expoziții importante de artă realizate de femei, artă feministă. Va fi diferit de orice altceva făcut până acum – muzeul din Brooklyn deschide o aripă nouă, o aripă feministă, și aceasta va fi prima expoziție, pentru inaugurarea clădirii... Incitant, nu?

– Deci ea a vrut să te cunoască?

Sirena râse „modest".

– Să mă cunoască pe mine? A, nu, ea nici nu știa că exist. Frank – prietenul meu –, el face ca toate astea să pară o coincidență, sau un act de prietenie că ne vedem așa la prânz. El i-a spus că sunt în căutarea unei galerii în New York – ceea ce este adevărat, desigur, și nu săptămâna asta, ci cealaltă mă voi duce pentru două zile să văd două galerii care ar putea fi interesate să mă reprezinte. Deci aceasta este întrebarea oficială, dacă există una, pentru prânz, care dintre aceste variante este cea mai bună și de ce, sau dacă ar trebui să fiu cu o galerie diferită, alta deci. Dar, de fapt, în secret, Frank vrea ca ea să se gândească la mine pentru marea ei expoziție. Vor fi în jur de patruzeci de artiști și ea vrea să fie internațional, iar eu? – Sirena făcu o față de star de cinema, mâinile ținute larg într-o parte, pe obraji –, eu sunt *foarte* internațională!

– E uimitor. Adică, vreau să spun că ar fi...

– Ar fi un cu totul alt nivel nu? De expunere, recunoaștere, statut, îți poți imagina?

– Da. Îmi pot imagina. Cât de departe de lumea mea ar fi ea catapultată și cât de repede. Este complet uimitor.

– Nu s-a întâmplat – s-ar putea să nu se întâmple niciodată, știu –, dar cred că ea m-a plăcut, am râs mult, ne-am înțeles foarte bine, dar ce vis, nu? Ce vis îndeplinit dacă așa va fi!

Moment în care am simțit că s-a afirmat, sau confirmat că visurile care erau, pentru fiecare dintre noi, înaintea noastră, erau foarte diferite și că discuțiile imaginare care îmi trecuseră prin minte atât de energic nu erau, cel puțin, pentru azi. Azi era despre Sirena. Sigur că era.

– Mi-aș fi dorit să fi adus o prăjitură până la urmă, am spus eu veselă. Ar trebui să celebrăm.

– Să sărbătorim? Nu încă! Nu! Așteptăm – nu până acest critic se decide – că ar putea dura o veșnicie – ci până la întâlnirile din două săptămâni, cu acei proprietari de galerie – asta ar putea schimba totul.

– Nu mi-ai spus asta până acum.

– Sunt superstițioasă. Nu sunt logică – îmi fac griji despre faptul că îmi stric șansele, despre ghinion.

– Dar acum îmi vei spune.

Nu am zis asta ca o întrebare. Dacă păream ezitantă, ea nu a observat.

– Deci nu ar trebui – sper că este în regulă cu Soarta –, dar îți voi spune, da, pentru că altfel s-ar putea să explodez.

Ea a continuat să descrie cei doi proprietari de galerie pe care urma să îi cunoască. Unul era o tânără femeie puțin trecută de treizeci de ani care reușise singură de curând, după ce a lucrat timp de zece ani la o galerie renumită din SoHo, nume ce însemna ceva până și pentru mine, și celălalt, Elias, era un tip pe la patruzeci de ani, din Orientul Mijlociu, mai aprig, care avea galeria de ceva vreme și care atrăsese ceva atenție în lumea artei pentru alegerile sale îndrăznețe. El, a explicat ea, era un prieten de-al unui prieten de-al lui Skandar, ceea ce era bine în sensul că era cumva o cantitate cunoscută, abordarea lui avea sens și precedentele sale erau bune, iar el o abordase când auzise că urma să fie în State timp de un an. Dar tânăra femeie îi scrisese când era în Paris, la adresa ei de acasă, fără să știe măcar că era în Statele Unite, și spusese că instalația Elsinore o impresionase până aproape de lacrimi și că nu va putea să o uite niciodată și, dacă Sirena nu avea încă o reprezentare americană, atunci ea, Anna Z, ar fi bucuroasă să zboare la Paris și să vorbească despre asta cu ea – și *asta*, observă Sirena, este un angajament. Asta e pasiunea.

Sirena tot analiza avantajele și dezavantajele fiecăreia dintre aceste posibilități, împiedicându-se de cuvinte în entuziasmul său, acum că își permisese să vorbească despre asta. Nu eram geloasă – cum aș fi putut fi, când eu, cu dioramele mele, îmi întorsesem spatele cu atâta hotărâre spre Eliașii și Annele din această lume? –, dar îmi doream să pot vedea mai limpede că ea se gândise – că totuși ea putuse să fie îngrijorată că aş putea să fiu.

– Ce spune Skandar? am întrebat în cele din urmă și am observat scânteia familiară de exasperare.

– Skandar? Tu ce crezi? El poate să creadă una, poate să creadă alta, dar, spune el, nu este deloc o chestiune despre ce crede el. Pe cât de mult vorbește, uneori soțul meu nu spune prea multe. În acest caz, oficial, el nu are o părere. Dar știu că ar vrea ca eu să îl aleg pe Elias. Familia lui este din Liban. Skandar ți-a ținut discursul lui special despre pescarii din Tyre? Da, deci, din Tyre în Princeton, pe drumul cel lung – acesta este Elias. În inima lui, asta și-ar dori Skandar.

– Nu *știi* asta, am spus eu, puțin supărată că discuția mea entuziasmantă cu Skandar fusese revelată drept „discursul lui special".

– Crede-mă, îl cunosc. Știu asta. Și trebuie să fiu atentă să nu aleg ca să îi fac lui pe plac, sau altfel să nu îi fac pe plac. Trebuie să aleg singură. Ea oftă. Îmi doresc să poți veni cu mine. Aş vrea să aflu părerea ta despre acești oameni. Vezi lucrurile atât de clar.

– Ei bine, poate – depinde –, când pleci?

– Joi și vineri, peste o săptămână. Mă tem că este imposibil.

– Dacă ar fi peste câteva săptămâni...

– Nu pot să schimb datele. E păcat. Îți voi povesti totul când mă întorc. Este în viitor. Dar destul: cum îți merge ție, Nora, prietena mea, în munca *ta*?

Îi păsa? Ceea ce voiam era să văd o senzație a angajamentului său spontan, senzația pe care o ai cu persoana cea mai apropiată – pe care o am cu Didi, de exemplu, dar nu cu Esther –, aceea că nu trebuie să fie prea atente, că reacțiile lor sunt blânde și sincere în același timp. Chiar când spun asta, îmi dau seama că îmi doresc mult. Poate că înregistrez o nemulțumire refractară, născută din îndoiala mea despre dacă și cât de mult mă iubea și dacă, sau cum aş putea afla vreodată.

Crezi că ar fi o întrebare ușoară de pus – mă iubești? –, dar ai crede asta numai dacă nu ai vrut să pui vreodată această întrebare.

În după-amiaza aceea, în loc să mărturisesc sincer așa cum visasem să fac, am ridicat chestiunea plecării.

– Nu este excepțional cât de repede trece timpul? am spus eu. Nu-mi vine să cred că mai e puțin și plecați.

– Excepțional. Știu, zise ea.

– Când plecați? Ar trebui să știu, dar...

– Expoziția mea se deschide pe șaisprezece.

– Șaisprezece iulie?

– Șaisprezece iulie? Ea râse. În Paris? Asta ar însemna să nu am deloc o expoziție!

– Șaisprezece iunie? În Paris? Cum de nu am știut asta?

– Cred că nu am spus-o vreodată, am încercat să nu mă tem prea mult. M-am prefăcut că mai este timp.

– Pe șaisprezece? Dar Appleton nu se închide decât pe douăzeci și trei. Nu poți pleca înainte de data asta. Și copiii? Dar copiii care trebuie să vină aici? Am crezut că am spus la finalul lunii.

Deja aranjasem în mare parte spațiul – florile, cioburile din oglindă care alcătuiau ploaia, începuturile ochilor de Jabberwock – și petrecusem două după-amiezi ploioase cu două săptămâni în urmă instalând camerele video pentru filmare: eram, într-un sens practic, gata să începem cu atelierul. Dar să aduc copiii acolo însemna completarea unor documente consumatoare de timp la Appleton: aprobarea unei excursii de la biroul lui Shauna, permisii scrise semnate de părinți. Nu se putea face peste noapte.

– Nu fi așa o profesoară, Nora. Vom rezolva totul. Nu pot să fiu aici când am inaugurarea în Paris. Nu am discutat lucrurile acasă. Și Skandar, planurile lui sunt complicate – conferințe aici, în Montreal, în Washington –, ei, *basta*. Vom rezolva cumva. Și cu o fluturare din brațe spre studioul din jurul nostru: Și trebuie să aducem copiii cât mai este vreme. Asta nu este dispensabil! Hai să fixăm data astăzi. Avem atâtea de făcut până să ajungem acolo – munți de urcat!

– Țări ale Minunilor de construit.

– Deci, *au travail*!

Și se ridică în picioarele sale ușoare, cu spatele la mine, în universul ei, și dispăru.

Era atât de superficială în privința asta – cu doar două luni înainte de inaugurarea ei de la Paris și eu auzeam pentru prima oară despre dată. Când am ajuns acasă în seara aceea, am scos calendarul, m-am uitat la el, era totul pus pe hârtie, casetele cu zilele. Multe aveau să depindă de cât de mult putea să termine în Cambridge, dar în mod sigur trebuia să plece până la început de iunie. Trebuia să mă pregătesc pentru asta. Ei nu îl vor lua pe Reza de la școală, nu? Skandar avea să rămână. Sau poate mă vor ruga pe mine să am grijă de el dacă Skandar trebuia să se ducă la conferințele lui. Simțeam pe braț căldura pe care o emanase Reza când adormea – puteam să fac asta, puteam să am grijă de el.

Atunci era joi. Vineri știam că nu vine. Dacă eram anunțată din timp, nu ar fi fost o problemă. Nu doar copiii sunt așa. Ca profesoară, știu dintr-o lungă experiență că, dacă avertizezi oamenii din timp, lucrurile merg mai bine. Știam că voi fi singură la atelier, plănuiam să stau acolo până târziu, mi-am luat cutia de carton maro cu salată de la supermarketul Alewife și o sticlă cu vin roșu ieftin de la magazinul de băuturi de alături, am luat aparatul Polaroid al mamei – asta era înainte ca filmul să se transforme într-un praf auriu, așa că am luat mult – și toate materialele mele cu Edie – mai multe decât ți-ai imagina că ar putea să aibă o profesoară obișnuită de vârstă mijlocie – și m-am dus la Somerville.

Ți-am spus despre asta. M-am îmbătat puțin. Am dat muzica destul de tare. Am dansat, am pozat și am făcut fotografii. Eram liberă și presupun că într-un fel era un exorcism – sigur nu acesta este cuvântul potrivit? Prin faptul că îi permiteam lui Edie a sălășlui în mine, o alungam pe timida și amabila doamnă Eldridge, calma și buna doamnă Eldridge, buna prietenă, buna fiică, buna profesoară, preşul de doamnă Eldridge, doamna Nimeni Nimic la care zâmbesc toţi şi pe care o uită imediat şi cu voioşie. O eliminam.

Am dansat, am băut, am fumat şi am consumat cartuşe întregi de Polaroide blurate cu mine, de parcă eram Robert Mapplethorpe şi Patti Smith în acelaşi timp. Şi asta a continuat până când s-a golit toată sticla – am băut-o în mare parte, dar cumva un mare strop sângeriu a ajuns pe faţa tricoului meu alb de Edie. Era o pată pe sânul meu stâng care apoi s-a prelins în jos, aşa că arăta ca o inimă însângerată. Şi apoi mi l-am dat jos, aşa că dansam în sutienul meu alb, pătat de vin într-un loc.

Şi ştii ce am făcut, în acel stadiu ameţit? Am mers pe vârfuri prin pădurea din Ţara Minunilor a Sirenei şi m-am întins pe iarba artificială cu florile care fluturau în jur şi deasupra mea şi proiectau umbre la pereţi în penumbră, ca nişte dansatoare. Şi am închis ochii şi mi-am băgat mâna plată pe sub talie şi m-am gâdilat singură pe stomac, urmându-mi degetele oarbe prin porţiunea joasă dintre oasele şoldului şi cu degetele ca nişte exploratoare aparent independente, am urmat o linie incitantă, în jos, pe laturi, peste şolduri şi în blana din zona inghinală şi de acolo mai departe spre umezeala dintre picioare şi pentru o vreme nu eram nici Edie, nici Alice, sau Emily, sau oricine, ci doar un *corp*, sau eram o altă Nora cu totul şi cu iarba care mă gâdila sub mine şi acum ambele mâini lipite de mine, în mine şi pe pielea mea vibrantă, nu mai era decât *da, da, da* şi eram în Ţara Minunilor şi în acel timp scurt, fără ruşine, am fost liberă.

9

A doua zi dimineață m-am trezit ca o nouă persoană. Cel puțin așa credeam.

Sătulă, m-am uitat la sinele care fusesem toată săptămâna – toată luna – timp de luni bune – cu o ușoară spaimă, așa cum un fost fumător se uită la fostul său sine, plin de dorințe și se minunează. M-am ridicat, l-am sunat pe tata, am mers cu mașina la Brookline, l-am scos la un brunch la Zaftigs și apoi l-am dus la parcul dendrologic și ne-am plimbat pentru multă vreme printre copacii îmbrăcați cu haina lor verde și nouă și cu bobocii lor Disney care dădeau să explodeze. El șchiopăta din cauza șoldului, dar de fiecare dată când întrebam el spunea că vrea să meargă mai departe, așa că asta am făcut. Era frig, dar nu am prea băgat de seamă și vedeam cum în obrajii lui lăsați îi apare culoarea sănătății, dragul meu tată încărunțit, care se lupta mai departe atât de nobil. Eram tristă pentru că îl neglijasem.

El vorbea despre meciul Red Sox la care urma să se uite mai târziu – împotriva Tampa, cred – și vorbeam despre iubirea mamei mele pentru flori și boboci, zelul grădinăritului ei, dar râdeam la cât de supărată devenea când îi mureau plantele, când nu reușeau să treacă de iarnă. De parcă era o insultă personală. Am spus că mereu mă gândeam că asta era pentru că ea nu controla nimic în viața ei și simțea că cel puțin plantele ar trebui să o asculte și că încrederea ei era devastată atunci când nu era așa.

Tatăl meu s-a uitat la mine de parcă eram nebună. A spus:

– Despre ce vorbești? Mama ta controla totul în viața ei, în viețile *noastre*. Ea a ales unde să locuim, și cum să locuim, și ce să mâncăm, și când și ce purtam, și pe cine cunoșteam, și cum și când ne vedeam cu ei. A ales câți copii să avem – pe fratele tău și pe tine, ea a ales, eu am vrut șase copii – și a ales și când să te facem. Controla mereu totul și de aceea grădinăritul o supăra atât de tare, pentru că a găsit un singur lucru pe lumea asta pe care nu putea să îl conducă întru totul. A fost o persoană specială mama ta. Era fantastică. Nu am cunoscut pe nimeni vreodată care să fie atât de apreciat de oameni, dar, Dumnezeule, era foarte autoritară.

Am fost parțial șocată când tata mi-a spus toate astea – și la fel de șocată și de vehemența lui, să îl văd îndrăgostit, cu ochii aprinși în orbite, o pată de scuipat strălucitor pe buze – și în parte și minunată, întrucât pentru prima oară m-am gândit că era natural și clar ca fiecare dintre noi să aibă o poveste diferită despre cine a fost Bella Eldridge și cum fusese totul. Avea sens. Sirena și cu mine am fi avut relatări diferite despre anul nostru împreună și al ei nu s-ar potrivi cu al meu – ei bine, asta nu l-ar invalida pe al meu, la fel cum percepția tatălui meu despre mama mea nu o invalida pe a mea. Cumva, ca să scurtez, în acea zi în care aproape că jucasem rolul lui Edie Roy, toate acestea îmi păruseră reale.

L-am dus pe tata acasă la timp și i-am luat un pachet de șase beri și o pungă uriașă de Doritos cu extra brânză. Mama mea nu i-ar fi permis niciodată aceste lucruri, era adevărat, iar tatăl meu, în burlăcia lui reluată, își lua libertăți de care îmi dădeam seama că îl bucurau, de parcă era un băiețel care scăpa nepedepsit pentru o prostie.

M-am hotărât să nu mă duc la atelier deloc în weekend, ceea ce m-a făcut să îmi dau seama cât de mult devenise asta un reflex. După ce l-am lăsat pe tata, m-am dus acasă pe podul BU ca și când m-aș fi dus spre Somerville, și abia în Central Square mi-am dat seama ce făcusem. Eram aproape sigură că Sirena lucra în după-amiaza aceea, dar nu m-am dus să aflu. Dacă voia ajutorul meu, putea să îl ceară. M-am dus acasă, am ieşit la alergat, am făcut un duş. Mi-am spus să citesc o carte, dar nu aveam chef. Mi se părea deprimant să pornesc televizorul. Am trimis e-mailuri câtorva oameni, dar m-am plictisit și de asta. Am sunat-o pe Didi, dar erau în oraş și avea telefonul mobil închis.

În cele din urmă, la începutul serii, am sunat-o pe Sirena: i-am lăsat un mesaj, cât de profesional am putut, confirmând data și ora pentru excursia clasei a treia de la Appleton. I-am amintit că erau bilete de permisie de semnat. Trebuia să planificăm din timp. Mi-am făcut ouă jumări pe pâine prăjită și m-am culcat la opt și jumătate, teribil de înfometată, dar nu pentru hrană. Cam atât și cu starea mea de sațietate.

Sirena nu mi-a întors apelul telefonic. Nu știu de ce, dar nu aveam de gând să mă umilesc întrebând. Am rezistat aproape o săptămână, cu tot felul de poveşti nebuneşti care mi-au trecut prin minte, încercând să îi explic tăcerea. Joi seara am cedat. Am aşteptat până târziu, cu mult după ora nouă, înainte să mă duc la atelier. Mi-am spus că asta nu avea nicio legătură cu ea, că asta era despre Edie, Alice și nevoia mea de a mă întoarce să lucrez la ele. Lăsasem fotografiile Polaroid pe masa mea și abia în acea zi mi-am adus aminte de asta. Știam că era prea târziu – o știam suficient de bine pe Sirena cât să știu că chiar dacă erau cu fața în jos, mai ales dacă erau cu fața în jos, ea se va fi uitat la ele, le-ar fi judecat, ar fi avut opinii. Îmi era ruşine să mă gândesc la asta. Poate tăcerea ei era provocată de dispreţul pentru fotografii – eu, neclară, în sutien, eu cu privirea sălbatică, făcându-mi poze într-un fel de rochie elegantă, eu, *ridicolă* și ridicolă, nepotrivită, neumilă…

Nora din Casa Surprizelor, Femeia de la Etaj, ne place de ea pentru că este atât de atentă la ceilalți. Pentru că nu este o încrezută. Care dintre ele este Nora? Nu-mi vine în minte imaginea ei…

Știi, profesoara aceea de clasa a treia, amabilă – nu cea cu părul ca vata de zahăr, cealaltă.

Asta ar trebui să fiu, cealaltă: „Nu, nu artista extraordinară din atelierul acela – cealaltă.“

– Nu femeia frumoasă îmbrăcată în rochia extraordinară – cealaltă.

– Cea amuzantă?

– A, da. Cred că asta e. Cea amuzantă.

Sirena ar putea crede că fotografiile Polaroid cu Edie erau amuzante. Ar putea crede că sunt un fel de glumă. Asta ar fi în regulă, dacă ar fi o glumă.

Așa că joi seara m-am dus să mă ocup de camerele mele, de artistele mele, să mă uit la fotografiile pe care le făcusem. M-am dus să le iau, un fel de operațiune de salvare, dacă vrei. În secret, m-am dus să văd ce făcuse toată săptămâna, ce progres realizase fără mine. M-am dus în parte sperând ca atelierul să fie exact așa cum îl lăsasem, că orice s-ar fi petrecut – ceva trebuie să se fi petrecut – ar fi fost suficient de important încât să o țină la distanță.

Se auzeau sunete când eram deja pe scară. Muzică orientală amplă, nu ceva tipic pentru ea, discuții, lovituri. Era mișcarea vieții, a vieților. Pe măsură ce înaintam pe coridor, am crezut că poate avea o petrecere, dar sunetele nu erau sunete de petrecere. Nu m-au auzit intrând. Erau prea ocupați. De fapt, asta nu e complet adevărat: o tânără femeie, pe la douăzeci și cinci de ani, într-o tunică neagră, scurtă, cu ochi uriași, o față foarte albă și păr ondulat, de acea culoare brună, rară, care pare vopsită chiar și când nu este, s-a desprins de grup și a venit spre mine.

– Îmi pare rău. Vă deranjează zgomotul?

– Acesta este atelierul meu, am spus eu fără să fiu amabilă.

Nu m-am putut abține. Ochii mi s-au îndreptat spre capătul meu de L, spre masa mea și lucrurile mele. Cineva își pusese jacheta cu neatenție peste scaunul meu de lucru și atârnase plase de cumpărături și o geantă lângă el, dar altfel, de la distanță, lucrurile mele păreau în ordine. Vedeam teancul dezordonat de Polaroide pe măsuța mea: nu-mi dădeam seama dacă acolo le lăsasem sau dacă fuseseră mutate.

– Tu cine ești? am întrebat eu, încercând cu un succes minimal să par mai puțin enervată. Și ce cauți aici?

– Îi spun Sirenei că ești aici – trebuie să fii Nora? Îmi dădeam seama din privirea ei – jos, sus, jos, zăbovind asupra saboților mei neîngrijiți, că eu nu eram ce se aștepta. Eu sunt Becca, spuse ea. Sunt cosmeticiana.

Când am intrat în atelier, asta am văzut: Sirena, în centrul unui mic grup de oameni îmbrăcați în negru, într-o lumină slabă, adunați în jurul unei camere de filmat. Bănuiesc că Sirena era regizoarea. Cameramanul era un tip înalt cu un cap ras și un inel de argint în sprânceana neagră. Pe față avea un început de barbă ca tăciunele și un tricou negru din care îi ieșeau brațele lungi și albe, în penumbră. Mai târziu, când s-a ridicat, am văzut că era enorm de înalt, avea cel puțin 1,98 m. Era singurul bărbat.

În afară de Sirena și Becca, mai erau trei sau patru alte femei. Una dintre ele părea responsabilă cu lumina și țâșni spre zona Țării Minunilor să manevreze spoturile de lumini și două ecrane mari, argintii, reflectorizante. Toate erau tinere, cu excepția unei femei înalte, cu nasul lung, de patruzeci sau cincizeci de ani, cu păr mare și negru și ochelari moderni, pătrățoși și roșii. Era o prietenă de-a Sirenei, Marlene, o fotografă unguroaică din LA, venită în oraș cu o bursă Radcliffe.

Toate se concentrau pe o femeie în alb, din cap până în picioare îmbrăcată în alb pur, cu o bască albă, ciudată, care îi acoperea părul, ca o căciulă de Ștrumf, dar fără pliu – și care stătea dreaptă. Nu i se vedea decât fața, inclusiv urechile, care ieșeau afară, și mâinile și picioarele, care erau de o nuanță maronie, uniformă, deschisă. Purta o rochie albă, simplă, cu mâneci lungi, cu o fustă enormă și dresuri albe. Părea să crească din iarba artificială precum florile sculptate din jurul ei.

Becca se repezi și îi șopti Sirenei, care se întoarse pe scaunul ei înalt (de unde apăruse acela?), și îmi suflă bezele cu ambele mâini. Dar ea nu s-a ridicat: a indicat că nu putea, chiar acum, așa că mi-am lăsat lucrurile jos și am înaintat spre cameră în timp ce ei puneau un fel de muzică orientală, un fel de valuri amețitoare, plângăcioase și începură din nou să filmeze.

Dintr-odată, femeia în alb a început să se învârtă, mai întâi încet și apoi cu o viteză mai mare, și cercul vast al fustei sale se umflă, unduindu-se frumos în sus și în jos. Vântul pe care îl făcea mișcă florile de aspirină pe tulpinile lor și ele începură, la rândul lor, să danseze. Vedeam cum ea chiar dansa, spre capătul atelierului, iar apoi, pe ecranul camerei, o versiune în miniatură a ei dansa și ea și cele două imagini erau la fel, dar diferite. Când m-am uitat la ea în viața reală, mi se părea că aproape creează o negură în jurul ei, un aer vizibil, dar cu o precizie miniaturizantă, camera îi înregistra răsucirile ca o știință.

Am rămas mai mult de o oră, dar când am plecat, încă lucrau. De fapt, am plecat în timpul unei pauze de filmare înainte de ce a fost, mi-a spus Sirena mai târziu, ultima dublă. Ea voia – și în cele din urmă a obținut – șapte minute perfecte de răsuciri neîntrerupte, dervișa ei – angajată, sau o voluntară de la templul sufist local – care să se învârtă fără oprire, fără să se împiedice, în transa ei meditativă, șapte minute magice. Ea a obținut acele minute – Sirena nu s-a îndoit niciodată de asta, chiar dacă a durat aproape șapte ore ca să fie mulțumită.

Când au făcut pauză pentru mâncare thailandeză, Sirena, veselă și în public – mascată! –, cum nu o mai văzusem înainte, a făcut prezentările. Cameramanul se numea Langleu. Avea o manieră nătângă, era mai bătrân decât crezusem, deși nu la fel ca mine. Marlene părea la început curioasă, cel puțin suficient de curioasă încât să arboreze un zâmbet mare și apoi când a aflat că predam la şcoala primară, ochii ei, ca de şopârlă, s-au astupat şi s-a retras în porţia ei de pad thai. Între Sana, sufita – numită inițial Carolina și fiică rebelă a unor catolici din Puerto Rico – stătea într-o parte, mâncând cu grație felii de papaya înmuiate în sos de lămâie, miraculos, fără să scape nicio picătură pe hainele ei pure. Dintre faldurile ei a scos o batistă din in cu care şi-a şters atentă buzele şi degetele când a terminat. Radiantă, de-abia vorbea: pentru ea era un eveniment spiritual.

Acest lucru nu era valabil, în mod evident, pentru Sirena.

– Unde ai fost, fată nebună, în ultimele zile? a întrebat ea, fără să aștepte un răspuns. Ai pierdut toate momentele incitante! Păcat – am avut asemenea aventuri! Și aceasta este ultima. Ea bătu din palme. Aceasta este piesa centrală. Se întoarse spre femeia beatificată în alb: Și Sana este steaua noastră! Sirena mușcă dintr-un rulou mic de primăvară. Dar toate au fost fantastice. Fetița, femeia în vârstă – nu a fost extraordinară, Marlene? Marlene a fost mâna mea dreaptă, persoana care m-a sprijinit – pentru că fotografia, imaginile fixe, până acum, nu sunt punctul meu forte – video, da, dar nu atât de mult fotografiile. Ea mestecă și mie până și asta mi se părea teatral. Dar imaginile au ieşit bine, nu? Marlene este o fotografă atât de genială, este aproape ruşinos să îţi cer părerea – ea puse o mână pe braţul lui Marlene în felul acela despre care credeam că mi se adresa –, dar ai fost atât de bună încât să spui – ea vorbea cu Marlene în timp ce îmi povestea – că ai crezut că erau bune...

– Ți-am zis, dragă, sunt fenomenale. Știi asta. Iar apoi Marlene a spus, de parcă se întorsese să mă privească, dar fără să se întoarcă deloc: Este atât de plină de falsă modestie! Instalația asta îi va aduce renume.

– Poți să vii mâine după-amiază? mă întrebă Sirena, fixându-mă cu privirea în sfârșit și pentru singura dată în seara aceea. Îți voi arăta computerul cu imaginile acum, este totul acolo – dar vei spune dacă ești de acord. Pentru fetiță, eu și Marlene avem idei diferite.

– Ea vrea să se vadă capul, bărbia și gura, pentru expresie, spuse Marlene, încă privind-o pe Sirena în loc să se uite la mine. Dar cred că este mai bine fără gură. Pentru că atunci pentru femeia tânără ai gura și pentru femeia de vârstă mijlocie...

– Nu-i zice așa, spuse Sirena, râzând. Este de aceeași vârstă cu noi!

– Și noi, dragă Sirena – cumva ea rula „r"-ul așa cum îmi doream eu dintotdeauna –, suntem de asemenea de vârstă mijlocie. Fii mândră de asta! Dar în mod sigur, m-am gândit, privind-o pe Marlene, la impresia care o lăsa cu carnea ei slabă trasă bine pe os – sigur că această femeie nu era de aceeași vârstă ca Sirena? Sirena nu era atât de bătrână. Oricum, contemporana noastră, vom vedea gura și nasul ei, poate chiar partea de jos a ochilor, iar apoi...

– Da, da, întrerupse Sirena, Nora știe: apoi o vedem pe toată, femeia noastră înțeleaptă. Și ea se vede pe toată, ea însăși. În sfârșit. Nora știe asta deja. Am discutat despre asta.

– De multe ori, am murmurat eu.

Mi se părea că eu sugerasem asta. Festinul thailandez era pe sfârșite și Sana, sufita splendidă, se scuzase și se dusese la toaletă. Chiar și misticii aveau nevoie să urineze. Mă întrebam cum avea să se descurce cu baia murdară de artist și rochia ei albă și voluminoasă, dar când s-a întors arăta mai pură ca niciodată.

Nu mai e nevoie să spun că nu se punea problema să lucrez la Edie sau Alice. Și nu se punea problema ca Sirena să îmi fi dus dorul: fusese înconjurată de discipoli, ajutoare și colege, mai presus de toate de Marlene – a cărei operă, îmi aduceam aminte că spusese Sirena, fusese inclusă într-un spectacol de grup la MoMA –, ceea ce îmi amintea de cum era lumea artei și de ce mă îndepărtasem de ea. Toate lunile acelea fuseseră doar o întreținere înainte să sosească adevărații oaspeți. Sirena nu avea deloc nevoie de mine. Am reușit să zâmbesc mult. Înainte să se scufunde înapoi în Țara Minunilor, i-am spus sufitei că era frumoasă și ea s-a uitat la mine de parcă îi vorbisem în aramaică. I-am mulțumit Beccăi pentru rulourile de primăvară, deși mâncasem doar unul. În timp ce îmi adunam lucrurile, am pus cu discreție fotografiile mele Polaroid în geantă. Doar când am zărit puful de pe bărbia mea și de pe umăr – breteaua albă de la sutien – în poza de deasupra teancului, am fost cuprinsă de o asemenea rușine, încât mi s-a făcut rău. Ce prostie amatoricească! Ce hedonism! Pe cine păcăleam? Oare le frunzăriseră? Becca? Marlene? În drum spre ieșire, am privit pentru ultima oară prin penumbră spre câmpul distant de lumină unde Sana se pregătea să se răsucească: era pierdută pentru mine. Nu vedeam decât o sclipire de alb în ceață.

10

În după-amiaza următoare, oamenii dispăruseră și la fel și echipamentul lor. Sirena trebuie să fi dus gunoiul, chiar, sau să o fi pus pe Becca să facă asta, pentru că nu mai era niciun fel de dovadă a prezenței lor – poate cu excepția faptului că toate ceștile de cafea erau curate, ceea ce nu se întâmpla de obicei.

– Nora! strigă ea, fără să ridice privirea. Vino să vezi! Era la calculator și când m-am apropiat, a pus videoclipul cu Sana. Langley tocmai a trimis asta. Am putea să-l modificăm iar, desigur – dar privește!

Culorile erau atât de strălucitoare – iarba artificială era atât de verde, florile atât de mov plin, galben-lămâie, roz. Și Sana, cu excepția acelor porțiuni adorabile măslinii – mâinile acelea, urechile acelea! –, era alb pur, pur de tot. Videoclipul era complet tăcut, ca un vis.

– Dar muzica?

– Nu, nu, vezi tu – nu am discutat asta? Poate cu Marlene – îmi pare rău. Acum nu mai țin minte.

– Nu am discutat muzica.

– Vreau să fie fără sonor. Complet fără sonor. Sihăstria lui Ibn Tufail pe insula lui deșertică nu s-a desfășurat pe muzică – nu *știa* niciun fel de muzică –, cu excepția naturii, sau ce și-ar fi putut imagina în propria minte. Așa că vreau să fie mut. Dar apoi întrebarea mea este – și trebuie să mă decid repede – dacă, în plus față de tăcere, le dăm să aleagă muzică.

– Nu înțeleg.

– Deci, vreau ca fiecare persoană să găsească, în Țara mea a Minunilor, cât de mult spațiu posibil pentru propria ei Țară a Minunilor. Știi asta. Pentru propria lui Țară a Minunilor, chiar. Și ce dacă nu ai imaginație, sau dacă visurile tale au nevoie de ajutor? Așa că poate, în jurul camerei cu videoclipul, sunt seturi de căști audio, da?

– Da?

– Poate patru, cinci sau poate chiar șapte.

– Șapte?

– Pentru că sunt cele șapte stadii ale vieții, pentru că sunt șapte fotografii, șapte văluri, șapte dezveliri, pentru că sunt șapte minute de dans, pentru că șapte este numărul interesant ridică mâinile și apoi luă o țigară dintr-un pachet deschis de pe masă. Nu erau marca lui Skandar – ea le cumpărase singură de data asta.

– Deci sunt șapte seturi de căști. Pare mult. Cam aglomerat, poate.

Sirena ridică din umeri. O priveam amândouă pe Sana dansând pe ecran. O mână era îndreptată spre cer, cealaltă spre pământ. Ea își mișca degetele de parcă erau petale în briză.

– Și?

– Și fiecare set este o altă muzică. Poate nu e muzică deloc. Da, una este cea pe care Sana dansează de fapt, Omar Faruk Tekbilek. Trebuie să mă asigur că am permisiunea. Dar apoi una este cu siguranță un cântec de pasăre – pasăre cântătoare de primăvară, o privighetoare și o mierlă, sau poate împreună. Poate una cântă ceva popular, contemporan – trebuie să întreb pe cineva tânăr. Poate Maria știe? Dar nu, ea sigur ascultă o muzică groaznică. Și apoi pot fi sunete din oraș pe altele – de exemplu, traficul din New York.

– Asta nu pare prea contemplativ. Nu sunt tocmai sunetele iluminării.

– Nu în sine, da. Dar uită-te la videoclip, uită-te – ne-am uitat amândouă –, și imaginează-ți sunetele de claxoane, frâne și cauciucuri, scârțâitul și gălăgia. Și, brusc, dansul ei, rugăciunea ei, dacă vrei, *rezonanța* ei – brusc, puterea Țării ei a Minunilor este chiar mai mare, vezi? Chiar mai liberă. Pentru că ea poate fi transportată acolo în mintea ei, de propriile sale gânduri, nu doar când muzica, asemenea lui Pavlov, îi spune să fie așa, nu doar când cântă păsările, ca în rai, ci chiar și când lumea de afară este într-un haos total – ea spuse „ha-os" – și dezordine. Ea flutură țigara spre ecran și fumul zăbovi, timp de o secundă. Asta o să fie frumos, spuse ea. Și adevărat.

Am așteptat pentru o clipă ca ea să continue. Când nu a continuat, am spus:

– Dar astea sunt doar patru.

– Patru ce?

– Seturi de căști.

Ea mă fixă cu privirea și apoi chicoti.

– Nu știam că poți fi așa o *rompicazzo*, Nora. Îmi place asta foarte mult. Foarte mult.

După ce am făcut cafeaua, ea a spus:

– Fotografiile. Înainte să pleci, trebuie să te uiți la fotografii. Pentru că trebuie să comand tipăriturile în Franța. Ca întotdeauna, ei ar fi trebuit să primească ieri comanda. Vor fi imprimate pe muselină, foarte mari, aproape de trei metri înălțime – chiar și alături de calculatoarele de acum asta nu este atât de ușor, dimensiunea, pe țesătură și să faci șapte, durează. Acum nu mai este foarte mult timp.

– Da, am spus. Bănuiesc că este adevărat. Atât de puțin timp.

Cu o săptămână în urmă, când mi-a spus data pentru spectacolul ei din Paris, părea atât de departe. Brusc, totul se terminase: focusul se mutase. Familia Shahid nu se mai uita la mine acum. Ne năpusteam, sau cel puțin eu, spre final. Pacientul în stare terminală, năpustindu-se spre moarte. Conștientizarea caracterului finit accelera totul din ce în ce mai tare, când cel mai mult vrei ca totul să încetinească. Știam că nu la asta se referea Sirena. Se referea la faptul că mai era atât de puțin timp până la inaugurarea ei. Atât de puțin timp până când ea era pierdută pentru mine.

– Arată-mi-le, atunci, am spus eu. Hai să mergem mai departe.

Fetița nu era chiar așa de mică. Am fost aproape șocată, dar și profund impresionată să o văd goală. Era parte din scopul Sirenei, copilul să nu aibă cinci sau șase ani, pentru că la vârsta aceea nu este nicio rușine în a fi gol, copiii netezi în față, cu organele lor genitale discrete și interschimbabile pe plajă. Nu, șocul era în a vedea trupul aproape trezit al acestui copil care trebuie să fi avut aproape unsprezece ani – care avea, confirmase Sirena, unsprezece ani –, puful ascuțit, roz de pe mugurii sânilor, începutul de șold rotunjit de sub talie, dar acele curbe erau doar o sugestie, încă sub toracele ei compact, membrele lungi, drepte, perfecte, ale unui copil încă inocent, plutind în norii gloriei sale wordsworthiene. Și acolo, la pubis, câteva fire negre, începutul ascunzișului ei, dar despicătura mică și copilărească, încă simplă și inocentă în fața lumii. În toate, ea stătea dreaptă, sprijinindu-se ușor pe șoldul stâng, unghiul său schimbându-se puțin la fiecare cadru. O mână, cea stângă, se întindea spre cameră, părea mai mare, unghiile ei netede și pătrățoase țineau și tânjeau spre promisiunea maturității. Niciuna dintre fotografii nu îi arăta fața, ci punctul exact de decupaj era diferit și în unele erau vizibile bărbia și gura. I-au strâns părul în sus, ca să nu îți poți da seama nici măcar ce culoare ar putea avea și atunci ea era definită de expunerea gâtului său delicat, ca o tulpină, ușor lung față de restul și fragil. Într-o imagine – cea care arăta cel mai mult din ea, pe care Sirena voia să o folosească – își mușca ușor buza și puteai distinge puțin dintr-un dinte, care presa trandafirul perfect al buzei. Era răpitor.

– Vezi, acolo, înțelegi, da? spuse Sirena. Este momentul de ezitare: ea se întinde înainte, dar este nesigură. Își dorește și să poată rămâne. Este relaxată, dar și stânjenită. Un copil, dar nu tocmai.

– Tocmai de aceea nu o poți folosi pe aceasta, am spus eu. Ai încredere în fotograf. Ai încredere în prietena ta. Știe despre ce vorbește.

Sirena ridică mâinile iar și își drese glasul, iritată.

– Folosești doar o singură fotografie cu fata, nu? O singură poză? Nu vezi, dacă o folosești pe aceea, ți s-ar putea părea limpede ce poveste spune, dar tocmai din cauza gurii ei, din cauza dintelui aceluia de fapt spune o poveste într-un fel pe care celelalte nu o fac. Și imediat ce spune o poveste, oamenii o pot interpreta după cum vor ei, pot lua poza aceea și îi pot atribui propria lor poveste. Și chiar dacă ție îți este clar ce zice, nu poți controla ce cred ei că spune. Am crezut că asta era esențial pentru Țara ta a Minunilor, ca fiecare experiență să fie deschisă, unică.

– Da, desigur, dar imaginea asta...

– Pentru tine, ea spune: „Ezit pe vârful cunoașterii". Și pentru o sută de mii de oameni, mesajul este același. Și pentru o sută de perverși dintre suta de mii, mesajul este „Fetița aia vrea să mă fută. Știam eu".

– Dar e ridicol...

– Ai citit *Lolita*? Atât am de spus.

Sirena mai mormăi puțin, dar nu contestă ce spusesem.

Asta, spusei eu, arătând spre versiunea fără cap în care gâtul fetei arăta cel mai grațios, ca de lebădă, și în care degetul arătător al mâinii stângi întinse era puțin ridicat și, într-o anumită lumină, avea în jurul său un fel de umbră care îi accentua lungimea. Oferea fotografiei un aer ușor religios, un fel de ecou al gesturilor Madonnelor medievale.

– Chiar crezi asta?

– Știu asta.

Ea oftă.

– Poate, spuse ea. Poate ai dreptate. Comentariu invidios care mă bucură, până când a continuat. O voi ruga pe Marlene să se uite din nou. Ea nu a ales-o pe asta, asta este a ei – ea arătă spre altă imagine –, dar înțeleg de ce o vrei pe asta. E degetul nu-i așa? Ai dreptate în privința degetului. Nu am remarcat, dar este adevărat.

Imaginile care au urmat erau ale unei fete de douăzeci și doi de ani, ale cărei alunițe îi decorau pielea albă ca niște stropi erotici de vopsea și a cărei gură, o gură în formă de fundă cu o despicătură puternică a buzei superioare, se curba în exterior în ceea ce părea un amuzament cu greu reținut. Erau două cu ea, ambele frontale și într-una ea stătea dreaptă în fața camerei, deși cu mâna își acoperea sfios părțile intime, și în cealaltă, pe jumătate întoarsă, cu brațul întins îmbrățișând aerul, puteai distinge în profilul ei curba coaptă a sânului ei, cu sfârcul ascuțit, întunecat și părul pubian exuberant, chiar tineresc, care se ițea din zona inghinală.

Pentru vârsta mijlocie, Sirena avea două seturi de fotografii. Prima era cu o femeie înaltă, ușor masivă, în acel fel masiv matern – sânii ei erau plini și cădeau inegali, sfârcurile erau orientate în direcții ușor disparate ca niște faruri nealiniate. Pielea burții sale rotunde era încrețită, probabil după sarcină, și asta era în opoziție cu fermitatea ei altfel ca de trunchi de copac, plinătatea unui trup locuit, cu urmele de vinișoare movulii pe coapse și cicatricele sale – una în dreptul apendicelui și un tiv în jurul unui genunchi. Fața femeii era aproape vizibilă, aproape până la ochi – liniile puternice de la nas la gură, obrajii încă rotunzi, dar mai puțin fermi, gușa incipientă sub bărbie. Dar în una dintre cele două fotografii ale sale, cea în care mâna ei puternică, cu vene elegante, se apuca de o parte, râdea, cu gura deschisă, râzând și chiar și fără să îi vezi ochii îi simțeai forța și era frumoasă.

Simțeam în același timp invidie și dispreț față de această femeie fără chip – patruzeci și patru de ani, mi-a spus Sirena, cu trei copii. Simțeam invidie pentru că propriul meu trup, care era mai tânăr în toate privințele, pentru că mai de aproape era mai aproape de un fel de ideal statuar, al meu –, simțeam că era un trup în așteptare, un trup încă nefolosit. Și deși la început aveam revolta instinctivă a unei persoane tinere față de acest trup de vârstă mijlocie, sordid, neglijat, aveam și o senzație de alarmare că, în ciuda eforturilor mele de a rămâne tânără, timpul mă va răvăși și pe mine și că asemenea unei flori nedeschise mă voi ofili pe tulpină. În timp ce aceasta, mă gândeam, este floarea deschisă care urmează să se ofilească: aceasta este plenitudinea vieții.

Al doilea set de fotografii ale vârstei mijlocii m-a uimit. La început nu mi-a venit să cred de ce erau acolo – de ce două modele în acest caz? –, dar într-o clipă am recunoscut lanțul de argint de la gât, curba nasului, clavicula cu singura aluniță, mică, asemenea unei perle negre.

– De ce te-ai fotografiat?

– Ei bine, asta este întrebarea. Marlene le-a făcut pe acestea... Deci Marlene a stat cu camera și a înregistrat-o pe Sirena în goliciunea ei: cumva, era în regulă ca Marlene să facă asta. Și, serios, este o fotografă mai bună decât mine.

– Nu cred asta.

– Ești foarte loială. Dar restul lumii crede asta pentru un motiv. Deci, dacă sunt motive să îmi folosesc trupul – are vârsta potrivită, sunt artista, atunci nu cer nimănui să joace rolul goliciunii mele, dacă vrei... Ea oftă. Și într-o asemenea instalație și asta este important. Vreau, așa cum spui tu, ca toată lumea să aibă parte de propria călătorie în Țara Minunilor, propria călătorie a vieții. Dar fac arta asta pentru că eu sunt în propria mea călătorie a vieții, deci este corect să îmi pun propriul trup acolo, să arăt unde sunt în călătoriile mele.

– Atunci de ce eziți?

– Nu este din cauza cicatricei de la cezariană, dacă la asta te referi! Nu mi-e rușine. Dar nu este fotografia mea. Pentru mine, asta este ciudat, este ca o schimbare de perspectivă, vezi? Arăt lumea prin ochii mei sau mă arăt pe mine lumii?

– Ei bine, depinde.

– *Sì*. Depinde. Așa că trebuie să aleg. Dar trebuie să ai o părere?

Părerea mea era că goliciunea ei mi se părea frumoasă, că trupul ei era în același timp mai fragil, mai copilăresc și mai solid decât mi-aș fi putut imagina. Nu mi-am dat seama că pielea ei măslinie reținea un luciu tineresc peste tot, de parcă ar fi fost făcută din unt: oasele șoldurilor de o parte și de alta a stomacului ei plat erau ca niște butoane lustruite. Nu înțelesesem, în tot acest timp, cât de mult mai sus avea umărul stâng decât cel drept. Mă făcea fericită să îi văd dintele strâmb ieșind afară când zâmbea.

– Cred că este o decizie pe care trebuie să o iei singură, am spus eu.

– Poate voi avea o revelație.

– Nu le poți folosi pe amândouă? Una din fiecare?

– Este despre simetrie. Aș putea avea șapte femei diferite, altfel. Dar asta înseamnă mai multe fotografii și nu am timp.

– Ai putea aranja încă o ședință foto...

– Nu, spuse ea și părea aproape amară. Așa spune Skandar, de parcă ar mai fi infinit de mult timp. Galeria vrea totul până pe întâi iunie. Deja locul care face imprimeurile mari, pe pânză, de mărimea asta, vrea șase săptămâni. Nu sunt șase săptămâni. Poate că pot să se grăbească pentru mine, spun ei, dar dacă există o greșeală sau o problemă, nu este loc de eșec – *nu este loc!* Ea aproape că striga. Și sunt atâtea de făcut. Inima, am vrut să pun inima din plastic aici, dar acum se pare că locul cel mai bun în care să instalez pompa este la Paris, dar trebuie să fie făcut după specificațiile exacte – încerc, cel mai devreme săptămâna viitoare, să rog un prieten de-al unui prieten să mă ajute să o fac acolo –, pentru că joi mă duc la New York, pentru galerii, ai uitat? Și apoi, nu mă voi mai întoarce până sâmbătă sau poate duminică și se mai pierde o săptămână. Se pierde, vezi?

– Văd. Asta trebuia să spun.

– Pentru tine nu este la fel, nu ai termene-limită, nu ai angajamente, ai tot timpul, un ocean de timp! Dar pentru mine este mereu contracronometru. Cineva mereu așteaptă, Sirena, ai întârziat, ai întârziat – aici, acasă, Reza, Skandar, nenorocita de dădacă, galeria din Paris care strigă la telefon – mereu este prea mult. Și spectacolul ăsta – este foarte important, este șansa mea. Îmbătrânesc și, da, sunt începuturile, am avut parte de o atenție frumoasă, dar de fiecare dată contează mai mult. Dacă eşuez, va fi sfârşitul. De fiecare dată este cu atât mai adevărat. Asta dacă nu pot cu adevărat să urc peste zid. De data asta, trebuie. Contează atât de mult.

– Înţeleg, am spus eu din nou.

Nu trebuie să spun că mă jupuia de vie.

– Deci, gata cu pozele. O să aleg una sau alta până diseară. Poate voi alege cu ochii închişi şi o să văd ce o să iasă. Ea râse aprig şi îşi tamponă ochii. Se agitase destul de mult. Nu, desigur că nu ştiam cum era să ai o şansă, sau o viaţă, deloc. Deci nu am terminat complet cu fotografiile. Mai am femeia înţeleaptă şi ale ei sunt cele mai bune.

– Ar trebui să plec într-un minut.

Nu, ai venit să lucrezi. Îmi pare rău că m-am agitat atât – sunt atât de obosită. Sunt copleşită. Draga mea prietenă, uită-te repede la fotografii şi apoi mergi şi lucrează – ştiu că nu ai mai stat la masa de lucru de zile întregi. Vreau să vezi premiul meu, cele mai bune.

În ciuda gloriei celorlalte, erau, într-adevăr, cele mai bune. Sirena explică faptul că femeia, de optzeci şi trei de ani, era la clasa de yoga. Ea însăşi era pictoriţă, după cum s-a dovedit, şi o terapeută pentru copii care, deşi era pensionată oficial, încă oferea consultaţii. Era văduvă. Nu avea copii. Numele ei era Rose, nu că ar fi contat.

În aceste fotografii o vedeam pe Rose întreagă. Avea picioare cu bătături şi degete atât de strâmbate din cauza artritei, încât te întrebai cum de putea să ţină un pix. Pe sânul ei stâng, redus, avea cicatricea albă a unei lumpectomii – cancer la sân la cincizeci şi opt de ani –, dar era de-abia vizibilă. Sânii ei erau ugere ofilite, tiresiene, ca sânii femeilor native de la cursurile mele de istorie, sâni atât de departe de ceva erotic sau matern, încât de-abia puteau fi numiţi sâni, erau mai mult ca nişte saci aproape goi, lipiţi de cutia toracică. Scheletul ei se vedea peste tot, aproape că ieşea din piele: sternul strălucea pe sub suprafaţa pielii, ca umbra mortalităţii, coastele ei, şoldurile asimetrice, ciudate, stilate, genunchii noduroşi... Şi asta în ciuda pistruilor săi uimitori: pielea ei era peste tot atât de pătată, încât nu puteai distinge fundalul de pistrui. Nu era colecția blândă de alunițe care populau gâtul tinerei femei ca niște săruturi – Rose avea un trup pictat de Jackson Pollock, o carcasă umană la fel de pătată ca orice pânză, atât de intensă, încât, în goliciunea ei, părea aproape îmbrăcată. Adoram faptul că, în toate astea, unghiile ei de la mâini și de la picioare erau atent date cu ojă, nu strident, dar intenționat, roz de scoică, vanitatea unei doamne bătrâne.

Dar o să îi văd fața! După toate celelalte trupuri fără chip ale celorlalte, să primesc darul chipului ei aproape că mi-a adus lacrimi în ochi. Și ce chip! La fel de pistruiat, sau poate chiar mai mult decât restul trupului, pigmentul ei, o mască, ridurile aproape pliuri, dar acolo, acolo strălucea spiritul. Ochii ei palizi străluceau limpezi și feroce, răsunător de voioși. Nasul ei puternic, compact, ieșea din oceanul chipului ei ca prora unei corăbii. Dinții ei, atât de albi, consolator de strâmbi. Și părul ei alb, pur, uleiat și drept, impecabil despărțit și dat pe spate de pe fața ei, strălucea.

În una dintre cele două imagini pe care le alesese Sirena, Rose dansa, jumătatea unei răsuciri, într-un ecou aproximativ al dansului de derviș al Sanei. În cealaltă, cea mai frumoasă dintre toate fotografiile, ea întindea ambele brațe spre cameră, ca spre un copil, cu un zâmbet care era în același timp primitor și conspirativ, de parcă ar spune: „Vino, vino și îți voi arăta toate minunile pe care le cunosc".

Nu puteai privi goliciunea lui Rose cu invidie, sau dispreț, sau chiar amărăciune: mă uitam la ea cu uimire și mă gândeam: „Lasă-mă să vin cu tine".

Iar apoi m-am gândit, în ciuda furiei mele pe Sirena de atunci, că dacă ea nu făcea nimic altceva la instalația ei, dacă Țara Minunilor ar fi fost doar fotografia aceea, ar fi făcut un lucru frumos și care ar inspira. M-am gândit că Marlene avusese dreptate, asta o va lansa. Ea nu avusese nevoie de mine să îi cos bolta rochiilor lui Alice, nu avusese nevoie de florile de aspirină sau de oglinzile sparte – în cele din urmă, totul era, pe îndelete, inteligent sau frumos. Acesta era adevăratul moment: aceasta era Țara Minunilor.

– Sunt fantastice, a fost tot ce puteam să spun.

Și ea a pus mâna pe brațul meu, în felul acela și m-a privit cu adevărat și a spus:

– Mulțumesc.

11

Săptămâna următoare, Sirena s-a dus la New York, deși nu înainte să confirmăm aventura noastră la Appleton pentru luni, peste două săptămâni, după-amiaza. Urma să aducem toți copiii, dar ea îi va filma numai pe cei ai căror părinți fuseseră de acord cu asta. Pentru ceilalți, eu urma să ofer un proiect artistic, în capătul meu de atelier. Am pregătit formulare de oferire a acordului cu două secțiuni și le-am trimis acasă tuturor părinților.

În final, Sirena avea să o aleagă pe Anna Z drept galerista ei, în ceea ce părea la vremea aceea o alegere îndrăzneață, chiar riscantă – galeria va supraviețui măcar? Cine putea să știe? – dar de-a lungul ultimilor ani, chiar în perioadele dificile, au prosperat amândouă și succesul fiecăreia l-a hrănit pe al celeilalte, astfel încât acum Anna are meritul de a fi „descoperit-o“ pe Sirena și Sirena, poate mai precis, a fi „lansat-o“ pe Anna. Dar asta avea să se întâmple mai târziu. Sirena plecase. Evident, știam că așa va fi. Timp de peste o săptămână nu mai lucrasem la cutiile mele, deși părea mult mai mult timp. Fusesem pusă la punct atât de ferm în zilele acelea. De-abia rezistasem impulsului de a-mi rupe Polaroidele – cine mă credeam? Cum aș fi putut să le arăt cuiva? – dar încă nu mă puteam uita la ele. Le-am băgat în fundul sertarului meu de lenjerie, de parcă erau pornografie îndrăzneață, în loc de triste și cuminți. Nu doar că îmi era rușine, îmi era rușine că îmi era rușine. Nici Alice și nici Edie nu ar fi avut timpul sau răbdarea pentru pudicitatea mea, vacă proastă ce eram.

Ideea era să fiu bună la asta - la artă - și să nu îmi pese. Nu era clar care dintre acestea era mai importantă, sau dacă, pur și simplu, problema era să îți pese. Ar fi fost mai bine să fii bun și să nu îți pese? Evident, mai presus de orice - în ochii minții o aveam pe Rose în goliciunea ei splendidă - era important să fii bun. Sirena, a dracului, era bună.

Dar asta, mi-am spus mie însămi, nu era un motiv să îmi abandonez artiștii și habitatele lor. *Ei* erau buni, chiar dacă eu nu eram în mod deosebit - îndoiala! Îndoiala! Inamicul vieții mele - și le datoram asta: deci când Sirena era plecată, m-am dus în atelier joi și din nou vineri și am rămas acolo până noaptea târziu, să aleg și să pun atent în ramă, sub sticlă, tipăriturile perfecte, reduse ale lui Edie, care, odată instalate, aveau să privească asupra ei în camera ei sigilată. Chiar în timp ce pileam, măsuram și lipeam, m-am gândit: Ce sunt aceste imagini, de fapt? Ele nu sunt noi. Nu *aduc noutate*, așa cum își dorea Pound atât de mult. O coțofană care cârpea, eforturile mele nu meritau nicio recompensă. Sau mai degrabă: dat fiind cât de multă muncă presupuneau eforturile mele, eșecul efortului meu era ceva mai mare, întru câtva mai grandios, un eșec pe care îl puteam simți, ca o persoană oarbă, dar nu îl puteam identifica cum trebuie. Dar de ce, m-am întrebat în același timp, de ce să judec ceea ce încă nu era realizat, ceea ce încă nu era deplin în sine? Dioramele nu sunt în competiție cu nimeni, cu nimic, sunt expresia ta.

A ta.

A ta? Cum pot să fie *ale tale*, când sunt numai omagii primitive la adresa unor artiste grozave, adevărate, dintr-un domeniu sau altul? Dar ca secvență, au o logică...

Și acea logică este în întregime subsidiară. Este logica unui discipol.

Dar nu suntem - majoritatea dintre noi - discipoli?

Dar cine vrem să fim? În mod sigur, o operă de artă nu este, pur și simplu, despre ce *este*? Lași o ușă deschisă pentru ce poate fi, pentru ce vrem să fim?

Chiar când pileam, măsuram și lipeam, mă gândeam mai mult la răsucirile Sanei, sau la fata-copil care întindea brațele, sau la îmbrățișarea lui Rose, mai degrabă, decât la propria mea operă. Mă gândeam la sugestia monstruozității din lumea Sirenei, la ochii de Jabberwock și la filmul pe care propunea să îl facă cu elevii la cum va fi, de fapt.

Era vineri seara, cam pe la ora zece, când am devenit conștientă, ca atunci cu luni în urmă, de pașii de pe coridor, de o oprire bruscă în prag, înainte de inevitabilul ciocănit. Era cald și aveam toate ferestrele deschise, așa că foșnetul frunzelor de afară era ca o voce, o șoaptă și era atât de calmă și în mod uimitor am descoperit că și eu eram calmă, sau aproape. Nu am dat să iau cuțitul X-Acto și nici nu am început să transpir. În plus, am recunoscut ciocănitul.

– Cine este? am strigat și m-am îndreptat spre ușă și ca reacție, din nou, ciocănitul distinct.

Skandar stătea afară, cu un amestec de verdeață pe un umăr, pe sacoul său, de parcă mersese printr-un tufiș.

– Hei, am zâmbit.

Nu mă puteam abține. Am simțit un fior atât de puternic, încât aproape mi s-a făcut rău.

– Uau.

– Am fost la o cină, nu departe de aici. Niște studenți libanezi, nu departe de aici, care vorbesc mult. Aproape de Davis Square. El purta acel zâmbet nătâng și în mod sigur băuse câteva pahare. Avea o pungă de hârtie. M-am gândit că poate ai nevoie de o pauză, spuse el. M-am gândit, fie ceva de băut, fie o plimbare. Așa că am adus o sticlă cu vin – e roșu, cred că îți place roșu – și am adus...

El privi în jos.

– Pantofii tăi.

– Da. Mi-am adus pantofii. De care voi avea nevoie dacă mergem la o plimbare.

– În mod sigur pe aici, am spus eu, scoţând sticla din pungă. Intră.

El era neîncrezător, aproape timid, maniera lui foarte diferită faţă de aceea a primei sale vizite, când se comportase de parcă era gazda mea, şi nu invers.

– Stai jos, am zis eu, arătând spre pernele soţiei sale. Aduc nişte pahare.

Erau numai căni de cafea la vedere, acelea drăguţe, ciobite, atât de empatic ale ei. Am turnat vin roşu în două dintre ele şi m-am simţit ademenitor de boemă făcând asta şi m-am întrebat cât de mult îi datoram ei şi caracterului ei boem şi oricărei ispite aş putea-o avea. Dar atunci nu conta. Până şi gândul era o anticipare a vinovăţiei. Am sperat să nu comenteze despre căni. N-a făcut-o.

– Deci, spuse el, sincer şi spăsit. Deci. Mulţumesc.

– *Eu* îţi mulţumesc.

Am ridicat cana în salut, am băut. Eram impresionată de stânjeneala lui şi de a mea. Pentru puţină vreme a fost tăcere, pentru că nu mă puteam gândi să spun decât „Cine e cu Reza?“ sau „Ce veşti ai de la Sirena?“ şi acestea erau ambele nişte lucruri pe care nu voiam să le spun. El se uita la mine, în acest timp, foarte încremenit, ca o pisică. M-am întrebat scurt cât ar fi putut să fi băut.

– Studenţii tăi te-au hrănit bine?

– Falafel. Chebap. Ştii tu.

– Am nişte salată de paste rămasă dacă vrei. De la Whole Foods. Rotini cu pesto.

El făcu un gest, mai degrabă copilăresc decât lupesc, de consimţământ. I-am dat cutia maro. Am accentuat faptul că am spălat furculiţa la chiuvetă înainte să i-o dau.

– Ceva nou? Am încercat din nou. În lumea largă?

– Ay. În Liban, azi, alt bombardament. La nord de Beirut.

Nu mă aşteptasem la acest gen de răspuns. Intenţionasem întrebarea mai lejeră. Mi-a luat un minut să spun ceva.

– A murit cineva?

– Cinci sau șase oameni răniți. Nu vei vedea multe despre asta aici. Merită raportat numai dacă cineva moare.

– Se știe cine este responsabil?

El rămase cu capul în jos, se chinuia cu un rotino rătăcit.

– Alegerile sunt peste trei săptămâni. Voci diferite vor să se facă auzite. Este o problemă.

– Ai vorbit despre asta cu studenții?

– Știi cum sunt studenții mei...

– La fel cum sunt studenții *mei*, am spus eu, dar care au opt ani.

El zâmbi.

– Nu este, într-un fel, asemănător? Ei au opiniile lor și nu prea vor să le audă pe ale tale, doar în cazul în care coincid cu ale lor. Este mereu la fel.

– Ei bine, în sensul ăsta, cu toții suntem la fel.

– Adesea cred, spuse el, că aproape toată lumea este ca un copil. Că dacă brusc ar fi să ne dăm măștile jos, s-ar vedea că suntem cu toții copii.

– Nu știam că am un suflet pereche atât de la îndemână.

– Pardon?

– Spun o versiune a acestui lucru aproape zilnic. Uneori îmi zic singură, când am de-a face cu adulți enervanți, să își imagineze copilul acolo. Pentru că, indiferent cât de enervant este copilul, pot simți compasiune față de el sau ea.

– Mereu?

– Aproape mereu.

– Ce fel de copil ai fost?

– Distractiv, deși chiar când am spus asta, mi-am dat seama că mi-o imaginam pe mama, nu pe mine: mama mea bronzată, rigidă, într-o fustă galben-verzuie și o bluză albă, polo, fără mâneci, cu sandale cu mărgele și ochelari de soare enormi, o țigară într-o mână, un gin tonic în alta. Flirta cu Horace Walker din cartier și nu era un copil deloc. Am fost un copil foarte distractiv. Și tu?

– Serios. El se ridică de pe acele perne totuşi nu fără efort. Te deranjează dacă fumez? El nu aşteptă un răspuns. Am fost un copil mult prea serios şi, drept consecinţă, nu foarte interesant. El a băut conţinutul cănii de cafea dintr-o înghiţitură. Ar trebui să plec, a spus el.

– De-abia ţi-ai aprins ţigara.

– Adevărat.

Ea era acolo, în încăpere cu noi, deşi luminile din colţul ei erau stinse. Nu trebuia să îi menţionez numele.

– Vrei să vezi instalaţia de până acum?

– Într-un minut, spuse el. Amândoi ştiam că mă refeream la instalaţia ei, nu a mea. Aş vrea să văd mai întâi la ce ai lucrat tu.

Nu ştiam dacă să îl cred – el chiar nu voia să vadă instalaţia ei? Am turnat vin în cana lui de cafea.

– Bine, am spus eu. Sună bine. Pe care vrei să o vezi?

– Pe toate, spuse el. Dacă e posibil. Câte sunt?

– Trei. Ei bine, două, de fapt. Una întreagă şi două jumătăţi.

– Super. Arată-mi.

El se aplecă deasupra lor, una după alta, lăsându-se pe vine şi închizând un ochi să privească direct pe ferestre decât să se uite la ele de deasupra. Se mişca foarte încet şi se uita foarte atent şi ori de câte ori voia să atingă ceva, se uita la mine mai întâi întrebător şi aştepta permisiunea mea. În timp ce privea, părea foarte mult copilul serios care pretinsese că fusese şi asta îmi plăcea – mă entuziasma – cât de grav îmi privea camerele, artistele şi cum de nu era afectare şi exclamaţii, doar o grijă tăcută. Avea grijă. Îl iubeam pentru asta şi nu puteam să nu îl compar cu soţia lui şi mă gândeam cât de mult mai stabil era, cât de mult era liber să fie el însuşi.

Când termină, în sfârşit, se dădu înapoi şi se uită la mine, în schimb, la fel de serios.

– Sunt remarcabile, spuse el în cele din urmă. Chiar extraordinare. El îşi umplu cana cu vin, mai aprinse o ţigară. Sunt în acelaşi timp fidele realităţii şi emoţionale – şi atât de mici.

– Atât de *mici*?

Nu suna a compliment.

– Sunt atât de multe lucruri într-un spațiu atât de mic. Este ca o miniatură persană, pictată cu un singur fir de pensulă: minuscul, precis, aici este o lume întreagă. Tot ceea ce contează, totul numai emoție.

– Da.

Dacă la asta se referea, atunci bine.

– Dar întrebarea este de ce? De ce atât de mici? Să exprimi discret, dar să spui cel mai mare adevăr? Sau, ca miniaturile persane, să fie portabile, să poată merge oriunde și încă să poată exprima, prin frumusețea și complexitatea lor, vasta avere a proprietarului lor? Sau în cazul acesta, este pentru că nu simt că li se permite să fie mai mari?

– Ce vrei să spui?

– De ce nu o cameră întreagă, în mărime naturală, pentru fiecare? De ce numai o cutiuță?

Am ridicat din umeri, conștientă de faptul că mă înțepau ochii.

– De ce, când în aceste camere este atâta emoție, în aceste artiste – de ce totul este trist?

– Am pus bucuria în fiecare cameră. Trebuie doar să o cauți. Este acolo – o amuletă aurie.

– Bine; în regulă. Dar de ce, o dată, doar o singură dată, nu este ea cel mai mare element? De ce bucuria nu ocupă toată camera?

Aveam lacrimi în ochi. Simțeam cum se adună. Am clipit repetat ca el să nu le vadă. Am înțeles brusc că, indiferent, arta Sirenei era mereu voioasă: ceea ce era adevărat – chiar dacă ea nu era neapărat sinceră – și voioasă în același timp. Arta mea era tristă pentru că sufletul meu era trist. Era adevărat?

– Crezi că sufletul meu este trist? l-am întrebat eu.

– Cred că sufletul tău este frumos, spuse el. Deși încă era serios – din ce îmi dădeam seama, era foarte serios –, îmi amintea și de Didi, care spusese: „Dacă arată ca o frunză de arțar și dă senzația unei frunze de arțar, și se află sub un arțar..."

– Cred că tu nu crezi asta, dar sufletul tău este frumos, a continuat el și el mi-a luat mâna stângă în mâinile lui, care erau pătrățoase, cărnoase, fierbinți și uscate, ca un furnal, dar toate aceste lucruri erau incitante. Și cred că are o mare capacitate pentru bucurie și pentru tristețe în același timp. Nu trebuie să îți faci griji în privința sufletului tău. În schimb, trebuie doar să îți muți toate emoțiile afară din cutiuțele lor și să le lași să ocupe toată camera.

– Nu ar ocupa doar camera, spusei eu.

– Știu, lupul tău înfometat și de nesăturat. Dar cum îi vei cunoaște furia dacă nu îl eliberezi din cușcă?

Eram în același timp în moment și în afara lui, conștientă de teatrul și de kitsch-ul acestuia – cum puteam să nu? –, cu toate astea, complet implicată – degetele mele, pielea mea, inima mea. În urechea mea, vocea lui Didi râdea – „prostuța!“ – și vocea Sirenei nu mi-o puteam imagina, măcar, strigătul ei, ca durerea și mama mea în fundal, care șoptea încet, „Cum îndrăznești, Șoricel? Cum îndrăznești? Cine te crezi, Șoricel? Cine crezi tu că ești?“

Dar atunci, atracția asupra mea nu era despre cine credeam eu că sunt, era despre cine credea *el* că eram: nu Emily, nu Virginia, sau Alice, sau Edie, sau chiar Sirena. Nu o Femeie de la Etaj. Niciun singur lucru. În acel moment, nu mi-am mai văzut conturul, nu mai conta deloc. Pentru cineva, aveam un contur, implauzibil, unul demn. Când mâinile lui s-au mișcat, calde, egale, ca niște pietre fierbinți pe spatele meu, doar ca să fie Nora Eldridge, goală, a părut, pentru scurt timp, de parcă puteam fi iertată, de parcă puteam fi destul.

12

La început am crezut că totul va fi în ordine. Skandar și cu mine am avut o conversație - oblică, ciudată, dar o conversație - despre cum asta era important, dar greșit și cum nu putea să continue. Vezi, eram uimită: aceasta nu era o poveste pe care o trăisem în mintea mea. Mărgica nu se potrivea pe ața mea. Și, da, credeam că puteam să o fac să dispară, pentru că așa trebuia, pentru că era prea mult în joc altfel. Cât de ciudat era că a te simți pe tine însăți clar, transparent, să fii văzută cu deosebită compasiune de o persoană prețioasă, însemna să riști o distorsiune ciudată în ochiul celuilalt. Mereu le spunem copiilor că este mai bine să fii sincer, dar și eu știam când să mint, dintr-o cauză nobilă. Nu părea fals, sau forțat, sau ca o seducție, sau ca o greșeală. Nu simțeam că era în conflict cu prietenia mea cu Sirena sau cu dragostea mea - dragostea mea nebunească - pentru ea.

Tristețile mele erau multe, dar asta nu era, printre ele, o tristețe referitoare la ce făcuserăm, valoarea morală absolută a acestui fapt nu mi se părea negativă: dacă ai putea separa acea mărgică de vecinele ei, să o scoți din timp și să o ții în lumină, cât de frumoasă și transparentă putea să fie o mărgică. Dacă trebuia să faci o cameră pentru artista Nora Eldridge și să o înfățișezi pe ea în acea experiență, ar fi o bucurie. Nu știam ce să spun despre faptul că pentru o vreme am stat întinși pe iarba artificială, printre florile de aspirină unduitoare. Nu pot explica asta, sau atunci nu puteam.

Luni dimineață aproape că m-am înecat când l-am văzut pe Reza la biroul său, cu tricoul lui călcat, cu o șuviță de păr negru care se ridica spre cer, cârlionțată. Acum, brusc, nu vedeam în el doar ochii mamei sale, ci și nasul tatălui său, buzele tatălui său. Zâmbetul lui neîndemânatic. Trebuie să mă fi uitat ciudat la el, pentru că la rândul său a forțat spre mine un zâmbet molatic, zâmbetul cuiva care nu a făcut nimic greșit, dar se teme să nu fie acuzat. Chiar din fața camerei mi se părea că pot să văd cicatricea de lângă ochiul lui, cicatricea mea și la vederea acesteia îmi aminteam medicul de la spital, care îi cususe tivul fin.

Nu m-am blocat, nu m-am oprit, ziua se lansase, momentul trecuse și în rutina neclintită din 3E, în familiaritatea absolută și agitația copiilor din jurul meu, erau evenimentele de vineri seară și nu astea, care păreau a fi un vis și pe măsură ce trecea ziua, am uitat despre ele. Și apoi, în după-amiaza aceea, am avut o ședință cu personalul de la Appleton – Shauna era îndrăgostită de sunetul vocii sale, vorbind despre planurile pentru finalul de an școlar: spectacolul de talente, strângerea de fonduri, picnicul cu toată școala – și nici măcar nu am încercat să mă duc la atelier. Nu mi-a părut rău.

Marți după-amiază, am simțit că nu am curaj, dar eram conștientă și că întâlnirea trebuia să aibă loc – precum Reza și Sirena, trebuia să-mi depășesc stânjeneala și să trec la următoarele scene în care ea finaliza Țara Minunilor, cu legăturile noastre entuziasmante pentru instalația ei glorioasă și pentru înțelegerea noastră comună că arta și viața erau tot ce conta pentru ea.

Șocul a fost să recunosc din clipa în care intram în cameră că pentru Sirena nu exista nicio discontinuitate între atunci și acum. Întâmpinarea ei veselă, își învârtea cu fervoare părul și își potrivea părul, totul era neschimbat. Era aceeași Sirena care plecase cu Amtrakul de dimineață spre New York cu cinci zile în urmă, veselă, egoist de nepăsătoare și plină de încântările excursiei sale.

– Este atât de greu să mă decid, amândoi sunt atât de grozavi – „grozavi-ă" – și amândoi vor să îi aleg pe ei. Voi avea nevoie de ajutorul tău, Nora – am încredere în tine atât de mult. Când i-am arătat nudurile mele Annei, avea lacrimi în ochi. A spus că sunt uimitoare și și eu i-am spus: „Ai grijă. Trebuie să ți le imaginezi în context, corelat cu celelalte piese din instalație" – iar ea a spus: „Sirena, asta este grozav, dar orice ai pune în jurul lor, nu le poate face mai puțin uimitoare. Mai mult, poate, dar nu mai puțin".

– Și tipul celălalt?

Nu puteam să nu fiu entuziasmată pentru ea, chiar dacă se lăuda. Cumva simțeam toate sentimentele separat – și norul de vinovăție, cu inadmisibila sa urmă de triumf, puteam să țin totul în mintea mea simultan.

Pentru că, chiar dacă nu puteam să ascund față de mine însămi că nu doar că mi-i doream pe Sirena și pe Reza – și acum, mai tangibil – pe Skandar (nu lăsa niciodată pe cineva să îți spună că imaginarul este echivalentul realului: pielea ta, pielea ta vastă, care respiră, va insista altfel), dar voiam și Țara Minunilor, râvneam *la imaginația ei* și îmi doream să fie a mea.

O ascultam pe Sirena cum vorbea despre cei doi galeriști, despre spațiile lor și promisiunile pe care i le făcuseră și eu eram cu ea și nu eram cu ea în același timp. Nu era ca la școală cu Reza, unde realitățile de zi cu zi se înlocuiseră una cu cealaltă. Aici, Skandar plutea în atelier, o umbră peste lumina albită a ferestrelor și faptul că ea nu îl putea vedea între noi nu îl făcea să dispară. În mod confuz, nu o iubeam mai puțin, nu tânjeam mai puțin după ea, deși o invidiam mai mult. Dacă m-ar fi îmbrățișat atunci – ei bine, într-un fel metaforic, ea mă îmbrățișase, făcuse asta de la început și poate m-aș fi gândit chiar, în toate lunile acelea, că ea putea, într-adevăr, să mă *vadă* și la un anumit nivel credeam asta chiar după ce Skandar se oprise și se uitase și chiar văzuse – și chiar atunci, atât de târziu, credeam că ea ar putea să mă vadă, așa că vinovăția mea îl făcea pe Skandar o umbră de care mă minunam că ea nu o putea vedea. M-am gândit: „O să fie greu. Mai greu decât mi-am dat seama". Dar nu m-am gândit „O să fie imposibil".

În acea seară de joi, m-am dus să stau cu Reza. Mă așteptam să fie prima mea dată cu toți trei la un loc, dar Skandar nu era acasă: ședințe la universitate, spusese Sirena. Ceva legat de finalul anului. Ea avea să i se alăture la dineu.

Era distrasă, de cine ar putea să sune – se grăbea să se schimbe, aproape poruncea lista cu ce era de mâncare. Mă luptam să nu văd bruschețea ei drept un semn, drept răutate îndreptată spre mine. Știi cum este: un criminal anticipează bănuiala. Ea a reapărut într-un caftan negru acoperit cu multă broderie colorată, cu un medalion greu la gât. Când, în sfârșit, s-a oprit în drum spre ușă, nu am rezistat:

– E totul în regulă? Te-am supărat?

– Să mă superi? Ce absurd! Nu m-ai putea supăra niciodată. Îmi pare atât de rău, sunt depășită. Sunt asaltată de dificultățile lucrurilor practice. Dacă aș fi în Paris, aș putea rezolva aceste lucruri. Mă gândesc că va trebui să mă sui în avion și să mă duc acolo, dar cu Reza e atât de complicat. Acum că s-a terminat semestrul la Harvard, Skandar călătorește atât de mult... Așa că: am capul plin de prostii – ca un joc de șah. Dacă mut piesa asta, iar apoi piesa aceea – apoi tot așa. Și dacă nu privești suficient de mult înainte, atunci, pac, ai dat de belea.

Știam prea bine.

– Dacă pot să ajut...

– Ești aici, nu? Ești cel mai mare ajutor al meu.

– În seara asta, lasă la o parte toate lucrurile astea. Distrează-te.

– Cu un profesor şmecher de economie şi soţia lui psihanalist? Şi omul acela înalt cu o faţă ca de cal care mereu este la televizor! Ar trebui să îi fac rost lui Skandar de o soţie profesionistă. Nu, voi sunteţi cei norocoşi – tu şi micul meu Reza.

Şi, într-adevăr, noi *eram* cei norocoşi: în seara aceea, după ce am mâncat, eu şi Reza am stat pe podeaua din sufragerie şi am construit o navă spaţială în formă liberă din Lego. Am folosit piese dintr-o găleată mare de creaţii abandonate, am petrecut peste o oră făcând asta, calculând turnul de rachetă perfect simetric şi am găsit formele necesare pentru baza sa lată, ovoidă, completată cu lumini, şi ferestre, şi uşi care se deschideau. Am creat încăperi detaşabile, unele cu aripi, unele cu roţi de tanc, am găsit oameni de Lego – creaturi suple, cu capete de ciocan, din *Star Wars,* câţiva tipi solizi care arătau ca nişte fermieri, un canibal sau doi cu fustă – şi ne-am populat staţia spaţială. De fiecare dată când adăugam o persoană, Reza inventa o poveste pentru ea, de unde venea, ce făcea şi de ce se afla acolo.

– Când o să mă fac mare, spuse el, dintr-odată, o să mă fac arhitect. Vreau să creez lumi pentru oameni. Şi poate, zise el cu o licărire care îmi amintea de tatăl lui, poate că, dacă voi crea lumi, asta va crea şi oameni noi. Vezi, când am schimbat pălăria, l-am transformat pe fermierul ăsta într-un doctor de inimă? Nu e grozav?

Îl aşteptam să mă conducă acasă. Mereu mă conducea acasă. Dar de data asta, puţin după ora unsprezece, Sirena a venit singură.

– Sunt extenuată, a spus ea şi şi-a lăsat geanta şi cheile pe masa din sufragerie. N-am mai rezistat niciun minut. Skandar şi omul cu respiraţie de şoarece erau implicaţi într-o conversaţie profundă. Nu ştiu ce crede Skandar că îl poate convinge să facă – să se ducă la CNN şi să insiste asupra unei soluţii bistatale? Cine este atât de naiv, în ţara asta, care îşi doreşte să rămână angajat? Aşa că i-am spus: „Skandar, poate că în seara asta vei salva lumea, dar eu trebuie să dorm..."

– *Este* târziu...

– Da și tu predai mâine-dimineață. Sunt groaznică, am uitat – îmi pare rău. Plouă puțin – vrei să îți chem un taxi?

– E în regulă. Merg pe jos.

– Cel puțin ia umbrela.

Așa că am luat de la Sirena umbrela dungată, de golf, pe care Skandar a ținut-o de mai multe ori, galant, deasupra capului meu și am mers singură acasă. Distanța mi s-a părut mai lungă decât în luni întregi. Oare el a rămas acolo intenționat? Sigur așa era. Consecința întunecată a scurtei noastre ore hrănitoare petrecute împreună avea să fie pierderea unui prieten atât de apropiat? Pentru că, așa cum mi-am dat seama numai atunci după toate plimbările și conversațiile noastre, aș fi putut să îl consider drept prieten.

Astfel, inevitabil, Skandar era adesea în gândurile mele. Uneori părea să uit și imaginația mea obsesivă urma vechea sa traiectorie familiară – ferma imaginară din Vermont, unde ginocrația artistică pașnică, unde o simplă mână pe braț făcea ca venele să pompeze dublu. Și apoi, în fantezie, la fel ca într-un vis, avea să vină gândul: nu mai este așa, lumea s-a schimbat. La fel cum chiar dacă atunci trecuseră deja doi ani de la moartea mamei mele, mă trezeam gândindu-mă la ea ca și când era în viață și brusc îmi aduceam aminte, cu un deget admonestant pe piept, că nu mai era.

La un moment dat, în acel weekend, Sirena s-a decis că trebuia să zboare spre Paris, ca să rezolve turnarea inimii pentru Țara Minunilor. Era prea complicat să încerce să clarifice lucrurile la computer sau la telefon, mi-a spus ea luni dimineața, când a sunat să confirme detaliile pentru vizita de școală din acea după-amiază. Dacă inima nu era potrivită - trebuia să fie deschisă, despicată pe mijloc, pe un podium din plexiglas, la câțiva metri de filmul cu Sana care dansa și trebuia ca la fiecare câteva minute să împrăștie un anume parfum de apă de trandafiri - apoi, așa cum spunea ea, inima instalației ei nu era cum trebuie. Avea să plece joi, cu zborul târziu Air France spre Paris, și a spus că se va întoarce în weekendul următor. Deci știam asta luni și poate că asta mă afectase cumva.

Copiii erau foarte entuziasmați. Orice excursie este un hit - ai putea să îi duci la o centrală de tratare a apei de canalizare și le-ar plăcea -, dar aceasta era una ciudată și liberă și chiar și mai distractivă. Copiilor le place să iasă din rutină, să meargă cu autobuzul școlii în mijlocul zilei, sentimentul de posibilitate. Am plecat de la Appleton la 11.30 chiar după prânzul lor luat devreme. În autobuz erau neobișnuit de agitați: Noah s-a cățărat peste trei rânduri de locuri înainte să îl determin să se așeze, Ebullience s-a certat cu Miles din cauza unui joc de computer de mână pe care nu ar fi trebuit să îl aibă de la bun început, Sofia a început să plângă pentru că a spus că Mia a tras-o de păr. A trebuit să ridic tonul și să amenint că ne întoarcem la școală. Era acel fel de început.

Acestea fiind spuse, aveam un sentiment pozitiv despre excursie. Aproape toți părinții semnaseră acordul pentru filmare - trebuie să fi fost grozav să creadă că odraslele lor aveau să apară într-un fel de film -, dar aranjasem și ca în partea mea de atelier să facem măști din hârtie creponată. Îi pusesem pe copii să citească o versiune prescurtată a lui *Alice în Țara Minunilor* cu o săptămână înainte și ne uitasem pe vechile ilustrații cu pisica Cheshire, Jabberwocky și Tweedledum, Tweedledee și Pălărierul Nebun: ca să poată face măști pentru oricare dintre ei orice alt personaj la alegerea lor. Planul era să împart copiii în două grupe, o jumătate să înceapă să facă măștile, în timp ce cealaltă să alerge prin Țara Minunilor și apoi să facă schimb. Rațiunea pedagogică din spatele după-amiezii nu era întru totul clară nici măcar pentru mine, dar niciunul dintre părinți nu o pusese la îndoială. M-am gândit că era destul de memorabil pentru copii să vadă atelierul unui artist adevărat.

Lucrurile începuseră bine. Când am ajuns la atelier, copiii păreau să fie uimiți de ciudățenia locului și s-au așezat tăcuți într-un cerc pe podea în mijlocul L-ului unde Sirena le explicase cine era și cu ce se ocupa. Se pricepea destul de bine să vorbească cu elevii, mai bine decât mi-aș fi imaginat, și vorbea despre a face artă ca despre un fel de magie, dar și ca despre un fel de joc. În mod interesant, Reza nu a venit în față să o îmbrățișeze: stătea înghesuit între Noah și Aristide, agitându-se și comportându-se ca unul dintre băieți. Îmi aduc aminte că se schimbase în felul acela de-a lungul anului: în septembrie păruse atât de deschis și de afectuos cu mama lui. Dar poate că pentru el era stânjenitor să fie copilul ei, în acest studio mare și alb, în fața tuturor, poate chiar jenant. Poate că se simțea și ciudat să mă vadă pe mine, pe mama lui, aici, împreună și să creadă că acesta era spațiul nostru împărtășit. Nu știu.

Sirena a explicat că tinerii erau liberi să considere toată Țara Minunilor ca pe o scenă, aproape ca și cum erau într-o piesă de teatru.

– Știu că ați citit despre Alice, a spus ea, și vreau să vă prefaceți că ați intrat în vizuina iepurelui. Iată-vă aici în acest bloc ciudat și orice se poate întâmpla. Ea arătă două camere pe care le instalase cu săptămâni în urmă sus în fiecare capăt al peluzei de iarbă artificială. În Țara Minunilor a lui Alice, ea nu știe niciodată dacă o privește cineva. Poate camera de filmat este pornită, dar poate că nu, așa că nu vă gândiți la asta. Gândiți-vă că este o aventură, un joc. Vă puteți juca în grupuri sau vă puteți juca singuri. Voi puteți face din acest spațiu ce vă doriți voi să fie.

Atârnaserăm cioburile de oglinzi de firele lor din tavan ca să creăm partiții strălucitoare în spațiu și întinsesem rochia Aliciei pe jos, cu cerul din țesătură, ondulat, care șerpuia pe toată lungimea camerei. Cususem mănunchiuri de flori de aspirină, câteva lalele de săpun și împrăștiasem bomboane și jeleuri ca să fie găsite de copiii. Pusesem pufurile ei la peluza de iarbă artificială și le drapasem cu pânză de sac, ca să arate ca niște bolovani. În colțurile îndepărtate atârnaserăm câteva perechi de mici luminițe roșii pentru ochii de Jabberwock și când licăreau, un player MP3 scotea zgomote de răgete – unele chiar înspăimântătoare, de fapt. Toți copiii voiau să se joace în Țara Minunilor. Inevitabil, realizarea de măști părea ca un premiu de consolare. Dar i-am împărțit în două grupe și le-am spus că aveau 45 de minute pentru prima lor activitate. Apoi urma o pauză pentru suc și prăjituri, după care făceam schimb. Autobuzul avea să ne aștepte afară la ora două.

Reza, Noah și Aristide erau toți în grupul meu la început, alături de trei alți băieți și un grup de fete. Chiar dacă erau dezamăgiți că trebuiau să aștepte pentru Țara Minunilor, erau animați de ideea că puteau să facă măștile și apoi să se joace cu ele. Le-am atras atenția că măștile trebuiau să se usuce, ceea ce îi făcu pe băieți să simtă că trebuiau să lucreze repede. I-am ajutat pe toți copiii să își modeleze formele măștilor din sârmă de umeraș: le-am măsurat capetele și apoi am îndoit sârma în nasuri și obraji. Apoi, cu relativ puține fasoane, copiii au pus straturile de ziar lipit și au modelat atent carnea în jurul oaselor din metal. Jabberwocky-ul lui Noah a ieșit ca o încrucișare dintre un taur și un cal, cu botul său lung punctat de niște nări largi. Aristide a făcut pisica Cheshire, sau a spus că a făcut-o, deși nu avea urechi, doar o gură imensă, zâmbitoare, care era destul de bună. Reza a ales șoarecele, un personaj minor, executat acceptabil. Avea nasul ascuțit și a dat măștii niște urechi proeminente, dar era în mod deosebit mândru de mustățile sale, șase fire de ață care atârnau, lipite de capătul nasului ca o mustață dezordonată. Băieții au terminat înaintea celorlalți din grup și au întrebat dacă nu puteau trece mai devreme în Țara Minunilor.

Fuseseră atât de buni și era aproape timpul oricum, așa că i-am lăsat. Ar fi trebuit să o întreb pe Sirena dacă era de acord, nu îmi dădusem seama cât de implicată era cu camerele ei, sus pe scări, să le ajusteze ca să urmărească anumiți copii și cât de puțin implicată era să țină evidența timpului.

Totul s-a întâmplat atât de repede. O ajutam pe Sophia cu masca ei de morsă – o sarcină mai mare decât era pregătită – când am văzut, pe furiș, că joaca băieților devenea dură. La început nu am făcut nimic, pentru că m-am gândit că Sirena se ocupa de asta, dar apoi am intrat în mijlocul L-ului și mi-am dat seama că ea era cu spatele și se concentra să le filmeze pe Ebullience și Chastity care se înfășurau una pe alta în țesătura lui Alice și se învârteau. Între timp, în spatele ei, Reza și Noah se încăierau și Aristide făcea zgomote de alarmă cu respirația tăiată, iar apoi l-am văzut clar pe Reza pocnindu-l pe Noah în falcă.

– *STOP!* am strigat – și când doamna Eldridge de la școala Appleton rareori strigă, lumea știe. *Opriți-vă* chiar acum! am tunat spre unde erau ei, ștergându-mi mâinile pline de lipici pe pantaloni. I-am apucat pe ambii băieți de gulerele cămășilor – este ceva ce profesorii făceau des, dar nu mai au voie s-o facă – și mi-am pierdut cumpătul. M-am simțit personal dezamăgită de Reza – nu știu cum altfel să mă exprim. M-a dezamăgit. Ce Dumnezeului se întâmplă aici? Reza Shahid, ai niște explicații serioase de dat. Am *văzut* cu ochii mei ce s-a întâmplat. Ce te-a apucat? Reza s-a încruntat, a ridicat din umeri. Noah: spune-mi. Nu-mi vine să cred că Reza te-ar lovi fără să fie provocat.

Și el a ridicat din umeri. Atunci am văzut că strângea în pumn mai multe flori de aspirină, care atârnau de tulpinile de sârmă.

– Ai cules florile?

– Nimeni nu a spus că nu putem face asta. Era adevărat, nimeni nu spusese că nu puteau face asta. Noah a continuat. Și apoi Reza a sărit pe mine. Ca un nebun.

– Așa s-a întâmplat, Reza?

Reza arăta mai furios decât îl văzusem vreodată, dar nu a spus nimic. A șters tălpile pe iarba artificială. Aveam senzația că asta nu era toată povestea.

– Noah a spus ceva ce te-a supărat?

Reza a ridicat privirea: o căuta pe mama lui și o găsi, iar între ei avu loc un schimb fără cuvinte, la care eu nu eram părtașă.

El tot nu a zis nimic.

Abia atunci mi-am dat seama că toată lumea se adunase în cerc și că Sirena stătea în spatele copiilor, privind. Nu îmi era clar la ce se gândea. Nu mă gândisem la asta în focul acțiunii, dar acum totul părea hidos de ciudat: fusesem extrem de furioasă pentru că mă simțisem trădată de propriul meu copil, de băiatul meu special, băiatul care voia să facă lumea mai bună, dar aici, ca o plesnitură, mi s-a amintit că nu era al meu. Aici era mama lui și privirea de pe chipul ei nu era privirea *prietenei mele,* ci a *părintelui lui*, dacă înțelegi ce vreau să spun: orice s-ar fi gândit, era reacția mamei sale de a-și vedea fiul disciplinat de o profesoară. Eu eram profesoara lui, o străină, asta eram.

Era unul dintre acele momente când deghizările vieții sunt luate, când vezi limpede ce este real și nu îți poți spune decât „e util să înveți asta".

Singurul lucru pe care am putut să îl fac a fost să îmi adopt complet rolul de profesoară și să îl joc până la capăt. Am devenit autoritară cu elevii:

– Nu stați acolo și vă holbați, le-am spus celorlalți. Asta nu vă privește. Întoarceți-vă la jocurile voastre, la măștile voastre. Noah și Reza, veți sta amândoi acolo, la perete, și nu vreau să vă mai aud.

Pentru o clipă, nimeni nu s-a mișcat. I-am văzut pe câțiva dintre copii, inclusiv pe Reza, uitându-se la Sirena. Ea a închis ochii și a încuviințat încet. El s-a întors și Noah s-a dus după el, amândoi cu capetele lăsate în jos, ca niște condamnați.

L-am luat deoparte pe Aristide și l-am întrebat ce s-a întâmplat de fapt. El a spus că Noah a spus lucruri rele despre Țara Minunilor, spusese că era „de rahat". El zisese: „Ideea mamei tale este foarte proastă. Crede că avem doi ani, sau ce?" Și apoi a citat ceva de la televizor sau din altă parte: Noah, obsedat de flatulență, spusese:

„Trag un vânt în direcția ei generală". Încercase să fie amuzant, explică Aristide, dar Reza nu vedea asta.

Sirena nu a venit la mine imediat să vorbească. Poate că nu voia să pară că vrea să facă mare lucru din asta. Nu i-am spus niciodată motivul pentru care Noah și Reza s-au împuns. Îmi imaginez că nici fiul ei nu i-a spus. S-a dus să vorbească cu Reza pentru o clipă, care stătea sprijinit de perete. Ea părea fermă, dar în mare parte se grăbea să se întoarcă sus pe scară și să meșterească la camerele ei, să încerce să scoată un videoclip decent din acest fiasco. După asta, copiii nu se mai jucau atât de liber, nu mai părea natural. Nici măcar după ce grupurile s-au schimbat, după gustare, nu mai era la fel. Se lăsase un fel de mantie peste după-amiaza.

Când îi pregăteam pe copii să plece, Sirena a apărut lângă mine.

– Îmi pare rău de scena aceea, am spus eu.

– Nu te simți prost, a zis ea. Trebuie să îți conduci clasa în stilul tău. Ai regulile tale. Ea oftă. Este păcat, pentru că după aceea nu a mai fost la fel. Copiii sunt atât de sensibili, absorb totul. Și apoi: Nu te deranja să te întorci să faci curat. Mă ocup eu de asta.

– Mulțumesc, Sirena.

De obicei nu îi spuneam așa pe nume. În urechea mea suna aproape ca un ecou.

– Cred că ne luăm la revedere pentru săptămâna asta? Mâine plec la Paris.

– Aproape că am uitat. Era cât pe ce să spun: „O să am grijă de băieții tăi pentru tine", dar apoi m-am gândit mai bine. Sper ca totul să meargă bine.

– Nu-ți face griji. Așa va fi, și se lumină pentru o clipă, părea mai normală – pentru că trebuie.

Cu Reza, lucrurile nu s-au prea schimbat. Îi părea rău – și-a cerut scuze a doua zi înainte să înceapă școala – și, în plus, el nu văzuse ironiile complicate ale zilei precedente. Nu voia să îmi spună ce se întâmplase de fapt, fie pentru că nu voia să pârască, fie pentru că nu voia să repete o insultă la adresa mamei sale, dar simțea că pedeapsa fusese pe măsura faptei sale. Totul se terminase și era uitat, pentru el, cel puțin - ceea ce era o ușurare.

Înainte să plece, Sirena a făcut o treabă bună doar pe jumătate în privința curățeniei în atelier. A pus toate resturile copiilor - pahare, șervețele - într-un sac de gunoi și a măturat podeaua de firimituri. A rearanjat Țara Minunilor, replantând florile și împăturind râul de pânză, dar a lăsat toate măștile rămase nepictate ale copiilor împrăștiate în capătul meu de cameră și lipiciul de hârtie creponată să se întărească într-o găleată, pe care a trebuit să o arunc după aceea. Pentru mine, atelierul acumula multe emoții ciudate. Nu mai era atât de ușor să mă aflu acolo. A trebuit să mai aranjez, în anticiparea întoarcerii sale. Am pus lucrurile la locul lor, dar vizibil, așa cum o femeie de serviciu ar putea să îți aranjeze biroul. Odată ce am terminat, porțiunea Sirenei din L arăta ciudat de părăsită, incompletă, ca o femeie pe jumătate îmbrăcată, și a trebuit să mă întorc cu spatele la ea. Toată săptămâna aceea m-am dus acolo doar seara, prefăcându-mă că lucram, dar sperând doar să aud pașii pe coridor, ciocănitul secret.

Era ocupat, știam. Dar în mod sigur nu putea să mă vadă din cauza forței emoției sale. Era posibil, știam, că nu dorea să aibă de-a face cu mine, dar nu voiam să cred asta. Era mai bine pentru amândoi să fim nobili, să suferim în sevraj. În mod sigur nu aveam să îi telefonez. Continua să mă uimească modul în care atingerea pielii pe piele schimbase lucrurile: cuibărită în brațele lui, capul meu pe pieptul lui, simțisem cum îi bătea inima și pentru o clipă nu eram sigură dacă era a mea. Vârfurile degetelor mele încă simțeau asprimea firelor de păr de pe pieptul lui, moliciunea celor de pe antebraț.

Obrajii şi bărbia mă înţepau, în dimineaţa de după, după atingerea lui din seara anterioară. Şi trupul lui, mâinile lui, limba lui: dacă închideam ochii, erau încă pe mine, în mine, cu mine. Mereu mi-l aminteam, o amintire fizică, un fel de amprentă pe pământ. Am ajuns să îmi dau seama că există ceea ce doreşte mintea şi ceea ce doreşte trupul. Mintea poate excita trupul, dar dorinţele sale pot fi şi false, în timp ce trupul, animalul, vrea ce vrea.

13

În weekendul următor urma să mă duc cu tatăl meu la mătușa Baby. Nu o mai văzusem de la Crăciun și promisesem în grabă că vom petrece noaptea acolo sâmbătă, ca să mă duc cu ea la slujbă duminică dimineața. Vineri seara am stat la atelier aproape până la miezul nopții – nu am lucrat deloc la camerele mele, am citit ziare on-line și am băut vin roșu dintr-o ceașcă de ceai –, dar tot nu auzisem nimic de la Skandar. Sâmbătă dimineața, după o tură de alergare în jurul rezervorului care nu a reușit să îmi limpezească mintea, m-am dus să îl iau pe tata și niște bujori (florile preferate ale mamei) și un pandișpan (mare parte din viața ei, mama mea a făcut prăjituri pentru mătușa Baby, dar eu m-am dus la brutăria Coolidge Corner pe care o găsise când s-a mutat în Brookline și nu mai putea să gătească) și ne-am îndreptat spre nord, spre Cape Ann.

– Ai vorbit cu Matthew săptămâna asta? a întrebat tata, privind prin parbriz spre autostrada I-95, nu la mine.

– Nu. Trebuia?

– Ziua lui Tweety.

– Am uitat. Mereu uit. Uneori credeam că uitam intenționat. Nici ea nu ținea minte ziua mea. E toată lumea în regulă?

– Cred că da, spuse el. Și apoi nimic, pentru câteva minute, tăcere și șuieratul mașinilor în trecere și apoi: Dar cred că s-a întâmplat ceva.

– Ce vrei să spui?

– Ceva e în neregulă. Nu știu exact ce anume. Nu mi-a plăcut să întreb.

– De ce crezi asta?

– De-aia. Pentru că atunci când am cerut să vorbesc cu Tweety, să îi urez la mulți ani, el a spus că ea e plecată.

– E ciudat asta? Oamenii ies în oraș.

– Dar apoi mai târziu, am spus când o să fie acasă, ca să sun din nou – tatăl meu este foarte sârguincios, până la urmă, a lucrat în asigurări toată viața – și el a spus, pe un ton foarte ciudat, că nu știa. Că era probabil mai ușor să mă sune ea.

– Ce e ciudat în asta?

– Era ceva straniu în vocea lui. Era… pietroasă.

– Nu știu ce înseamnă asta.

– Dură. Avea vocea dură, ca și când ar fi supărat. Din câte îmi dădeam seama – eu conduceam –, tatăl meu nu își întorsese nici măcar o dată capul să se uite la mine, dar acum o făcuse și părea ezitant, cu ochii mijiți, și spuse: În plus, pe tine, Tweety te-a sunat vreodată?

– Pe mine? Sigur că nu. Nu fi ridicol. De peste douăzeci de ani.

– Asta vreau să spun. Nici pe mine nu m-a sunat vreodată. Nici când mama ta era pe moarte, nu suna niciodată.

– Nu, țin minte. Mă plânsesem de asta: „Ce fel de familie este asta?“ întrebasem eu.

– Deci el fie este prea supărat să știe ce spune, sau minte intenționat, sau ea a trecut printr-o schimbare radicală… Nu pot să alcătuiesc o variantă în care nu e ceva în neregulă între ei.

Asta nu era tipic pentru tatăl meu. Era tipic mai mult pentru mine.

– Și ce fel de variante ai?

– L-a părăsit.

– Desigur! aproape că am spus. Ai vrea tu!

– Sau e bolnavă.

– Bolnavă?

– Orice e posibil – fizic, mintal, știi tu.

– Bine.

– ...sau copilul e bolnav.

– Copilul nu e bolnav, tată. Și nu mai e copil de mult.

– Ori s-au certat foarte tare și ea a fugit.

– Uau. Ai o adevărată telenovelă cu ei. Ce exotic.

– Sau poate au probleme cu banii...

Am început să râd.

– Tată, e exagerat. Spui nebunii aici.

– Chiar așa?

– Ai prea mult timp liber la dispoziție. Dacă te temi că s-a întâmplat ceva, sună-l pe Matthew și întreabă-l. Probabil că va râde de tine, dar *este* fiul tău, așa că o să râdă de tine politicos. O să te simți mult mai bine.

– Probabil că ai dreptate.

Tatăl meu își drese glasul și își încrucișă mâinile tot mai pline de vene și continuă să privească înainte, prin parbriz. Îmi dădeam seama după cât de încremenit stătea că asta îl deranja mult și că acum era ușurat și desigur, mai târziu, când a vorbit cu Matthew și a aflat că Tweety își spărsese un dinte în ziua aceea într-un sâmbure de măslină și plecase în grabă la dentist, a putut să râdă sincer.

În timpul după-amiezii din Rockport – un prânz prelungit ciudat, cu homar, acea mâncare infernal de supraapreciată, urmată de o plimbare lentă pe malul denivelat, să ne uităm la pescari și la pescărușii furioși care zburau și la doi surferi cutezători în costume de scufundări satanic de strălucitoare și care atacau valurile sărate, niște valuri pe care se depunea o spumă gri, tulburătoare, toxică, în timp ce mătușa mea Baby șchiopăta și se sprijinea de brațul meu, în mirosul ei neplăcut, pudrat, iar tatăl meu, în solitudinea lui de om de afaceri, cu pulover bleumarin, de bumbac, mergea încet în urma noastră –, m-am gândit de multe ori la această conversație improbabilă din mașină și la sfatul meu pentru el. Era evident, dacă voiai transparență, trebuia să găsești curajul de a fi cinstit. Asta în sine nu era o garanție că alții vor fi cinstiți cu tine, dar ce alegere aveai?

Ar fi trebuit să vorbesc cu Sirena despre sentimentele mele cu luni în urmă, dar mă temusem de posibilitate, dar și de limitările ei. Fusese mai ușor să trăiesc în visul meu și acum era imposibil să vorbesc cu ea. Trebuie, m-am decis, să mă mulțumesc cât de mult pot cu ce este real, ceea ce însemna că trebuia să îi telefonez lui Skandar și să îl întreb direct ce se întâmpla, de fapt.

Odată ce m-am decis să fac asta, am devenit mai nerăbdătoare s-o fac. M-am trezit vorbindu-i repezit mătușii Baby: îmi doream să meargă mai repede, să vorbească mai repede, să fie mai interesantă, ca ziua însăși, care părea – în comparație cu viața mea obișnuită, ea însăși puțin incitantă – împotmolită într-un eșec de a progresa, pentru *a se termina odată.* Dar în seara aceea, abia după ora nouă, după ce vasele erau spălate, în sfârșit, în mașina antică, plină de rugină care fremăta, bătrânii aranjați din nou în poveștile lor despre lamentările târzii, am putut să ies de pe alee, suficient de mult spre drumul principal să prind semnal la telefonul mobil și să sun la casa Shahid.

Sâmbătă seara. Îmi imaginam cum telefonul suna în sufrageria lor în timp ce, candelabrul în formă de glob lumina slab. Mi-o imaginam pe Maria, care se juca cu piercingurile ei și mânca popcorn în fața televizorului, în timp ce pe hol pieptul adormit al lui Reza se ridica și cobora în parada colorată de muzicieni de jazz. Le cunoșteam atât de bine viețile. Dar nu: după al treilea apel, el a răspuns.

Mi-l imaginam cum se ridica din fotoliul care scârțâia, cu ochelarii de citit atârnându-i într-o mână, clipind – cu cămașa albă șifonată, mânecile suflecate la jumătatea antebrațelor sale păroase și negre.

– Skandar?

– Da? îmi dădeam seama că nu știa că eu sunt.

– Nora la telefon. Nora Eldridge.

– Desigur! O pauză. Un ton de nedescifrat. Ce mai faci, draga mea Nora?

– Știi tu, am spus eu, încercând să par veselă, relaxată, a fost o săptămână cam dură.

– Da.

– M-am tot gândit că ne vom intersecta. Seara cu dineul – când a fost? Am crezut că te voi vedea...

– Îmi pare rău. Am fost reținut – ținut ostatic, ai putea spune, de ambiția mea. Mereu e ceva prostesc să cedez la asta. Sirena glumește pe seama mea din cauza asta.

– Ești bine?

– În ce sens? El părea precaut, ceea ce mă enerva. Nu-și dădea seama că eram amândoi de aceeași baricadă?

– Vreau să zic doar... e mult, nu? Sirena e plecată, tu ești singur cu Reza...

– A, da. Mulțumesc de întrebare. Cursurile Mariei s-au terminat acum, deci are tot timpul la dispoziție. A fost bine.

– Grozav. Nu aceasta era conversația la care speram. Dar mi-am amintit că aveam nevoie să fiu neînfricată, să fiu sinceră, ca să nu inventez povești în minte. Voiam să știu adevărul. Ți s-a părut grea, cealaltă?

– Cealaltă?

– Noaptea din atelier. Ești în regulă cu asta?

– A, draga mea. Cum ar putea să fie în regulă? Ce cuvinte sunt de spus? Draga mea Nora, așa cum am spus, sunt vremuri în care... cum ai spus?

– Când treci prin oglindă, cred că am spus. Ca în *Călătorie prin oglindă.*

– Da. Și după cum am zis, este un dar atât de rar, dar este și...

– Separat de viață?

– Da. Da, este un fel corect de a spune. Separat de viață.

– Știm amândoi că totuși cel mai important este să îi protejăm pe Sirena și pe Reza...

– Să îi protejăm? zise el părând sincer surprins și poate chiar îngrijorat.

– Vreau să spun doar că nu trebuie să afle niciodată, da? Am căzut de acord aici, da?

– Da. Absolut de acord.

– Crezi că bănuiește ceva?

– Să bănuiască? Nu cred, draga mea. Este ceva separat, a fost exprimarea inimii, un moment adevărat. Dar nu este o poveste, din păcate, pentru că nu poate fi.

– Vreau să spun doar...

– Am împărtășit ceva prețios și nimic nu va anula asta. Și am căzut de acord asupra a ce înseamnă asta, nu o privește deloc pe Sirena. Și știi, nu cred că Sirena are alte griji, chiar acum, cu excepția unei îngrijorări foarte presante despre dacă își poate termina instalația la timp și într-un fel de care poate fi mândră. Cred că acum ea se gândește numai la asta.

Mai târziu m-am întrebat dacă ceea ce îmi spunea el în acel moment era că de ceva vreme ea nu îi mai acordase mai multă atenție decât îmi acordase mie, că el fusese afectat, sau mai rău, de neglijența ei și că el căutase o diversiune, sau o consolare temporară, cu mine. Poate că el nici nu știa că asta îmi spune, de fapt.

Am respirat adânc.

– Pot să te întreb ceva? Despre instalația ei? Skandar, ce crezi că *spune*?

– Spune?

Suna de parcă fuma o țigară.

– Ce crezi că crede ea că *înseamnă*?

Skandar sigur fuma o țigară. Îmi răspunse după ceva timp. Tremuram în întuneric pe asfaltul de lângă drumul principal, și briza de noapte a mării era rece.

– De ce pui o asemenea întrebare? Aceasta nu este o întrebare pe care ai pune-o despre propria ta operă... Este fără sens. Fiecare persoană poate – și va face asta – să dea propriul său răspuns... Asta vrea ea și sigur și tu la fel?

– Dar gândește-te: este o colecție de semne, da? Și ele se pot combina în diferite feluri pentru a crea mai multe interpretări diferite, da? Dar ele nu pot fi finite, nu? Adică există o limită față de ceea ce este plauzibil, o interpretare cu sens, nu crezi?

– Nora, nu știu ce...

– Lasă-mă s-o spun altfel. Există interpretări care sunt, pur și simplu, greșite?

– Pe care Sirena le-ar considera greșite?

– Nici măcar. Nu. Vreau să spun care sunt, pur și simplu, greșite la modul obiectiv – neadevărate, incorecte, false.

– Nu m-am gândit cu adevărat la asta, dar dacă îmi ceri un răspuns direct, voi spune da. Ca un set de fapte, ca niște fapte istorice, sunt evidente, există, evident, niște interpretări incorecte. Deci, cu arta – un fel diferit de amestec de semne și, desigur, semnele nu sunt fapte, deși se pot referi la fapte – poate exista mai mult spațiu de manevră, dar în mod sigur există un punct la care o citire sau o interpretare nu ar fi doar ineptă, sau extremă, ci doar greșită. Da. Voi spune da. De ce pui această întrebare?

Îmi dădeam seama după tonul vocii lui că mă plăcea mai mult după ce întrebasem asta decât înainte. Nu îmi făcea pe plac, își amintea, cu ocazia asta, de conversațiile noastre din timpul lungilor noastre plimbări nocturne și a fost distras de posibilitatea ca eu să fi avut nevoie de afecțiune, cineva care s-ar putea dovedi mai problematic pentru căsnicia lui stabilă și iubitoare în feluri pe care nu le prevăzuse.

– Fără motiv, am spus. Doar mă întrebam. Scuze, Skandar, trebuie să închid. Tatăl meu are nevoie de mine cu ceva.

Ceea ce ar fi putut fi adevărat. Dar de fapt, după ce am încheiat convorbirea – și mi-am oprit telefonul mobil –, am mai zăbovit pe aleea casei pentru încă zece minute, simțind tristețea a ceea ce mi se revelase.

Nu ar trebui să pui o întrebare la care nu vrei să afli răspunsul. Asta înseamnă să ai curajul de a fi cinstit. Nu întrebasem direct dacă însemnam ceva pentru el, sau ce însemnam, dar el clarificase asta. Când m-a văzut cu adevărat, a putut fi o plăcere în trecere, sau chiar, după cum a spus el, un moment prețios, expresia inimii – dar nu schimba nimic în viața lui.

Am stat cu brațele încrucișate în vântul din Rockport, încercând să accept pierderea noii și extrem de necesarei mele fantezii. Mi-am dat seama prea târziu că Skandar era Călugărul meu Negru, familiarul meu cehovian. Chiar mai mult decât Sirena, Skandar era cel care putea să mă convingă de substanța mea, de geniul meu, de însemnătatea gândurilor și eforturilor mele. Dacă mi-ai lua Călugărul Negru, ce eram? Dacă nimeni nu putea sau nu voia să citească în mine semnele onorabilității – al meritului aristic –, atunci cum se putea spune că le aveam? Cum puteam să mă conving pe mine, față de determinarea întregii lumi? Nu era faptul că simțeam că trebuia să mă aleagă pe mine *în locul* ei – nu ai cere cuiva să își abandoneze familia –, dar mă gândisem – sperasem – să îi fie mai greu să aleagă. Sperasem să capăt sentimentul că puteam reprezenta o alegere în sine.

Când ești Femeia de la Etaj, nimeni nu se gândește *mai întâi* la tine. Nimeni nu te sună pe tine înaintea altcuiva, sau îți trimite ție prima vedere. Odată ce mama ta moare, nimeni nu te iubește *mai presus de orice.*

Ai putea crede că este un lucru mărunt și poate că depinde de temperamentul tău, poate pentru unii oameni este ceva mărunt. Dar pentru mine, în acea alee înfundată din fața casei mătușii Baby, cu tatăl și mătușa care terminaseră de disecat moartea și se duceau încet la culcare în spatele ușii stacojii, pregătindu-se pentru slujba de dimineață, la fel de inocenți ca mieii și la fel de vlăguiți de viață ca și cei sacrificați – mă simțeam abandonată de speranță. Simțeam că fusesem văzută și fusesem văzută cu limpezime și aruncată, înapoiată în grămada neînsemnată ca o scoică pe țărm. Nu era despre sex, dorință, sau nu doar despre asta, trebuie să înțelegi – nu l-am lăsat complet în interiorul meu în felul acela, nu cum ar presupune toată lumea, dar ce am făcut împreună și uniunea noastră, dacă pot folosi acest cuvânt, a fost totuși absolută, chiar mai mult, poate, pentru că limitele noastre erau reale și erau create de iubire adevărată pentru alți oameni și am păstrat și asta adevărat. Iar atingerea pielii sale pe a mea – atâta piele descoperită, încât cele mai subțiri straturi pulsatile dintre sufletele noastre: atingerea noastră era una plină de sens. Sau așa am crezut. Pentru mine, asta *însemnase*. Sunt și alte feluri de a interpreta semnele: „Nici măcar nu ne-am culcat împreună“ ar fi unul dintre ele.

Când m-am întors în casă, stinseseră luminile de la parter. Trebuie să se fi gândit că deja mă dusesem la culcare. Am mers pe pipăite până la a doua cameră de oaspeți – o debara, aproape, cu patul său mânăstiresc de o persoană, unde lampa de pe noptieră trebuie să fi avut douăzeci și cinci de wați și nu se punea problema să citesc. M-am întins pe cuvertură, complet îmbrăcată, ascultând mai întâi sforăitul tatălui meu și apoi pe cel al mătușii Baby, șuierăturile lor dizarmonice, dezolate, care traversau zidurile apartamentului de parcă toți dormeam împreună, și unul, și celălalt chinuindu-se cu fiecare inhalare nefastă spre sfârșitul inevitabil, iar eu, încremenită, cu ochii deschiși, așteptând zorii, captivă într-o panică de negestionat din cauza pierderii vieții mele atât de îndrăgite și aparent ireale.

Partea a treia

1

Sirena nu s-a mai întors la Cambridge.

Nu, asta nu e adevărat: s-a întors pentru 72 de ore, o săptămână mai târziu, să își împacheteze bucata ei de atelier. Partea ciudată este că îmi amintesc cu dificultate acel timp și când mă *gândesc* la ea, mereu cred că ea nu s-a mai întors. Poate pentru că a fost atât de distrasă, aproape ca o persoană nebună. Fusese vizitată de realizarea faptului că instalația ei avea să existe cum trebuie numai în locul potrivit – mi-a spus:

– Nora, este ca și când doar ne-am prefăcut. Ca și când m-am jucat cu realizarea piesei mele. Și acum aproape că nu a mai rămas timp, este aproape timpul inaugurării, ceea ce este ca și cum ai spune e aproape timpul să mori și trebuie să găsesc o cale să fiu gata. A nu fi gata nu este o variantă. Așa că, pac, joaca din Cambridge trebuie să se oprească și viața adevărată din Paris trebuie să înceapă din nou. Pac, așa, *acum*.

Îl lua pe Reza acasă cu ea și nu avea sens să sugerez că nu era o idee bună. Dacă ai fi văzut-o, un mic trup aproape incandescent, furios cu energie, cu pasiune pentru proiectul ei: inima avea să fie gata la timp, dar numai pentru că urlase atât de tare la omul de la fabrică și îi promisese să îl plătească dublu – sau deloc, dacă nu livra. Pânzele uriașe cu fotografiile aveau să fie gata cu șase zile mai devreme, dar ea tot suna zilnic în laborator, ca să se asigure cum că ei nu uitau de ea, nu omiteau acele fete și femei în goliciunea lor enormă, glorioasă.

A chemat bărbați cu lize și materiale de împachetat și lăzi de lemn pentru florile ei cu aspirină și iarba ei artificială, pentru cioburile de oglindă spartă și pânza lui Alice, albastră, pe care o cususem pentru ea. Niciunul dintre aceste obiecte, luate individual, nu părea să merite personalul special de mutat artă, care trebuie să fi costat o avere, nici măcar lucrurile tehnice – acele camere video, instalate să filmeze elevii noștri de clasa a treia –, totul a fost împachetat sub stricta ei supraveghere și când băteau în cuie cutiile de lemn chiar părea într-adevăr un ansamblu mai semnificativ – sau poate ar trebui să spun o dezasamblare mai semnificativă – pe care aș fi putut-o anticipa.

Da, am văzut-o și am încercat să o ajut – am cărat doi saci de gunoi uriași cu hainele care îi rămăseseră mici lui Reza la magazinul Goodwill din Davis Square, întrebându-mă dacă vreun băiat american de opt ani se va trezi transformat de sandalele franțuzești și bermudele din toamna trecută – dar orice sentiment al intimității noastre, al prieteniei noastre apropiate de un an a fost dat la o parte în favoarea aspectelor practice urgente. Apropierea prieteniei noastre s-a transformat, presupun, în fapte în loc de cuvinte și probabil că ar fi trebuit să mă simt flatată să pot să mătur și să fac curat în partea ei de atelier, flatată că mă rugase să îi iau hainele de la curățătorie și să îi las cutiile personale la sediul UPS pentru expediere... Ar fi trebuit să fiu măgulită că primisem sticlele ei pe jumătate goale de oțet balsamic și muștar franțuzesc, rămășițele discurilor de vată și ale balsamului ei de păr: că mă alesese pe mine drept destinatarul acestora era mult mai mult o intimitate, în acest fel, precum fusese să își încredințeze fiul experienței mele de dădacă. Și asta era într-un fel vag înjositor, deși nu prea pot să explic de ce.

Deci, da, am văzut-o și, de fapt, am văzut-o foarte bine și trebuie să recunosc că până și în frenezia ei de a pleca din oraș – luând cu ea băiatul meu drag, care părea indiferent față de faptul că eu rămâneam în urmă și se concentra numai pentru a-și relua vechea lui viață, vechii prieteni, dormitorul lui, până și placa de skateboard –, ea reușea să fie afectuoasă, chiar apologetică. A spus de mai multe ori că îi va fi dor de mine și că fusesem o prietenă „indispensabilă". Ea mi-a dat chiar și eșarfa ei bleumarin cu imprimeu de fagure, preferata mea, dar și una dintre ale ei. Era un dar din dragoste, pentru că avea să îi lipsească.

Dar memoria mea a reținut că ea nu s-a mai întors pentru că nu a mai fost niciodată ca înainte și era cu atât mai dureros pentru că nu mă așteptam ca lucrurile să se desfășoare atât de repede. Ar fi trebuit să știu că așa este viața, pentru că moartea mamei mele a fost așa și trecusem prin asta. Pentru că știusem timp de atâta vreme că mama urma să moară în cele din urmă din cauza bolii sale și adesea reușeam să amânăm să credem asta, cu succes, dar în mod bizar, cu cât aveam mai mult succes, cu atât se apropia mai tare, pentru că devenisem atât de concentrați pe supraviețuire și atât de echipați pentru supraviețuire, cu fiecare nouă criză. Și până în ultimele două săptămâni am crezut mereu că va mai fi timp și, de fapt, chiar și în ultimele 48 de ore credeam că va mai continua, poate o săptămână, așa că am fost luați pe nepregătite – literalmente, ni s-a tăiat răsuflarea, atât de surprinși am fost – când brusc și-a dat ultima suflare.

Așa și cu plecarea Sirenei. Știusem de la bun început că va veni și că nu cu mult timp în urmă avusesem șocul neplăcut de a-mi fi dat seama că va veni cu mult mai devreme decât anticipasem. Dar cine s-ar fi așteptat la asta fără nicio avertizare, într-un asemenea fel?

Apoi și când am dezmembrat ceea ce era, în atelier, Țara Minunilor, am devenit, brusc, extrem de conștientă că era doar un lucru pe jumătate construit – nu tocmai totuși ceva imaginar, dar nici ceva complet în lume. Fusesem atât de apropiată de ea în mintea mea, viziunea ei fusese, pentru mine, atât de pe deplin realizată, încât crezusem pentru multă vreme că instalația era mai aproape de finalizare, acolo în atelier, decât era în realitate.

Este ridicol, nu? Toate acele ore petrecute cu fiecare dintre ei, cu fiecare separat, alături de rezerve de pasiune enorme în fiecare caz...: ce putea fi mai real decât asta? Și nu e ca și cum, asemenea mamei mele, erau pe moarte, nu e ca și cum un furnal uriaș urma să îi pulverizeze într-o grămadă de praf nu mai adevărată decât o amintire sau un gând. Ei vor continua să respire, să se miște, să râdă și să vorbească, să gândească și să creeze - doar că într-un alt punct al planetei și nici măcar unul atât de îndepărtat. Dar pentru mine era un loc îndepărtat și pentru că știam că ei trei vor continua să fie împreună și că viețile lor vor avea o soliditate și o continuitate cu mult mai mare decât a mea, deși eu voi fi în același loc, iar viața mea va fi, superficial, cea mai puțin alterată - în felul acela, era ca și cum eu eram cea pe moarte, și nu ei. Eu eram cea care trebuia să renunțe la ei și, în același timp, la lume.

Nu m-am dus cu Sirena și Reza la aeroport când au plecat într-o seară de miercuri în a doua jumătate a lunii mai, când încă mai rămăsese o lună de școală la colegiul Appleton. Știam că plecau și m-am asigurat că aveam ceva de făcut: m-am dus să văd filmul *The Interpreter* la cinematograf la ora șase și m-am lăsat complet absorbită în intriga cu Nicole Kidman și Sean Penn la ONU în timp ce zborul lor decola de pe Logan. Am fost extrem de mișcată să găsesc un mesaj de la Sirena pe telefon când am ieșit de la film în vară, entuziasmată: „Deja îmi este dor de tine“, scria. „R trimite salutări xx. Vino la Paris!“ Ea scrisese de la aeroport. Nu îmi permisesem să îmi imaginez asta și s-o văd în mesajul ei - iat-o din nou. Speranța.

2

L-am văzut pe Skandar înainte ca și el să se întoarcă la Paris două săptămâni mai târziu. M-a sunat într-o seară, la o oră ciudată, pe la nouă seara, și m-a întrebat dacă aș vrea să ne vedem la o cafea. Ne-am întâlnit la cafeneaua Algiers în Harvard Square, cei mai bătrâni oameni de acolo, înconjurați de studenți tineri novice, exuberanți. Arăta obosit, ochii din spatele ochelarilor săi erau încețoșați, cu cearcăne. Voiam doar să îi ating obrazul, în timp ce se așeza la masă. Nu i-aș fi spus poftă, sau dorință, neapărat, nu sexuală, asta vreau să spun, sau poate nu *posesivă*.

Aceste cuvinte, aceste cuvinte sunt atât de imprecise, de neadecvate: când vorbesc despre dragoste, de dorință sau chiar de dor, încărcătura acestor cuvinte este atât de deosebită pentru fiecare dintre noi. Dacă aș putea să explic o dată și pentru totdeauna despre toți cei trei iubiți Shahid ai mei: elementul sexual era acolo, negreșit și cu Sirena, și cu Skandar. Dar nu asta este esențialul. Nu asta era esența a ceea ce experimentasem. Era aleanul – „aleanul“ este un cuvânt mai bun decât „dorința“: poartă calitatea de a se întinde, dar fără a obține, de a tânji, a unei atracții fizice care este intensă și cu toate astea melancolică, mereu puțin amară, autocunoscătoare, într-un fel pasionat și într-o anumită măsură resemnată. Dorința sugerează o ardere, înfocată, nereflectivă, ceva care vrea, mai presus de orice, satisfacție. Și tot ce trebuie să vezi la cei trei Shahid ai mei este că mereu, în orice moment – chiar și când mi-am permis pentru scurt timp să cred altceva, chiar şi în acea clipă preţioasă, unică, atunci când îl ţineam în braţe pe unul dintre ei –, mereu ştiam că dorinţa mea *nu putea* fi satisfăcută, că nu va fi niciodată satisfăcută, dar că eram încă suficient de aproape încât să ţin mai departe, intermitent, de fantezia satisfacţiei sale, şi că *asta*, asta era suficient cât să o ţin, atât de mult timp, în viaţă.

Aşa că faptul este că *tânjeam* să îi ating faţa – să am acel contact, să simt pielea lui cu vârfurile degetelor mele –, dar înţelegeam pe deplin şi acceptam că nu era, în acea vizită, în cărţi. (Deşi cum să nu îmi doresc să fi fost diferită? Ce ar fi văzut studenţii dacă aş fi îndrăznit să fac asta? Le-ar fi păsat de doi oameni bătrâni şi plictisitori înghesuiţi într-un colţ? Şi ce s-ar fi putut desfăşura şi cum ar fi schimbat cursul sorţii dacă aş fi avut, pur şi simplu, îndrăzneala să întind mâna peste masă, ca să o apăs uşor de obrazul lui dulce, uşor lăsat?)

Skandar avea cu el o pungă din plastic de cumpărături pe care o puse stânjenit pe masă între cafeaua lui turcească şi ceaiul meu gălbui de mentă.

– Trebuie să termin singur de împachetat, spuse el, cu o privire apologetică. Nu mă pricep foarte bine la asta. La început cred că trebuie să păstrăm, pur şi simplu, totul, dar când îmi dau seama cât de complicat este să împachetez lucrurile, să le trimit, apoi spun că trebuie să aruncăm totul la gunoi. Treburile de genul ăsta le face Sirena mai bine. Îmi dădeam seama că nu mai fusese lăsat în urmă aşa până acum. Aşa că m-am gândit la tine, continuă el, care ai fost aşa o prietenă pentru noi toţi. M-am gândit că poate ai vrea să iei câteva lucruri care pentru noi nu are sens să le luăm înapoi. El împinse plasa pe masă, spre mine, aproape vărsându-mi ceaiul. Am dat să o iau. Nu-ţi face griji, spuse el. Nu trebuie să te uiţi aici la ea. Pentru că orice nu vrei să păstrezi, poţi să arunci.

Am râs.

Nu, nu – nu spun că este o pungă plină de gunoaie, chiar la polul opus. Dar acestea sunt lucruri pe care, orice-ar fi, nu le voi lua acasă.

Nu am stat mult timp la Algiers – el zbura la DC devreme pentru întâlniri și încă avea multe lucruri de care trebuia să se ocupe –, și în scurtul timp pe care îl petrecusem împreună, singurul lucru pe care l-a spus ca să recunoască ce se întâmplase între noi a fost acesta: „Trăiește, draga mea Nora. Potolește-ți foamea. Este hrană peste tot în jurul tău, să știi".

– Ce fel de hrană, aș vrea să știu?

– A... zâmbi el, trebuie să guști din toate, ca să îți dai seama dacă îți plac cu adevărat.

Și la ce bun asta, voiam eu să întreb, dacă fructul cel mai delicios este interzis?

Când ne-am despărțit pe trotuar, el m-a îmbrățișat strâns, aproape – am fost cuprinsă –, și m-a ținut aproape de el cu câteva secunde bune mai mult decât cerea eticheta. Era genul de îmbrățișare despre care niciun trecător nu ar fi avut ceva de comentat și, cu toate astea, știam – sau puteam pretinde că știu – că însemna mai mult decât părea. Avea să fie hrana mea pentru multă vreme de atunci încolo.

Era timid și își feri privirea după aceea și plecă pe trotuar în direcția casei sale. Din spate arăta mic și pasul lui părea al unui om bătrân, al unui om scund și, pentru scurtă vreme, fusesem atinsă de el într-un fel nou.

Cât despre plasă, care avea să joace un rol atât de important în imaginația mea în lunile – despre ce vorbesc? în *anii!* – care au urmat, ce era în plasă? Aș vrea să pot relata cu precizie. Am deschis-o și am privit conținutul său sub lumina unui magazin de la colțul străzilor Brattle și Church. Conținea o copie a celei mai noi cărți a lui în engleză – un cadou pe care, îmi imaginam, că îl semnase pentru mine și chiar dacă eram nerăbdătoare să aflu ce scrisese, nu credeam că pot să scot cartea acolo, pe stradă. Era o fotografie rulată cu Reza – mi-am dat seama imediat că era scena lui de zăpadă: le făcusem la ora de artă în ianuarie, iar a lui fusese deosebit de inventivă. Erau, în mod misterios, trei perechi de foarfeci de bucătărie la fundul plasei, genul cu mâner din plastic pe care îl cumperi de la supermarket, și mai era ceva mic, împachetat în șervețele. Față de acesta, nerăbdarea mea era prea mare: am smuls hârtia, care fusese neîndemânatic, dar amplu legată cu bandă adezivă și am rupt-o până am descoperit un lanț greu de argint de care atârna o cruce elaborată din argint, puțin ternă, dar încă strălucitoare. Ce însemna asta? A cui era?

Am pus-o înapoi în pungă. Voiam să cred că o alesese gândindu-se la mine. Cel mai probabil era cadoul de final de an din partea lui Reza, ales în grabă de Sirena dintr-un teanc de alte posibilități și uitase de el în graba plecării. Învățasem de-a lungul anilor că însă cea mai simplă și cea mai puțin flatantă explicație era mereu cea corectă.

Dar, de fapt, nu voi ști niciodată cu siguranță. În uitarea mea eficientă, când eram strigată în noapte, adusesem fișele de geografie despre excursia Samanthei și a lui Jordan prin capitalele statelor, din care avusesem nevoie de 22 – acum doar 21 – de exemplare de dimineață. Așa că am intrat în Kinko-ul deschis toată noaptea de lângă oficiul poștal de pe Mt. Auburn. La a treia copie s-a blocat hârtia și a trebuit să-l găsesc pe vânzătorul umflat, care clipea în lumina fluorescentă și și-a băgat degetele palide și grase în aparat. Toată această agitație pentru câteva fotocopii – credeam că îmi simplificam viața, pentru că aparatul de la școală era mereu fie în uz, fie stricat – și am ajuns acasă în apartamentul meu și mi-am dat seama că lăsasem punga din plastic de la Skandar pe masa de lângă Copiatorul Automat Numărul Șapte. Am încercat să îi sun, dar nu a răspuns nimeni. Am vrut să mă duc înapoi, dar era după ora unsprezece și curajul m-a părăsit.

De dimineață m-am dus în grabă la Kinko înainte de școală, dar fata cu ochii cârpiți care îl înlocuise pe băiat nu știa nimic de vreo pungă din plastic. Mi-a arătat cutia cu obiecte pierdute care conținea mai multe seturi de chei, o umbrelă, două mănuși de iarnă desperecheate și un BlackBerry cu un abțibild cu dragon verde pe spate: acesta era singurul loc în care obiectele pierdute s-ar fi putut afla. Eric se va întoarce la ora zece seara, dacă voiam să vin și să îl întreb personal, dar, din păcate, ea nu putea să facă nimic pentru mine.

Și așa s-a întâmplat, așa s-a dus: nu voi ști niciodată proveniența sau scopul colierului, nici nu voi ști dacă sau ce era scris în interiorul cărții lui Skandar. În sensul acesta eram liberă să îmi imaginez multe posibilități diferite.

Nu le-am spus niciodată că am pierdut punga și dacă li s-a părut bizar că nu le-am mulțumit pentru cadourile lor, nu au spus asta. Dar natura finală, imaginară a acestor câtorva obiecte avea să conteze puțin, cred, în abilitatea mea ciudată de a menține vie atât timp posibilitatea legăturii mele cu ei.

3

Următoarea dată când am văzut-o pe Sirena a fost în New York, aproape doi ani mai târziu, când instalația ei cu Țara Minunilor a făcut parte din expoziția de inaugurare a noii aripi feministe a Muzeului Brooklyn. Fusese reprezentată în America de Anna Z aproape tot acel timp, iar cele două deveniseră prietene foarte apropiate – Anna Z era mai tânără, iar Sirena era steaua ei în plină ascensiune. Când le-am văzut împreună în galeria Annei de pe West Thirteenth Street, ceva din relația lor fizică mi-a amintit de cum fusese între noi și am suferit un mare val de gelozie.

Sirena, deși era cea mai mică dintre cele două, părea să emane intensitate, aproape lumină și Anna se orienta spre ea, ca o plantă spre soare. Nu a fost nicio stânjeneală când m-am apropiat – o îmbrățișare familiară din partea Sirenei, care apoi m-a ținut la o lungime de braț și a spus:

– Nora, dragă, stai să mă uit la tine!

Nimeni nu ar fi știut, poate dintre toate ea însăși cel mai puțin, ce însemnase ea pentru mine, ce pierdusem și ce vedeam acum de la o distanță tristă și solitară.

Urma să ne întâlnim să bem ceva, Sirena și cu mine, dar nu la cină: ea era o artistă pariziană aflată la New York pentru o mare inaugurare și serile ei erau acaparate de oameni mai importanți decât mine. Dar în acea după-amiază, Sirena a avut grația de a mă prezenta galeristei sale, drept o dragă prietenă artistă din Boston. Asta însemna că Anna Z, care semăna puțin cu o insectă călugăriță, se uita la mine de parcă eram cineva potențial important. Dar apoi a vrut să știe unde „expuneam" – un termen demn de Casa Surprizelor dacă exista unul – și simțeam cum mi se înroșesc obrajii în timp ce mormăiam ceva vag despre cum greutățile din familie mă forțaseră să iau o pauză pentru o vreme. După aceea, Anna s-a întors spre soarele ei, și în afară de câteva priviri ușor curioase, ușor de milă, o terminase cu mine.

Și cu Sirena? Trecuseră doi ani. Doi ani în care schimbaserăm poate zece e-mailuri, dar în care mă gândisem la ea – și la Skandar, și la Reza – în fiecare zi. Așa era când oamenii spuneau: „Nu trece o zi în care să nu mă gândesc la X sau Y" și asta mi se părea o hiperbolă jenantă și demodată, dar mulțumită familiei Shahid, acum înțelegeam. În gândurile mele, chiar pusesem deoparte perioade din zi pentru ei și locuri, în care îmi permiteam această indulgență. De exemplu, fanteziile complete – unele vechi, altele noi – erau permise în pat după ce stingeam lumina. Erau încă, la distanță, visurile unei vieți de artistă în Vermont sau Toscana, cel mai des, cumva de bază, mă imaginam în Paris – într-un restaurant strălucitor cu Skandar, genunchii noștri se atingeau sub fața de masă în timp ce discutam diferențele dintre intelectualii francezi și cei americani, sau o lume postrăzboi în Irak. Sau îmi imaginam cum îi arătam grandios arta mea Sirenei într-o galerie modernă, spartană, care mă curtase, în timp ce fete tinere, fricoase, priveau de pe margini, uimite. Știam chiar atunci când aveam aceste visuri că erau impure – până la urmă, tot sensul familiei Shahid, pentru mine, era să scap dintr-o lume a prefăcătoriilor, să fiu văzută cum eram în realitate –, dar nu mă puteam abține: naturile lor, ai putea spune, mă corupseseră. Nevoia mea pentru apropierea lor și înțelegerea mea a ceea ce însemna aprobare pentru ei – asta schimbase forma sinelui meu, chiar, și a visurilor mele.

La vremea aceea, la doi ani după ce au plecat, îmi era rușine că eram încă la Appleton, îmi era rușine pentru că speram că îmi vor scrie mai des, că îmi vor acorda mai multă atenție în gândurile lor, sau că mă vor iubi mai intens, dacă eram mai impresionantă în lume, ceea ce mă făcea - cât de jalnici suntem - să îmi doresc să fie adevărat.

Vezi, pe lângă imaginațiile mele de la culcare, îmi permiteam să mă înfrupt din obsesia mea tăcută când e-mailul îmi aducea vești despre ei. Îi pusesem și pe Sirena, și pe Skandar la Google Alerts și te-ar uimi - eu eram - de cât de des mă bătea pe umăr eterul cu un nou aspect al vieților lor. Astfel, când am stat cu Sirena în barul întunecat de lângă galeria Annei, știam deja despre promoția lui Skandar la universitate și despre seria importantă de prelegeri pe care o susținuse în toamna lui 2006 la Oxford. Știam că prelegerile aveau să fie publicate într-o carte la finalul lui 2007 și știam până și cum va arăta coperta cărții, la fel cum știam că Skandar încărcase fotografia de autor, iar acum pentru lume arăta mai puțin în ceață și mai mult ca el însuși. Îl auzisem la BBC on-line vorbind despre bombardamentele israeliene în Liban, ceea ce mă făcu să mă gândesc la el cu o mare tandrețe timp de zile întregi după aceea și îl văzusem pe YouTube discutând incomprehensibil în franceză despre politica curentă din Algeria, arătând extrem de elegant într-o cămașă albă, scrobită. Știam despre recenziile entuziaste pe care le primise Țara Minunilor în Paris și chiar și în Berlin, unde fusese montată instalația în Hamburger Bahnhof ca parte a unei expoziții despre spiritualul din artă. Știam despre colecționari, că se năpusteau să cumpere videoclipurile pe care le făcuse cu oamenii care vizitau instalația și că tipul de la Saatchi cumpărase unul și astfel îi dăduse valoare. Ea filmase un bărbat gol intrând și o ceată de copii de școală francezi, precum clasa noastră de la Appleton în acea după-amiază de mult pierdută. Și, în mod inevitabil, o fată îmbrăcată chiar ca Alice însăși. Acum, aceste videoclipuri, sau mai degrabă selecții și compilații ale lor, au fost arătate de-a lungul instalației înseși astfel că toți cei care vizitau știau că și ei erau filmați și cineva scrisese un eseu lung în *Artforum* despre asta, despre privitorul și voyeurul din opera Sirenei Shahid. Și pentru că ea făcuse din asta ceva al ei, îi determinase în mod involuntar pe oameni să se comporte în feluri extraordinare uneori, în timp ce vizitau Țara Minunilor: fusese un cuplu care simulase sexul în public și studentul de la universitate care intrase prin instalație într-un costum de iepure alb, cu urechi enorme... Desigur, Sirena nu arăta videoclipurile acestor intervenții spontane, dar criticii amuzați scriau despre ele și puneau întrebări de cercetare despre limita dintre artă și exploatare, dacă asta era artă colaborativă sau doar comedie și dacă exista în aceste cazuri o degradare intențională sau întâmplare, în abordarea artei față de televiziunea de tip reality.

Acestea fiind spuse, nimeni nu nega faptul că Sirena făcea artă profundă și frumoasă și care impresiona emoțional – toată lumea spunea asta. În cei doi ani scurți, ea reușise să devină controversată în anumite feluri și această controversă o făcuse celebră, mai ales în Europa, dar chiar și în lumea artei din America de Nord, astfel că includerea ei în inaugurarea expoziției feministe de la muzeul Brooklyn în primăvara lui 2007 părea, ex post facto, în niciun fel o favoare sau un risc asumat de curatori, ci era, mai degrabă, o necesitate artistică de rigoare. Celebra istorică de artă –, devenită curator, putea acum să susțină că nu ar fi exclus-o pe Sirena din expoziția ei, la fel cum nu și-ar fi tăiat degetele sau ar fi inclus un bărbat.

Eram la curent cu toate acestea din Google Alerts, dar mă prefăceam că nu știam. Și era interesant – mereu ea era interesantă, chiar când îmi provoca durere – să aud cum vorbea despre ea însăși, și despre băieții ei, și despre timpul nostru petrecut împreună demult.

– Nu e ciudat, spuse ea, mângâind cu un deget broboanele de condens de pe paharul ei de vin alb, că acel an a fost unul atât de nefericit pentru mine. Mai ții minte, bietul Reza? Și Skandar era plecat atât de des – și *vremea* aceea. Mai ții minte, Nora? Nu mi-a fost niciodată mai greu. (Doar că ea spusese „niciodată".)

– Cred că nu mi-am dat seama că era atât de rău, am spus eu.

Ce altceva puteam să spun?

– Să-ți dai seama că era atât de rău? Dar asta este extraordinar. Nu se poate să fi fost atât de rău, sau a fost rău cu un scop – pentru că Țara Minunilor pe care am făcut-o... Ea se opri și, înclinând ușor capul, adăugă, pe care am făcut-o cu ajutorul tău uimitor și pe care nu aș fi putut-o realiza singură – acea Țară a Minunilor a fost o schimbare enormă în viața mea. Uneori uit, pentru că nu a fost mereu ușor – nu ar trebui să spun asta, pentru că atunci ești nerecunoscător pentru succes, dar ție, Nora mea – mâna pe brațul meu –, îți pot spune adevărul. Deci acești ultimi doi ani au fost duri. Toate călătoriile, lui Reza nu îi plac, nici lui Skandar. Nu este o persoană care să spună asta, dar asta pentru că el este centrul atenției și când atenția nu este pentru el, nu este un personaj atât de vesel. Poate să fie nefericit și dificil și să se poarte urât. În plus, anul trecut, mama lui a fost foarte bolnavă – e mai bine acum, dar cu cancerul, îngrijorarea dispare vreodată? –, deci, da, a fost mult prea agitat și nu atât de ușor. În tot acest timp, eu o priveam cu adevărat, așteptam să mă recunoască, așteptam să o văd cum trebuie în ochii ei, dar ei nici nu priveau în jos, și nici nu se agitau în jur, și nici nu se concentrau pe chipul meu – dar este la fel ca perioada din Cambridge, da, o perioadă atât de dificilă pentru noi toți – este într-o cutie separată, acum este pusă deoparte, nu are un loc în viața mea de zi cu zi. Chiar dacă acolo au început să se schimbe lucrurile, pentru că acolo te-am cunoscut pe tine, prietena mea, și acolo a început Țara mea a Minunilor.

– Dar mai ții minte?

Când am întrebat, aveam atât de limpede în fața mea lumina de iarnă de la ferestrele din atelier, robinetul stropit cu vopsea de la chiuvetă, cănile ciobite, pufurile și covorul deteriorat, vânăt de sub măsuța de cafea. Vedeam casa lor din oraș, simțeam fragilitatea ușii de la intrare, din placaj vopsit, clanța care se mișca în lăcașul ei, vedeam petele de pe carpeta care urca pe scările de la intrare și miroseam izul ușor instituțional ca de biscuiți pe care îl reținea casa chiar după ce fumaseră ilicit multe țigări în ea. Nu, țineam minte totul: pungile de hârtie cerate de la cofetărie, lumina din părul ei în separeul subteran din acea după-amiază de la Amedeo, sunetul pe care îl făceau pantofii de gală ai lui Skandar în urma mea în zăpada bătătorită, când mă conducea acasă iarna printre troiene, și cum îmi îngheța gâtul când inhalam aerul. Rotunjimea mică, musculoasă a brațelor lui Reza când se schimba de culcare și semnul din naștere ca o căpșună de pe bicepsul său stâng, toracele lui gol și fragil ca un cuib de pasăre și urma argintie, curată, care ieșea, peste timp, de sub cicatricea de lângă ochi – vedeam și acel chirurg plastic care, cu tocurile ei neașteptate, și mâinile ei pătrățoase și îndemânarea ei ca de poveste cu acul și ața... în orice clipă, totul, absolut totul putea fi predat, translucid, mărgică strălucitoare după mărgică strălucitoare, dacă Sirena voia să le țină – ceea ce se părea că nu era cazul în mod deosebit, iar ea spuse:

– O, pot să îmi amintesc dacă încerc – nu sunt așa bătrână încă! Dar totul este ca într-o ceață și în memoria mea, întunecat. Chiar dacă știu că nu se poate. În mod sigur, în Boston nu este mereu întuneric?

– Nu, am spus eu. Asta este în imaginația ta. Este un oraș destul de luminos, de fapt.

Multe lucruri erau doar în imaginația mea, sigur că știam asta, dar era și ceea ce fusese sigur, în întregime *real*, toate momentele și detaliile atât de vii, încă vii pentru mine – și pentru Sirena, ca atâtea gunoaie plutitoare, de mult aruncate în vastul ocean al trecutului ei. Așa cum acel zbor Air France se ridicase în aerul nopții cu doi ani în urmă, așa rămăsese și Bostonul în urma ei.

– De-abia îmi pot aminti cum am realizat instalația, spuse ea. Îmi amintesc totuși cum tu ai cusut împreună toate acele rochii albastre.

– Au fost multe.

– Știi ce e amuzant? spuse ea. Mai ții minte acea vedere pe care ai trimis-o, ilustrația din ediția timpurie cu *Alice în Țara Minunilor*, cea în care ea este atât de mare și are gâtul așa de lung?

– Desigur.

O trimisesem aproape imediat după ce plecaseră, prima mea expediere, niciodată nu primise un răspuns, la adresa lor mitică din Paris, potrivită să ajungă la data deschiderii expoziției sale.

– Ei bine, încă este pe frigiderul nostru, spuse ea, amuzată. E chiar acolo, de atâta vreme. Nu știu cine a păstrat-o – nu cred că eu am fost. Reza, poate? Am zâmbit. Reza. Da, deci ești acolo cu noi, tot timpul, spuse ea. Uneori scot sucul de portocale, sau iaurtul și o văd pe Alice acolo, atât de surprinsă, cu gâtul ei lung și mă gândesc la tine.

Sirena se uita, în sfârșit, la mine, atunci, în barul sordid, în timp ce căuta orbește o carte de credit în portofelul ei burdușit și zâmbetul ei era adevărat – vechiul zâmbet, vechiul chip, pe care îl iubeam atât de mult.

În acest spirit afectuos, am vizitat Muzeul Brooklyn în dimineața următoare, la puțin timp după ora deschiderii, singură. Eram singura vizitatoare care se plimba prin Țara Minunilor în liniște și eram surprinsă de intimitatea creată de bolta rochiilor lui Alice, trei țesături albastre drapate pe deasupra, care se unduiau ușor în briza aerului condiționat. Lumina cădea pe florile de aspirină astfel încât culorile lor străluceau când se clătinau, încet, deasupra ierbii de un verde electric, iar cioburile de oglindă străluceau și licăreau, imposibil de ignorat, neliniștitoare, dar nu copleșitoare. Nu uitasem nudurile, dar memoria mea le schimbase trăsăturile, sau le vedeam altfel acum – degetul întins al fetei, curba cu sfârc întunecat al unui sân ușor lăsat, umflarea delicată a unei nări pistruiate, coasta care ieșea într-un unghi nefiresc, martoră a aproape un secol de viață – și erau enorme, mai mari decât mine, unde le văzusem mici, pe un ecran de computer. Acestea, ca și tot restul, se unduiau ușor, de parcă respirau, de parcă întreaga cameră respira în jurul nostru.

Iar apoi celebra inimă din plastic turnat, pe piedestalul său, sângerie, înjumătățită, cu ventriculele care ieșeau ca niște tuburi de suflat într-o vestă de salvare de avion, cu măruntaiele întunecate, care păreau ude, deși erau uscate, și apoi pompa automată, intermitentă, un hâșâit ușor din miezul său, apa de trandafiri prețioasă a Sirenei care se pulveriza și umplea aerul – sufletul, era menit să fie, cred – consumând camera în aromă, mirosind a flori și imediat după aceea, a moarte, așa cum miroase apa de trandafiri. Și Sana apoi, în sfârșit, rotindu-se, gigantică, deasupra tuturor. Erau două bănci mici negre în acest spațiu central și m-am așezat pe cea din stânga și am privit – uitând că și eu eram filmată, deși, desigur, eram ca toată lumea.

Trebuie să fi stat cel puțin jumătate de oră acolo, în aerul de apă de trandafiri printre florile strălucitoare. Țară a Minunilor, mănâncă-mă, bea-mă, da, da, da. Eram încă îndrăgostită de asta, de ea, de ei, și cum mă puteam abține dacă a fi în mintea ei mi se părea atât de familiar, de parcă era interiorul propriei mele minți, de parcă, chiar eu, construisem această Țară a Minunilor, de parcă această viață, toate acestea, erau și pentru mine. În acea jumătate de oră m-am simțit atât de *plină*, ca un vas care dădea pe dinafară, cu meniscul său care îi tremura, încordat spre cer. M-am simțit – timp de luni bune, am simțit asta în fiecare secundă și apoi pentru doi ani mi se negase acest sentiment –, mă simțeam de parcă în orice clipă, orice s-ar putea întâmpla, toată minunea și posibilitatea, antiteza unui moment Lucy Jordan. Mă simțeam genial de vie. Și cumva m-am gândit că ea – că ei – încă îmi dăruise asta. Nu puteam să fiu furioasă, nu pe de-a întregul, pe cineva sau ceva care mă putea umple cu atâta bucurie în viață. Ești obligat să iubești un asemenea dar și pe dăruitorul său.

Recunosc că asta nu era prea mult, dar avea să mă susțină, dacă îți vine să crezi, timp de încă doi alți ani de secetă, ani în care încă mă agățam de ideea ei, a lor, de speranța pe care mi-o oferiseră.

Gândește-te: încă doi ani. În total, peste patru ani, cam o mie cinci sute de zile, și fiecare zi erau cu mine, cumva. Dintr-un fel de sentiment de obligație, un sentiment că ar trebui să merg mai departe, am ieșit la întâlniri cu mai mulți bărbați – un divorțat anxios cu trei copii, măcinat de amărăciune și grijă, unul de cincizeci de ani care părea atât de clar că era homosexual încât numai el nu știa asta, un budist cu degete lungi și subțiri care vorbea incredibil de încet și care mă făcea să vreau să strig și să îl lovesc în pieptul său închis și reținut – și cu toate astea, de fiecare dată când stăteam într-un restaurant așa, auzeam râsul lui Skandar, sau îi vedeam zâmbetul apologetic și îmi aminteam – Cartea mea cu Minunile Lumii – cât de multe erau acolo, dincolo de limitele din Cambridge, Massachusetts și voiam să mă întorc și să fug de mediocritatea mea.

Întrucât părăsisem atelierul din Somerville cu mult înainte să expire contractul de închiriere, neputând să îi suport fantomele, am încercat intermitent să lucrez la dioramele mele, fără succes, și, în cele din urmă, fără speranță.

Stăteau abandonate sub un strat de praf în al doilea dormitor al meu, fostul meu așa-numit studio, greoaie ca niște cadavre, de care îmi feream ochii, dacă trebuia să intru în cameră. O mie cinci sute de zile, o proporție alarmantă din timp care îmi rămăsese pe această planetă, mi le-am dedicat în inima mea familiei Shahid. Ai putea spune că nu era vina lor, ai putea spune că nu era nimic altceva decât propria mea nebunie, dar asta nu ar fi pe deplin adevărat.

Am trimis e-mailuri, destul de des, Sirenei, cel mai mult, sau chiar lui Reza – în care îl întrebam dacă studiaseră ciclurile de viață deja, când elevii noștri de clasa a șasea, sub îndrumarea unei noi profesoare de știință, disecau ouă în diferite stadii de dezvoltare și strigau pe holuri, uimiți de viață. O dată am găsit chiar o scuză să îi scriu lui Skandar, cu un link despre o conferință la școala Kennedy despre care auzisem, iar el a răspuns politicos în câteva rânduri că toți erau bine și întreba dacă voi veni vreodată la Paris... dar, în mare parte, nu auzeam nimic de la ei.

Am aflat la începutul toamnei lui 2008 că Skandar fusese în Cambridge fără să mă contacteze: când am dat pe postul local de televiziune într-o seară târzie de sâmbătă, era acolo în sacoul lui șifonat, făcea parte dintr-un panel de discuții despre relațiile de rasă în America – în acest caz, însemnând relațiile cu arabii – și el vorbea elocvent despre cum posibila alegere a lui Obama ar putea schimba direcția generală a societăților. Emisiunea fusese filmată cu cinci zile înainte să fie difuzată: eram sigură că el plecase deja. Eram rănită? Da, dar nu jignită. Mă gândeam la ce fusese între noi și la ce ne separase. Era mai bine să fim apropiați numai în inimile noastre. În plus, aceste călătorii de afaceri scurte pe care le fac oamenii importanți – ei nu au timp să caute vechi prieteni chiar dacă vor asta. Știam asta.

Așa este Femeia de la Etaj. Nu ne pierdem cumpătul. Nu faci mizerie, și nu faci greșeli, și nu suni oamenii, plângând, la patru dimineața. Nu dezvălui secrete pe care nu ar trebui să le știi de la bun început. Faci patruzeci de ani și râzi despre asta și faci glume despre cum ai nevoie de Martiniuri și cum de patruzeci de ani este noul treizeci de ani și nu spui asta cu voce tare și nimeni altcineva nu spune cu voce tare ceea ce gândește, adică, „Ei bine, se pare că acum nu va avea niciodată copii!“ și apoi, tot mai puțin admisibil, „Asta este pentru că nu credea că și-i dorește, sau nu a apucat să-i facă (ce toantă, un eșec de gestionare a timpului), sau poate biata de ea, din cauza unei probleme fizice (caz demn de milă)? De ce e singură, oricum? Nu e ca și cum a avut o carieră atât de spectaculoasă – e doar o profesoară, și printre profesoare nu e nici măcar o Shauna McPhee.“

Femeia de la Etaj știe că se spun toate aceste lucruri și urăște că știe și acum este furioasă că știe și ascunde cu mult curaj atât cunoașterea, cât și furia ei și toată lumea își amintește aniversarea ei de patruzeci de ani, sărbătorită la barul de la Charles Hotel, fără zgârcenie, pentru că a fost cea mai bună petrecere la care au fost de multă vreme, o petrecere așa cum erau înainte de soți și copii și, trebuie să-i recunoști acest merit, Nora Eldridge chiar te face să te simți ca și când patruzeci este noul treizeci – da, ei bine. Știi toate astea și le îngropi adânc, ca pe bărbații morți, dar ei sunt acolo, scheletele sunt acolo și tu ești mereu cu ele.

Nu vei spune niciodată povestea prieteniei tale cu familia Shahid din multe motive – până la urmă, ai demnitate –, dar, printre ele, nu vrei să pari genul de persoană neplăcută care ar putea recunoaște, chiar când povestește, că oamenii precum familia Shahid sunt mai fascinanți, cumva mai sus pe piedestalul tău personal, decât persoana căreia le povestești despre ei.

Femeia de la Etaj, al cărei chip față de lume este infinit de plin de compasiune, nu ar avea niciodată ceva precum un piedestal personal. Femeia de la Etaj nu aspiră la astfel de căi egoiste. Ea nu trebuie să pară că are o inimă urâtă. Cine ar putea să iubească o inimă urâtă și singură?

Skandar, Sirena, Reza – fiecare dintre ei a fost, în felul său, Călugărul meu Negru. Am avut o mănăstire veritabilă în mine! Fiecare, în conversațiile mele pasionale interioare, mi-a oferit un aspect al dorințelor mele cele mai dragi, cel mai aprig ascunse: viață, artă, maternitate, iubire și marea promisiune seducătoare că eu *nu eram un nimic*, că puteam să fiu văzută drept sinele meu autentic și că acest sine ascuns, această fată prețioasă fără mască, nevăzută de decenii, putea – că trebuia, într-adevăr – să lase o urmă în lume. Dacă așa era, atunci eu puteam fi o artistă și că atunci putea fi permis. Cine ar permite asta? Ei. Cum ar permite asta? Așteptam un semn.

Urme, semne, speram la un fel de dovadă a ceea ce aş fi putut să însemn – a faptului că aveam o însemnătate. În cele din urmă, cu câteva luni în urmă, l-am primit. În sfârşit, toată elucidarea dintr-odată, confirmarea a ceea ce însemnam pentru ei. Da, ai plutit atât de mult timp în îndoială, ai îmbrăţişat îndoiala, te-ai tachinat cu ea şi apoi brusc, în sfârşit, ai aflat.

4

Asta este cel mai surprinzător fapt de viață: lucrurile cele mai enorme – uneori lucruri fatale – au loc într-o clipită, tremurul mâinii mamei mele. Uneori, nici nu înțelegi importanța unui eveniment pentru multă vreme pentru că nu îți vine să crezi că totuși ceva atât de important ar putea să pară atât de neînsemnat.

Mătușa Baby a murit, ușor și brusc, între Ziua Recunoștinței și Crăciun, anul trecut. Nu a fost niciodată bolnavă, ceea ce fusese marea ei anxietate de femeie singură, ea a trăit suficient cât să vadă noul președinte inaugurat și apoi încă puțin și să spere, în pietatea ei, că Dumnezeu avea în pază economia. În frugalitatea ei atentă, nu a murit fără un ban și, deși proprietățile ei au fost divizate la șase – Matthew, eu și acei veri îndepărtați din fotografii –, a mai rămas încă, după vânzarea apartamentului ei din Rockport și după impozite, o sumă bunicică de peste o sută de mii de dolari de căciulă. Matthew și Tweety au spus că moștenirea era pentru fondul de facultate al plodului – cuplul sensibil, alegerea sensibilă. Tatăl meu nu a primit bani, dar a fost numit custodele a două tablouri mari și urâte, victoriene, cu vaci pe câmp, înrămate bogat și a unui set de ceai din argint.

Apartamentul a fost vândut în aprilie și imediat ce am primit moștenirea mătușii mele, am luat o decizie radicală: m-am hotărât să iau un an de pauză de la Appleton. Aveam banii în bancă, vârsta mijlocie era în plină desfășurare – deja atunci împlinisem patruzeci și doi de ani și priveam spre patruzeci și trei. Aveam artrită la genunchiul stâng, ceea ce îngreuna alergatul, și am început să îmi vopsesc părul doar ca să arăt normal. Aveam nevoie de ochelari să citesc scrisul de pe flaconul de aspirină. Totul în doar doi ani. Moartea bătea la ușă. Lunetistul era pe acoperiș. Aproape că renunțasem la ideea de a avea un copil al meu, dar asta nu însemna că nu *voiam* copii. Renunțasem, o dată și pentru totdeauna, credeam eu, la fantezia de a fi o artistă de orice fel de renume, dar încă aș fi spus că speram să fac artă și presupun că mă gândeam că timpul sau lipsa lui era impedimentul meu.

În plus, predasem la Appleton timp de zece ani, un întreg deceniu, și până și Shauna McPhee trecea mai departe (deși, în cazul ei, nu prin propria ei voință: revolta părinților împotriva ei, care nu ar fi cedat niciodată, dacă nu i-ar fi impresionat în cele din urmă pe funcționarii de la primărie, care, la rândul lor, au mutat-o pe *ea*). Așa că motivul meu oficial era că, după un serviciu lung, aveam nevoie de o scurtă pauză, să îmi reîncarc bateriile, să redescopăr lumea și motivul perceput a fost în mod sigur că trebuia să depășesc un fel de mică criză de vârstă mijlocie – a, Nora, a muncit mult, draga de ea, atât de răbdătoare în educația copiilor și a trebuit să se descurce cu multe, știi? Și motivul oficial a fost că aveam timp și spațiu să ofer o adevărată șansă artei mele, pentru că nu putusem să reușesc în acești ultimi cinci ani, pe deasupra solicitărilor de la școală și cu tatăl care îmbătrânea și motivul secret, adevărat, era că eram nefericită, pentru că până și după toți anii aceștia, în fiecare noapte când mă duceam la culcare, încă mă agățam de fâșiile Shahidilor mei – atât de puțin ca să mă facă să merg mai departe, câteva e-mailuri de curtoazie și acea singură întâlnire, fiecare amintire erodată de la atâta folosință – și în timp ce mă agățam, încă speram la existența mai bogată și mai împlinită și minunat mai deschisă, care părea să fie posibilă. Cu mult peste patruzeci de ani acum, voiam cu adevărat să îmi dau șansa la acea viață, deși nu știam, de fapt, ce ar presupune asta.

M-am înscris la un curs de sculptură la Mass Art, care începea în septembrie, și la un curs de olărit într-un atelier de lângă Monsignor O'Brien Highway, pentru că m-am gândit că poate aveam nevoie să explorez un mediu nou. Am comandat o cameră digitală scumpă de pe internet, ca să pot explora singură fotografia. Eram profesoara care planifica o programă pentru un singur elev: eu. Am comandat cărți de la librărie - Emmet Gowin, Sally Mann, fotografii șocante, minunate, intime - conștientă că nu aveam o familie de fotografiat, în afară de tatăl meu, sau Matthew, Tweety și copilul, care nu se puneau la socoteală. Cel mai dramatic lucru pe care l-am făcut a fost să rezerv o excursie de-o vară în Europa. De ce nu? Nu l-am întrebat pe tata dacă ar vrea să vină cu mine. I-am sugerat în glumă lui Didi că ar putea să mă însoțească – fără Esther și Lili, era de la sine înțeles – și ea a râs.

– Cum o să cunoști tipi dacă mă ai pe mine alături? Sunt opusul unui paravan: iubită lesbiană falsă drept potențial alungător de bărbați!

– Nu e vorba să cunosc pe cineva. Ce idee ridicolă.

– Ei bine, ar trebui să fie, spuse ea. Cam este timpul.

– Cam este timpul să ce?

– Ești în floarea vârstei! Ca domnișoara Jean Brodie. O mai ții minte? Nu durează la nesfârșit, așa că nu o irosi.

– S-o irosesc?

– Nora Adora, trebuie să-ți spun pe șleau? Când a fost ultima oară când ai avut o relație? Am ridicat din umeri. Nu încerc să-ți bag pe gât domesticirea. Nu spun că ce am eu este pentru toată lumea. Nu e ce vrei tu – complet de acord. Dar trebuie să vrei *ceva.*

– Dacă nu vreau?

– Dacă *spui* că nu vrei, atunci fie te minți singură, fie mă minți pe mine. Pentru că știu că ești genul de persoană care vrea.

– Ce zici de o convertire la budism? Cum mi-ai urat toți anii aceștia?

– Prostii budiste. Un cățel labrador este mai budist... Nora, promite-mi că nu o să faci la fel?

– Despre ce vorbești?

– Budistă, nu, obsesivă, da. Te cunosc prea bine și știu că strângi lucruri sub piatra ta pe care să le rozi când ești singură. Așa că întreb, fără prostii, e ca întotdeauna?

O adoram că întreabă. Ea făcea gestul unei adevărate prietene și în viață nu ai parte de mulți. Dar am râs cu o indiferență pe care nu știam că o pot falsifica și am spus:

– Ești o doamnă nebună. Nu am idee despre ce vorbești.

Toată excursia de vară în Europa – aproape trei săptămâni – era, de fapt, organizată în jurul Parisului. Despre a fi în Paris când ei urmau să fie acolo. Evident, nu plănuiam să petrec trei săptămâni în Paris – erau doar cinci zile. Dar în primă instanță, ei plecau în Italia, la familia Sirenei, și apoi, după o oprire scurtă înapoi acasă, mergeau pentru o perioadă în Beirut. Reza termina școala spre final de iunie și plecau imediat, așa că m-am asigurat să îmi programez vizita în Orașul Luminilor astfel încât să coincidă cu ei.

Nu mai fusesem acolo din zilele mele de consultant în management, o perioadă extravagantă, ca de vis, distantă, când stăteam la Royal Monceau și comandam prin room-service cu mic dejun pe care încă mi-l amintesc, cu vasele sale cositorite grele și fața de masă albă, scrobită, masa rulând încet pe covor și așezată cu fața la fereastră, de parcă era propriul meu restaurant privat. Aceasta avea să fie o experiență mai modestă: rezervasem o cameră de o persoană într-un hotel de trei stele lângă St. Michel, numit (eponimic, speram) hotelul Plaisant, renovarea de secol XXI a unui hotel Jean Rhys, vedeam de pe website, pe coridoare înguste, podele care scârțâiau, instalații defecte și vopsea sălcie pe niște pereți care fuseseră odată îmbrăcați într-un tapet stacojiu de damasc infuzat cu fum.

Excursia mea a fost memorabilă și extraordinară? Trebuie să întrebi? Pot să povestesc despre vastitatea spațiilor din drumul spre Oban, sau despre ceața însorită care plutea deasupra pământului dimineața devreme la Grasmere. Pot să descriu hotelul meu dulce din Bloomsbury cu în camera mea, cea mai mică baie – și în mod sigur cea mai minusculă chiuvetă – cunoscută de om. Te pot plictisi cu fotografii cu Big Ben sau Golful Napoli și îți pot da mărunțișuri despre Nelson și Emma îndrăgostiți sau despre Anne Boleyn în Turn. Am cumpărat suvenire fără să mă gândesc, să le arăt clasei mele, doar să îmi amintesc că anul acesta nu aveam o clasă de elevi. Am stat de vorbă cu o familie din Milwaukee la o masă alăturată în timp ce am mâncat rarebit galez la Fortnum & Mason și am cumpărat patru pahare de șampanie complet nepractice, cu poleială aurie, din Portobello Market, pe care apoi a trebuit să le car prin Europa într-o cutie special ambalată cu un mâner, de parcă erau ouă, sau o bombă.

La început, în B&B din Grasmere, stând în pat și privind cu un ochi închis la tapetul complicat și la chiuveta de un albastru pal din colțul camerei, m-am gândit că aș putea să stau acolo toată ziua și nu s-ar supăra nimeni. Puteam să mint și să spun că văzusem casa lui Wordsworth, fără să văd de fapt nimic, fără să fac altceva decât să cumpăr o vedere de la magazinul de suvenire – dar probabil că nu trebuia să mint, pentru că, oare cine m-ar întreba pe mine? Ceea ce m-a mobilizat, în sfârșit, nu au fost propriile mele dorințe – nu aveam niciuna, decât să merg la Paris –, ci mai degrabă gândul că aș putea să ratez micul dejun englezesc gătit, pregătit de doamna Crocker cu șorțul ei cu dantelă și ochiul ei apreciativ și că, dacă nu voi ieși din casă foarte repede, aceeași doamnă Crocker avea să apară la ușa mea cu alt șorț, șorțul de cameristă, cu un făraș, o mătură și o găleată plină de solvenți și mă va alunga din cameră. Motivația mea, chiar și în anticiparea rușinii, se afla mereu în alții. Poți să cobori *femeia de la etaj*, dar nu poți să scoți etajul din ea.

Napoli era cu puțin mai bun, pentru că puteam să evoc o voință autentică să văd locurile și pentru că orașul în sine, fărâmițat, plin de gunoaie mă speria și teama este o emoție atât de puternică și una cu care am avut mult de-a face în viața mea. Când am ieșit dintr-un muzeu gol pe un deal și a trebuit să merg singură prin parcul gol care îl înconjura, a trebuit să mă întreb dacă palpitațiile mele și faptul că eram fără suflare erau din cauza unui risc autentic pentru viața mea, sau dacă doar îmi manifestam un obicei, în speranța că frica mea să mă țină în siguranță. Siguranță! Când ai peste patruzeci de ani, nicăieri nu ești în siguranță. Un avion este brusc cel mai sigur loc din lume. Moartea și creaturile sale zeloase – groaza, disperarea, boala – te pot găsi oriunde, și armura tinereții nu te va mai proteja. Sirena îl avea pe Skandar și Skandar, pe Sirena, așa cum mama mea, am înțeles acum, îl avusese pe tatăl meu, umil protector cum era, iar el o avea pe ea. Matthew o avea pe Tweety, Didi o avea pe Esther, mătușa Baby, desigur, îl avusese pe Dumnezeul ei – pentru că, deși nu era strict o Mireasă a lui Hristos, trăise cu El mare parte a vieții ei.

Iar eu, care mergeam în goană prin parcul gol, în după-amiaza târzie, cu pumnii încleștați, mă aveam doar pe mine.

Cine merge alături de tine mereu? Nimeni, mulțumesc. Merg singură.

Hotelul meu Plaisant s-a dovedit, într-adevăr, minunat de plăcut, ferit într-o alee scurtă, în partea mai puțin modernă din St. Michel, cu fața spre o grădină împrejmuită de ziduri. Cu fronturi de stuc, fațada sa era înfrumusețată de casete de ferestre mov, și albastre, și roșii, dezordonate și arăta aproape englezesc de la exterior. Camera mea dădea în stradă, cu acele uși vechi minunate (mânerul acela în formă de ou care mută o bară lungă de metal în locaşul său, un mecanism care era în acelaşi timp antic, dar şi de o simplitate futuristă) care se deschideau aproape în vid, sau, mai degrabă, într-un vid de care eşti protejat de cele mai delicate balcoane de fier forjat. Când am intrat în camera mea şi am lăsat jos bagajele şi am deschis larg ferestrele, am reverberat de bucuria de a fi în Paris. Hotelul meu nu avea room-service, dădea spre o priveliște cu maşini parcate şi o curte neîngrijită, şi nu spre Turnul Eiffel sau Arcul de Triumf, dar nu conta: sunetul specific al sirenelor de maşini de poliţie era exotic pentru mine, la fel ca mirosul de cauciuc ars de la metrou şi de auriul pârlit al monumentelor de piatră în lumina soarelui. Toate clişeele unui oraş sunt noi pentru orice vizitator individual şi astfel nu sunt clişee, la fel cum dragostea, în ciuda mijloacelor josnice, trebuie să o exprimăm, este, de fiecare dată când este experimentată, complet nouă: poate să fie pirotehnică în intensitate sau lentă şi tandră, dar copleşitoare, ca un gheţar care trece peste un peisaj, sau efemeră, dar glorioasă ca un câmp de licurici din Martha's Vineyard din tinereţea mea – orice ar fi, de fiecare dată este familiară şi nouă în acelaşi timp, o schimbare.

Şi Parisul, ei bine: tânărul bărbat nord-african de la recepţia hotelului mi-a zâmbit conspirativ, chelnerul din cafeneaua turistică din St. Michel unde m-am oprit să beau ceva în acea primă după-amiază – o bere scumpă, dar cu vedere grozavă spre Notre Dame – m-a întrebat de ce o tânără femeie frumoasă ca mine călătorea singură. Minciuni ordinare, dar câştigătoare – un alt set de reguli, o altă Casă a Surprizelor, şi una mai acceptabilă doar prin simplul fapt că era necunoscută. Dar asta m-a făcut să mă întreb din nou cât din ceea ce iubeam la familia Shahid era faptul că erau străini şi caracterul lor nepermanent – dacă în tot acest timp tânjeam după ei, pur şi simplu, pentru că nu îi puteam avea. După atâta vreme, toţi erau o născocire.

Diferenţa este că ei trăiesc şi respiră. Mama mea nu, nici mătuşa Baby, şi chiar nu există niciun loc pe pământul acesta unde le pot găsi. În timp ce în seara celei de-a doua zile în Paris, după cum agreasem prin e-mail și confirmasem la telefon (simțisem o zvâcnire, un frison, la auzul vocii ei? Sau am auzit o altă voce, acum, în capul meu, și o preferam pe aceasta?), am luat un taxi spre cartierul lor elegant de ponosit din spatele Bastiliei.

Am petrecut mult timp imaginându-mi casa lor și, în mod inevitabil, realitatea nu a corespuns. Clădirea era pe partea greșită a străzii. Holul de la intrare era mai mic decât mă așteptam. Dar apoi liftul, în stil vechi, cu grilajul-acordeon, era exact așa cum mi-l imaginasem și, în consecință, prea mic pentru ca eu să am curaj. Am urcat patru etaje și apoi iată-i acolo – nu, era Sirena, în cadrul ușii, cu labele de gâscă mai pronunțate, umerii mai pătrățoși și, deși mi-au trebuit câteva minute să îmi dau seama de schimbare, părul ei era complet negru acum – suficient, se gândise ea, cu experimentul îmbătrânirii și în mod ironic, ea arăta mai bătrână din cauza asta. Poate că doar arăta mai bătrână, pur și simplu. *Suntem la vârsta aceea*, cum se spune și cum acum spun și eu. Cu ani mai bătrână ca mine, este periculos de aproape de cincizeci de ani. Ea a spus toate lucrurile potrivite, la fel ca mine, și ne-am îmbrățișat și am așteptat să mi se deschidă inima. Dar pe măsură ce m-a condus în apartamentul ei, gândul care mi-a venit nepoftit a fost: aici este cineva pe care l-am iubit. Sau chiar: aici este cineva care seamănă, într-o mare măsură, dar imperfect, cu cineva pe care l-am iubit. Nu voiam să mă simt, dintre toate lucrurile, tristă și melancolică: aveam un ghimpe împotriva acestor oameni, care mi-au împachetat sufletul cu păturile și cărțile lor și care l-au păstrat neîngrijit în toți anii aceștia. Un ghimpe împotriva acestor trei Călugări Negri care au profețit pentru mine – doar că nu au promis – un viitor care nu începuse să vină și să treacă și care, cu promisiunile lor în mâini, mă abandonaseră de parcă eram o simplă glumă – aveam un ghimpe...

Dar cine ar putea avea un ghimpe față de acel râs? Sau față de zâmbetul de mult pierdut al lui Skandar, de parcă fusese parașutat în propria lui sufragerie și nu știa exact unde se afla... Și el părea sincer încântat să mă vadă – cât timp trecuse? – și după ce ne-am îmbrățișat, el m-a ținut de încheietură pentru o clipă, aproape fără să se gândească, de parcă, credeam eu, Sirena nu era în cameră și de parcă, în mod ciudat, eram un copil. Apoi Reza a ieșit din camera lui, undeva în spatele apartamentului: cu statura lui mică, stângace, cu picioare mari, trăsăturile lui ciudat proporționate așa cum sunt băieții aproape de pubertate - un coș, poate chiar două, pe bărbie - mă străduiam să văd copilul meu perfect. Acum, sprâncenele lui erau foarte groase, vocea răgușită, dar genele și ochii lui: da, acolo era complet de recunoscut. Nu în maniere, totuși: ai crede că nu mă cunoscuse niciodată, sau că el era cel care îmi sărutase sânii goi printre florile cu aspirină - era acel timid, stângaci, care ridica privirea ca o fecioară sfioasă, mergând și mișcându-și mâinile și picioarele enorme, piese de jucărie adultă pe trupul lui de băiat de jucărie. Buclele lui erau aproape lungi, la modă: am observat asta. Știam că avea să devină băiatul la care visau fetele. Îmi dădusem seama de asta din clipa în care l-am văzut pentru prima oară. A demonstrat o ușurare atât de palpabilă când mama lui i-a spus să se ducă să își facă temele, că vom depăna la cină, că a trebuit să îl las să plece cu bucurie. Când s-a închis ușa, Sirena a dat ochii peste cap - în acel moment, mai tipic matern decât o văzusem vreodată. Ea a spus:

– Teme? Ce crezi, e o prostie. La vârsta asta este numai Facebook, tot timpul. De la jocuri video la Facebook - pentru băieți, acesta este procesul de socializare. Ea chicoti. Mă gândesc cum să fac o piesă de artă care să spună ceva despre asta. Dar este greu... Nora, prietena mea, vrei un cocktail? Un vin? Ce ți-ai dori?

Și a pornit - noi am pornit - și era familiar, dar și diferit. La fel cum Reza o antrenase în maternitate, zi după zi, de-a lungul anilor, la fel și ea fusese antrenată, de când petrecuserăm ultima oară timp împreună, să se considere o artistă de importanță în lume. Și era evident, întru câtva obositor, chiar când trebuia să fie veselă cu privire la munca ei.

O cunoştinţă cercetător mi-a explicat odată că pentru a obţine fusiunea nucleară – care aparent ar rezolva criza globală de energie – ar trebui să reproduci condiţiile exact de la naşterea unei stele. Acest lucru este evident foarte greu, foarte rar şi foarte trecător. Şi mi-am dat seama, în sufrageria familiei Shahid, că mă îndrăgostisem nu doar de o anumită configuraţie de oameni, ci de acea configuraţie anume într-un anumit moment din vieţile lor şi din a mea. Nu ar fi contat dacă eram Peter Pan, niciodată schimbată: secunda în care Wendy începe să se schimbe, idila se termină. Fiecare dintre ei era diferit, chiar dacă erau în mare măsură la fel. Configuraţia lor era diferită. Nu puteai reproduce ce a fost.

Asta nu făcea ca totul să fie lipsit de valoare. Eram prieteni. Încă le invidiam familia şi simţeam cum mi se umflă sângele de tandreţe la anumite gesturi, anumite expresii, ticuri care mă purtau în trecut. Dar am plecat – cu promisiunea ca eu şi Sirena să luăm prânzul, sau cel puţin micul dejun, jos (vineri mă întorceam la Boston) – gândindu-mă că greşeam să îmi imaginez că avusese loc o încălcare a încrederii, tratată cu căldura farmecului lor şi cel puţin o sticlă de vin, impresionată de cina pe care o pregătise Sirena…

– O, am spus eu, ţi-ai amintit! Ce drăguţ!

– Amintit?

– Prima oară când m-ai invitat acasă în Cambridge? Asta este tocana pe care ai preparat-o.

– Imaginează-ţi! Am uitat complet. Mă tem că este doar un semn despre cât de limitat este…

– Repertoriul, spuse Skandar, făcându-mi cu ochiul şi nu am putut să îmi dau seama dacă acel semn voia să spună că şi el îşi amintea acea seară, sau doar că era de acord ca împreună să îi tachinăm soţia.

– Impresionată de detaliile pe care şi le amintea Reza din clasa de la Cambridge de demult – pictura – gemenele – orarele. La masă m-am uitat după urma cicatricei sale de la ochi: când se apleca în lumină, credeam că pot distinge nişte mici linii albe, fine, deşi nu puteam fi sigură. Încă le iubeam, indiferent. Mă simţeam plină de iertare şi sănătate. Dar nu de speranţă. În timp ce m-am băgat în patul meu jos, plăcut, în camera mea plăcută de la hotelul meu plăcut, eram conştientă în semiconştienţa mea că simţeam opusul speranţei – ceea ce avea să fie disperarea. Era limpede, chiar înainte să mă ia somnul, că de aceea alesesem un hotel luminos, simplu, post-Jean Rhys, anti-Emily Dickinson, niciodată Virginia Woolf: pentru că totul ce ţinea de caracterul său plăcut insista, fără tăgadă, fără sinucideri aici. Aveam toată această furie. Ani de furie, decenii de furie, trupul meu era plin de furie, însângerat de furie. Şi mă târâsem peste Atlantic ca să o aştern pe toată în pragul unei uşi. Aproape ca şantajul: iubeşte-mă absolut, sau ia rahatul acesta de pe mine. Aveam o încărcătură completă. Da, termenul era potrivit. Trebuia să fiu fie consolată, fie descărcată. Şi cu toate astea, când am plecat de la casa lor şi mă simţeam bine-venită, chiar iubită, era un altfel de iubire, diferit, mai mic, decât cel pe care îl doream – nu atât de mult gheţar, sau artificii, cât un şal uşor într-o briză de seară. Un gest recunoscut de iubire, dar inutil într-o furtună.

5

Sunt atâtea de văzut și de făcut în Paris. Atât de multe încât este o minune că l-am văzut. O minune că am făcut posibil să îl văd. Dar atât de mult timp mă antrenasem să citesc și să găsesc referințe la Sirena și Skandar, încât ar fi fost un altfel de șoc dacă l-aș fi ratat. Am petrecut mult timp în Paris, de fapt: cinci zile întregi. Am sosit luni, plecam vineri. Am luat cina joi. Trebuia să o sun pe Sirena miercuri seară sau joi dimineață. Miercuri m-am trezit și am coborât scările în încăperea unde se lua micul dejun - un atrium frumos, cu ghivece de flori în colțuri și o fântână electrică lipită de perete, un heruvim gol cu un urcior răsturnat, care turna apă într-un vas în formă de scoică - un kitch spectaculos, vesel - cu *Periscope* în mână. Avea totul: filme, cluburi de noapte pentru homosexuali, lecturi de poezie, expoziții.

Am ignorat faptul că am împrăștiat cu mare zel firimituri de baghetă pe fața de masă, haine și ziar, am frunzărit dincolo de listările cu muzee, la galeriile private. Acesta era un oraș, ca New York, și spre deosebire de Boston, unde un dealer privat ar putea avea o expoziție cu litografii de Picasso. Sau unde puteai vedea fotografiile enorme ale lui Robert Polidori cu Cernobîlul, de vânzare de la 20 000 de euro bucata. Era o jumătate de glumă că eram în căutarea numelui Sirenei - ea nu avea nicio instalație majoră în prezent, îmi spusese la cină, următoarea avea să fie o comandă pentru o expoziție de grup la Serpentine Gallery în primăvara următoare, pe tema renașterii și reînnoirii. Dar iat-o, o listare la o galerie pe șapte, o expoziție care mai era deschisă numai pentru câteva zile. O expoziție intitulată: *După Cădere: Casetele din Țara Minunilor.*

Aici, fără instalația în sine, aveau să fie videoclipurile pe care le realizase la sau în instalație, să îi determine pe oameni să reacționeze la reacțiile față de opera ei.

Mi se părea o favoare față de ea să mă duc să le văd – aceste videoclipuri, în ceea ce mă privea, erau cel mai puțin interesant aspect al artei ei, deși știam că critici importanți nu erau de acord cu mine – și eram conștientă că, dacă le uram, puteam să mint și să mă prefac că nu știam despre ele. Meritul modestiei sale, m-am gândit, că Sirena nu îmi spusese despre expoziție, sau poate era meritul grandorii sale arogante de acum: poate că se gândea că videoclipurile erau prea mărunte și nu merita deranjul? Indiferent, mă duceam din propria mea curiozitate, pură sau impură, și aveam să văd ce părere îmi formam. Mi se părea că îi spionam viața – cât de mărunt era, comparativ cu toate Alertele Google pe care le studiam asiduu, toate detaliile pe care le păstrasem și prețuisem de parcă îmi spusese chiar ea despre ele, de parcă eram în genul de contact strâns în care ar trebui să fie prietenii apropiați.

În acea dimineață m-am decis să mă duc la Luvru și apoi la Musée d'Orsay și apoi să mă întorc pe jos în Cartierul Latin spre hotelul meu. Nu era nici straniu și nici forțat să trec prin fața Galeriei Werther – puteam să dau peste ea din întâmplare, cu acel itinerar în minte. În mod sigur, ea nu mă putea acuza de faptul că am făcut un drum special.

Era o zi fierbinte, iar muzeele erau aglomerate, vizitele erau groaznice. Singura alinare apăru în aripa Luvrului care găzduiește apartamentele lui Napoleon, pline de textile cu brocart și mobilă aurită, camere întregi de porțelanuri și argintărie care nu interesează pe nimeni (nici măcar pe mine) și, drept consecință, erau goale. Am făcut greșeala să iau prânzul târziu, aproape de Musée d'Orsay, pe o stradă abandonată, într-un restaurant liniștit, cu prețuri astronomice, unde din cauza șocului am comandat numai un aperitiv, un mic pateu cu o lingură de cremă de pui înăuntru şi o garnitură de măcriş de baltă, care probabil că nu mă putea susţine pentru plimbarea lungă din al doilea muzeu.

Cumva, simţeam că trebuie să văd cât de mult posibil – cine ştia când mă voi întoarce la Paris? –, aşa că m-am forţat pe coridoarele aglomerate şi mi-am întins gâtul să mă uit la tablouri, blocată de setul de ghid audio, o masă care înainta încet şi imperturbabilă ca nişte boi prin galerii.

Totul a fost puţin prea mult. Când am ieşit, ar fi trebuit să mă opresc într-o patiserie pentru un ecler, sau cel puţin o cafea care să îmi refacă forţele. Dar eram tulburată de tot caracterul francez, nu îndrăzneam să mă adresez chelnerului într-o franceză atroce, sau să trec, spre dispreţul lor triumfător, în engleza mea americană. De-abia mă ţineam pe picioare, mergeam pe străzi, vedeam cum distanţele erau mai mari decât anticipasem. Toate astea le explic – de ce? Pentru a mă scuza, sau a tempera ceea ce simţeam atunci, ceea ce avea să fie oricum dramatic, dar era în mod sigur intensificat de vulnerabilitatea mea de atunci.

Galeria Werther se afla pe o stradă modernă paralelă cu Sena, la câteva cvartale de râu, dar sub bulevardul Saint Germain. Trotuarele erau animate în după-amiaza târzie, deşi nu ca muzeele. Cu toate astea, galeria era foarte liniştită, goală, cu excepţia unui tânăr palid, cu un tricou negru şi jeanşi negri, care m-a salutat din cap când am intrat. Încăperea avea un tavan mai jos decât mi-aş fi imaginat şi era mai mică. Dar era frugală şi albă şi avea o podea de beton turnat, albastră şi părea exact ca genul de galerie la care te-ai aştepta pentru o stea.

Erau şase ecrane video – încadrate şi iluminate în fundal, cu ecran plat, foarte şic – care atârnau de pereţi. În parte, îmi căutam dragii elevi de la Appleton, anul meu paradiziac pierdut. Videoclipurile nu păreau să aibă o ordine narativă anumită, sau o formă anumită, sau o durată. Unul părea să fie alcătuit din cadre fixe, alăturate, altul, în care patru vizitatori la întâmplare ai expoziţiei aglomerate au început să se învârtă în fața videoclipului Sanei, era în mod limpede regizat și mi-a adus aminte de o reclamă la telefoane mobile, filmată pe Heathrow, pe care o văzusem pe YouTube.

Pentru fiecare ecran erau căști pe un băț și puteai asculta una dintre cele trei coloane sonore – fiecare nepotrivită, uneori amuzantă. Mă gândeam, aproape cu invidie, „E bună. Este foarte bună la asta – orice ar fi".

Videoclipul meu l-am văzut ultimul. Era pe spatele unei coloane din mijlocul galeriei, deci la început nici nu observai că este acolo. De departe, arăta mai neclar, mai puțin profesional decât celelalte, mai mult ca o casetă din anii '80, cu acea calitate ușor stimulantă a spontaneității, a descoperirii neașteptate. Vedeam și eu, când mă apropiam, că era unul dintre cele doar două videoclipuri marcate cu un punct roșu, ceea ce însemna – după cum am aflat de pe foaia galeriei pe care o luasem de la intrare – că ediția fusese vândută complet. Erau cinci exemplare cu fiecare videoclip de vânzare, iar cu acesta, nu mai era niciunul.

Pe măsură ce m-am apropiat mai mult, mi-am dat seama că tot ceea ce vedeam nu era aceeași Țară a Minunilor din celelalte videoclipuri. Pe lângă faptul că imaginea era mai grunjoasă, setarea în sine era parțială, neterminată, diferit luminată. Era, într-adevăr, o Țară a Minunilor pe care o știam: atelierul nostru din Sommerville. Inima mi-a stat în loc. Am crezut că îl voi vedea pe Reza, după cum alergase vesel printre florile cu aspirină. Poate că, până la urmă, nu fusese complet distrus de intervenția mea zgomotoasă? Am crezut că le voi vedea pe Chastity și Ebullience înfășurându-se în falduri de pânză albastră, deghizate în Alice, împiedicându-se și căzând una peste alta, sau chiar pe Noah, smulgând florile, bătându-se cu Reza – și apoi am ajuns suficient de aproape cât să văd ce arăta de fapt videoclipul. Și atunci, vezi tu, nu m-am putut abține: mi-am pierdut respirația. Nu mai puteam să respir. Vederea mi s-a întunecat ca într-un tunel, iar apoi nu am mai văzut nimic.

Tânărul asistent a trebuit să mă domolească, ceea ce a fost pentru amândoi o gravă umilință. El nici nu s-a deranjat să vorbească în franceză – era limpede că hainele mele, sau forma mea, sensibilitatea mea generală de New England urla „SUA" – iar el tot spunea: Sunteți bine, madame? Sunteți bine, madame? Sunteți în regulă?" El a tras scaunul lui din spatele biroului și m-a așezat pe el. Mi-a dat apă. A sugerat să stau cu capul între genunchi. S-a dovedit a fi mai practic în toate privințele decât ar fi sugerat aspectul lui, dar mi-am dat seama și că era enervat din cauza mea, că i se părea că sunt o vagaboandă de pe stradă, care a intrat să spurce templul lui pur al artei Sirenei. Doamne ferește ca templul ei să fie spurcat!

Și cu toate acestea, asta arăta videoclipul, toată lumea putea să vadă: spurcarea Țării Minunilor, realizată de nimeni alta decât mine însămi. Faptul că eram, practic, întinsă pe jos în imagini și pe jumătate dezbrăcată și mă prefăceam (nu că privitorul ar ști asta) că eram Edie Sedgwick, faptul că tânărul palid nu ar fi ghicit niciodată că masturbatoarea zeloasă din Țara Minunilor era Femeia de la Etaj, care purta încălțăminte sensibilă Merrell și care îi furase scaunul și îi deranjase liniștea, nu făcea ca lucrurile să fie mai puțin adevărate.

Cumva, fusesem filmată în acel moment extrem de privat. Cumva, fusesem văzută și apoi putusem să fiu afișată, ca un obiect, ca una dintre artistele din dioramele mele. Puteam fi sacrificată. În clasele mai mari de la școală, copiilor li se predă etica: îi întrebi, ar apăsa un buton care ar ucide o persoană anonimă în China dacă ar primi un milion de dolari. Ar apăsa butonul dacă i-ar face celebri. Dacă nu ar ști nimeni, atunci ar apăsa butonul. Asta însemna că întreaga lume te putea aclama ca artist. Dacă demonstra lumii un adevăr sincer despre cum era să fii o nenorocită singură și tristă. Ai face-o?

Da, era adevărat, dacă stăteam să mă gândesc, camerele fuseseră deja instalate atunci, pentru copii – le instalasem cu săptămâni înainte. O ajutasem să facă asta. Dar cum mă filmase? Nu fusese la atelier în ziua aceea deloc – nu? Nu îmi aminteam sigur. Trebuie să fi fost o setare cu senzori de mișcare. Ea trebuie să fi setat camerele să înregistreze oricând intra cineva în Țara ei a Minunilor. Poate că se înregistra singură? Poate că nu plănuise să mă prindă, ca pe un pește în plasă, ori poate că da. Poate că sperase să mă prindă acolo cumva – dar nu ar fi putut niciodată să anticipeze un asemenea premiu de înregistrare, o umilință atât de perfectă. Când o văzuse? Oare și *el* o văzuse? Și dacă da, atunci brusc vizita lui la studio, presupusa lui seducție, a devenit ceva complet diferit. A devenit ceva *între ei*, ceva care nu avea nimic de-a face cu mine. Ceva pentru care eu eram țapul ispășitor fără voie. Ei îi păsa suficient de puțin cât să folosească acea casetă – să o vândă –, altfel ar fi fost suficient de mânioasă. Dar nu suficient de mânioasă cât să mă confrunte, nu suficient de mânioasă (dacă ar fi știut despre mine și Skandar) să creadă că merita discuția. Fusesem atât de dispensabilă, încât ea putea să îmi facă asta și să pretindă că rămăsese prietena mea. Ce an fusese: fusesem de folos în atâtea feluri.

Există imaginarul și există ceea ce este real. Ceea ce este imaginar – cum m-a înregistrat, de ce m-a înregistrat, dacă ne-a înregistrat pe mine și pe Skandar, când s-a decis să utilizeze caseta –, acestea sunt lucruri la care nu poți ajunge. Chiar dacă o întrebam, nu aveam să știu niciodată adevărul. Ceea ce este imaginar – prieteniile noastre, iubirile noastre, acești oameni, invențiile mele – este de neatins, dacă nu virgin. Iar apoi este realitatea: acolo este ce se întâmplă, ceea ce știi, sau crezi că știi cu certitudine. Dar poate că acestea două sunt, în cele din urmă, una singură. Poate că nu poți proteja una de alta. Este acea cameră din mintea ta în care ești tu însuți cel mai liber și fără constrângeri și sunt multele straturi de mascaradă cu care te protejezi acel miez fără piele, dar iat-o acolo, sinele meu cel mai vulnerabil (un sine al fanteziei!), celebru în sfârşit, vizibil, dar invizibil, care atârna pe un perete în Paris şi fusese vândut în cinci exemplare.

Şi asta, inutil să mai spun, de femeia – şi să nu uit, soţul ei – care, dintre toţi muritorii, pe care o alesesem şi de care mă apropiasem şi pe care o iubisem, da, o iubisem cu toată inima şi îi iertasem o mulţime de neajunsuri. Dar nu şi acesta. Niciodată acesta. Am ştiut asta chiar și atunci, sprijinită pe scaun în galerie, sorbind din paharul meu de apă călâie, ultraclorinată şi insistând faţă de tânăr că nu aveam nevoie de taxi şi nici de doctor şi că o să mă ridic în picioare şi o să plec în câteva minute – ştiam în mijlocul a toate acestea că nu voi ierta niciodată asta. Că ea – din nou, nu, că ei amândoi, pentru că el trebuie să fi ştiut, la un moment dat, el *aflase* și nu făcuse nimic, sau, mai rău, că venise la mine doar pentru că știa – dar asta, în mod sigur, nu era de conceput – de neconceput, aşa ceva – că ei distruseseră totul, trădaseră totul fără milă.

Nu ai nevoie de sinucideri când există crimă.

Nu i-am sunat. Nu-mi imaginam să-i sun. Nu am sunat-o nici pe Didi, deşi aş fi putut, pentru că nu voiam să intru în detalii. Cum puteam să încep să explic ce însemnase, să mă văd întinsă, dezvelită, peste peretele galeriei Sirenei, marele şuvoi de consternare a ceea ce însemna – despre fiecare dintre noi, poate cel mai mult despre mine însămi, despre minciunile pe care mi le spusesem cu atâta sârguinţă toţi aceşti ani. Şi toate lucrurile sigure care deveniseră extrem de nesigure. Şi despre artă și a fi artistă: de asta era deci nevoie să fii ceva, să devii cineva? Asta însemna să „sacrifici totul" pentru arta ta? Sau, cel puţin, pe toată lumea?

Iată partea bună: am purtat toată această furie, eram umplută până la limită de ea, iar acum este permis. Acum este justificată. Am învățat din greșelile mele. M-am eliberat de eșecurile mele: am fost o proastă, dar acum sunt o proastă înțeleaptă. Am fost strivită de univers, am irosit aurul afecțiunii mele pe bijuterii ieftine, fără valoare, am fost tratată ca o mizerie. Nu vrei să știi cât de furioasă sunt. Nimeni nu vrea să știe despre asta. Sunt furioasă pe amândoi – pe minciuna prieteniei lor, pe falsele lor promisiuni despre lume, artă și iubire –, dar la fel de furioasă pe mine însămi, pe visurile mele prostești, pe încrederea mea prost plasată, pe aleanul meu inutil.

Dar a fi mânios, criminal de mânios, înseamnă a fi *viu*. Nu mai sunt tânără, drăguță, iubită, sau dulce, sau plăcută, fără mască, mă zvârcolesc pe pământ în văzul tuturor într-o lipsă totală de glorie, nu se știe de ce sunt în stare. Aș putea să îmi filmez furia și să o vând, aș putea să fac o demascare proprie, să intru în jocul nenorociților și să le dau o lecție, și în timpul acesta să devin cea mai cunoscută nenorocită de artistă din America, numai din ciudă pură. Nu se știe niciodată. Sunt suficient de furioasă cât să dau foc unei case numai cu privirea. Nu poate fi captată, depozitată sau dusă la reciclat. Am terminat-o cu statul la etaj. Furia mea nu este furia unei persoane mici, a unei fetițe dulci, a unei fiice credincioase. Furia mea este prodigioasă. Furia mea este un colos. Sunt suficient de furioasă cât să înțeleg de ce Emily Dickinson s-a izolat complet de lume, de ce Alice Neel și-a trădat copiii, chiar dacă i-a iubit nespus. Sunt suficient de furioasă cât să văd de ce intri în apă cu pietre în buzunare, chiar dacă nu acesta este genul de furie pe care îl simt. Virginia Woolf, în furia ei, s-a oprit să se mai teamă de moarte, dar sunt suficient de furioasă, cel puțin, să nu mă mai tem de viață și suficient de furioasă cât – în sfârșit, să dea Domnul și cu furia mamei mele pe umerii mei, un mare clocot de furie ca focul sorilor din mine –, înainte să mor, să *trăiesc* cu adevărat.

Stai să vezi doar.

Mulţumiri

Scrierea acestei cărţi nu ar fi fost posibilă fără sprijinul generos al Humanities Center de la Harvard, unde a fost începută, şi al Wissenschaftskolleg zu Berlin, unde a fost încheiată. Sunt în mod deosebit recunoscătoare pentru bunătatea profesorului Homi Bhabha şi a profesorilor Joachim Nettelbeck şi Luca Giuliani. Multe mulţumiri, de asemenea, lui Stephen Greenblatt şi lui Ramie Targoff, pentru că m-au îndreptat spre Berlin, Dialei Ezzedine şi lui Hashim Sarkis, pentru că au împărtăşit din cunoştinţele lor şi Beirutul cu mine, lui Beatrice Gruendler, pentru discuţiile noastre despre istoria literară arabă, şi tuturor colegilor mei bursieri de la Kolleg, pentru conversaţiile pline de inspiraţie.

Le mulţumesc, de asemenea, întotdeauna, agenţilor mei literari, Georges şi Anne Brochardt, editorului meu britanic şi dragii mele prietene Ursula Doyle şi editorului meu din Statele Unite, Robin Desser de la Knopf.

În aceşti ani plini de provocări, credinţa preţioasă şi prietenia celor puţini au fost ceva de nepreţuit. Mulţumesc în mod deosebit lui Elizabeth Messud, Susannei Kaysen şi lui John Daniels, Melissei Franklin, Sheilei Gallagher, Shefali Malhoutra, Mark Gevisser, Ira Sachs, Mary Bing şi Doug Ellis, Fionei Sinclair, lui Julie Livingston şi, de la sine înţeles, lui James Wood, optimistul meu neobosit, şi celor doi copii dragi ai noştri, Livia şi Lucian.

Recunoştinţă specială şi inefabilă pentru tatăl meu, François Michel Messud (1931-2010), care m-a învăţat importanţa râsului şi a furiei și care nu a tolerat Casa Surprizelor, și mamei mele, Margaret Riches Messud (1933-2012), care a trăit cu atâta ușurință pe acest pământ, ale cărei scrisori m-au învățat să scriu și ai cărei ochi m-au învățat cum să văd.

Recunoaşterea permisiunilor

Recunoaştere pentru permisiunea din partea Hal Leonard Corporation pentru a reimprima „My Happy Ending“, versuri şi muzică de Avril Lavigne şi Butch Walker. Copyright © 2004 de Almo MusicCorp., Avril Lavigne Publishing Ltd., EMI Blackwood Music Inc. şi Sonotrock Music. Toate drepturile pentru Avril Lavigne Publishing Ltd. controlate şi administrate de Almo Music Corp. Toate drepturile pentru Sonotrock Music controlate şi administrate de EMI BlackwoodMusic Inc. Toate drepturile rezervate. Retipărit cu permisiunea Hal Leonard Corporation.

RAO vă recomandă

PRIETENIE DISPĂRUTĂ

Claire Messud

Julia și Cassie sunt prietene încă de la grădiniță. Ele și-au împărtășit totul, inclusiv dorința de a scăpa de limitările sufocante ale liniștitului oraș Royston, Massachusetts, în care s-au născut. Dar, pe măsură ce se apropie de adolescență, drumurile lor ajung să se despartă, iar Cassie se îndreaptă spre o călătorie care îi va pune viața în pericol și îi va distruge prietenia cu Julia. *Prietenie dispărută* este o analiză complexă a poveștilor pe care ni le spunem despre tinerețe și prietenie, dar și despre experimentele cu care ne confruntăm, despre lumea imaginară a copilăriei și realitatea dureroasă a vieții de adult – rezultatul este un portret fidel și strălucitor conceput al adolescenței feminine. Claire Messud, una dintre cele mai talentate scriitoare contemporane, reușește să creeze o convingătoare lume fictivă, răspunzând în același timp la câteva întrebări cruciale. În ce măsură ne putem cunoaște pe noi înșine, dar și pe alții? Care sunt poveștile pe care le creăm pentru a înțelege viețile și relațiile noastre? Îmbinând într-un mod seducător ficțiunea și realitatea avansării spre tinerețe, *Prietenie dispărută* ajunge în miezul unor probleme esențiale într-un mod absolut irezistibil. Scrisul însuflețit prilejuiește o lectură antrenantă, necesitând în același timp o privire atentă asupra detaliilor.

biblioteca rao

FICȚIUNE ADULȚI

Mitch Albom.................... *Măsura timpului*
Pierre Assouline................ *Portretul*
Camille Aubray................. *Cina cu Picasso*
David Baldacci................. *Lovitura de grație* (seria *Vega Jane* vol. 1) • *Tărâmul celor cinci cercuri* (seria *Vega Jane* vol. 2) • *Un simplu geniu* • *Rece ca piatra* • *Ziua zero*
Angela Becerra................. *Penultimul vis*
Ana Bell....................... *Lista de dorințe*
Mark Benecke................... *Pe urmele crimelor*
Steve Berry.................... *Afacerea Columb* • *Enigma reginei* • *Secretul marelui sigiliu* • *Taina președintelui* • *Tezaurul Împăratului*
Samuel Bjork................... *Călătoresc singură*
Chris Bohjalian................ *Închideți ochii, luați-vă de mână*
Serena Burdick................. *O fată în amurg*
John Burnham Schwartz.......... *Împărăteasa* • *O singură clipă*
Jessie Burton.................. *Miniaturista*
Mireille Calmel................ *Cântul vrăjitoarelor* vol. 1 și 2
Carol Cassella................. *Oxigen*
Emma Cline..................... *Fetele*
Sarah Cohen-Scali.............. *Max*
Michael Connelly............... *Chipul dur al despărțirii* (seria *Harry Bosch*) • *Până la capăt* (seria *Mickey Haller*) • *Verdictul* • *Avocatul din limuzină* • *Jocul de domino* • *Adevărul din umbră*
John Connolly.................. *Răzbunătorii*
Michael Cox.................... *Sensul nopții*
Blacke Crouch.................. *Materia întunecată*
Clive Cussler.................. *Gheața de foc* • *Moarte în Arctica* • *Sabotorul* • *Urmărirea*
Clive Cussler și Dirk Cussler...... *Săgeata lui Poseidon* (seria *Dirk Pitt*) • *Zorii semilunii* (seria *Dirk Pitt*)
Manuel DeLope.................. *Perlele călătoare*
Nelson DeMille................. *Coasta de Aur* • *Întoarcerea la Coasta de Aur*
Karen Dionne................... *Evadarea din mlaștină*
Val Emmich..................... *Nu uita să-ți amintești*
Joseph Finder.................. *Omul companiei*
Adam Foulds.................... *Labirintul însuflețit*
Gyle Forman.................... *Fără mine*
Ulla Frohling.................. *Ființa din oglindă*

Adele Geras .... *Taina pictorului*
Javier Gonzales .... *Insula sfârșitului timpului*
John Grisham .... *Avocatul rebel • Calico Joe • Campionul din Arkansas • Ford County • Informatorul • Litigiul • Mărturisirea • Șantajul • Șirul de platani • Theodore Boone – Puștiul avocat • Theodore Boone – Răpirea • Theodore Boone – Acuzatul • Theodore Boone – Amenințarea*
Lauren Groff .... *Destin și furie*
Katryn Harkup .... *A de la arsenic. Otrăvurile Agathei Christie*
A.S.A. Harrison.................. *Soția tăcută*
Antonio Hill .... *Vara jucăriilor moarte*
Gail Honeyman.................... *Eleanor Oliphant se simte excelent*
Jay Hosking .... *Trei ani în labirint*
Catherine Isaac.................. *Aici, acum, mereu*
Howard Jacobson .... *Chestiunea Finkler • J*
Christian Jacq .... *Fugarul* (vol. 1 seria *Răzbunarea zeilor*) • *Divina Adoratoare* (vol. 2 seria *Răzbunarea zeilor*)
Mack Karen & Kaufman Jennifer. . *Amanta lui Freud*
Dean Koontz...................... *Noaptea lui Odd*
Danya Kukafka .... *Misterul fetei din zăpadă*
Will Landay...................... *În apărarea lui Jacob*
John Le Carre .... *Cel mai vânat om • Genul nostru de trădător • Tunelul cu porumbei • Un adevăr delicat*
Maggie Lehrman .... *Orice lucru are prețul lui*
Forrest Leo...................... *Un gentleman*
Susana Lopez Rubio............... *Intrați în El Encanto*
Charlie Lovett .... *Povestea anticarului*
Benjamin Ludwig.................. *Ginny Moon: din secretele unei fetițe autiste*
Scott Lynch .... *Minciunile lui Locke Lamora • Pirații mărilor roșii*
Kathleen McGowan .... *Cartea iubirii • Prințul poet*
Benjamin Mee..................... *Avem un ZOO!*
Brad Meltzer .... *Cercul asasinilor • Cercul cavalerilor • Jocul zero*
Claire Messud.................... *Prietenie dispărută*
Maggie Mitchell .... *A doua fată*
Walter Moers..................... *Cele 13 1/2 vieți ale căpitanului Urs Albastru*
Jeniffer Murphy .... *Te iubesc mai mult*
Tea Obreht....................... *Soția tigrului*
James Patterson / Maxine Paetro . . *Private – Agenția de investigații*

David Park........................*Comisarul adevărului*
Chris Pavone...................*Expatriații*
Malin Person Giolito............*Nisipuri mișcătoare*
Michael Poore...................*Dansul reîncarnării*
Francine Prose..................*Prima iubire*
Manicka Rani....................*Zeița orezului*
James Reese....................*Dosarul Dracula*
T.R. Richmond..................*Ce-a lăsat în urmă*
Imogen Robertson..............*Iarna la Paris*
Patrick Rothfuss................*Numele vântului* • *Teama înțeleptului* • *Tainica iscodire a celor tăcute*
Brian Ruckley...................*Nașterea iernii* – seria *Lumea fără zei*
Clara Sanchez...................*Misterul numelui tău*
Lisa See..........................*Floare de zăpadă și evantaiul secret* • *Dragostea florii de bujor* • *Frumoasele chinezoaice*
Javier Sierra.....................*Îngerul pierdut* • *Maestrul de la Prado*
Lorenzo Silva....................*Linia meridianului*
Indra Sinha.......................*Oamenii lui Animal*
Dan Smith........................*Ținta: Președintele*
Wilbur Smith.....................*În pericol* • *Orizontul albastru*
Jose Carlos Somoza.............*Cheia Adâncului*
Nicholas Sparks..................*Privește-mă!*
Olen Steinhauer..................*Turistul*
Emma Straub.....................*Soare și nori în Mallorca*
Sarah Stricker...................*Cinci copeici*
Anne Sward.......................*Cu sufletul la gură*
James D. Tabor..................*Dinastia Iisus*
Kathryn Taylor...................*Moștenirea partea 1* și *partea 2* (Saga *Daringham Hall*) • *Hotărârea*
Yasuko Thanh....................*Mireasma misterioasă a munților Galbeni*
Brad Thor.........................*Lista neagră*
J.R.R. Tolkien...................*Legenda lui Sigurd și a lui Gudrun* (ediție bilingvă) • *Copiii lui Hurin* • *Hobbitul* • *Frăția inelului* (vol. 1 trilogia *Stăpânul Inelelor*) • *Cele două turnuri* (vol. 2 trilogia Stăpânul Inelelor) • *Întoarcerea Regelui* (vol. 3 trilogia *Stăpânul Inelelor*) • *Silmarillion*
S.K. Tremayne...................*Dublă identitate*
Heather Tucker...................*Fata din lut*
Simon Urban......................*Planul D*
Timur Vermes.....................*Ia uite cine s-a întors*
Nicole C. Vosseler..............*Sub luna de șofran* • *Dincolo de Nil*

Leslye Walton .... *Straniile și minunatele amărăciuni ale Avei Lavender*
Michael White.................. *Secretul Medici*
David Wroblewski .... *Povestea lui Edgar Sawtelle*
Javier Yanez.................... *Stăpânul savanelor*
Joakim Zander .... *Fratele • Înotătorul*
Markus Zusak................... *Hoțul de cărți • Mesagerul*

ROMAN ISTORIC / DRAMĂ ISTORICĂ

Francisco Asensi................ *Sângele*
Paula Cifuentes.................. *Vremea bastarzilor*
Catherine Delors .... *Iubire și sânge*
Luca Di Fulvio.................. *Fata care a atins cerul*
Ildefonso Falcones .... *Regina desculță*
Ken Follett....................... *Stâlpii pământului • O lume fără sfârșit • Codul „Rebecca"*
Antonio Garrido................. *Cititorul de cadavre*
Georgia Hunter.................. *Supraviețuitorii • Mâna Fatimei*
Antonio G. Iturbe............... *Bibliotecara de la Auschwitz*
Laura McVeigh .... *Sub stelele tăcute*
Colum McCann .... *Transatlantic*
Pauline Peters .... *Camera rubinie*
Lucy Ribchester .... *Clubul Clepsidrelor: Vremea sufragetelor*
Lutz Seiler .... *Kruso*
Jean Louis Vullierme .... *O oglindă a Occidentului*

CLASICI CONTEMPORANI

Albert Camus & Rene Char ...... *Corespondență 1946-1959*
Miguel Delibes .... *Ereticul*
William Faulkner .... *Hoțomanii • Iscoada în țărână • O parabolă • Pe patul de moarte • Recviem pentru o călugăriță*
Gabriel Garcia Marquez .... *N-am venit să țin un discurs*
Witold Gombrowicz .... *Jurnal* – vol. I și II
Hermann Hesse .... *Cele mai frumoase povestiri* vol. 1 și vol. 2 – colecția Nobel • *Narcis și Gură-de-Aur*
John Irving .... *Vaduvă pentru un an*
James Joyce .... *Stephen Eroul*
Andre Malraux .... *Carnet din URSS 1934*
Thomas Mann.................... *Casa Buddenbrook* vol. 1 și 2 – colecția Nobel
William Saroyan................. *Aventurile lui Wesley Jackson • Nebunie în familie*
John Steinbeck .... *Călătorii cu Charley*
Stefan Zweig .... *Amoc. Obsedatul*

RAO CONTEMPORAN

Angela Becerra . . . . *Ella*
Carlos Franz . . . . *Deșertul • Locul în care a fost paradisul*
Howard Jacobson . . . . *Vremea maimuțelor*
Siegfried Lenz . . . . *Un moment de reculegere*
Colum McCann . . . . *Goana nebună a lumii*
Patrick Modiano . . . . *Dora Bruder • Un pedigri*
Chimamanda Ngozi Adichie . . . . . *Hibiscus purpuriu*

AUTORI ROMÂNI CONTEMPORANI

Anghel Andreescu . . . . *Acțiunile separatiste*
Anghel Andreescu, ... *Efectul migrației asupra securității*
Dan Andreescu, Dan Bardaș . . . . *României și a Europei*
Vartan Arachelian . . . . *Cartea regelui romantic și a fiilor fără de țară • Numele și umbra • Scânteia vine de la Moscova • Istoria unei supraviețuiri*
Ion Bâtlan . . . . *Reconsiderări filozofice*
Augustin Buzura . . . . *Absențe • Drumul cenușii • Nici vii, nici morți • Orgolii • Recviem pentru nebuni și bestii • Refugii • Vocile nopții*
Doina Cherecheș . . . . *Străinul din oglindă*
Eugen Ovidiu Chirovici . . . . *Cine a ucis-o pe Nora Jones? • Hoodoo Creek • O amintire de la Paris • Pulbere neagră • Sanitarium • Cartea oglinzilor*
Adrian Eugen Cristea, Marius Marinescu, Mihai Mitran . . . . . . *Cartierul interzis*
Ciprian Enea . . . . *Jurnalul unui călător boem*
Corneliu Filip . . . . *Ion Ghițulescu, omul de la microfonul radio*
Freddy Gârbaci . . . . *Iubirea și faptele timpului*
Mircea Malița . . . . *Homo Fraudens • Istoria văzută prin ochii diplomatului*
Vanessa D. Maris . . . . *Imagini de Fado*
Eugen Mihăescu . . . . *Corina • Rebel • Între linii • Strigăte în pustiu*
Ștefan Mitroi . . . . *Atunci când era mereu duminică • Biblia pentru furnici • Dulce ca pelinul • Jocuri de nenoroc*
Doru Munteanu . . . . *Viața de împrumut*
Adrian Năstase . . . . *Sub Zodia Momentului: Blog'n Roll vol. 7 • Războiul lui Onoda: Blog'n Roll vol. 8*
Adrian Onciu . . . . *Templul negru*
Dan Ioan Panțoiu . . . . *Mercenarul întunericului*

Dumitru Popescu . . . . *Cătând în urmă, istovit, spre omul poliedric • Artemis sau uzurparea sentimentului • Singurătatea mărilor*
Tudor Vlad Popescu. . . . . *Taina. O nouă incursiune în irealitatea imediată*
Flaviu George Predescu . . . . *Softul Ge*
Dinu Săraru. *Corrida • Ura din ochii vulpii*
Aurelian Silvestru . . . . *Cel rătăcit*
Mirel Taloş. *Colecționarul de nuduri*
Stelian Tănase . . . . *Nocturnă cu vampir*
Stelian Țurlea. . . . . *Trei femei*
Olimpian Ungherea . . . . *Dex masonic* – vol. 1 și 2 • *Sayonara. Confesiunile unui criminalist*

COLECȚIA PENTRU TINE

Antony Capella . . . . *Ofițerul stării civile*
Sarah Lark . . . . *În Țara Norului Alb*, vol. I din trilogia *În Țara Norului Alb* • *Cântecul maorilor* vol. II din trilogia *În Țara Norului Alb* • *Strigătul păsării Kiwi* vol. III din trilogia *În Țara Norului Alb* • *Aurul maorilor* vol. I din trilogia *KAURI*

COLECȚIA ICEBERG FICTION

Åsa Avidc. . . . . *Insula morții*
Anders de la Motte. . . . . *Jocul • Bubble • Buzz*
Roy Jacobsen. . . . . *O minune de copil*
Henning Mankell . . . . *Câinii din Riga • Creierul lui Kennedy • Omul din Beijing • Pantofi italienești • Ucigași fără chip – seria Inspectorul Wallander*
Jo Nesbo. . . . . *Călăul • Steaua diavolului • Mântuitorul • Omul de zăpadă*
Jussi Adler Olsen . . . . *Camera groazei • Vânătorii de oameni • Somnul rațiunii*
Dan T. Sehlberg . . . . *Mona. Virus mortal*
Erik Axl Sund . . . . *Persona. Slăbiciunea Victoriei Bergman partea I • Trauma. Slăbiciunea Victoriei Bergman partea a II-a • Catharsis. Slăbiciunea Victoriei Bergman partea a III-a*
Erik Valeur . . . . *Al șaptelea copil*
Jakob Vedelsby . . . . *Legea umanității*

www.raobooks.com | www.facebook.com/rao.editura
office@rao.ro | libraria.rao@rao.ro